你在找什么

李立宏 著

陕西新华出版

太白文艺出版社·西安

图书在版编目（CIP）数据

你在找什么 / 李立宏著. -- 西安：太白文艺出版社，2025. 1. -- ISBN 978-7-5513-2634-6

Ⅰ. I247.5

中国国家版本馆CIP数据核字第2024U3K469号

你在找什么

NIZAI ZHAO SHENME

作　者	李立宏
责任编辑	蒋成龙
封面设计	郑江迪
版式设计	新纪元文化传播
出版发行	太白文艺出版社
经　销	新华书店
印　刷	三河市嵩川印刷有限公司
开　本	787mm×1092mm 1/16
字　数	317千字
印　张	23.75
版　次	2025年1月第1版
印　次	2025年1月第1次印刷
书　号	ISBN 978-7-5513-2634-6
定　价	68.00元

代　序

大千世界中的寻找

莫　伸

一页一页地翻看，果然，是描写九〇后城市独生子女爱情生活的。

小说起笔，就写一名大龄女青年白玉兰对自己迟迟不能步入婚姻的苦恼。白玉兰和男朋友黑子高中时同班同桌，大学又同校，于是很自然地走到了一起。大学毕业后，他们又一起回到了从小生活的城市。这样一段感情经历，按理说应该基础坚实。谁知并非如此，他们从一开始就是在别别扭扭的厮磨和纠缠中相处的。换言之，这是一场多少有些勉强、典型的情感马拉松。

我不由得感到担心——既为书中的男女主人公担心，更为作者担心。

现实生活中，少男少女的爱情纠葛太普遍了，但是在文学作品中却不多见（琼瑶几乎是例外）。之所以如此，是因为在绝大多数作品中，爱情都是作为辅佐正餐的调料而存在的。但是李立宏的《你在找什么》不是这样。从阅读伊始，你就能强烈地感觉到作者不是用爱情来做撩人的铺垫和悬念，而是一门心思、全力以赴地写这对青年男女的感情生活。当白玉兰和黑子回到故乡并且有了满意的工作后，按理说他们的爱情也就应当有完满的结局，继而迅速融入更广阔、更现实的生活，在为他们自身铺展出新世界的同时，也为作者的写作铺展出新领域——但是没有，两人的情感波折仍然在继续——对作者来说，这是一种吃力不讨好的选择。因为少男少女的情感纠葛，是在衣食无忧的状态下进行的。尽管在文学创作中，人们公认"爱情是永恒的主题"，但是爱情不是无根的浮萍，它需要依附。如果反反复复地总是表现"浮萍"而不深入"根茎"，小说就很可能无法向纵深切入。

让我没有想到的是，偏偏作者就非常固执也非常坚定地继续往下写了。

坦率地说，作为读者，我这时感到的是诧异——两位主人公从十几岁走到了近三十岁的年纪，应该已相熟相知，似乎只差领一张结婚证了，却仍然在耍小脾气，斗心眼儿，一个劲儿吵，一个劲儿闹，一个劲儿哭哭笑笑，这是干什么呀？难道生活中除了卿卿我我的爱情，再就没有别的了？

似乎是为了回应我的困惑，两位主人公的生活恰恰在这时出现了转折。

转折来自一场意外：黑子的姥姥由于摔伤造成骨折而住院，黑子的父亲在忙碌奔波中又出了车祸。黑子的妈妈原本就有病，接二连三出现的打击使她的病情迅速恶化……一连串持续叠加的灾祸，使黑子和白玉兰原本可以赌气任性的情感生活瞬间便踏进了现实。这现实既杂乱，又严峻。如果说，此前黑子最主要的事情就是怎样博取白玉兰的欢心，怎样在争风吃醋中取胜，怎样在感情纠缠中迂回讨巧——一句话，是在小聪明、小炫技中品咂爱情或甜或酸的滋味，那么现在完全不同了。他必须俯下身子，老老实实地承担起支撑家庭的重担。这样一种承担，不仅压力巨大，而且操劳无休。这压力和操劳使得他精疲力竭，日夜焦虑，无暇也无力再去顾及白玉兰的感受——尽管此时的白玉兰一改此前的任性，变得十分体贴和懂事，并且同样全力以赴地为黑子家中的事情而奔波、操心，但是现实生活的艰难和残酷，已经极大地缩小了他们放飞自我的空间。而接下来生活中的每一次分歧，都注定将使他们改变，无论物质世界还是精神世界。

完全是在不知不觉中，爱情就从浪漫步入了现实，也从甜腻变成了磨砺。托尔斯泰说："幸福的家庭都是相似的，不幸的家庭各有各的不幸。"具体到白玉兰和黑子，眼下两人最大的不幸在于：他们被这些生活中的变故重重地击中了。整日操劳奔波，接连焦忧担心，不仅让黑子变得感情粗糙和脾气急躁，而且让白玉兰精神压抑到几近崩溃。偏偏这时，又发生了火上浇油的事情——白玉兰在与闺蜜陶天天的接触中，意外地看到了陶天天用手机拍摄的黑子的照片。照片上的黑子正在他独居的屋子里熟睡，脸颊上布满了陶天天鲜红的唇印。

惊愕之余，白玉兰心里一片冰凉，那张照片在她心里烙下了伤痕。

她完全没有想到，生活远不是凭借表象就可以非黑即白地下结论的。视爱情高于一切的她，原本可以更冷静也更理性地了解这件事、分析这件事、对待这件事，但是遗憾的是，没黑没明的操劳和几近崩溃的压力，已经使得她心力交瘁。

她顺势放手了。

再下来顺理成章，两人渐行渐远。

看得出来，小说中，作者倾注了最多心血去塑造的人物是白玉兰。白玉兰容貌姣好，具有骄傲的资本。她向往着美好的感情，憧憬着理想的婚姻，同时也近乎被动地接受着现实的不圆满。作者没有按照通常的套路，写美女和白马王子的浪漫故事，而恰恰写出了白玉兰情感道路上的尴尬和无奈。一方面，她从接触之初就对黑子感到不满意，所以一开始就在竭力推拒这份感情。但是另一方面，当黑子锲而不舍地追求她时，她也不得不若即若离地加以应付，这种应付从一开始就是含糊和朦胧的。而这种含糊和朦胧，只会使她陷入一种并非情愿，却又越来越深的感情旋涡中。

掩卷深思，这样一个人物，这样一种情感历程，是生活中不少年轻女性所共有的。白玉兰完全是在一种自己也说不清道不明的情感纠葛中，被一种暧昧的力量推动着朝前走。她没有意识到，这暧昧是一层薄薄的纸，最终会被捅破。而当这层纸最终被捅破时，人物的位置却已经发生了戏剧性的变化。当初那样骄傲、那样清高的她开始迫切地希望尽快结婚，而原本一个劲儿死缠烂打的黑子却开始态度暧昧。于是在埋怨中，在哭闹中，在完全称得上一个小女人和一个小男人在爱情的缠绵和争斗中，他们的情感已经随着年龄的增长步入了不可抗拒的现实。认真说起来，黑子家中所发生的一切，只是这种步入的肇始。看看小说主人公的周边，那些与他们一道读书一道就业的同学，哪一个不是起初被动、继而主动地去接受着现实的挑战，并在挑战中成长和成熟的？其中有沉稳而善良的鲁明、油腻而圆滑的孙雄扬、自信又笃定的学霸杨州、聪明又上进的阳光大男孩范卫华，还包括年轻有为的航天人向北斗、单纯率性的艾静、漂亮多情的陶天天、风骚撩人的郝雅娜，以及有着不幸婚姻的赵青和一心攀高枝嫁豪门的田薇薇，包括危难时刻默默显出光亮的纯朴而善良的英子……他们各自都以不同的方式出现在书中，也都以各种不同的方式陪伴在白玉兰身边。应当说，只有读到这里，我才逐渐感觉到了作者对这部书稿的定位。作者通过对生活在这个时代的一批年轻人的描写，为我们塑造出一组当代青年的群像，也向我们展示出他们真实的生存状态，以及由此而衍化出来的心理状态和情感状态，包括他们的价值观、伦理观、爱情观……总之，为我们展开了一幅九〇后青年男女的生活画卷和爱情画卷。

阅读中，我有一个很深的体会：爱情人人都经历过，但这绝不等于你就了解今天年轻人的爱情。今天年轻人怎样对待爱情，怎样对待家庭，既有继承前辈的一面，又有非常自我的一面，而后一面，是我这个年纪的人完全不熟悉也不了解的。就这个角度而言，这本书为我打开了一扇窗户。我无法断言这扇窗户打开得有多大，但是当我站在这扇打开的窗户前朝外张望时，所看见的场景让我既熟悉又陌生还惊讶，既认同又摇头还困惑。它给我思想上的冲击是多方面的。

故事最终，白玉兰和黑子没有结合。

这似乎出乎最初的意料，但细细去品，却完全在情理之中。包括白玉兰的一批同学和同事的命运，其实全都按照各自的追求在走向原本就属于自己的宿命。而白玉兰也在矛盾的心情下，最终迈开脚步，走出了故乡……

再细细品味，这部长达三四十万字的小说，作者到底想表达什么？

没有官场，没有吊人胃口的腐败案件，没有曲折沸腾的变革生活，作者的笔墨始终倾注于爱情，或者扩大些说，始终倾注于感情。作者目不转睛地关注的是白玉兰这个人物。白玉兰的内心确实丰富，她从高中时代开始，就并非情愿却也天性使然地接触到爱情，并一步一步地惊悸于爱情，惊喜于爱情，沉陷并执着于爱情。在爱情的道路上，她一直在憧憬，一直在希冀，也一直在行走——她不断地哭，不断地笑，不断地闹，不断地拒绝，不断地接受，不断地宽宥，也不断地要求——将所有这些"不断"归结成一句话：她在不断地寻找。

她到底在寻找什么？

寻找至纯至洁的爱情？

寻找海枯石烂的承诺？

寻找风雨中靠得住的肩膀？

寻找春风里能让她陶醉的温柔？

寻找衣食物质、生活无忧？

寻找灵魂安放、精神寄托？

……

也许，都有。她很贪心。既然来到世间，既然有了靓丽的外表和美好的时光，那就什么都不要辜负。

也许，都没有。她只是想找到一个比眼下的自己更丰富些、更安全些、束缚更少些、自由更多些的生存状态。她希望在复杂的大千世界中，能够找到一种无论物质还是精神都更加简单和纯粹的生活。

这似乎是一个很低的标准。

但事实上，她给自己树起了一个极高的，甚至是高至无限的标准。

可以肯定，白玉兰的寻找，是我们所有人都在进行的一种寻找。这种寻找发于原始，出自本能。如果要说区别，区别只在于每个人寻找的速度不同、范围不同、角度不同、标准不同、内涵不同。

遗憾的是，常常，人生就是在这样的寻找中蹉跎。

欣慰的是，常常，人生就是在这样的寻找中圆满。

2022 年 12 月 25 日星期日初稿

2023 年 2 月 5 日星期日修改

目　录

你在找什么

第一章

1

快要过年了。

过了这个年，白玉兰就整整二十九，奔三十了。想到过年时又要被七大姑八大姨问来问去，她不由得心情就郁闷得厉害。早到了结婚的年龄，黑子却不急不慌的，搞得她心里没着没落很不痛快。

到了父母住的小区，白玉兰脚步越来越慢。磨蹭着走到了楼下，她把钥匙从兜里翻出来看了又看，犹犹豫豫后抬头往楼上望了一眼，转身匆匆离开了。她知道，这时候正是父母吃晚饭的时间，一坐下来吃饭，免不了拉呱，又要被催来问去的，想想都烦。她打消了回家的念头，决定等周末例行回家吃饭时，再顺便取那几件衣服。

白玉兰往回走着，心里怨恨起来：黑贼！害得我有家都不能回，我真是让你给黑到家了！

黑贼就是黑子。黑子姓黑，名佑亮。黑姓少见，他更是邪门儿，应着姓氏去长，皮肤黑得出奇，整个就是一锅底儿。

白玉兰和黑子从上高中第一天就认识了。那天，他俩在学校操场有了人生的第一次相遇。

2

白玉兰上的这个高中是雍市最好的，她心仪已久。

报到后，爸妈带着她在学校里到处转着看。一到操场，白玉兰就一阵风地旋到了那些运动器材跟前。一个男生单腿挂在单杠上上下翻飞，令人惊叹。白玉兰不自觉就走到了跟前。却见那男孩"腾"一下，从杠上飞下，抬起头来，露出满口白牙，其他一概模糊不清。白玉兰没敢仔细瞄，为他黑得出奇暗暗吃惊。心想，长得再出格一点，绝对是南非来客。这男孩就是黑子。

说来也巧，白玉兰和黑子就在一个班。分座位时，班主任还安排他俩同桌，坐在最后一排中间位置，与另外几颗毛毛头齐刷刷钉在教室后墙上。这一钉就是三年。

这三年，苦大仇深啊！他俩课桌上红过脸，课桌下交过战，白玉兰踢烂过黑子的黑腿，踩脏过黑子的臭鞋……总而言之，不是冤家不聚头。冤家相见分外眼红，不是文斗就是武斗。

高中时期大多学生情窦初开，同学间不是递字条写情书，就是化单相思为动力面壁苦读。而白玉兰和黑子打打闹闹"文争武斗"了三年，荒废了高中三年的大好青春年华，既没有享受到早恋的滋味，也没有安下心来用功学习。

其实，黑子除了黑以外，长得还真挑不出其他毛病。高中就蹿到了一米八五，篮球场成了他的疆场，他纵横驰骋，神勇异常。可他神勇后回到教室，汗臭、脚臭、体臭每每能熏死蚊子。白玉兰和黑子之间的大多数战争，就因此而打响。

白玉兰皱着眉头拿本子扇，黑子抖着衣服也使劲地扇，边扇还边说："皱什么眉呢？我还没战死球场呢，别吊着个寡妇脸啊！""啪！"白玉兰当下拿书或者本子扇过去，战斗打响了。

好男不跟女斗。黑子看白玉兰真发火了，就忙不迭讨饶，白玉兰直至解了气才罢手。

班上的女孩子，下了课都爱往白玉兰坐的地方跑，挤在一起说笑打闹。刚开始，白玉兰还以为是她人缘好，得人爱。后来，她发现，她们是醉翁之意不在酒，实际是冲着黑子来的。发现这个秘密后，白玉兰很是失望了一阵子。她故意一下课就窜出教室，让她们没理由往自己那儿聚堆。刚开始，那帮小妖们见她人走了，就在教室门口急得团团转。只要白玉兰在教室门口一露面，她们就连笑带闹，连推带揉，把她拥到了座位上。她们也顺势不请自坐，个个眉飞色舞，巧笑嫣然。后来，那帮小妖们，也就根本不管白玉兰在不在，一下课就都一窝蜂拥过去，围着黑子神侃。瞅着白玉兰出去，抢上她的座位，都成了最荣耀的事情。黑子球场上神勇，平时倒是很踏实，不太乱动。但那一张臭嘴却很少闲着，侃起来绘声绘色，把那帮小妖们逗得一惊一乍，又嗔又怪，笑声不断。

白玉兰心里不爽，跟班主任申请换座位，班主任问原因，她却含糊其词。最后，班主任以她个子高及男女平衡为由婉拒了。白玉兰初中毕业就长到了一米六八，她所在的这个班高个儿女生不多，再加上女生较少，她不坐后面，后面就全是男生。无奈，只得继续与黑子坐在一起。

而此时，让白玉兰纠结的事情发生了。女同学陶夭夭私下找她换座位，想与黑子同桌。白玉兰不敢轻允，怕私自调换座位挨班主任批评。陶夭夭又是给她好吃好喝，又是送她小礼物。吃人家的嘴软，拿人家的手短，最后两人悄悄地换了座位。

谁知这陶夭夭得意忘形，下课疯张，上课也喜形于色，与黑子窃窃私语，闲话说个不停。不两日，便被班主任揪了出来。毫无疑问，殃及池鱼，白玉兰也一并被请到了班主任办公室。最后结果不言而喻，各回各座。

黑子一脸坏笑，拉长腔调不阴不阳地说："咱俩是前世结的缘，上天早都撮合好了。你就别白费劲了，躲不掉的！学我吧，自认倒霉算喽！"

"去！"白玉兰拿起书就往黑子头上拍。

高中分文理科时白玉兰选了文科。黑子理科是强项，但他最后也选了文科。班主任还是原来教语文的老师，干脆又让他俩成了同桌。

在昏天暗地中稀里糊涂过了高考大关，白玉兰勉强考上了本省一重点院校冷门专业。让她差点晕倒的是，黑子竟然也考上了这所学校。

大学一开学，黑子就摸到白玉兰的教室、宿舍认门子，惹得同学们一个个神色怪异。为了撇清与黑子的关系，她当着同学们的面对他毫不客气，冷嘲热讽。黑子不介意，嬉皮笑脸："嗨！嗨！嗨！同桌三年了，爱情、友情、同窗情，三情总有一情吧？"

白玉兰拿白眼斜他："去！谁跟你有情？"

大学四年间，同学们交朋友、谈恋爱，乐在其中。天南地北五湖四海人才济济，不乏青年才俊，其中也有白玉兰喜欢和欣赏的男生。可黑子老是找她，横刀立马堵在其他同学前面，令男同学们对白玉兰敬而远之。白玉兰很烦恼，将心中不快讲给密友听，说她与黑子根本没有任何关系。密友对她说："可傻子都能看出来，黑子对你是王八吃秤砣，那是铁了心的。谁还能那么不识趣呢？"白玉兰心里郁闷，下决心要找黑子拎清他们的关系。

在一个周末的夜晚，黑子又拎着一大袋好吃的来找白玉兰。

白玉兰软溜溜地说："黑子，你说你给我拿这些干吗呀？"

"慰问你啊！"

"拿去慰问你喜欢的小姐姐吧，别让我吃白食啊！"

"我就是给我喜欢的小姐姐吃啊！放心！我黑子可决不做那肉包子打狗的事，不会随便给谁白食吃的！"

"啊？"白玉兰差点让一颗话梅噎住。

"好了好了，将你的破玩意儿都拿走！什么肉包子打狗？我不吃你这白食！"

"哎，别！别！别价！"黑子一脸痞相，"我这也就跟你开个玩笑，你还当真啊？！"

"玩笑就好，咱可拎清了，别胡思乱想啊！"

这场本该非常严肃的谈话，在他俩之间就这样结束了。黑子一如既往与白玉兰不清不白地纠缠着。

3

大学毕业两人都没有考研，选择回雍市就业。白玉兰享受父母单位照顾子弟就业的福利，回到爸妈所在的大型国有企业秦雍集团工作。单位要求大学生都必须先到车间工作，她早班、中班、夜班三班倒，昏天黑地干了三年。在集团电视台招聘播音和采编人员时，她应聘进了电视台工作。白玉兰形象不错，本来是按新闻播音员岗位招进去的，可去了后，她实在学不来那个播音腔，就做了现场新闻采编。而黑子呢，拼了几个月，考上了公务员，进了雍市环保局，在局里一个负责环保监督管理的科室工作，按部就班上班下班。工作快七年了，他俩还是那样打闹厮缠，没个正经。从头算起，两人厮缠已经十多年，一个小轮回都过了。

妈妈肖淑贤老敲打白玉兰，说她少根筋，没心没肺。给介绍对象吧，看着和黑子好着呢；不给介绍吧，和黑子又没个说法，就那么晃荡着。家里恁大的房子不住，偏要一个人住在早年买的一个小公寓里。一周最多回家一次，说嫌爸妈唠叨。因为白玉兰只要一回家，肖淑贤就会催促："老大不小的，还不把自己安置了，非得削价处理不可！"

三四年前白玉兰满不在乎，一翻白眼就撂过去一句："怕啥呢？没人要还有黑子不是？"

肖淑贤趁热打铁，一边数落白玉兰的不是，一边扳着指头历数黑子的好：黑子黑，黑得刚正；黑子高大威猛有力气，家里家外力气活不用愁；黑子咱知根又知底，家世情况一清二楚，熟人不用磨合好相处；黑子十几年不离不弃，可敬可叹，人品杠杠的……

白玉兰一边扫荡家里的各种好吃的进肚，一边含糊不清地东一句西一句地打岔，任尔着急忙慌，她就是始终不接招打哈哈。

自从过了二十六岁，尤其这两年，白玉兰也越来越觉得妈妈的担心不是没有道理。有几次，黑子半真半假在她跟前暗示，有妹子向他示好，有妹子约他吃饭，有妹子请他一起 K 歌，有妹子送他什么小玩意儿……白玉兰听了心里还真不是滋味，但她脸上却装出艳羡惊喜又嗔怨的表情，骂黑子："笨蛋！平日里看你还挺机灵，关键时候你咋就这么笨呢？先答应再说啊！"说完，再不给黑子好脸色。黑子自讨没趣，悻悻然一走了之。不几日，又拎着一袋子吃食谄笑着摸上门来。但白玉兰心里莫名硌硬，心想，现在美女大多果敢，有人暗送秋波，有人投怀送抱还真说不定呢。

他们就这么不清不楚地厮磨纠缠着，有时间了一起出去玩，玩累了不是到白玉兰住的地方，就是在黑子住的地方，打闹厮缠亲热一番。但黑子始终没有正式向白玉兰求婚，也未正式约两家父母见面商量他俩的婚事。近一两年，白玉兰多次问黑子："你到底什么时候才给我条明路啊？你挡在我眼前，已经让我伸手不见五指过了一个小轮回了！"

黑子却装出一脸委屈："唉！这不是我黑子想沾月亮的光嘛，谁让你长这么白呢？"

白玉兰生气地骂："黑贼！你准备就这么黑我一辈子吗？没个正经说法，算干什么啊？！"

第二章

1

　　转眼到了公元二〇一八年的年根，街市上充满了年味。商家都铆着劲打春节牌，门面装饰布置得年气十足，宣传广告铺天盖地。年节所需物品，从四面八方，用飞机用火车用汽车源源不断运送过来。大小商场店铺里面的商品琳琅满目。街上行人，或行色匆匆，或步履沉重，或喜气洋洋，或心事重重，为过一个丰盛热闹的春节，思虑谋划，腾挪运筹，添置购储。一切仿佛地震海啸前的莫名潮涌，提前发酵着，蒸腾着，单等大年三十迎来那冲天炮响和跨年钟声，撩拨情绪激活神经。仿佛一个新年到来，就是人的又一次新生。

　　可白玉兰一点也开心不起来。过了这个年，她就往三十奔了。

　　鲁明是黑子和白玉兰的高中同学。他到雍市的邻省出差，办完事给公司老板招呼了一声，就直接回家了。

　　鲁明回家稍事休整后，第一时间就给黑子打电话邀约小聚，专门叮咛黑子带上白玉兰。

　　黑子放下电话就给白玉兰发信息。白玉兰从父母家楼下刚走到车前，想都没想就回复："开车吗？"黑子莫名不快，心里埋怨白玉兰，也不知道矜持一下、推辞一下，就那么迫不及待想见他吗？顺手就发了信息："不开了，好喝酒！"

　　鲁明和黑子、白玉兰高中未分文理班时在一个班。鲁明是学校子弟，他妈妈是英语老师，他爸爸自己开有一家公司，属于先富起来的人。鲁明教英文的妈妈在穿着方面很有洋范儿，把儿子打扮得也很时尚，所以鲁明在学生里面很扎眼。但鲁明是那种很沉静的男孩，不爱说话，戴一副黑框近视眼镜。他镜片后面的眼睛静静望向人时，幽幽的，很有穿透力，似乎能看到人的心里去。鲁明像极了他妈妈，长方脸，皮肤白净，嘴唇棱角分明，但很有肉感。尤其连女同学都嫉妒的是，他右脸颊上有一个很深的酒窝。每当他静静地思考或做题时，总是喜欢用牙齿轻轻咬住下嘴唇，那个酒窝则在他的脸颊上一跳一跳的。他坐在白玉兰座位前两排靠左边的位置。有那么一段时间，他的酒窝在跳，白玉兰的心也在跳，致使白玉兰的学习成绩也台阶式地往下跳。

鲁明是班上的文体委员，他不但篮球打得好，足球踢得好，还弹得一手很漂亮的古典吉他。他负责主持和组织班级的活动，做事沉稳有章法，很得班主任老师的欣赏和同学们的佩服。高中阶段学习紧张，同学们很少参与文艺活动。在一次大型文艺演出活动中，鲁明代表他们班出了一个节目。他抱着吉他坐在高脚凳上，深情款款地自弹自唱了一首陈奕迅的《十年》。白玉兰在半明半暗的演出会场中，怎么也抑制不住，流着泪听他唱完。事后，黑子有好长一段时间说话阴阳怪气："哎呀妈呀！满脸都是泪啊！至于吗？！"

和黑子吵架打闹时，白玉兰把漂亮女孩特有的那种娇蛮发挥得淋漓尽致，毫不退让也毫不掩饰。每每是黑子犯贱挑事，但总是白玉兰占上风。黑子一般都是且战且退。若看白玉兰真生气上火了，就让白玉兰抡起小拳头在他身上占够便宜，似乎这就是他的快乐和目的。但白玉兰每次都是真生气，也不愿意占他便宜。

可白玉兰不知道为什么，她在黑子跟前的伶牙俐齿遇到鲁明就完全没有了，话很少，就是说话也说不利索，有时候还会莫名其妙脸红，很窘迫。鲁明倒是一如既往地沉静。白玉兰发现，鲁明经常也会把他那特有的幽幽目光，有意无意地投向她，使她心里一阵一阵地泛起涟漪。

黑子对鲁明明显不服，对鲁明组织的班级活动大多不很配合，还爱说怪话。在一次体育课上，在做了一些常规的集体活动后，老师就让学生们自由活动。黑子和鲁明一帮男生在操场上打篮球。不一会儿，就见几个男生挤打成一团，喊的叫的，劝的拉的。女生都在自由活动，听到声音赶紧往过跑，只见黑子和鲁明厮打在一起。体育老师闻声赶过来，才喝止住了。鲁明的眼镜被打碎了，鼻梁上还有血印子，嘴角上也有血。黑子个头比鲁明高，脸上没有明显的伤痕，但他像受了内伤似的，双手捂住腹部痛苦得龇牙咧嘴。

这件事引起了学校的高度重视，被视为严重打架斗殴事件。学校到班里来调查，三番五次分批或单个叫学生去了解情况，放言要严肃处理。

调查中，有不少学生反映黑子一直和鲁明不大对付。不排除黑子利用打篮球碰撞时故意出手伤人。因为鲁明伤势明显，再加上鲁明的妈妈又是学校的骨干老师，形势对黑子很不利。

白玉兰心里隐隐约约觉得这件事情好像与自己有关。那段时间，只要谁在她跟前一提这事，她就紧张得心扑通扑通乱跳。她越琢磨越怀疑黑子是借着打篮球的机会故意收拾鲁明。白玉兰心里很窝火，但明着又说不出来。黑子也可能心里有愧和害怕，那段时间也很消沉和颓靡。白玉兰很矛盾很纠结，她心里虽然对黑子有气，但也不忍心看着黑子因这件事受到过重的处罚。

一周后的一天晚自习，学校政教处老师把黑子和鲁明一起叫了出去。一个多小时后，俩人一起回来了。鲁明依旧是那种沉静的目光和神态，而黑子则似乎有了莫名的落魄和愧意。最后学校处理结果出来，是两人各写一份书面检查，黑子只是在班会上向全班同学做了一次检讨。这样的处理结果让大家都感到很意外，因为之前很多人在私底下猜测，黑子这次最少要背个处分。

这件事后，黑子似乎长进了不少，变得不像以前那么张狂了，也不太爱跟白玉兰挑事打闹了。他照样和鲁明不太说话，但从他口里很少再听见说鲁明的怪话，也不再有意无意和鲁明对着干了。

高二下学期分文理科时，鲁明学了理科，到了另外一个班。分开后，他俩倒热乎了起来，经常在课外活动时一起打篮球。

白玉兰和鲁明偶尔在学校里碰见了，有时候淡淡打个招呼，有时候一笑而过。白玉兰成绩又慢慢赶了上来。她偶尔还是会想起鲁明沉静的样子和幽幽的目光，想起他咬着嘴唇，酒窝一跳一跳的，勾魂摄魄。有时她会忍不住将目光投向鲁明原来坐过的座位。此后多年，白玉兰只要碰见长酒窝的人，第一个想到的就是鲁明。

2

晚上，白玉兰到餐厅时，黑子与鲁明已聊了好一会儿。黑子正对着门坐着，看见白玉兰走了进来，大大咧咧地向她招手。鲁明扭过头去，看见白玉兰来了，赶忙站了起来，顺势走到方桌一边，拉开了餐椅，让她坐下。

服务员递上菜单请他们点菜。鲁明一边给白玉兰倒茶，一边说："请美女点菜！"

黑子把菜单往鲁明面前一推："还是你点吧！想吃什么家乡菜尽管点，哥们儿请客！"几经推让，最后每人点了一凉一热两个菜，再加一份汤，加两样地方小吃当主食。

鲁明从包里掏出一瓶白酒，说是从出差地带回来的当地名酒。他问白玉兰："你喝什么饮料？"

不等白玉兰回答，黑子不由分说道："又没开车，一样，也来白的！"白玉兰再三推辞，黑子不允。

鲁明比上学时健谈了许多。三个人一会儿举杯碰一下，一会儿你提个话题我提个话题，聊得热闹融洽。鲁明说起他在参与公司项目开发中的新鲜事、稀奇事，惹得白玉兰不停惊叹、发问，"咯咯咯"地笑个不停。加上喝了点白酒，她一张俏脸白里透红，娇艳欲滴。

鲁明并不怎么让白玉兰喝酒，倒是黑子，大着嗓门，一提酒，就必须拉着白玉兰陪着一起喝。白玉兰喝了白酒，不觉话也多得出奇。

黑子似乎也热情得过火，不停地招呼鲁明吃菜喝酒。鲁明带的那瓶白酒还没喝完，黑子就叫服务员又拿来了一瓶雍市特产西凤酒。鲁明挡着服务员不让开，黑子不由分说，三下五除二就开了。

白玉兰死活不愿意再喝。黑子瞪着她，大着舌头说："你就装！你就给我装！喝！你有什么不能喝的？！我看你能装到啥时候去！咱就看谁装得过谁！"

白玉兰敲黑子的头，翻着白眼红着脸问："谁装了？我装啥了？别喝了！耍什么酒疯啊！"

"我耍什么酒疯了？我清醒得很哪！"黑子涨红着脸大着嗓门辩解，并晃着酒瓶给每个人添酒。白玉兰酒杯里本来就有酒，他给添得溢了出来。

鲁明赶忙又是劝又是挡，自己主动倒酒敬黑子，将火力引向自己。黑子越喝话越多："哥们儿够意思！当年要不是你把错全揽了，硬说打架是你先挑衅先动手，我非背个处分不可啊！哥们儿纯爷们儿，我服啊！我服了！"

此时，白玉兰才知道当时学校处理结果出人意料的原因，知道了黑子对鲁明态度转变的缘由，知道了他们后来成为铁哥们儿的真相。

喝到最后，鲁明也喝得有点多了，红着脸不停地与黑子推杯换盏："是哥们儿神武，哥们儿神武！吾佩服，吾佩服啊！"

黑子越喝说话越离谱："你有时候又是个尿人。来！酒壮尿人胆！哥们儿，喝！喝！"

就这样，俩人连着又喝了不少，直到鲁明趴在了桌子上，头耷拉着，再也撑不起来。黑子红着眼睛傻笑着扒拉白玉兰："你看！你看！他是不是尿人？他是不是个尿人？！"说完，也趴在了桌子上了。

白玉兰看这两人都喝趴下了，只好叫服务员结了账。她到外面叫了辆出租车，请餐厅门迎小伙帮忙把黑子和鲁明弄进了车里。她坐在前面，告诉了司机目的地——黑子的住址。

到了黑子家楼下，白玉兰多给了司机二十元，请人家帮忙把鲁明送上楼去。白玉兰硬撑着把又高又壮的黑子的半个身子都吊在自己肩背上，拖进了房子。进了卧室，拼了死命才又把他扔到床上。黑子半醉半醒，嘟嘟囔囔地还硬拽住白玉兰不让走。白玉兰厌恶地推开他，转身走了出去。走到客厅，扫了一眼睡在沙发上的鲁明，犹豫了一下，从另外一个房间拿出了一床小薄被，打开给鲁明盖上。出租车司机等着她，她没敢再耽搁，很快下了楼。

白玉兰感觉身体像散架了一样。坐进车里，她再也忍不住，眼泪像断线的珠子一样流了下来。出租车司机从车内后视镜里不停地瞅她，她将头扭转过去看向窗外，硬忍住没哭出声来。此时的夜生活正酣，雍市街头人影绰绰，到处灯红酒绿，可她心里憋屈得难受，只想赶紧逃回去。

回到房子，白玉兰鞋子一踢包包一扔，立即走向卫生间打开了淋浴花洒。她要将一身酒气尽快冲掉，也想把黑子沾在自己身上的气味尽快冲掉。

白玉兰一边冲一边哭，用力扒掉身上的衣服，她想起黑子不停灌自己酒，他该有多么轻贱自己、不珍惜不心疼自己才会那样啊？他竟然说自己装，还说看谁装得过谁！白玉兰越想越气，越想越难过。她觉得黑子差点就要说看谁耗得过谁了！

白玉兰把水开到最大，仰着脸，任由哗哗的水拍打在脸上。她一边"呜呜"地哭，一边拿起浴巾使劲摔打在身上，直到没有了一丝力气，才裹上浴衣，连头发都没有吹，就扑到了床上。她想一会儿哭一会儿，折腾到了半夜才昏昏沉沉睡去。

3

早上，肖淑贤轻轻摇着白玉兰，叫着："兰兰，醒醒！快醒醒！"

白玉兰迷迷糊糊中听见有人叫她，感觉有人扒拉她，才艰难地醒了过来。她头疼欲裂。

"咦？闺女咋啦？眼睛怎么肿得像桃子一样？"

"妈！你怎么来了？不是不让你自己开门进来吗？"白玉兰嘟着嘴埋怨。

"我是想等你开门来着，可我快把门敲烂了，邻居都惊动了，你不开门啊！电话也不接，我能不自己开门进来吗？"肖淑贤白了女儿一眼。

"妈！我头疼，浑身酸痛。"白玉兰有气无力地说。

肖淑贤使劲把双手搓了搓，并用嘴大口向手上哈气。"刚才在外面站得久了，手冰凉。"她把手在自己脸上挨了挨，感觉不凉了，才轻轻地在白玉兰额头上摸了摸。

"哎哟天哪！这么烫！兰兰，你发烧了！是不是盖的被子薄啊？感冒了？！"又赶忙用手摸被子。

"这被子是我上周专门过来给你换的稍厚点的新被子，不薄啊！"说着又急忙转身去找暖气片。

"你看这暖气也很足嘛，我在房子待了这一会儿，身上都出汗了！"肖淑贤忙摘掉围巾，脱掉大衣，若有所思地低声说："哦，也可能是我没脱外衣，再加上看你病了，这一着急热的吧。要不我给你再换个稍微厚实点的被子？"

白玉兰看妈妈焦急地一边忙活还一边念叨，心想，真是世上只有妈妈好啊，不由得眼泪又流了出来，死活憋不回去。她拉着哭腔，对妈妈说："妈！被子不薄，不用换了！"

"乖女儿！可能是感冒了。别哭，没事的。妈妈让你爸帮你请假，咱们这就去医院！"

"妈！我自己请假，别让爸爸说！"白玉兰说着，就拿手机给葛台长发了请假信息。肖淑贤也忙用微信给白仰光发了女儿感冒发烧的消息。白仰光让她马上带女儿先往医院走，他随后就到。

4

黑子早上在"百折不挠"的电话铃声中醒了过来。他感觉头昏昏沉沉的，眼皮沉重，一下两下睁都睁不开。他习惯性地伸手到床头柜上摸手机，可死活摸不着，注意辨别电话铃声响的方位，才摸索着从自己的裤兜里将手机掏了出来。电话一接通，他惊得"腾"的一下就坐了起来。

"黑子！你怎么回事？现在还没来单位？不知道有重要外审任务吗？"

"景科长对不起！马上到！身体不舒服，昏睡过去了。"

"你赶紧说资料在哪里？我让其他人先取出来。"

"在我文件柜里锁着。景科长，我马上到！"

"不像话！"

"啪"的一声，电话挂了。

黑子接电话时已经飞速转到了客厅，看到被自己吵醒愣愣地坐在沙发上的鲁明，才想起了昨晚喝酒的事情。他来不及细想，一边拿东西一边给鲁明说："哥们儿对不起！你继续睡，我得赶紧到单位,有重要任务！"

鲁明看着慌慌张张的黑子，只催促："不用管我，你赶紧走！"

黑子飞车赶到单位，景科长劈头盖脸一顿狠训后，就催命似的让他尽快拿出所有资料审核。黑子飞快地把所有材料按照要求又大概捋了一遍，认为问题不大后，才恭恭敬敬地把材料送到了景科长办公室。景科长正在打电话。黑子把材料放到办公桌上，给景科长示意了一下，忙退了出来。

电脑里还有一份正在赶的报告材料，黑子不敢拖延，埋头就做。同一办公室的美女郝雅娜，扭着小蛮腰到黑子办公桌前蹭了几个来回，他忙得都没顾得上搭理。郝雅娜撇着嘴损他："哎哟！黑哥想当先进、想进步的心情太过迫切了吧？！"

黑子忙拿出桌斗里朋友结婚送的一袋喜糖喜瓜子塞到郝雅娜手上，说："赶紧把嘴堵上，等哥闲了再陪你聊！"黑子一直忙到了中午下班，中间只上了一趟卫生间。

"啪！"下午上班一会儿，景科长就将档案袋拍在了黑子的办公桌上，把正在埋头赶材料的黑子吓了一跳。

"你自己看看！这么长时间了，就准备成这个样子？"

"景科长……"黑子慌忙站了起来。

"你把这几次市上创文会议讲话再好好看看，尤其对环保方面的要求要仔仔细细学习，再对照着检查你准备的资料，软硬指标都要一一核对，你自己看问题出在哪里？"

黑子本来还想解释一下，可景科长不等他说话，转身气哼哼边走边说："抓紧完善！明天上午下班前交到我手上，这周末要提交局里！"黑子顿时头大，赶忙将电脑里正在写的材料保存，从档案袋里翻找市上创文会议资料查看。坐在他对面的赵年向他投来同情的一瞥，坐在稍远处的郝雅娜则朝他挤眉弄眼。黑子无可奈何地耸耸肩，蹙着剑眉，一头扎进文件山里去，拿一支铅笔在文件上勾勾画画。

5

鲁明看着黑子急匆匆走后，赶忙翻出手机查看，发现有二十一个未接来电，主要是妈妈的电话。他正准备打过去，妈妈的电话就打了进来。

"天哪！终于打通了！你这孩子，你想吓死你老妈啊？你在哪里啊？昨晚怎么没回家？也不知道给家里打个电话！"

"妈！对不起！昨晚和同学聚会喝多了，住在了同学家。刚睡醒，正准备给家打电话呢……"

"你看你！你单位离家远，我们够不着，反而不操心。你在身边了，不回家，不由人不操心。多亏你爸去车库看了，知道你没开车，心里才稍微踏实一点。赶紧回来吧！"

鲁明本来还想再眯一会儿，现在不得不赶忙起来准备回家。他去卫生间，看见卫生间洗漱台上放着一大堆女性化妆用品，知道是白玉兰的。他一件件仔细瞅了半天，想象白玉兰站在镜子前描眉画眼的样子。

他知道这个房子是黑子爸妈给黑子买好的婚房，小三室两厅两卫，房子并不大。鲁明呆呆地看了一会儿，心里忽然烦躁得厉害，拿上包就回家去了。

鲁明美美睡了个午觉才觉得神清气爽起来。

妈妈听见房子里有了动静，轻轻唤他："阿明！出来吃水果来！"

"妈你吃吧，我不吃！"鲁明拿出手机，走到卧室的大阳台上，坐在藤椅上，给黑子打电话，"黑子！还上班着？"

"嗯。在办公室，今天忙死！"黑子从一大堆资料里把眼睛拔了出来，一边接鲁明电话，一边用一只手在脖子后面捏，摇头晃脑活动僵硬疼痛的颈椎。

"哦……我没事，就是给你说声谢谢！昨晚我喝多了，给你添麻烦了，还整到你家去了，害你上班都迟到了。"

"嗨！我也喝多了，稀里糊涂的，也不知道白玉兰咋把咱俩大老爷们儿整回家去的。嘿嘿……"黑子猜想着白玉兰当时的无措样儿，还莫名其妙笑了起来。

"啊？你也喝多了？！是白玉兰把咱俩整回你家去的？"

"可不是嘛。"黑子说着撇了一下嘴。

"哦，真难为她了……"鲁明不由得将刚刚舒服地蜷在整个藤椅里的身体坐直了。

"过年同学们回来后，还要再聚几次，到时咱们再好好聊！"黑子手头有急活，不敢多聊，发出了收线信号。

"那你忙。拜拜！"

挂了电话，看着藤条圆桌上放着的一盆开得正艳的蝴蝶兰，鲁明沉思起来。想起昨晚黑子猛灌白玉兰酒，两人还差点争吵起来，他把手机在手里攥了半天，犹豫着要不要给白玉兰打个电话。琢磨了一会儿，在微信里输入了几句话，看了看又觉得不妥，删了。想来想去，还是打电话最好。他起身站到窗边，放松了一下身体，拨通了白玉兰的电话。

6

白玉兰爸妈一上午都陪着白玉兰在医院里抽血、化验、开药、打退烧针、做皮试、输液体。快三十岁的女儿，在他们眼里还是那个需要爸妈呵护照顾的小宝贝、小心肝。白玉兰一直半偎在妈妈怀里，脸烧得红扑扑的，像个可怜又可爱的小猫咪。

白仰光在医院里跑前跑后跑上跑下，还不时要到女儿跟前来，一会儿摸摸额头试试体温，一会儿将女儿身上的长羽绒服再拽拽紧，心疼得巴不得病害在自己身上。

就这么折腾了一上午，快中午时才把当天的液体输完。白玉兰体温已经正常了，可她还是蔫蔫的。肖淑贤问了几遍："中午想吃什么饭？"她哼哼唧唧，到最后都没说出个所以然来。

回到家里，安置白玉兰坐在沙发上休息，白仰光立马就烧水，反复叮嘱白玉兰感冒一定要多喝热水。

把白玉兰安顿在她舒服的大床上休息后，老两口赶忙一起在厨房里忙活。白仰光剥着蒜，小声埋怨："稍微有点感冒症状就要赶紧吃药嘛，烧成那样了才去医院，多让人担心啊！"

"是啊！多亏我去了，发现了，要不然，谁知道她自己还得扛到啥时候呢。"肖淑贤说着话，不由得就来气，择菜的手使劲地掐着扔那些并不费劲就能摘掉的黄叶。

"这孩子，怎么越大越不让人省心！"白仰光无奈地摇头叹气。

"唉！老白啊！早上一直和玉兰在一起，不方便告诉你。我给你说个事情，你可保证千万别动气，别大声嚷嚷！"肖淑贤转身把厨房的隔断玻璃双开门轻轻闭上。

"什么事？你说！搞得神秘兮兮的！"白仰光翻了翻眼睛。

肖淑贤往丈夫跟前挪了挪，凑近说："我早上去一看，兰兰眼睛红红的肿肿的，就知道哭过。估计哭了大半夜！老白你说，现在除了感情问题能让她生气伤心哭鼻子外，还能有啥事情会让她烦心呢？"

"那你没问？"白仰光有点生气。

"我没敢问。她说难受，已经流眼泪了呢！我害怕一问惹得更伤心，就哄她赶紧先去医院看病了，心想先哄回家里再说。咱们得好好说说她的事了！"

"嗯，你做得对。不能再这样拖下去了。你快点快点！"白仰光边说边烦躁地催肖淑贤加快做饭速度。

一会儿工夫，饭菜做好端上了桌。肖淑贤轻轻走进白玉兰房间，坐在床边，连哄带拽，把白玉兰带到了饭桌前。老两口眼巴巴地看着女儿一小口一小口地吃饭。白玉兰只低头喝那小瓷碗里的白粥，既不吃馒头，也不吃菜，神色倦怠落寞，像霜打了的茄子，蔫蔫的，搞得她爸妈也没有了胃口。勉强地把那一小碗粥喝光，她就说难受得很，想睡觉，回了自己卧室。老两口坐在饭桌前傻愣了半天，既不敢说话，又不想吃饭，郁闷得不行。

白玉兰钻进被窝，眼泪唰唰地直往下流。她看得出来，爸妈既焦急又心疼，既想说又隐忍着不敢问不敢说。她从心里感激爸妈的体贴。可她真不想说话，只想好好睡一觉。她索性把手机关了，扔在了床头柜上。可能是吃了感冒药犯困，没一会儿她就睡着了。

黑子挂了鲁明电话，正准备给白玉兰拨过去，却看见郝雅娜走了过来，只好赶忙将手机揣进兜里。

"黑哥，今早迟到，是昨晚喝高了？"郝雅娜那一双凤眼会说话似的一眨一眨的，长长的蚕眉一挑一挑。

"嘘！"黑子食指堵在嘴上，小声示意郝雅娜别再说，眼睛往办公室门外斜着瞅，害怕被外面的人听见。

"喊！偷偷自己乐和，也不叫上我们，我偏说我偏说！"郝雅娜压低了声音，但故意边说边用眼睛示意黑子对面坐的赵年也一起起哄。

赵年实在，说："人家和女朋友一起吃饭，带我们当电灯泡啊？"

"那倒不是！快过年了，有哥们儿提前回来了，先小聚了一下。"黑子边说边把郝雅娜往她的办公桌前推，"赶紧回去！等哥忙完手头上的活，改天再请你们一起去吃饭喝酒K歌！"

"真的？说话算数？"郝雅娜不情愿地边走边扭过头来，眨巴着凤眼，食指指着黑子问。

"你自己想想看，黑哥啥时候说话不算数了？"黑子仰起下巴，朝着郝雅娜撇嘴。

"那就说定了！这周末怎么样？景科长不是说周五就提交局里嘛，你肯定能做完的。"

"嗯嗯嗯，你且安静，给哥腾出时间抓紧干活！"

郝雅娜眉开眼笑地回到自己办公桌前，拿起手机刷朋友圈。

"唉！这什么世道啊？忙的忙死，闲的闲死！"黑子看了一眼郝雅娜，摇摇头轻轻嘟囔一句，又埋头钻进桌子上的一大堆文件资料里面去了，把给白玉兰打电话发微信的事忘了个干干净净。

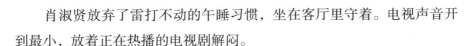

8

肖淑贤放弃了雷打不动的午睡习惯，坐在客厅里守着。电视声音开到最小，放着正在热播的电视剧解闷。

她过一阵儿就轻轻走到女儿房门前，侧着身子，耳朵贴在门上，听里面的动静。这么折腾到了下午三点多，听见女儿房里传出咳嗽声，才赶忙端起早就准备好的水杯，推门走了进去。看见女儿醒了，扶起女儿，给披上外衣，把温度刚刚好的温水递到了女儿手上。她用手背在女儿额头上试了试体温，口中说不烧了，心里却不放心，又用体温计给女儿量了体温。

白玉兰拿起手机看时间，才记起手机关了。她刚开了机，看了时间，就有电话打了进来。她以为是黑子的电话，决定坚决不接。肖淑贤扭头看手机显示，提醒是鲁明电话。白玉兰怔了一下，望了妈妈一眼，拿起手机接通了。肖淑贤会意地转身走了出去，并随手轻轻把门拉上。

"你好，鲁明。"白玉兰弱弱地和鲁明打招呼。

鲁明早打好了腹稿，说话很连贯："不好意思，昨晚喝多了，给你添麻烦了！我还以为昨晚是黑子带我去的他家。刚打电话才听黑子说，他也喝多了。也不知道你咋把我俩整回去的？真难为你了！谢谢你啊！"

"不谢，不用客气！"说着话，白玉兰忍不住轻轻咳嗽了几声。

"哎，怎么啦？你是不是感冒了？"鲁明担心着急地问。

"哦，没事。可能是受了点凉。"白玉兰说着话，身子往被窝里钻了钻。

"那要赶紧去看医生啊！"鲁明不由得声音大了起来，在阳台上来回走动。

"看过了，没事。"白玉兰又轻轻咳嗽了几声。

"哦……那你好好休养。最近天冷，外出要穿暖和。我不打扰了，你好好休息吧！"

"谢谢！知道了。拜拜！"

挂了电话，白玉兰半靠半躺在床上发呆。过了一会儿，她翻看着手机里的信息，没见黑子的只言片语。倒是单位的赵青、田薇薇，包括葛台长以及她平时极不待见的孙雄扬，都发了微信或者信息问候。白玉兰心里不由得难过烦闷，赌气又把手机关了，扔在旁边，蒙头钻进被窝偷偷抽泣。

9

鲁明打电话时声音稍大。妈妈赶忙走到房门边，听见儿子很焦急很关切地说话，本来想问问，可害怕儿子嫌她偷听，就强忍了下来。等到丈夫老鲁一回家，她忙把老鲁拉到卧室，兴高采烈地说："哎！我听见儿子打电话了！肯定是打给女孩子的，声音关切温柔得很呢！"

"是吗？一会儿吃饭时问问他和艾家丫头的情况。"

"好像是女孩病了，他一着急，声音就大了，所以我就听见了。问看医生了没……"

"哦，那就好！"鲁明爸高兴得长长地舒了一口气。

鲁明家餐厅宽敞明亮，装饰高雅，一家三口聚齐用餐，其乐融融，温馨怡人。鲁明爸边吃饭边和儿子说话，问鲁明新项目开发情况，问与自己公司业务相关项目今年有所萎缩的原因。鲁明认真地一项一项回答，思维清晰，语气柔和，表述简明扼要。鲁明爸听着心里暗暗高兴：怪不得艾总经常打电话对儿子赞许有加，看来儿子表现得真不错！

鲁明妈等爷儿俩一停下对话，就连忙问："艾静到她爸公司正式上班了？"

"嗯，上了。"鲁明头也不抬，吃着饭菜回答。

"听艾静妈说，艾静刚开始还死活不愿意回来呢，想在国外继续待着呢！"

"哦，好像是吧。"鲁明下意识抬了一下头，看了妈妈一眼。

"艾静那丫头可真是越长越漂亮了！"鲁明妈说完看鲁明没反应，又接着说，"我看她妈妈朋友圈里发的照片了。"

"有好多年没见了。女大十八变，肯定越变越好看嘛。来，儿子，多吃菜！"鲁明爸说话间，把离儿子稍远点的菜盘子换到了鲁明跟前，接着说，"阿明，你和艾静抓抓紧，你们都不小了。当初没让你出去继续读书，在北京你艾叔叔的公司上班，一是咱们两家多年有紧密的上下游业务合作，想让你熟悉全链条业务关系；二就是想让你和艾静多接触多交往。现在艾静终于从国外回来了，也在公司正式上班了，你是男孩子，就多主动着点。"鲁明爸看鲁明没有任何表示，停下筷子等他回应。

鲁明才赶忙停下筷子"哦"了一声，接着夸赞道："我妈做的饭菜真是太好吃了！"岔开了话题。

鲁明妈受到儿子夸赞很开心，顺口就接："那是！要不人人都怀念妈妈的味道呢！"赶忙给儿子夹菜。

鲁明加快吃饭速度，几下将碗里的米饭扒拉着吃干净，笑眯眯地望了爸爸一眼。

看鲁明不准备吃了，鲁明爸也加快速度吃完了碗里的饭，起身和鲁明一起到客厅前的室内花园坐下休息。鲁明知道爸爸还想继续饭桌上的话题，赶忙到餐厅给妈妈帮忙，往厨房端盘端碗。

晚上睡下了，鲁明爸才在老婆跟前埋怨，说她让儿子夸了一两句，就不知道东南西北了，把要说的正题硬给岔开了。还说感觉儿子似乎不怎么上心，搞得他心里七上八下地不安生。鲁明妈让他不要担心，说儿子从小懂事，能知道家长的良苦用心，安抚着老鲁安宁睡去。

10

黑子忙得都忘了时间，直到听见赵年接到老婆让接孩子放学的电话，他才意识到要下班了。可明天上午就要交给景科长的材料还没有完成，他决定留下来加班。赵年看黑子还没有要走的意思，体谅地说："还是吃了饭再干吧。这一人一摊事，也没办法帮你……"

"出去就不想回来了，还是接着干吧，干完再走。"黑子说着站起来伸伸胳膊展展腰。

"黑哥！要不要我帮你买点好吃的送过来啊？"郝雅娜很慵懒地斜靠在椅子上坐着，拧过头来问。

"得了！您赶紧歇了去吧！早有豪车在外面等着呢吧？"

"狗咬吕洞宾，不识好人心！"

和郝雅娜贫逗两句，再看见郝雅娜风骚撩人扭出去的身姿，黑子倒一下子精神了不少。他对赵年说："祸水！祸水啊！"随即开心地笑了起来。

直到晚上快十点，黑子才把材料弄完。他很累，也很饿，就收拾好东西走了出去。

平时地下停车场里黑压压地停满了车，现在却只孤零零停放着很少的几辆。空旷下来，才发现停车场竟然这么大。黑子心里嘀咕，这么大的停车场，每天上班来时，竟然经常找不到停车位。那么多人，这会儿都一下子到哪里去了？都是回家去？一晚上呼呼睡过去，一早上又急急爬起来，排着长龙，像蚂蚁一样，匆匆赶过来，钻到这里或那里，占据一个位置，围绕着这样或那样的一两件事情转、转、转！唉！人啊，难道也像拉磨的驴一样，在自己的那个圈圈里面不停地转吗？要是这样，可真是没劲透了！

走到自己的车跟前，黑子脑子里面还在盘盘旋旋瞎琢磨。不对啊！真这么乏味，咋还有那么多人这么活着呢？莫名其妙地，还一下子想到了人生的哲学命题：哪来那么多人呢？

——人生人呗，这还用说吗？想到这里，他才意识到一天没和白玉兰联系了。发动了车子，他给白玉兰打电话。也不知道是地下车库信号不好还是怎么回事，打了几次打不通。黑子纳闷，白玉兰可是个没手机就不能活的主儿，今天咋回事，怎么还联系不上了？

黑子开着车转了老半天，找到了自己想吃的饭，却找不到停车位，可有停车位的地方却没有自己想吃的饭。眼看着都快到家了，想起家里还有鸡蛋、火腿肠、方便面，就思量，还是自己在家里热乎乎煮了吃，凑合一顿算了。

一回家，他就钻进厨房，在小锅里接了够煮面的水，放在灶上烧上，然后就冲进了卫生间。一回到客厅，他半躺在沙发上，一眼就瞅见了叠放在长沙发上的小薄被，想起来昨晚鲁明在这里睡来着。愣了半天，他想这小薄被肯定是白玉兰给找出来盖上的，顿时内心感到莫名烦躁。他拿出手机准备给白玉兰打电话，又想先看看微信消息，翻了半天，不见白玉兰给他发任何信息。看着放在沙发上的被子，他心里泛酸。可真够体贴心疼的啊！我这一天忙的，也不见关心关心！这时，厨房传出水烧开的声音，他快步小跑过去，心想得了，赶紧吃完休息，明天还有事呢，但愿整的材料景科长那儿能够通过。把工作上的事先弄好，再找她白玉兰说道：小薄被！什么意思啊？黑子心里一直在嘀咕，面稀里糊涂吃完了，也没吃出个啥味道。

在卫生间里洗漱时，传来了手机铃声。黑子以为白玉兰来电话了，刷着牙满嘴白沫往出跑。到跟前一看手机来电显示，是爸爸黑耀宗的电话，不免失望，但也只好接通手机，夹在脖子上边听边往卫生间走。

11

黑耀宗坐在黑子卧室的电脑前，身子背对着半开的门，用手侧堵着嘴，声音压得低低地和黑子通话。电脑屏幕上显示着他永远看不够也看不透的股票图形。

"黑子！这两天忙不忙？"

"今年市上创文，一直就没闲过，都快忙死了！"黑子口中白沫还未漱干净，言语含糊不清。

"你咋了？说话咋这样？"

"没事儿，爸你说，刚才正在刷牙。"黑子把口漱干净，说话利索了。

"是这，该带你妈去复查身体了。马上过年要放假了，咱们得在过年放假前带你妈去省医院复查！"

黑子心里快速盘算着最近的时间，问："我妈最近不好吗？"

"看着好着呢，可她这定期复查不能耽搁！"

"爸，我明天上班把最近工作安排弄清楚，再给您打电话。"

"好，你妈怕影响你工作，一直拦着不让给你说。你要说忙，她肯定就不愿意去复查了！"黑耀宗说着话，头还拧着往门口看，担心老婆于平听见。

"那不行，必须去！爸，这周六周日不休息，连在年假里了。我明天就给领导请假，咱这两天就带我妈去！"

放下电话，黑子心里沉甸甸的。妈妈乳腺癌单侧切除术后两年多，恢复得还不错。以往不等爸妈提醒，他就会安排出时间带妈妈去复查身体。近期这一忙，竟然把这么重要的事情忘了。

12

白仰光上着班还操心着女儿，连发几条信息白玉兰也没回复，他就几次发微信问老婆女儿身体情况。晚上本来有个重要应酬，他都推了，一下班就急急忙忙赶回家。

肖淑贤将他拉进了他们的卧室。白仰光不解地问："咋啦？"

肖淑贤愁眉苦脸，说白玉兰一下午了睡着不起来，叫也不吭气，问晚上吃啥饭也不说。后来，她急了，使劲拍打敲门，才说不让管她，她啥也不吃。反正到现在死活不开门，也不知道还发不发烧，能急死个人。

白仰光一听就急了："这怎么行？得赶紧叫起来。我去叫她！"

白仰光对女儿娇惯得厉害，对女儿说话从来都是柔声细气的。可今天他急了，哐哐地敲门，语气严厉地说："兰兰！把门打开出来，爸爸有话跟你说！"

白玉兰始终没吭气，但过了一会儿，她穿着厚厚的睡衣睡裤，怏怏地走了出来。白仰光看见女儿红肿的眼睛，心一下子就像被针扎了一样疼痛，赶忙端起水杯喝了一口，才勉强控制住了情绪，声音比刚才一下子柔和了许多："兰兰，你量体温了没？还烧不烧了？"

"我没量，不烧了吧。"白玉兰低垂着头，声音哑哑地说。

肖淑贤忙用手在女儿额头上摸着。白仰光埋怨她："你能摸出个啥？赶紧拿体温计量啊！"肖淑贤着急忙慌地小跑到白玉兰房间里拿出了体温计，小心地帮着夹好，疼爱地把女儿一头长发用手指轻轻理顺。

"兰兰，最近感冒流行，按时吃药打针，很快就好了。不能让个小病就把人放倒了嘛！"白仰光斟言酌句，小心翼翼地试探着说。

白玉兰没反应。

"爸妈一直想跟你说，可是一提你就烦，不让我们问。今天你病了，身体不舒服，心情也不好，但我们还是想跟你认真谈谈你个人的事。"白仰光顿了顿，看女儿没有平时一提就堵他话的意思，顺势接着说了下去，"马上过年了。这过一年长一岁啊，过了年你就整整二十九岁了，要往三十的坎上迈了。咱们这小地方，女孩子二十九岁咋都应该结婚了。你和黑子处了这么多年，到底怎么样了？"

白玉兰一直低着头不吭气，可听到爸爸明确问她与黑子的事，眼泪再也控制不住，决堤了一样，汩汩而下。

白仰光看见女儿流着泪硬忍着不哭出声，判断肯定是黑子伤女儿心了，于是哄劝说："乖女儿别哭！别哭！你告诉爸妈到底怎么回事，爸妈帮你想办法解决！"

"爸妈，你们就别操心了，也别问我为什么了。我自己的事我自己解决！"白玉兰被妈妈紧紧搂着，闷闷地哭着说。

"你怎么解决？就这么窝在家里睡下生闷气？把手机关机让谁也联系不到你？"白仰光工作中的犀利劲不由得露了出来。

肖淑贤接着话头说："女儿啊！恋爱中的男女生气斗嘴闹矛盾都是常事，说开就没事了。你赶紧把手机开机，不能让人找不着你啊！是不？联系上你了，才能给你道歉认错什么的，对吧？"

"我也不知道我们是不是在谈恋爱……"

白玉兰含糊其词地嘟囔了一句，可肖淑贤却明明白白听见了。她一下子把白玉兰推开，坐直了身子："哎哎！傻丫头！你烧糊涂了吧？！你和他这么多年了，不是谈恋爱是在干什么啊？是在玩过家家吗？"

"到底怎么回事？你今天还真得给我们说清楚了！"肖淑贤是个急性子，一下子就上了火。

白玉兰只是流泪，不再说话。急得肖淑贤坐立不安，没一点办法。白仰光很窝火，但又实在不忍心再逼问已经很伤心的女儿，只能把两手握住了放开了，放开了握住了，强忍着等妻女平静下来。他认为话已说清，没必要再深究，就打发老伴照顾女儿把药吃了，又哄女儿把手机先打开，事情等身体好了再说，说不定其实什么事都没有，就是一场误会，说开了一切就都好了。

草草吃完晚饭，白玉兰要回房间去躺着，老两口硬是哄着让她坐在客厅里看电视。一家三口看电视那么长时间，白玉兰手机开着，却一直没有电话、微信提示音响起。

第三章

1

第二天上午，肖淑贤陪着白玉兰早早到医院挂上了吊针。白玉兰一直没闲着，用没有扎针的手快速地在手机上不停扒拉。她正在和同事田薇薇微信聊天，脸上偶尔会流露出这两天难得一见的笑意。

秦雍集团电视台葛台长开着和他衬衣领子一样雪白干净的白色轿车，拉着两女一男，行驶在雍市的高新大道上。两女的和白玉兰在一个办公室。一个是三十八岁离异资深美女，也是电视台前任新闻女主播赵青；另一个是一毕业就应聘来的现任女主播，工作刚刚两年多的时尚小美女田薇薇。还有一个男的，是摄像师孙雄扬。他听说去看望白玉兰，坚决要求同去。田薇薇一直和白玉兰用微信联系，向白玉兰报告着他们的行程。孙雄扬坐在副驾驶座上，不停用手机街拍和自拍，一会儿还扭过头来，以坐在后座上的赵青和田薇薇为背景合拍。赵青连躲带藏，阻拦着不让拍。田薇薇则大方地积极配合，一点也不介意，并叮咛一定要开美颜。车里面叽叽喳喳，一路上热闹非凡。

到了医院，他们从后备厢拿出鲜奶、酸奶、水果、饼干几样礼品，浩浩荡荡向病房走去。田薇薇抱怨没有买束花，太遗憾了。赵青与她耳语："葛朗台今天够大方了，你就别抱怨了！"

田薇薇俏皮开心地笑，后又撇嘴："就是！还不是因为白玉兰她爸是副总嘛！你看连那个尿熊样都非得跟着来。喊！势利眼！"

田薇薇到电视台工作后，很快就给这位花钱仔细、胆小谨慎却又怀有一腔浪漫情怀的斯文清瘦不惑文艺男葛台长起了个外号"葛朗台"。把长得矮矮胖胖、白白嫩嫩，戴黑框眼镜、戴手串、头发稀疏细软却硬要梳出型来的三十六岁油腻男孙雄扬叫"尿熊样"。

几个人走进病房，赵青、田薇薇边问候边分别与半靠在病床上的白玉兰拥抱，仿佛分别了好久的亲人重逢。葛台长周到地问候病因并一再安慰，不要操心工作，尽管安心养病，极尽关心。孙雄扬极其礼貌谦恭地向肖淑贤鞠躬握手打招呼，站在葛台长旁边，认真听着并不时附和一下，眼睛却暗暗地四下里探寻。最后他略显失望地问肖淑贤："白总怎么没来呢？"

肖淑贤道："上班去了，他在这里只会埋怨人！"

"哦，那您一个人若照顾不过来，不行我们留下一两个人帮您一起照顾？"葛台长赶忙接上问。

不等肖淑贤回话，白玉兰连连阻拦："谢谢谢谢！不用了不用了！都不应该麻烦大家来看的。真是的，就是个感冒发烧。不好意思，给大家添麻烦了！"

白玉兰说着话，一边偷偷给赵青使眼色，意思让赶紧撤退。嘴上还不停客气着，表示输几天液后她肯定就会去上班，让大家赶紧回去，不要影响台里工作。

赵青会意，与白玉兰母女告别，拉了葛台长、田薇薇往外走。孙雄扬倒着往出退着走，边走边弯腰鞠躬，与肖淑贤告别。后退着没看后面，身子差点碰到了门框上。

这四人一离开病房，白玉兰长长吐了一口气，解脱了似的斜靠在床头上。她翻出手机看信息，仍然没看到黑子的只言片语。她烦躁地嘟囔一句："烦死了！"钻进被窝，瞪着白花花的天花板，失神发呆。

2

黑子瞌睡多，平日里，叫早的手机闹铃响了，他还非得延迟十分钟才起。可这天早上,不到闹铃响的时间,他就醒来了。黑子拿起手机一看,马上要到设定的起床时间,毫不迟疑,迅速起床了。

到了办公室,黑子打扫了卫生,烧上了水,同事都还没有到,他已经打开电脑专心投入了工作。

过了一会儿,赵年肩上挎一个包,手上还提一个包,好像刚出差回来或要出远门一样,第二个到了办公室。他边把手上提的包往文件柜里面塞,边跟黑子打招呼:"哟!不会是昨晚没回去吧?!"

"哪里,早上稍微起早了一点,吃完早餐就来了。不像你,早上还要送孩子呢!"黑子说话时只抬头瞅了赵年一眼,并没有停下手上的活。

郝雅娜来了。她头戴一顶烟灰色窄檐礼帽,身穿烟灰色羊绒大衣,臂弯挎着一个稍大也很职业化的橘红色拎包,全身搭配得非常时尚协调。赵年看见郝雅娜走了进来,眼前一亮,但他也只和平常一样微笑了一下。黑子并未抬头,忙着检查自己电脑上的材料。

郝雅娜精心打扮惊艳上场,没有得到应有的效应哪里肯善罢甘休!她到了自己的办公桌边,还依然不放下拎包不摘下帽子,嗲声惊叹:"哇!黑哥!你真是我们学习的标杆啊!"说着凑到黑子跟前,偏头看黑子电脑屏幕上正在修改的文稿。

黑子这才抬起头,也才看到郝雅娜今天的装扮。他夸张地瞪大眼睛,身子后仰,用一手捂住眼睛,貌似从指缝中偷看,说:"我的天!快闪瞎了我的金睛火眼!"

赵年看着忍俊不禁。郝雅娜笑骂一声:"死样!"这才得意地笑着回到自己的办公桌前,放下包包,摘下帽子,脱下大衣,满面春风地坐下来。

半上午时,黑子将修改好的材料送到了景科长办公室,礼貌地说:"请科长审阅修改!"回来后,他忐忑不安地一边等景科长的审阅意见,一边琢磨如何向景科长请假。他明白,材料领导越满意,他请假就越好说。领导如果不满意,即使同意休假,也得把材料重新整好后才行。今天之所以早早就到单位忙活，就是为了把手头工作处理好，尽快请假带妈妈去复查身体。

办公桌上电话响起，是景科长叫他过去。郝雅娜妩媚地朝着黑子举拳头，给他打气助威。赵年则笑着说："看来通过了，要不早就拿来拍你桌上了。"

果然这一回景科长很满意地说："你看这认真下功夫就做得很不错嘛！你把电子版拿U盘拷到我电脑上来，个别地方我稍微再修改一下！"

"好的！科长！"黑子扭头要走，却忽然想起，此时请假不是正好吗？就又扭转身，谦恭地说："科长！谢谢您！我刚好想请一天假，要带我妈去省上医院复查身体。连电子版都交给您修改，那就太好了，我就不操心了！"

"哦，这是大事，那你明天就赶紧休假去吧！"

黑子一下子浑身轻松，似乎人都要飘起来了。他迅速把材料拷给景科长，又给妈妈打了电话，让准备好明天去省上医院复查身体要带的所有资料及随身物品。

这时候，黑子才想起了白玉兰。他自己都感觉诧异，一忙起来，竟然把白玉兰给忘了个干干净净。黑子忽然还莫名其妙地想起了婆婆与媳妇掉河里先救谁的问题，不觉好笑。心想，问这问题的女人绝对是傻得可以，纯粹是搞怪作妖成心给自己找不痛快。黑子暗笑着拨通了白玉兰的电话，脸上流露着掩饰不住的甜蜜。可他脸上的表情很快由甜蜜变成了迷蒙焦躁，因为他接连不停地拨打了多次，电话始终不通。

3

鲁明妈妈想给儿子买一身新衣服。吃完早饭，她说让鲁明陪她，当参谋买衣服。九点多，娘儿俩就到了市上最大的购物商城。

鲁明陪着妈妈先在她经常买衣服的几个品牌店里一一转过，他耐心地等着看着妈妈试啊试。鲁明妈到的店她都是熟客，每到一个店，她都会骄傲自豪地给人家介绍鲁明："我儿子，鲁明。硕士毕业在北京工作。过年提前回来了，今天陪我买衣服。嘿嘿……"卖衣服的美女们无不流露出艳羡的神情，夸鲁明帅气孝顺，赞叹鲁明妈好福气。鲁明妈心情大好，到的店大部分都要"赞助"点，给自己添置了不少衣物。

鲁明妈正在试一件驼红色羊绒大衣，她在试衣镜前转过来转过去，拧着身子自我感觉良好地欣赏。

忽然，一个女生惊喜地叫道："啊！鲁明？！"

鲁明也很惊喜。两个人握着手不放："哎呀陶夭夭！你怎么也回来得这么早？"

"我们老板开恩，让外地的早点回了！"被叫作陶夭夭的女孩看着鲁明说话，眼里全是"星星"。转瞬一想这是女装店，当下眼里又全是疑问："哎！你怎么到这里来了？"

鲁明看了一眼妈妈，笑说："放假没事，我妈拽着我陪她来买衣服。"

"阿姨好！"陶夭夭赶忙甜甜地向鲁明妈问好，并一脸真诚、惊讶地赞叹，"阿姨啊！您还这么年轻啊！"

鲁明妈也认出了陶夭夭，高兴地说："嗨！真是比小时候还漂亮。你也提前回家了？"

"嗯嗯，是呢。阿姨啊，能在这里见到你们，我真是太高兴了！"

"你也买衣服？"鲁明与陶夭夭已保持了适当的距离，问陶夭夭。

"嗯。咱们这边冷，买了几件适合最近在家里穿的衣服。"陶夭夭将手里的衣物袋子拎高一点，晃了一下示意给他们看。

"哦，都买好啦？"鲁明妈问道。

"嗯。阿姨还要买吧？"

"我已经好了。今天主要想给鲁明买几件。你看他出差顺道回家，就穿了这一套衣服，别的啥也没带。"鲁明妈疼爱地看了一眼儿子说。

"阿姨，我没事了，干脆我陪您一起去看着给鲁明买衣服吧？"

陶夭夭主动提出来陪他们一起去买衣服，倒把鲁明妈给一下子惊了个不知所措。看着陶夭夭热情真挚又期待的眼神，她赶忙说："哦！那敢情好！谢谢哦！"

鲁明倒是一副很坦然的神情，只随口笑着说了一声："谢了！"

一行三人俨然一老两少一家三口。到了男装楼层，精挑细选比比画画帮鲁明买了衣服鞋子。最后鲁明妈随口客气一句，又一起在餐饮楼层喝了杯咖啡。

4

陶夭夭向白玉兰分享与鲁明在购物中心偶遇的喜悦，才知道白玉兰生病了。她赶忙借了表妹的座驾，从自家居住的老城区赶往高新区的白玉兰家中探望。

美女陶夭夭如她的名字一样，身穿桃花粉羊绒大衣，头戴同色阔檐帽，驾驶着艳黄色迷你大众小轿车，前窗半开，悠然自得地慢慢往前开着。堵在路上和她并排向前挪动的左右车道的司机不时侧目，一直不愿加速或减速，保持着与她平行的位置。她没有其他人被堵车时的焦灼，反而非常享受，兴致极高地欣赏观瞻着家乡迅速发展起来的繁荣景象。道路两旁的高楼大厦鳞次栉比，宽阔的中心大道车水马龙，商场及餐饮门面前的人行区域人头攒动、熙来攘往，尽显春节前夕的繁华热闹。陶夭夭这个从大城市归来的人都感觉惊讶不已，似乎仍然置身于繁华的上海，而并不是家乡这个西北三、四线小城市。

陶夭夭拎着包装漂亮的箱装礼品和水果来到白玉兰家时，白玉兰娘儿俩也刚刚回家。听见门铃响，白玉兰小跑着出来给开了门。

肖淑贤把水果、小零食摆了一大茶几，热情地招待陶夭夭。这两天看女儿心情一直好不起来，她和白仰光真是担心焦急得要命。女儿又不愿意给他们说什么，看见陶夭夭，她简直就像看到了救星一样。她希望女儿能把心里话说出来，给谁说都可以，只要不把气闷在心里，气坏了身子。她恳切地说："夭夭啊！你们好姐妹好不容易见面了，好好说说知心话哦！阿姨去给咱们做饭。今天你不许走，要一直陪我们兰兰哦！"

陶夭夭甜甜地笑着说："谢谢阿姨！我一直记着以前上学时到您家来吃的酸汤水饺呢！"

"是吗？好好好！那阿姨今天还给你做酸汤水饺！"

"太好了！谢谢阿姨！"

肖淑贤钻进厨房紧忙活，白玉兰则拉着陶夭夭进了自己的闺房。白玉兰忍了又忍，但最终还是没有忍住，流着泪向陶夭夭倾诉，更准确地说应该是控诉。她控诉黑子对她纠缠不休，却不给予明确态度和应有的、必要的礼节或仪式。尤其说到那天晚上与鲁明三人小聚，黑子毫不怜惜地灌她白酒，竟然还说她装，说看谁装得过谁！她理解黑子实际上说的是"耗"，看谁耗得过谁！白玉兰反复问陶夭夭："你说他打的什么主意啊？男孩子年龄大点没什么，反正有一茬一茬长出来的更加年轻鲜嫩的小姑娘呢。可女孩子行吗？你说他到底安的什么居心啊？"

白玉兰想起自己在微信里看过的几篇有关女人婚恋是一项越来越贬值的投资的文章，在手机里面翻啊翻，最后硬是翻着了。她和陶夭夭头挤头，一起念着看。两人边看边不停地啧啧感叹："你看说得好不好？对不对？是不是就是那回事？"一直说到肖淑贤叫吃饭。

5

黑子死活联系不上白玉兰。他担心出了什么事，隔一会儿打一个电话，隔一会儿打一个电话，反正就是不停地打。在办公室里不方便，他一会儿出去一趟，一会儿出去一趟，躲在卫生间或走廊空旷的没人的地方，在微信里不断发信息、发语音询问。他急坏了，坐立不安。下午快下班了，白玉兰还没有接他电话，也没有回他任何信息，黑子生气烦躁地将手机"啪"的一下扔到了桌子上。

早看出来黑子情绪不对劲，识相的郝雅娜小心地问："黑哥，怎么了？"

赵年也贴心地提醒："材料不是交上去了嘛，你不行给科长说一声，提前走一会儿，回去准备明天去医院的那些事情吧。"

黑子只闷闷地应了一声。

吃完饭后，肖淑贤让陶夭夭陪白玉兰去小区跟前的一个由高尔夫球场改造的河堤公园散步。

白玉兰穿着雪白的长及小腿肚的羽绒服，戴着大红色的针织毛线帽，围着和帽子同色的长围巾，把高高竖起的白色羽绒服的领子围起来绕了两圈飘在胸前。陶夭夭拿着手机不停拍照，一会儿自拍，一会儿给白玉兰随拍，一会儿两个人挤在一起合拍，忙得不亦乐乎。

陶夭夭看见白玉兰手机上一会儿一个黑子电话，一会儿一个黑子电话，就反复劝白玉兰接，但白玉兰死活就是不接。无奈，陶夭夭偷偷给黑子发了几张她和白玉兰游玩的照片。

黑子正在犹豫着要不要提前走，就收到了陶夭夭发来的几张微信图片。他急忙打开看，发现有很美的室外风景图片，有给白玉兰不知在哪里照的照片，有陶夭夭与白玉兰头挤头合拍的照片。陶夭夭紧接着又发了简短的一段话：白玉兰生气了，也生病了，这几天吃药打吊针。你！问题很严重，后果很可怕！！接下来就是一连串害怕得颤抖不已的微信聊天表情。等黑子发过去"你们在哪里"时，却再没有了后话。但黑子顿时明白了白玉兰一直不理他的原因，一下子放心了。他准备下班后就去找她，当面解释清楚。

6

一下班，黑子急忙开车向白玉兰住的公寓驶去。到后，敲了半天门，却无人应答开门。无奈，他只好拿出白玉兰给他的钥匙开门，进去发现白玉兰不在。他才想起，白玉兰病了，肯定被她爸妈接家里去住了，又马上往白玉兰家赶去。正值下班高峰，路上车堵得严严实实的。黑子心急得乱糟糟的，他巴不得自己能变成一只鸟，生出一对翅膀，飞到白玉兰家里。

肖淑贤开了门，一见黑子来了，高兴地连声招呼着进门。接了礼物，嘴上却直嗔怨黑子，不该乱花钱。黑子礼貌地跟白玉兰爸妈打招呼。他明显感觉到白仰光态度大不如以前。

肖淑贤在黑子一进门就大声叫白玉兰出来，半天却不见白玉兰应声，也不见人出来。肖淑贤又赶忙到白玉兰房间里去叫。白玉兰这才慢悠悠走了出来，头也不抬地拿着手机滑着看，一副漠然表情，整个人似乎被无限的愁绪笼罩。她对黑子不理不睬，身子软软地坐在了肖淑贤坐的长沙发上，继续专心看她的手机。

黑子看见白玉兰的一瞬，一向粗哈哈的大小伙，竟忽然想起了红楼梦里描写林黛玉"态生两靥之愁，娇袭一身之病"那两句词来。很少生病的白玉兰，此时看着真是楚楚可怜，惹人怜爱。黑子感觉她一点也没有了往日和他玩闹时的那种刁蛮任性样。

短暂愣神后，黑子连忙说："这几天给兰兰打电话，也不知道为什么，一直联系不上。今年市上创文，近期又搞环保风暴行动，我们科里特别忙，昨晚加班到了十点多。今天陶天天给我发了微信，我才知道兰兰病了。刚才赶到公寓人不在，才又赶到家里来。"黑子是给白玉兰父母说话，也是给白玉兰解释。

肖淑贤从黑子一进门就想好了主意。她给白仰光使眼色，往门外示意。白仰光心领神会，站起来对黑子说："黑子，那你来了就多坐会儿，我和你阿姨出去散散步！"

"哦，那好！"黑子像获了大赦令一样一下子放松了下来，忙说："叔叔阿姨穿暖和，外面冷。转一会儿就回来，可千万别受凉了！"

老两口换了外出穿的厚衣服，黑子起身送到了门口，并一再贴心地叮咛着注意保暖。肖淑贤不住赞叹："这孩子多体贴人啊！"临出门了还给白玉兰叮咛："兰兰，留黑子在家多待一会儿，给你做伴儿！爸妈回来了再送黑子走！"

白玉兰爸妈刚一走，黑子就凑到白玉兰跟前紧紧挨着她坐下。他一手放在白玉兰腿上，一手揽住白玉兰纤腰，低下身子仰起脸，边摇晃着白玉兰边可怜巴巴地说："对不起哦！不知道你生病了。这几天没有来陪你，罪过罪过！来！我认打认罚！"黑子说着把头抵在白玉兰腿上，让白玉兰打罚。

白玉兰生气地推开他。

黑子死皮赖脸挤在身边搂住她继续哄："我打电话、发信息都联系不上你，不知道你生病了嘛！你就开恩饶了罪臣这一回吧！"

白玉兰终于开腔了："那你就不想想我平白无故为什么关机？"

"为什么？臣愚昧，跪求娘娘明示！"黑子"腾"地跪下，像孩子趴在母亲腿上一样，双臂支在白玉兰腿上，两手撑住下巴做出花儿朵朵的可爱样，仰着头，期待着，可怜巴巴地望着白玉兰。

要放往日，白玉兰早被黑子逗得忍不住笑开了。可今天白玉兰不但笑不出来，反而更气。想到自己就是让他这样老没正经稀里糊涂哄着过了一年又一年，到现在自己都快三十了，都成老姑娘了，他还想就这么哄下去？！她甚至觉得，黑子是那种善于玩弄女人的登徒子，他故意假装不正经，存心哄骗她稀里糊涂地与他混。不同的是，别人哄骗的时间短，而他哄骗的时间长而已。到现在了，他还要这种小手段，到底安的什么居心？打的什么主意啊？

白玉兰越想越生气，"噌"的一下站起来，挪到了别处，把黑子闪了一趔趄。黑子这才意识到，正如陶夭夭微信里对自己的提醒：问题很严重，后果很可怕！

他耐着性子问："我到底错在哪儿了？你不说我咋知道啊！"

"你自己心里清楚！还用我说吗？！"白玉兰声色俱厉。

"我真不知道。能麻烦你告诉我吗？"

"你自己想去！"

"我真想不出来。"

"想不出来慢慢想去！"

"慢慢想也想不出来。"

"你就装！你就装！看谁能装得过谁！你好好想去吧！"白玉兰终于哭喊着说出了这几句话。

"我装什么了呀？"黑子却一点也不明白白玉兰说这几句话的意思，更因她的莫名其妙而生气，不觉声音也高了起来。

"你自己心里像明镜似的！"白玉兰边哭边大声说着跑进了自己的房间，将门"砰"的一声关上再也不开，任由黑子站在门外一再地问、不停地敲，她只是在房间里呜呜地哭，死活不再说话也不开门。

俩人就这么一个门里一个门外地僵着。黑子本想等白玉兰爸妈回来再走，但又不知道该如何解释。看时间已经不早了，就对白玉兰说："玉兰！你别哭了，我先回了。明天我还要带我妈去省上医院复查身体呢。我到底错哪儿了，我回去再好好想想。等你平静下来了，你最好告诉我，发信息说也行……"

7

白玉兰爸妈在河堤公园慢悠悠地走着。边走边聊，说孩子的事，也回忆他们年轻时候的事。

他们也是高中同学，家都在农村。二十世纪七八十年代，家里供养孩子在县城上学很不容易，不专心学习自己都原谅不了自己。谈恋爱更不敢奢望，如果分心影响学习，考不上大学就得回家种地。跳出农门吃上商品粮是他们最大的愿望，也是他们拼命学习的最大动力。因此，上学时即使互相爱慕，也根本没有谈恋爱的胆量、勇气和精力。后来都考上大学了，也不好意思联系。工作了，还是同学牵线、家里托人介绍，才正儿八经接触，直接以结婚为目的进入了程序。正式交往时，虽然同在一个省，但肖淑贤在省内一个最南边的高校留校当老师，白仰光就在现在这个单位，感情联络主要靠书信往来。一方的信来了，另一方看了后认认真真地回信。先回答对方信中的问题及双方商量的事情，再委婉谨慎措辞谈有分歧的问题，最后才根据进度感受表达相应热度的思情爱意。信寄出的那一刻，又扳着指头数着日子盼望对方的回信。等待是焦急的、痛苦的，但也是浪漫的、甜蜜的，是怀揣希望和期待的。

回忆起年轻时候的事情，肖淑贤还动情地背诵了一首网上很流行的叫《从前慢》的诗：

记得早先少年时
大家诚诚恳恳
说一句是一句

清早上火车站
长街黑暗无行人
卖豆浆的小店冒着热气

从前的日色变得慢
车、马、邮件都慢

　　一生只够爱一个人

　　从前的锁也好看
　　钥匙精美有样子
　　你锁了，人家就懂了

　　白仰光听完"是啊！是啊！"地不住感叹："我们慢，也有慢的好处、慢的美啊！哪里像现在，分分钟就能联系上，还有什么闪婚闪离的，简直是视婚姻为儿戏，生活态度一点也不严肃嘛！"他还夸老婆当年写的信就像一篇篇精美的散文。随口就背诵出当年肖淑贤写在信里的一首小诗《让我仰视，我的男人》：

　　我是风中
　　摇曳得最妖冶的那枝牡丹
　　如果你是蜜蜂
　　我不希望你是蜂王
　　只愿你是最强健的那只工蜂
　　吸吮我甜蜜的花蕊
　　因你的辛勤劳作
　　让我仰视

　　我是枝头
　　鼓胀得最丰润的那颗果实
　　如果你是觅食的松鼠
　　我希望你鼓满那丰美的尾
　　哪怕颤动着迂回而上
　　让我成为你口中的美食

因你的智慧无畏

让我仰视

我是岩缝

深藏的最珍贵的那株灵芝

如果你是采药人

我不笑话你恐惧

哪怕你颤抖着攀缘

采撷我灵性的药身

因你的勇敢坚持

让我仰视

我是女人

熟透了的那个思春的女人

如果你是护花的男人

我希望你是那顶天立地的汉子

哪怕你没有登顶

但你正跋涉于那艰难的途中

因你的努力不弃

让我仰视

……

  已过了知天命之年的老夫老妻，不知不觉中将手臂更加紧密地挽在了一起，他们相依相偎，互相搀扶，互相温暖，慢慢前行。寒冬腊月的渭北河堤，天虽冷，但他们心却暖。他们断断续续说着，就又扯到了女儿身上。认为像玉兰这样，因为两天没联系，就气得对人家不理不睬，纯粹是自己无理取闹。他们判定两个孩子并没有什么大的矛盾，况且黑子都主动找上门来了，又解释了原因，哄一哄，自然就没事了。老两口就商量，等两个孩子和好了，得赶紧催促正式进入谈婚论嫁的程序。他们知道，这事本不该由女方家主动提出，但女儿年龄大了，俩人一起厮混这么多年了，又都单独住着，实质上的关系，不用说都清楚。面子什么的，那些虚东西，实在是顾不了那么多了……

第四章

I

鲁明回来这两天，除了陪妈妈转了转以外，就是看书听音乐，彻底地放松，再就是不停地应付艾静的电话、微信、语音、视频等花样翻新、频率越来越高的联络。有一次，艾静竟然说她已经到了雍市，把鲁明吓了一跳。他真不认为她是开玩笑，以艾静那种说一出是一出的性情，忽然心血来潮飞过来那是太有可能发生的事了。

鲁明从微信朋友圈里看到了陶夭夭发的与白玉兰一起在河堤公园里游玩的照片。陶夭夭给图片配了一句话："美女生病不惧寒，打完吊瓶逛公园！"鲁明就估摸，白玉兰感冒看来还挺严重，都到医院打吊针了。他猜测白玉兰生病，可能是那天晚上他和黑子喝得太不像话，让白玉兰那么冷的天，一个人在外面折腾着把他俩往家搬腾冻感冒了。

白玉兰是不是住院了？鲁明想打个电话问黑子一声，如果是，他就得去医院看望一下。打通电话，黑子说他正在高速上开车，带他妈妈去省医院检查身体。鲁明没多说话就赶忙把电话挂了。想来想去，在半上午时，给白玉兰打了个电话，问她这会儿在哪里，在忙什么。

当鲁明提着礼物到白玉兰打吊针的观察注射室时，白玉兰的液体已经马上要输完了。肖淑贤看到不认识的鲁明很惊讶，她毫不掩饰对这个年轻人的喜爱，直夸小伙长得真帅真斯文。白玉兰不好意思得脸都红了。

说来也巧，黑子的美女同事郝雅娜也刚好来到了高新医院。郝雅娜只要风度不要温度，怕穿多穿厚影响她展现自己婀娜多姿的身材，结果给冻感冒了。她刚把她那红色高尔夫停在医院门诊大厅斜对面的停车位，就看见了白玉兰一行三人从门诊大厅走了出来。白玉兰走在中间，另外两人提着东西走在两边。

这是什么情况？郝雅娜忽然想起黑子打不通电话以及生气地扔手机的情景，她不顾自己发着高烧，迅速下车，躲在一边，掏出手机，"啪啪啪"拍了几张照片，随即给黑子发了过去。

2

黑子爸妈在儿子独自搬出去住以后，只要和黑子在一起，就有说不完的话。一上车，他们就开心地说这说那。黑子因为和白玉兰的事心里郁闷，有时候就答非所问。爸妈后来感觉到了，话也就少了。

于平是教授级高工，身上知识分子特点明显，内敛不张扬，说话慢条斯理，但从不拐弯抹角。走了一会儿，实在憋不住了，便说："儿子！你也不小了，和玉兰处的时间也不短了，该商量婚事了！"

"咱们是男方，这事要主动。合适了就要主动向女方家提亲呢！"黑耀宗虽然是粗人，但在人情世故上一点不含糊，一句话就说到了点上。

"提什么提？再说吧！"黑子没好气地嘟囔。

"唉！你这孩子！这话是怎么说的？"黑耀宗急了。

黑子不想惹爸妈生气，再没吭气。但心里烦躁，脚下不由得深踩了一下油门，车速"嗖"一下就提了上去。

在高速上跑了近两个小时，下了高速又跑了半个多小时。黑耀宗说："今天怪得很，我这一直不晕车的人，怎么好像晕车了？头晕恶心难受得很！"

"我也不舒服得很，有点想吐……"于平说。

黑子赶忙说："那下去透透气，歇会儿再走吧。"

黑子稳稳地将车停了下来，连忙下车照顾爸妈从靠路边这边的车门下了车。爸爸脸色青绿，妈妈脸色煞白。

于平一下车，就到路边一个树窝里吐了。黑耀宗还行，站在路边抽了一支烟，歇了歇，脸色好了一点。

黑子心里暗暗自责，他明白人醉酒、晕车都与情绪有关。他愧疚地在心里直骂自己："混蛋！应该好好给爸妈说嘛！"他匆忙从车里拿出妈妈的保温杯，打开盖子，将热水递到了妈妈手里。于平喝了几口，示意让拿给丈夫，黑子又赶忙将保温杯递到了爸爸手里。

查体非常顺利，不到十一点就全部结束了。黑子爸妈去卫生间，黑子坐在大厅的椅子上翻看手机，刚巧郝雅娜发来了照片。黑子一下子坐直了身子，眼珠子都快鼓出了眼眶。远远看见爸妈走了过来，他慌忙起身，硬挤出点笑容，招呼爸妈坐下，说他也去趟卫生间，匆匆朝卫生间的方向走去。

黑子在卫生间里待了老半天，反复看郝雅娜发的照片，越看火越大，越看心越堵。最后，他用冷水洗了洗脸，清醒了清醒，才将心里的一团火压住。

出了医院已快到中午饭点儿了，省城车多人多，车头贴车尾，一辆挨着一辆慢慢地向前挪动。黑子归心似箭，生气地使劲摁了几下喇叭。车速还真稍微比之前快了一点点。可走了没多远，前面车又停了下来。黑子没及时刹住，贴上了前面逍客车的屁股。黑子心里暗骂：真是倒霉催的，活见鬼了！

逍客车车主一看就是个狠角色，骂骂咧咧，狠拍黑子的车窗。黑子醒过劲来，拉下车窗，心情不好说话不由得火药味十足："拍啥呢？拍啥呢？该报警报警，该处理处理，使那大劲，你想咋？"

逍客车车主一看肇事车主态度不好，更是恼火："嗨！撞了我的车，不认尿还挺恨啊？！你想咋？"

黑子黑脸愠怒："我啥也不想！你打电话报警处理！"堵在后面的车不干了，远点的按喇叭，近点的司机走了出来撺到跟前劝说，让黑子掏点钱快点了事走人。

于平本来身体虚弱，经过一天的折腾，再加上这一惊吓，脸色蜡黄，身子微微发抖。黑耀宗抽巴着脸，一边安抚宽慰老伴，一边观察外面动静。他看到人都围了上来，赶忙下车。

黑子愣娃邪火正盛，火气大得要命。他大声吼道："什么？给你最少赔八百？你做梦去吧！叫警察！叫交警来处理！"

旁边有人不停催："麻利点，掏钱走人！"

"你愿意掏你掏！我不掏！"黑子脖子拧得像根竿。

"都让着点都让着点！问题不严重，掏五百就行了。赶紧都走吧，堵在这儿大家都难受！"旁边有人说和。

黑耀宗从自己兜里赶忙掏出了五百元，塞在了逍客车主人手里。逍客车车主很不情愿，还是骂骂咧咧的，但总算上车走了。

本该吃午饭了，可一家人谁都没提吃饭的茬。黑子驾车直接上高速回了家。

黑子姥姥早上没顾上和孙子拉拉话，这会儿看见孙子，高兴得两手在黑子身上到处捏弄。黑子帮姥姥揉搓腿按摩膝盖，问姥姥腿和膝盖还疼不疼了，多长时间没下楼了，又提出，还是让姥姥和爸妈住他那边的房子，有电梯，姥姥下楼转悠活动就方便了。

姥姥咧着嘴，不停地笑，反复说："使不得使不得！这边你上班不方便，太远了！"

黑子说："开车，快着呢！"

姥姥使劲摇头："就是开车才操心呢！"然后叮咛黑子开车一定要小心，要慢，不要着急，千万不敢喝酒。晚上要早早睡，休息好开车才有精神，反应才能快。姥姥不停絮叨，直到黑耀宗叫他们吃饭才出去。

　　黑子怕爸妈缓过劲来，又细问他与白玉兰的事，吃完饭赶忙溜了。

3

　　陶夭夭在家闲着，美美地睡了个美容午觉。醒来，正想该找谁去嗨呢，黑子的电话不早也不晚地打来了。她非常高兴地答应了黑子的晚饭约请。她高兴地哼着歌，从柜子里把前天新买的衣服全拿了出来，分别在身上比画了一下，最后选了那件焦糖色羊绒大衣、奶白色羊绒衫、驼色七分阔腿裙裤，准备再配上与羊绒大衣同色的小卷檐羊毛礼帽，以及黑色中跟短靴、黑色小长方单肩包。她想象着自己穿上这么一身，风情万种地出现在黑子眼前，该是多么美好！陶夭夭自信满满地笑了。哼哼！我就是要让你黑子好好看看，我陶夭夭到底能输白玉兰几分！

　　陶夭夭在自我陶醉中心情愉悦地洗澡、化妆、打理头发，把出门随身要带的小玩意儿装在了新换的包里。等穿好衣服准备出门，一看时间——"哎哟我的天！"她惊叫一声，慌忙背起包就往楼下跑。

　　陶夭夭边往外走边在手机上输入位置叫滴滴快车。她刚到约好的坐车地点，快车就来了。司机是个四十岁左右的粗实男人，拉下车窗，满眼惊艳又狐疑地看向陶夭夭："美女叫的车？"

　　陶夭夭一看车号，和滴滴页面一致，向车主轻快地"嗯"了一声，便优雅地坐入了后座。司机从车内后视镜里不停偷偷地瞅陶夭夭，脸上流露的意思明明白白：这样的美女去吃饭，竟然没有专车来接，太奇怪了！陶夭夭看着手机，脸上有藏不住的笑意。刚开始一看时间还有点急，后来一想正好，本小姐就是要拽一拽，干吗你黑子一约，我就要扑得那么急呢？陶夭夭满心的骄傲自得，洋溢在身体的每一个细胞里。

　　黑子两眼盯着门口已经等候多时。陶夭夭身影在餐厅一显现，他就看见了。他赶忙站起来向陶夭夭招手，同时示意服务员过来倒茶。陶夭夭从餐厅门口一路走过，凡是看见她的人，目光都一路紧紧追随着她的身影，直到她走到黑子坐的地方。黑子订的双人隔断包间，陶夭夭坐在了他对面。他很沉闷地说了声："谢谢你能来！"然后又说："对不起！我想喝点酒。等你的时候，已经点好了酒菜。点的都是喝酒菜，没征求你的意见。对不起！"

陶夭夭笑着说："没事！我不挑，什么都行！"

陶夭夭精心装扮一番，可从她进门，黑子根本就没往她身上多看一眼，而是始终沉浸在自己的情绪里。其实，从黑子打电话约饭，陶夭夭就知道，黑子是要打听白玉兰生他气的原因。可她没想到，这件事竟然让黑子情绪这么消沉低落。她来时的自信满满瞬间就消失得无影无踪，心里很不是滋味，想着黑子上学时眼里心里没她，现在还照样没她啊！于是，不用装淑女装优雅，她倒一下子放开了："黑子！我知道你心情不好。你想喝酒，我陪你喝！有什么苦水要倒，尽管给我说！"酒菜上桌了，陶夭夭反客为主，主动给自己斟满，又给黑子倒上，两个人就像哥们儿一样吃喝开了。

几杯酒下肚，黑子话匣子打开了："唉！你说，她不接我电话，我联系不到，我怎么能知道她生病了？我又怎么能去看望她关心她？就这，她还跟我不得了？！我到家里去，不理不睬，不依不饶，好像在我跟前受了多大委屈，我惹她生了多大气似的！哼！我看她是心思早就不在我这了吧，我早知道！真是，果不其然啊！"

黑子一来情绪，酒喝得就有点急了，一杯一杯，都不用和陶夭夭碰，自己"哗"地一倒，就端起来喝了。

陶夭夭一看这喝法，害怕了，劝道："人生病的时候最脆弱了，这时候的确最需要人关心，尤其是女人。你这时候掉链子，玉兰肯定生气嘛，你要理解！"

"借口！这纯粹是借口！"黑子喷着酒气，生气地朝空中挥着手。

"唉！你俩啊，十多年了，为这芝麻绿豆大点小事生这么大的气，说明激情还在！来，碰一下！"陶夭夭是真心羡慕嫉妒得眼睛都热了。

黑子看陶夭夭对他和白玉兰的事情，竟然轻描淡写不以为然，既愤懑又着急，一着急就越发地生气，再生气有的事又拿不到桌面上来说，特别是——婶可忍叔不可忍地在医院里与鲁明亲亲热热在一起的照片……只好自己满杯满盏闷头喝酒。陶夭夭劝阻不下，也只能眼看着干着急没办法，直到黑子喝趴在桌子上，人事不省烂醉过去。

陶夭夭本想跟白玉兰联系一下，可想到他们还没有和解，害怕白玉兰多心更生气，就从黑子的裤兜里摸出电话，抓住他右手大拇指解了锁，很快找出了标注为"老爸"的电话号码拨了过去。果不其然，对方接到电话直接就"儿子"叫上了。陶夭夭赶忙叫叔叔，编谎说几个同学一起聚会热闹，黑子稍微喝得有点多，大家想把黑子送到他住的地方去，需要把黑子家详细住址信息发到手机上。

黑耀宗很谨慎，怕是骗子，还问了和谁在一起。陶夭夭脑子活，赶忙说白玉兰没来，要来的话肯定就不用麻烦叔叔了。黑耀宗一听这话，知道肯定是同学了。本想说送到他们老两口家里，转念一想，黑子明天上班不方便，赶忙挂了电话，发了信息。

陶夭夭和白玉兰那天一样，费尽千辛万苦才把又高又壮的黑子弄进家里。一进房子，她累得都想把他直接扔在地上了。可一看黑子那烂醉不醒的可怜样，硬撑着把他半背着弄进了卧室，用尽全身力气，身子往后使劲一仰，两个人四仰八叉都倒在了床上。黑子手臂拉扯着她的身体，她仰面压在黑子的身上。陶夭夭累得瘫软着，想起来半天动也动不了。黑子迷迷糊糊，口里喃喃叫着："玉兰！玉兰！"搂抱着陶夭夭一翻身，就把陶夭夭从他身上翻到了床中间，侧躺着顺势把陶夭夭紧紧箍在了怀里，用嘴巴和下巴磨蹭陶夭夭的头发和脖子，"玉兰玉兰"地喃喃轻唤。

陶夭夭被黑子这痴痴缠缠地搂抱着亲昵，真想就这么睡过去算了。可黑子搂着她，嘴里却始终叫着白玉兰的名字，她不由得难受不已。心想，我还没贱到顶着别人的名头去献身的程度吧？于是，她装着白玉兰的腔调哄黑子："快乖乖松手，让我先去给你倒点水来喝哦！"硬是掰扯开黑子紧箍着她的手，跳下床去。

黑子一脸醉态，但高大健硕的身体，黝黑俊朗的面庞，令陶夭夭心里五味杂陈。她喜欢的这个人，从来就没喜欢过她。哪怕他对她今天精心的装扮能多一点点关注，哪怕他能叫她名字一声，哪怕他搂着她时不呼唤白玉兰的名字，使她能够糊涂一点，少一点对好朋友好闺蜜的负罪感，她陶夭夭今晚就豁出去了。可他没有！但就是这样，陶夭夭此时倒真希望黑子不是白玉兰的男朋友就好了，是其他谁谁谁的男朋友，她都无所谓了，她都会果断投入他坚实的怀抱，成全自己从很久以前就怀揣的那一腔情思。可他是白玉兰的男朋友，而且他现在心心念念的、嘴里不住叫着的人还是白玉兰。

陶夭夭整理好自己的衣服，给黑子脱了鞋子。她害怕被黑子再搂住她走不脱，没敢给脱衣服，就扯过床上的被子给黑子盖在了身上。她摇摇头苦笑着，看了看黑子那张又黑又亮、棱角分明的脸庞，也不知出于什么心理，拿出口红厚厚地涂在了自己唇上，然后恶作剧似的在黑子的额头、脸上、嘴唇上重重地印上了自己的吻痕。她莫名地笑着，掏出手机，欣赏似的从各个角度照了几张照片，保存在了自己的手机相册中。

已经走到门口，她又停了下来，偏着头若有所思后，返回黑子卧室，从包里掏出了湿巾纸。她静静地欣赏了半天黑子的滑稽样，用湿巾将黑子额上、脸上、唇上的红唇印全部擦掉了。再没多待一分钟，她头也不回地走了。

4

黑耀宗接到陶夭夭的电话一晚上都没睡好。他怕于平担心，于平问谁的电话、说啥事，他撒谎说是棋友电话，询问另一个棋友的电话号码，硬是搪塞了过去。

自从黑子搬出去住以后，黑耀宗就住在黑子的房间里。这晚他翻来覆去睡不着，半夜里起来开着窗户抽了几根烟。他是男人，知道男人醉酒的原因。加上昨天黑子的反常情绪，断定黑子和玉兰闹矛盾了。他思前想后，操心得不行，决定早早起来去看看。他早上不到五点就悄悄起床了，轻轻拉上于平和老岳母的卧室门，关上厨房门，悄无声息地熬稀饭、拌凉菜、馏包子。做好饭，自己没顾上吃一口，给黑子装了一份，其他的都做好了保着温，等她们起来吃。

黑耀宗平日里外出都骑自行车，今天他破例打了出租。他估摸好了时间，到黑子住的地方，刚好是黑子上班该起床的时间。这个时间去既不影响孩子睡觉，也不耽搁孩子上班。

黑耀宗一直为儿子感到骄傲，上学、工作都靠自己，从没给他们添什么麻烦。包括谈这对象吧，虽然还没确定，但谈了多年了一直好着。玉兰人长得漂亮，家里条件更是他们家没法比的。黑子如果和玉兰成了，说他们高攀一点也不过分。想到这里，他又莫名焦虑起来。

黑耀宗知道黑子平常上班闹铃是六点半，他计划六点半准时到黑子房子门口。

到了楼下，他没着急上楼，在楼前绿化区小径到处转着看。这个小区还不错，地理位置、物业服务、小区环境、绿化植被都很好。黑子到单位上班后，住在家里离单位太远很不方便。他们就到处转着看，选中了这个小区。黑子当时还不大愿意，嫌给爸妈添负担。可于平态度很坚决，她认为从长远发展看，房子是早买早好。最后说通了黑子，他们给凑钱付了首付，让黑子承担了房贷。现在这套房房价已经翻了五番。每每想到这些事，黑耀宗就不由得为自己骄傲。自己不名一文的一个高杆电工，找了一个大学生老婆，虽然身体孱弱还拖家带口的，可他就是有眼光。

马上六点半了，黑耀宗往黑子住的楼栋单元走去。

黑耀宗本不想自己开门，可他死活敲不开黑子的房门，再一看时间，才掏出了黑子留在家里的备用钥匙，打开了黑子的房门。果不其然，黑子睡得正酣，鼾声打得"呼噜呼噜"山响。房子里的酒味，加上青壮男人身上的气味，还有暖气燥烘烘的味，差点让黑耀宗闭了气。他一面叫黑子，一面将窗子打开一点，让外面的新鲜空气换进来。

黑耀宗好不容易连叫带摇把黑子弄醒，黑子一睁眼倒很灵醒地就问："爸！你怎么来了？"

黑耀宗说："我不来，恐怕你今天得睡到大中午去了！"黑子赶忙摸出手机看，"腾"的一下就跳下了床，急急忙忙到卫生间洗漱、解手。黑耀宗赶忙将保温杯里的稀饭盛好，又将包子和小菜拿出来放在了餐桌上。

黑子低着头喝稀饭，嘟囔了一句："昨天喝得可能有点多……"

"不是喝得有点多，是很多了，都人事不省了！"黑耀宗接上话，口气里带着不满和责备，"你的工作什么的，爸妈不懂，帮不了你也教不了你，但做人、生活上，我们还是能说的！不管啥事都不能贪杯嘛，你看你喝成这样，有啥好处？要不是我来，你今保准上班就迟到了。是不？"

"嗯！"黑子赶忙承认。

"你和玉兰的事，细节我不知道也不想问。但不管啥原因，咱是爷们儿，要主动，要想办法解决问题。借酒浇愁、喝得烂醉于事无补，反而还会误事。你知道不？"

"知道。"黑子声音小到自己都快听不到了，但他只应声，不想解释，也不想给爸爸说其中的细节。他知道一句两句也说不清，说了爸爸也未必能懂。

"你都知道就行。如果没啥大不了的事，女人嘛，哄两句就没事了。你嘴巴甜点，服个软，腿跑勤点，多缠磨几次，自然就好了。"

黑子没吭气，闷头吃饭中抬头瞄了爸爸一眼。心想，你儿比你知道得多，这些招儿早都用过了，这次不管用了！

第五章

白玉兰打了三天吊针，有点好转就上班了。刚走进办公室，赵青惊诧道："呀！你怎么来上班了？不挂针了？好了？"

"差不多了。医院全是感冒挂针的大人、小孩，待在里面难受得很！"白玉兰恹恹地回答。

"也是。现在一点小病都要给挂吊针，好像不挂吊针就好不了似的。"赵青口气里透着不解。

"感冒发烧，去了就是化验这化验那，做皮试，挂吊瓶，开一盒子又一盒子的药。"白玉兰苦笑着摇摇头，蔫蔫地继续说，"病人能有啥办法？"

"那你今天不打吊针能行吗？"赵青问。

"反正不发烧了。下班再去。"

白玉兰正说着，田薇薇一阵风似的进来了。一看见白玉兰就惊讶地问："呀！兰姐啊，你上班啦？"

"嗯。"白玉兰冷冷地应了一声。心想，我再不上班你该把我宣传炒作到头条上去了。

"你可真是的！也不知道趁机多休息几天。要是我啊，非得休到和年假连上不可，好好给自己放个长假，飞海南、飞三亚，到处玩去了！"田薇薇说得眉飞色舞。

"看把你想得美的！好像成仙了似的到处飞。赶紧下凡接接地气，打扫卫生去吧！"赵青笑着催促田薇薇。

早已到办公室的葛台长，听着这仨女人的叽叽喳喳声，就知道角色都到齐了。葛台长对白玉兰印象一直很好，人聪明能干，待人有礼有节，处事还很大气，身上完全没有干部子弟的傲气和优越感。她病还没好就提前上班，使葛台长在心里为她又加了分，心想这女子可不敢小觑啊！

孙雄扬每天开车绕道送女儿上学后才能往单位赶，所以，天天都是紧紧张张最后一个到办公室。他的办公室靠里面，和帅哥播音员范卫华一个办公室。最近范卫华休探亲假提前回家过年了，办公室就他一个人。孙雄扬到自己办公室，要穿过播音室、三个美女的办公室、葛台长的办公室。每天经过三个美女的办公室时，如果没迟到，他肯定要到她们办公室去聊几句；如果迟到了，就会悄无声息地溜进自己的办公室。

今天孙雄扬没迟到。他头发往上一甩又往后一甩，胖胖的身子往门边侧身扭着一靠，白腻腻的肉团团脸上堆满笑容，小眼睛眨巴眨巴的，正想扬手和美女们打招呼，一眼就看到了白玉兰，马上表情夸张地说："哎哟我的天哪！怎么这就上班了呢？"

"就是的！小白啊，你还是回去休息吧！"这时候葛台长恰到好处地出现在门口接上了话。

白玉兰慌忙站了起来："我已经好了，待家里也没事，吃着药呢。谢谢台长和孙哥关心！"白玉兰难得将孙雄扬称呼了一声哥。平日里，孙雄扬老在白玉兰、田薇薇和范卫华跟前自称为"孙哥"，但白玉兰和田薇薇特看不惯，也瞧不上孙雄扬那个虚伪谄媚劲，两人从来都没叫过他哥。

田薇薇打扫完了播音室卫生，端着多半盆水回来了："哎哟累死我了！让一下，让我把水放下！"站在门口处的葛台长赶忙让开，和孙雄扬一起离开了。

田薇薇一坐下，就从挂在椅背上的休闲大桶包里掏出了早餐奶、鸡蛋卷饼。白玉兰有病胃口不好，看见这一大堆吃的，胃里难受得直翻腾。她硬掩饰着难看的脸色，但依然没逃过赵青的眼睛。赵青端着自己的茶杯走了出去。不一会儿，白玉兰就接到了赵青的电话："玉兰！来播音室坐一会儿！"

白玉兰连倒好的水都没顾上端，赶忙走了出去。

播音室里只有录播设备、两个工作台和一组沙发。赵青开了窗子，通了通风。白玉兰进来后，她赶忙又将窗子关上。

"怎么感冒的？"赵青问。

"不知道。流行感冒吧！"

"我怎么觉得你情绪不对劲？"

赵青和白玉兰爸妈是老乡，一直走得很近。白玉兰到电视台上班后，她爸妈专门把白玉兰交代给了赵青，让多关心指导着点。白玉兰小时候管赵青叫赵姨，成同事以后，她就跟着孙雄扬他们称呼赵青为赵姐。女人都不希望别人把自己叫老，第一次叫时赵青还嗔怪了她一下，后来也就不再说啥了。

赵青这么一问，白玉兰眼圈一下子就红了，眼泪扑簌簌地流了下来。

"有啥伤心的啊？谁欺负你了？"赵青一着急，声音不由得大了起来。

白玉兰赶忙控制自己的情绪，把眼泪使劲往干净擦。

白玉兰情绪稳定后，就像那天跟陶夭夭倾诉一样，把她和黑子的交往情况，以及这次闹矛盾的前因后果，给赵青又絮叨了一遍。

赵青是离了婚的女人，又爱写情感文字，一听白玉兰说完，就明白是怎么回事了。于是问了白玉兰一连串问题，让她如实回答。

"你们一起吃饭一起出去玩谁掏钱？"

"他。"

"谁找谁的次数多？"

"他。"

"你们在一起时谁主动？"

"他。"

"到谁住的地方次数多？"

"到我那里。"

"你的生日你的大小事情他记得清不清？"

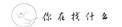

"还行。"

……

赵青下了结论：黑子是爱着白玉兰的。白玉兰不解，依然很生气，反过来追问："既然是真心的、是爱的，为什么不提结婚的事？为什么不心疼我，那天使劲灌我酒？为什么莫名其妙还说我装什么装？为什么我病了，几天都不闻不问……"

赵青心如明镜，说："他知道你上学时喜欢鲁明，鲁明也喜欢你，对吧？因为他一直不确定你对他的爱，他一直在吃一种叫'记忆'的陈年老醋。那天他借着酒劲，打开了那个老陈醋的瓶盖子，差点打翻了醋瓶子！哈哈哈……"赵青说到最后，忍不住大笑起来。白玉兰慌忙捂住她的嘴巴，赵青这才止住了笑声。

白玉兰被赵青笑得云里雾里的，越发郁闷，疑惑地问："我怎么没觉得呢？我反而越来越觉得，他是玩够了，变心了，嫌我老了，想找更年轻的呢！"白玉兰嘟着嘴，边说边朝赵青翻白眼。

"傻丫头！你老什么啊？我们这么漂亮的大美人，他敢撒手，分分钟就被抢走！不信他试试看！"赵青给白玉兰打气。

"什么呀？我看他就是变心了，没事找碴，想逼我主动提分手，然后就坡下驴，最后落个我不仁不义……"白玉兰气哼哼的，一口气将自己的心思全说了出来。

"从你说的情况好像不是……"赵青沉思了一会儿又说，"不过他一个大男人，心眼那么小，醋劲那么大，那么不自信，也真够麻烦的……"赵青说着，想起了自己的婚姻，不由得情绪也低落了下来。

赵青肤白貌美，气质优雅，身材曼妙。快四十的人了，依然风姿绰约。她离婚的原因就是丈夫老疑神疑鬼，心思不用在事业上，全用在了抓老婆的把柄上。多年前，赵青跟公司一个大项目，外出采访和副总等人一同待了几天，大家工作、吃饭、住宿、闲暇外出游玩都在一起，有很多留影纪念。熟悉后，偶尔也有联系。赵青丈夫可能听到了什么闲言碎语，就怀疑猜忌，想方设法打听、套话、臆想，疑神疑鬼，给别人乱扣帽子，也给自己老婆使劲泼脏水。后来，只要别人夸赵青漂亮，或者多看赵青几眼，他都会把怨气怒气转嫁到赵青头上。最后发展到了跟踪、翻包、查岗、查电话记录，甚至谎称出差，半夜突然回家偷袭，黑乎乎站在床前，把赵青吓个半死。赵青被整得神经衰弱，晚上睡都睡不踏实。有一次他竟然动粗，对赵青大打出手。赵青忍无可忍，在儿子考上重点初中住校后，就毅然决然净身出户办了离婚。

赵青从自身的家庭悲剧及人生经验帮白玉兰分析：漂亮女人男人都喜欢，就像诱人的美味食品，人人都想吃都爱吃，这是人性。找漂亮女人的男人，如果感觉到与女人的差距越来越大，就会越来越不自信。有的是越来越懦弱，逆来顺受；有的越来越焦虑狂躁，控制欲占有欲越来越强。赵青定性她的前夫属于后者。

白玉兰知道黑子不会那样，十几年的交往，对黑子她还是了解一些的。想到这里，她一下子精神了起来，反而体贴地搂了搂赵青的肩膀。

"玉兰！你现在只需要确定，你爱不爱黑子？如果爱，就明确告诉他，你想结婚了，想嫁给爱自己、自己也爱的人！如果黑子还不提结婚的事，那咱就跟他没有明年，年关就是你跟他说拜拜的最好时机！"

白玉兰犹犹豫豫地望着赵青，还没等开口，田薇薇推门进来，手里端着白玉兰的水杯。"什么嘛，两个人躲在这里说悄悄话，也不叫我。快点喝水吧，感冒了要多喝水哦！"

白玉兰到底什么也没再说。

第六章

1

白仰光久久地看着放在大办公桌上一家三口的合影。这张合影是白玉兰上小学前，一家人去青岛旅游时在海滩上照的。那时候他和妻子还很年轻。女儿穿着小太阳裙，俏皮地趴在他的背上。身后碧波荡漾，头顶蓝天白云，脚下沙滩无垠，那画面看起来真的好美。白仰光仿佛回到了那时的场景，听到了海水哗啦哗啦涌向岸边的波涛声。直到敲门声响起，才将他从美好的回忆中拉了回来。

"请进！"

"哈哈哈！老白啊，忙啥呢？"是集团管设备技改的杨副总。

杨副总是江苏扬州人，个子不高，精瘦。他比白仰光大两岁，他们大学毕业住单身楼时宿舍挨着，以前走得很近。杨副总的儿子杨州比白玉兰大三岁。孩子小时候，大人在一起经常开玩笑，说要结娃娃亲家。杨州和他爸长得几乎一模一样，就是大了一个型号，但仔细看，个子好像还没有白玉兰高。杨州大学毕业一路硕士、博士上着，最后还到了美国。杨州上研究生后，杨副总专门找了老白，问孩子小时候咱说的话可还记得，老白打哈哈："记得啊，当然记得了！"然后赶紧就把话题拐到了"你看咱们转眼都老喽"之类伤春悲秋的话上。他知道杨副总的意思，但他没敢接那话茬。讲真的，选女婿，他还真没看上杨州。他女儿个子高，他想起码要找一个身板结结实实、长得高高大大的男孩。杨州和玉兰站在一起，明显显得过于单薄了。况且，那时候他也知道，玉兰有一个叫黑子的男同学，大学假期里经常会跑到家里来找玉兰。他和玉兰妈都觉得那男孩子很不错。这种不可能的事，避开最好。

可过了一些时间，杨副总又找到了白仰光。这次他开门见山把话挑明了，说他们两口子一直喜欢玉兰，他儿子杨州也喜欢玉兰。杨州一直没处对象，就是在等玉兰。当时把白仰光给尴尬坏了。白仰光一边说抬举抬举，一边打哈哈说玉兰还小，最后把皮球踢给了两个年轻人，说让他们自己去联系，自己去谈。杨副总高高兴兴走了，说你没意见就好，那我就告诉我家州州，让他正式拉开架势追求玉兰，向你们老白家发起进攻喽！

两个孩子怎么联系的白仰光不知道，他只知道每次杨州回家，杨副总一家都要来串门做客，而玉兰总是找借口躲出去，能不见就不见。杨州到美国读博后，回来得少，这几年才没再到家里来过，杨副总也不再提结儿女亲家的事了。

杨副总人精明能干，又多年管的都是花钱的事，官派很足，气场很强。一张口说话，声音洪亮，底气十足。一般人都会惊奇，那样瘦小的身体，怎么会有那么大的肺活量？今天，他是来给白仰光发请柬的，杨州要办婚礼了。

不等白仰光拿烟，杨副总已掏出了软中华递过来："老白啊，今天抽我的！这是咱州州的喜烟！"

"哦！那得抽你的！恭喜了恭喜了！"白仰光赶忙拿出打火机给杨副总点上，也给自己点上。

"州州找的这对象吧，自打上研究生的时候就一直追他，可他却死活不答应。人家爸爸公司光净资产就几十个亿，一年的纯利润比咱们集团都要多得多。多大的家业啊！最后他去美国读博，人家女孩子又追了过去。唉！"杨副总似乎很遗憾地叹了口气，狠狠地吸了口烟接着说，"咱玉兰硬是不答应他不理会他，最后州州实在无奈，才和这女孩走到了一起。这不，他们在美国已经注册结婚了。今年春节回家，我们就想按咱们国内的风俗给再办个婚礼，算是把咱大人的心事就给了喽！"说完，从兜里掏出了一张装帧精美的结婚请柬递给了白仰光。

白仰光连忙说："恭喜你们了，恭喜你们了！"双手接过请柬，放在了办公桌上，顺势走到饮水机跟前，去取纸杯给杨副总倒水泡茶。杨副总赶忙拦他，不让倒水，说他还得给很多人送请柬。临走了，又一拍脑袋说："你看我光顾自己高兴了，也没问问你，咱玉兰的事到底咋样了？"

白仰光心里早都不是味了，被杨副总直接这么一问，更不是滋味。于是想都没想，顺嘴就说："谢谢关心！我们也快办了！"

"那你和淑贤，可一定要给孩子把心操上哦！咱这小地方可不比大城市，这女孩子二十七八就算大得很哪！让孩子抓紧！"

白仰光口里答应着："是是是！"但脸色已是掩饰不住的难看。刚一送走杨副总，他就将拿出来已放好茶叶但还未倒水的纸杯，狠狠地捏成一团扔进了门口的垃圾筐。他整个身子倒在大靠背皮椅上，仰脸望着天花板，静静地待了几分钟，才拿起电话给肖淑贤拨了过去，让她联系赵青，一是观察一下白玉兰身体，二是帮着开导一下，最好能把实情套问出来，好想办法解决问题。

2

鲁明正迷迷糊糊睡午觉，接到了艾静的电话："阿明哥！你干吗呢？半天也不回我微信！"

鲁明声音含糊地说："午睡啊！已经休假了，我在干吗，不用给大小姐汇报吧？"

"快点嘛！阿明哥，上微信给我发你家地理位置，我坐的车已经出机场了！"

"啊？！你说什么？出机场了？"

"嗯！阿明哥，我到你家来了，来看叔叔、阿姨和你了！"鲁明睡意全无，掀起被子坐了起来。

艾静坐在出租车里，一边给鲁明打电话，一边看着窗外的景色。高速公路中间的绿化带植物长得很茂盛。路两边平展辽阔的田野里，麦苗贴着地皮匍匐着，老远看去灰绿青乌，似乎干渴至极，欲从地里吸吮水分补充干枯的身体。天空雾蒙蒙的，视野里黄澄澄的，不清亮。在与鲁明聊天中，她早都听说了这座北方城市最近雾霾严重，PM2.5 指数居高不下，可没想到竟然如此严重。

鲁明走出房间，想给妈妈说一声艾静来雍市的事，可看到妈妈卧室门闭着，知道她也在午睡，就又悄悄回到自己房间，把门关上给艾静打电话。他问艾静准备住哪里、待几天、啥时候回去，艾静嗔怨他："人家还没到，就问人家啥时候回去，明显不欢迎嘛！"鲁明赶忙解释，说是没准备，怕招待不周。艾静说她准备住在离鲁明家近点的酒店，但让鲁明先不要告诉他爸妈，她想先和鲁明一起到处玩玩。

这正合鲁明心意。他让艾静告诉司机直接开到西凤大酒店。

西凤大酒店距鲁明家就五分钟的路程。到了酒店，鲁明用自己的身份证给艾静开了房间。酒店服务员问打算住多长时间，鲁明想了想，预订了三天。在等艾静时，他思忖着这几天的安排，一时半会也拿不定主意。最后干脆不想了，他知道艾静随性，也许生两天就变卦了，就要回了呢。

鲁明正在发呆，陶夭夭打来了电话，说最近白玉兰和黑子闹别扭，似乎还挺严重。问鲁明有没有时间，看能不能把黑子、白玉兰约一下，给说和说和。鲁明满口答应，并说他老板女儿来了，刚好晚上一起吃饭热闹热闹。他让陶夭夭联系黑子和白玉兰，定吃饭地方，他请客。陶夭夭说了一声："够哥们儿！"随即便挂了电话。

鲁明刚放下电话，就看见艾静拉着个很精致的大红色拉杆箱，从旋转门里闪了进来。艾静身着短款黑色皮夹克、紧身麻黑牛仔裤、休闲敞口黑色短皮靴，皮靴敞口很自然地将稍紧的牛仔裤口束在里面，显得整个人更加挺拔高挑。加上她小麦色的皮肤、厚嘟嘟的嘴唇、焗得有点发红的短发，整个人看起来洒脱不羁。鲁明迎着艾静走了过去，顺手从兜里掏出了房卡，晃了一下。艾静看着鲁明甜甜地笑，在鲁明伸手接过拉杆箱时，很自然地挽住了鲁明的胳膊。

一进房间，艾静就给了鲁明一个大大的拥抱，差点把没有防备的鲁明扑了个趔趄。鲁明撑着身体，一手拉着箱子，一手在艾静背上拍了拍，说："好了好了！你先洗漱一下！"艾静这才松开了他，将皮夹克一甩就扔在了床上，整个人也仰面倒在了大床上，软软的大床轻轻弹起，艾静的身体和床一起像波浪一样上下晃了晃。

鲁明清洗了烧水壶，倒了矿泉水烧上。他问艾静有没有自带水杯，艾静就从随身背的单肩包里，拿出了一个红色的磨砂面儿小保温杯，并从行李箱中拿出了几包咖啡扔给了鲁明。鲁明边撕咖啡袋边对艾静说："晚上刚好几个同学小聚，带你一起去认识认识，这几天可以一起玩，怎么样？"艾静当然非常高兴，爽快地答应了。

柔和的午后冬阳，透过缀着星星点点金银丝线的纱窗帘子斑驳而入，照得房间里面暖融融亮堂堂。艾静的身影在光线里一会儿虚一会儿实，晃得鲁明心里直发慌。

他借口去买水果，离开了房间。

3

陶夭夭已经找出了白玉兰的电话要拨，可转念一想，还是先给黑子打吧。让黑子联系白玉兰，开车接上白玉兰一起去，多好。

电话响了一声就接通了，陶夭夭觉得黑子就像在等她的电话一样。

"你好！夭夭！"

"鲁明老板的女儿飞过来看鲁明了，今晚约咱们几个同学一起聚聚陪着热闹一下。你联系一下玉兰，你俩开一辆车过来就行。一个人开车一个人喝酒，否则没人喝酒不热闹的！"

"哦……好吧！"黑子稍微犹豫了一下，答应了。

陶夭夭电话一响黑子就接，因为他知道陶夭夭打电话必然与白玉兰有关系。果不其然，这真是天赐良机。

黑子酝酿了半天，给白玉兰打通电话后怎么说。想好后，看了看正在埋头查资料的赵年和正在刷手机的郝雅娜，走了出去。到一个无人的小会议室，连打了三次电话，都被自动挂断。黑子气得爆粗口："娘的！"将电话直接回拨给了陶夭夭："你那好姐妹不接我电话，恕我无能，人给你带不到了！"

"那你多打几次嘛！"

"打了三次还不够吗？"

陶夭夭听得出黑子很无奈，也很生气，就替白玉兰找借口："玉兰是不是没带手机？她病着嘛，是不是正在睡觉没听见手机响？"

"不知道！反正最近我给人家打电话一直不接，微信短信也一概不回！"黑子语气非常沮丧。

"哦。那我试着联系一下，但你一定要去哦！"陶夭夭心里忐忑，害怕黑子不开心，白玉兰不去他也不去，那她一个人去就别扭了。

其实，白玉兰刚才看到黑子的电话心里扑通扑通直跳，这是她多年来很少有的感觉。她几次忍不住想接，但最终硬是忍住了。白玉兰下定决心要等黑子找到她，当面和他说。况且赵青和田薇薇都在办公室里，她也不好意思在电话里和黑子说什么。

这时陶夭夭的电话打了进来。白玉兰看到是陶夭夭的电话，在振铃第一声后就接通了。

陶夭夭一听白玉兰语气很正常，就知道白玉兰是故意不接黑子电话的，并没有她给黑子解释的那些情况，不觉笑出了声。

"你是要来看望我吗？"白玉兰问。

"嗯，差不多！"

　　白玉兰遗憾地说她已经上班了，下午下班后还得继续挂吊瓶，晚上不能去聚会了。陶夭夭无奈，只能说看病重要。俩人在电话里不停八卦，对鲁明老板的女儿在鲁明刚回来几天就追过来看鲁明这件事情，揣测议论了半天。不约而同猜想，鲁明交好运了。最后，又说回到了白玉兰和黑子的事上。陶夭夭劝说白玉兰要和黑子多沟通，把话说清楚。

　　下班到医院打吊针时，白玉兰一直拿着手机看。陶夭夭一会儿一个视频，一会儿几张照片，不断给她发过来。白玉兰从照片和视频中看得出来，黑子一直很不在状态。不过鲁明老板家的女儿着实让白玉兰惊艳了一把。看着极有个性，活力四射，开朗活泼。艾静还主动在视频里跟白玉兰打招呼。她挤在鲁明和黑子中间，一边搂一个，向白玉兰问好，并要求白玉兰也拍视频发过来，她想赶紧认识一下她阿明哥的这个美女同学。

　　白玉兰发给陶夭夭一行字：病体未愈，精神委顿；自惭形秽，恕不视频；改日约饭，还望赏脸！艾静看后直呼：此女可交！此女可交！

　　可白玉兰心里莫名失落，她只默默地看陶夭夭不断发过来的信息，没有回复。

　　吃饭只用了一个多小时，艾静明显意犹未尽。黑子兴致不高，鲁明又一向内敛，最后还是陶夭夭提议，四人又去KTV唱歌。艾静K歌热舞劲爆火辣，黑子和陶夭夭受到感染，气氛和情绪明显比吃饭时高涨了许多。鲁明、陶夭夭都唱了自己拿手的歌。尤其是鲁明，校园歌手的专业范儿一出来，迷得艾静崇拜异常。鲁明唱歌时，她一会儿拥抱，一会儿献吻，看得陶夭夭艳羡不已。黑子在嫉妒眼热的同时，心中释然，彻底打消了白玉兰、鲁明上学时互有好感还潜藏在他心底的那点醋意。实际上，他心里一直很清楚，那天郝雅娜在医院拍的照片，肯定是鲁明知道白玉兰生病在医院挂针，去看望了。黑子此时已将心里的疙疙瘩瘩完全解开，心情不由得舒朗起来，也亮起大嗓门嚎了几曲，逗得艾静和陶夭夭开怀大笑。

白玉兰将艾静热舞、鲁明深情吟唱、黑子豪情高歌的视频反复放了来看，将艾静对鲁明的痴情尽收眼底。看到黑子情绪好转，她也不那么郁闷了。

第七章

1

于平从省医院查体回来后，一直对黑子那天的异常表现耿耿于怀。黑耀宗担心她的身体，对黑子当天晚上烂醉不醒，最后让人送回住处的事压根就没敢提。第二天送早餐回来，于平问他，为啥突然想起给黑子送早餐，也被黑耀宗硬搪塞了过去。于平似信非信，但也没再纠缠着问。

于平是市电力局的老专家，还差一年退休。那天查体去时晕车，让她像生了一场大病一样，到现在还感觉很不舒服，就没去单位。在家里闲着，她不由得就爱想那些乱七八糟的事情。想起她跟黑子爸结婚时，黑子爸比黑子现在的年龄要小得多。但她当时觉得他好大，加上人黑，好像很老似的。她就在想，在妈的眼里孩子永远长不大，还小呢。可在人家姑娘眼里，可真不小了，说不定还会像她年轻时候一样，还嫌黑子老呢，不免就为儿子着急起来，就又胡思乱想起来。于是，她又想起了自己刚工作时候的事情。

于平大学毕业自愿选择分配到这个西北小城市工作。之所以做这样的选择，是她太想摆脱过去生活环境带给她和母亲的伤害和阴影。报到后，联系安排好住的地方，她第一时间回到自己从小生活的那个南方小城，处理了家里仅剩的一些物件，将妈妈接了过来。

于平妈妈原本是妇产科医生，和爸爸在他们所在的小城最大的医院工作。两口子知识分子特质明显，在学术上认真严谨一丝不苟，只精专业不懂世故。于平爸爸在近四十岁时莫名遭受学术诬陷和政治迫害致死。两年后，一次突然人为断电造成医疗事故，于平妈妈再次遭受不公待遇，被迫离开医院丢了公职。好在她产科医技小城有名，但因被剥夺了从医资格，只好在各个非专业、不正规的地方，包括乡镇、农村，凭着实实在在的真本事流动助产接生挣钱，养活拉扯一双儿女。

于平参加工作实习时碰上了黑耀宗。黑耀宗北方男人特点明显，高高壮壮，热情开朗，豪爽大气，对于平这个南方文弱女孩多有照顾。电力野外作业时所有工具、材料、资料，他都乐呵呵一个人全背，高杆作业更不让于平靠近。工作中的细微照顾，让从小缺少父爱、缺乏安全感的于平，渐渐对这个没有多少文化的"粗人"产生了感情。黑耀宗也特别爱慕这个南方女大学生。没多久，他们就结婚成家了。婚后，黑耀宗慢慢知晓了于平家的遭遇，更是加倍地厚待苦命的岳母和妻子，和妻子一起供养聪明好学的小舅子，一直到他留学国外工作定居。小黑子的出生，给这个小家庭增添了无尽的快乐。几十年来，夫妻俩互敬互爱、相濡以沫，简单而幸福。两年前，于平体检时查出了乳腺癌，手术治疗后一直在恢复中，更是感受到了黑耀宗无微不至的关心和爱护。少年夫妻老来伴，让她感觉特别温暖幸福。

两代人的不同生活经历和体验，让于平对黑子的婚姻没有过高的奢望和要求，她只希望黑子找一个喜欢的好姑娘结婚，过平常日子就行。

于平思前想后，想不明白，就又给自己找上毛病了。心想，社会在变，人也都在变呢。现在人都务实得很，人家也许在真要谈婚论嫁的时候，嫌弃咱家条件不好呢……她想起他们那个年代年轻人谈对象时，谁把物质看得重，都让人瞧不起。可现在有些年轻人，张口闭口就要嫁豪门、傍大款、攀高枝。有句话咋说来着？于平想了半天，恍惚记得好像说是宁愿坐在宝马车里哭，也不愿意坐在自行车后面笑！想到这里，于平嘴角似乎还露出了几分蔑视的嘲笑：婚姻是一辈子的事，还是应该看缘分重感情的呀，哪能那么物质、那么势利呢？

于平一筹莫展，坐在写字台前好长时间，直到黑子姥姥喊她，才回过神来。最后她想，不管怎样，得赶紧把黑子叫回来，问清楚实情才是。

2

黑子一直联系不上白玉兰，心里很不安。科里报审的材料已经交上去了，这两天也没有特殊事情，工作不是很忙，他还稍稍觉得轻松一点。

郝雅娜看得出来黑子情绪不好，所以也不敢撩骚。

黑子想来想去，最后决定还是到白玉兰家中去探望。有了主意，他收拾桌上资料的动静不免大了起来，引得对面一直看电脑的赵年抬起头来打量。

黑子一看快到中午饭点了，就想起答应郝雅娜请他们吃饭K歌的事情，就问郝雅娜："美女中午有约吗？"

郝雅娜忽然一愣，心想这黑子莫非还真对自己打起主意来了？就仰起头来，表情漠然地问："中午？约什么约？"

黑子一听这话，赶紧说："哦！没有？那好！"然后就对赵年说："赵哥！咱这材料不是交上去了嘛，晚上我还有事，中午我想请你们两位一起在外面吃个便饭，改善一下，老在咱这餐厅吃饭腻味得很！"

赵年一听满口答应："哦，那好啊！中午时间利用起来最好，晚上大家事情都多！"

三人决定就近去吃"凤鸣春"羊肉泡。

"凤鸣春"羊肉泡是雍市有名的小吃，尤其在冬天里很受欢迎。因为羊肉属于温补食品，在冬天吃，补脾养胃，提升阳气，是老少妇孺皆宜的养生滋补食品。加之这羊肉泡做工程序复杂，吃法考究，更是让人吃前馋涎欲滴，吃后回味无穷。大凡老吃家，半上午就去了，静静地坐在一角，悠然自得，不慌不忙，将要泡的馍（其实是饼）放在古瓷大碗里，撕下一小块，然后再双手大拇指、食指轻轻地捏在一起，将那小块饼抠掰成一个个小丁丁。讲究的人，慢慢地，仔仔细细一丁点一丁点掰来，每个小丁丁都掰得像黄豆大小，最后盛得高高一碗。看着个个馍丁珠圆玉润的，就像一年满仓的收成，饱满丰硕。老吃家掰好馍丁，一般并不急着让烩，而是很享受地看上半天，就像欣赏自己的作品，神态满足、安逸、踏实，然后才高声叫来服务员，服务员再将盛着掰好馍丁的大碗夹上号牌，送去后厨。后厨一看这掰的馍丁的大小，就知道是真正的老吃家，丝毫不敢怠慢，仔细地高汤烩煮，精准把握火候、软硬、调料，最后加上粉丝、木耳、黄花以及精心煮好的熟羊肉，热乎乎盛满一大碗。再将一小碟香菜末、一小碟辣子酱、一小碟糖蒜、一小碟泡菜作为佐料，和羊肉泡一起放在木质托盘中，由服务员端送过来，殷勤地招呼一声"您慢用"，远远地躲在一边，仔细观察老吃家的表情。看到老吃家细品一口后露出满意的神情，才放下心来，赶紧又转到别处忙活。

还有一种吃法，就是一碗汤和两个发面饼同时送上，由吃家自己将饼分几次掰成一大块一大块泡汤里，或者直接拿着饼子就着羊肉汤吃。这种吃法叫水盆羊肉，汤鲜饼酥，吃起来清香爽口，也别有风味。

黑子、赵年、郝雅娜三人一下班就直奔"凤鸣春"羊肉泡馍馆而去。黑子让拼了三盘凉菜，要了三瓶果啤。三人口味各异，郝雅娜要水盆，黑子要浓汤羊肉泡，赵年要宽汤羊肉泡。年轻人耐不下性子，再加上下午还要上班，时间紧张，他们两人都要了机器切碎的饼，一烩就吃。

黑子这几天情绪不好，郝雅娜不能和他互掐逗乐，憋得难受坏了。这气氛稍微一宽松，就释放开了。

"黑哥真男人，讲信用！我那天也就开一玩笑，今天就兑现了！谢谢哦！"郝雅娜风情万种地和黑子碰杯。

"哪里啊！难得交差了，轻松一下！赵哥，咱仨一起碰一下！"黑子把赵年也拉上。

赵年举起杯子，三人轻轻碰了一下。

"唉！也没顾上问，你妈复查的情况咋样？"赵年问黑子。

"谢谢赵哥关心！"黑子举杯感谢赵年，"还好，恢复得还算不错！"

"哦！那就好。这两天看你不太开心，我还担心阿姨身体呢！没事就好，这比啥都强！"

"赵哥！什么呀，黑哥是因为女朋友跟别人……"坐在郝雅娜对面的黑子眼睛里瞬间喷出怒火，将郝雅娜后面的话一下子全堵了回去。

为了缓和刚才失控对郝雅娜的怒视导致的难堪，黑子说："郝雅娜！我还真有个问题想请教你。"

"说什么请教啊，要问啥你就说呗！"郝雅娜当下又放松了。

"你们女人一般都会因为什么事情生气？"

郝雅娜看着黑子，似乎他很滑稽一样，有点嘲弄意味地笑了。

"你们男人啊，真把女人当神经病啊！好好的平白无故生气玩吗？"郝雅娜瞬间露出一脸嗔怨，"肯定是你有什么事情让女人不开心不高兴了，或者做什么让女人生气的事情了呗！"郝雅娜仿佛一眨眼工夫，就成了白玉兰的传音使者，替白玉兰主张权益伸张正义来了。她瞪大眼睛逼问黑子："你好好想想，老实坦白，你做什么对不起我玉兰姐的事情了？"

黑子把头扭向赵年，也赶紧结盟："赵哥你看！她当下就站在她们女人一边了！唉，你说她到底是谁的同事谁的朋友啊？"黑子真让郝雅娜瞬间的立场变换和角色转变给惊着了，他也从郝雅娜身上再次见识了女人的多变和神经质。那天在医院还给自己发照片送情报呢，这转瞬几句话的工夫，就又和白玉兰站在一起了。

"唉！不用问为什么，这女人生气，反正男人尽管认错就是！"赵年以过来人的口气开通地说。

一顿饭下来，黑子算是明白了，他压根不需要知道白玉兰为什么生气，他只需要找上门去主动认错，负荆请罪，求原谅、求和好、求接纳就好了。当然，黑子心里清楚，他现在之所以要这么做，并不完全是赵年和郝雅娜的理论指使，主要还是他自己实在受不了与白玉兰这样的冷战状态。他十多年和白玉兰纠缠在一起，忽然这样子他真受不了。这几天，他日子过得要多煎熬有多煎熬。

3

　　肖淑贤这几天变着法儿给女儿做饭。伺候女儿当妈的心甘情愿，但太累太烦的时候，她在心里也不免抱怨：这么大的姑娘了，还这么让父母不省心！她就想起玉兰外婆在世时说的话：放以前，像玉兰这年纪，早都为人妇为人母，伺候公婆养儿育女，忙里忙外相夫教子了！可现在，都快三十的人了，却还要父母整天操心，像小公主一样被照顾伺候着。她想来想去，似乎城里人家家都一样。有一些情况还比她家糟糕得多。比如大学毕业后不愿意出去找工作，宅在家里啃老的；更有甚者，父母供养上学，不好好学习，却拿着父母的血汗钱花天酒地、打游戏高消费，最后连学业都完成不了的……胡思乱想一通后，她又觉得自己女儿已经够乖了。无论上学还是工作，一直很顺利，表现都不错，很给他们当父母的争光，不由得心里又美滋滋的。一会儿，她又想起玉兰外婆在世时看到玉兰任性时常说的一句话：一子难教啊！就把根源都归结到了是独生子女这个原因上。像玉兰他们这九几年出生的城市孩子，大多是独生子女。父母就这一个宝贝，男孩在家中当少爷，女孩在家中当公主，娇生惯养都很正常。家中好吃好喝的都紧着那一个孩子，有钱的是这样，没钱的更是这样，因为穷谁都不能穷孩子啊！当然，穷啥都不能穷教育。从小啥都不让干，就是在学校上学考试，放学了在校外继续上这个兴趣班上那个补习班，只要能顺利升学或者考入更好的学校就行，自然就培养出了这些只会学习，或者说只会考试的人。如今走向社会，都要组建自己的家庭了，还依然患有少爷病公主病。想到这里，她又发起愁来。唉！这以后自己过日子，或者到人家婆家去过日子，可咋办啊？人不能干还死任性，可真让人担心。肖淑贤做着饭想着这些，不由得摇头叹气。

　　白仰光回家看见肖淑贤还在厨房忙活，就说："你做满汉全席啊，还在厨房待着？"

　　"唉！我就这么费尽心思地做，你那宝贝闺女还不好好吃呢……"

肖淑贤继续在厨房里忙活，大声和丈夫说话。

"闺女最近身体不好，没胃口嘛！"一听老婆抱怨女儿，白仰光赶紧替女儿说话。

"我也就这么一说，看把你心疼的。兰兰今天应该比昨天好点了，我下午打电话，听着说话有力气了。晚饭让她多吃几口！"

"行！胃口开了，身体也就慢慢好了！"说着话，白仰光走进厨房。

"也不知道和好了没有，这两天黑子没来，也没见玉兰出去。"白仰光说着说着又动了气，对黑子很不满，说，"黑子那态度就是不对！他一直模棱两可的算干什么？还说那种莫名其妙的话，是什么意思？莫说玉兰生气，我听了都生气得很！"

肖淑贤赶忙劝说："赵青不是说了吗，黑子对玉兰是真心的，他俩之间肯定有误会。也可能有其他原因呢。你不要胡说了，我来想办法。"

白仰光气哼哼地说："难道要我们把女儿硬塞给他吗？也不看看他那个黑不溜秋的样子！也不知道玉兰咋就看上他了！"

"你说的啥话嘛！男人黑了白了的有啥嘛？黑子娃还是蛮不错的嘛！"肖淑贤害怕丈夫这态度影响了白玉兰，两个人真闹掰就麻烦了，赶忙替黑子说话，劝说丈夫。

白玉兰晚饭稍稍比前两天能多吃一点。吃完饭，她和爸爸一起坐在客厅里看《新闻联播》。

肖淑贤刚刚收拾干净厨房坐在沙发上，门铃就响了，她忙起身去开门。

黑子提了一大堆水果和一袋子白玉兰平常爱吃的小食品来了。他礼貌地跟白玉兰爸妈打招呼。

从听到黑子声音的那一瞬，白玉兰当下温软下来。她脸上虽然没表现出来，但心里已经像蜂蜜融化了一样，甜丝丝的。她没有像那天一样不理不睬，而是在黑子和她爸妈打过招呼，问她"你好点了没"时，目光瞥了黑子一下，轻轻地"嗯"了一声。

白玉兰爸妈也看出了女儿态度的转变，心里踏实了许多。简单聊了一会儿，黑子提出想带玉兰出去转一会儿的请求。白仰光本来想说玉兰身体还没完全好，可转念一想，穿暖和就没事，就没吭气。肖淑贤没等白玉兰答应，已经跑进卧室，去给白玉兰拿出了长款的加厚羽绒服和厚厚的帽子、围巾，还找出来了一个大大的防雾霾口罩，一边催促白玉兰，一边帮着白玉兰往身上套衣服。

黑子原打算和白玉兰就在小区里面散散步说说话，可一出门就改变了主意，直接将白玉兰带到了自己车跟前，打开副驾驶这边的车门，让白玉兰先坐了进去。然后，他快速进了车子驾驶座，帮白玉兰系好安全带，一脚油门，就开车朝着自己住的地方飞速驶去。他没有说话，白玉兰也没有说话，但车里的空气就像要沸腾了一样。

在黑子将白玉兰裹挟着进了自己房门那一刻到达了沸点。黑子的血管和急促的呼吸里，暴涨的是沸腾的血液和汹涌的荷尔蒙。白玉兰的娇喘和泪水里，是无力的挣扎和无奈的痴绵嗔怨。黑子说的话始终只有"玉兰！玉兰！"就像那天他酒醉了痴喊的一样。白玉兰却只是始终流着眼泪不断地骂："你这个黑贼！你这个黑贼！"

无尽缠绵。黑子没有认什么错，白玉兰也没有说什么怨。

4

第二天，黑子心情倍儿爽。景科长安排年前大扫除，要求大家将自己的办公室及会议室好好清扫擦洗一下。黑子擦玻璃跳上跳下动作利索，清扫拖地进来出去脚步轻快，黑脸锃亮，容光焕发，脸上难以抑制地笑意盈盈。

郝雅娜从早上一进门就发现了黑子情绪的变化，心里暗暗发笑：不就是和好了嘛，至于吗？她知道黑子心情好人识哄，一上午就又是夸又是哄的，让黑子把大多数活都干了，她拿块抹布只把桌子柜子擦了擦。

赵年打扫完会议室，又帮着去打扫景科长办公室。郝雅娜瞥白眼，在黑子跟前说赵年风凉话："你看人家这眼力见儿，先人后己，自己的办公室都不打扫，先去帮领导！"

黑子偏着头拧着身子往景科长办公室看，发现景科长办公室不只是赵年一个人在帮忙，小小的办公室挤了几个人在干活，心里觉得好笑，对郝雅娜说："那你还不快点？打扫完咱们办公室，赶紧给景科长帮忙去啊！"

郝雅娜"噘"的一声："轮不上咱，等咱干完，科长茶杯都洗干净，茶水都给泡好了！"

"那你刚好去陪科长喝茶啊，保证科长乐死了。"黑子坏坏地悄声笑着说。

"我陪他喝茶？哼！"郝雅娜不屑地说着，眼睛却不时地斜着往景科长办公室瞄。

九点多，黑子接到爸爸电话，让他晚上回家吃饭。黑子本计划今晚继续和白玉兰约会，可听爸爸说有要事商量，只好答应了，并微信告诉了白玉兰晚上要回家去的消息。

上午快下班时，黑子又接到了白玉兰妈妈肖淑贤的电话。昨晚他将白玉兰领出去一散步就再也没回来，白玉兰爸妈操心得半晚上没睡着。老两口最后一合计，事不宜迟，趁机找黑子说说他和玉兰的事。

"黑子，阿姨今天上午包了好多饺子，给玉兰送了点，顺便也给你带了点过来。"

"啊？阿姨您太辛苦了！谢谢您啊，太不好意思了！"黑子诚惶诚恐。

"我车就停在你们办公楼前面。你一会儿下班了就下来，我给你。"肖淑贤语气始终平和热络，就像在给自己的孩子说话，黑子刚开始的紧张劲慢慢消散了。他一边答应着，一边利索地收拾东西，准备一下班就跑下去取饺子。他有点受宠若惊，又有点惶恐不安。白玉兰妈妈是第一次到自己办公的地方来，还是给自己送饭。

下班后黑子来到一楼，一看全是熟人，没敢出去，拐进了一楼卫生间，磨蹭了一会儿才往出走。肖淑贤的红色小车很显眼，他一眼就看见了，快步往车跟前跑去。肖淑贤看见黑子过来，打开车前窗说："黑子，进车里坐会儿，阿姨跟你说几句话，外面冷！"

黑子在副驾驶位上一坐定，就明白了：昨晚将白玉兰带出去没再送回去，惹下麻烦了！心里紧张起来，如坐针毡。

肖淑贤显然也察觉到了黑子的紧张和忐忑。她单刀直入："黑子，你看哦，这玉兰昨晚出去就没回家，我和你叔叔吧，这操心得一整晚都没睡好啊！你叔叔不放心，让我今早就要去看看呢！阿姨最后是好说歹说，说跟黑子在一起呢，有啥不放心的？硬是给说通了。但你叔叔最后还是让阿姨必须中午给送个饭，顺便看看情况。阿姨从早上起来就忙活，包好了饺子，刚才给送了过去。玉兰啥都好着，阿姨给你叔叔也说过了。"肖淑贤意味深长地笑了笑，接着又说："阿姨顺便也给你带了点饺子来，你一会儿带回去赶紧趁热吃。阿姨包的饺子可好吃了。"

"嗯，我知道，阿姨包的饺子是好吃！"黑子忙不迭地点头称赞。

"哦，那就好！"肖淑贤接着说，"黑子，你和玉兰都不小了。按理说呢，这提亲啥的，是男方家的事，但叔叔和阿姨不讲究这些。要没啥大问题的话，你们的婚事也该尽快办了。事办了，我们这当家长的，也就不操心了，你说呢？"

"嗯……知道了，阿姨。"也不知道是幸福来得太突然还是咋回事，黑子反而不知道说啥了，人一下子恍惚起来。

"那快把饺子拿回去趁热吃，汤汁都在里面。喜欢吃阿姨改天再给你送！"肖淑贤疼爱地看着黑子，眉眼里都带着笑。说完话，督促着黑子赶紧回办公室。

黑子下了车，慢腾腾地往回走。提着饺子的手觉得沉甸甸的，心情也沉甸甸的。回到办公室，饺子都吃完了，也没吃出个啥味道来。不知道为什么，他心里忽然觉得很愁，觉得很累、很沉重。

赵年吃完饭回到办公室，直抽鼻子，一个劲儿地说："真香啊！你吃三鲜饺子了？"黑子才闷闷地"嗯"了一声，想起来好像是韭黄鸡蛋虾肉三鲜饺子。

"唉！你说这人为啥非要结婚呢？"黑子愁眉不展地说。

"为啥？传宗接代呗！还有就是该结婚了就得结婚呗！"赵年不假思索地回答道。

"唉！这不结婚不是挺好的嘛……还非得结婚，想起来都累都愁！"黑子眉头拧得像麻绳。

"你是挺好，可这家长不行啊。这姑娘家也不行啊！人家要婚姻要名分。再说了，人到了适婚年龄就应该结婚，到了适合生育的年龄就要生育啊！"赵年看着黑子，觉得好笑，这看起来高高大大一人，连这么简单的道理都不明白？

"唉！"黑子眼里罩着愁云，"复杂的，想想都烦。你说这结婚了，两家人搅和在一起，一大家子，老弱病残的，愁得害怕的。唉……"

"那是肯定的嘛，这就成了一家人了嘛！"赵年不明白这有啥可愁的。

"那我妈有病了她还得管，我姥有病了她也得照顾是吧？"黑子郁闷地说。

"那是必须的，这是责任呀！"赵年似乎明白了一点。

"那她要是不管不顾咋办？这不得生气闹矛盾吗？"黑子眉头拧得更紧。

"那不会吧！白玉兰是那样的人？"赵年露出很吃惊的表情。

"不是她是不是那样的人，而是她从来就没管过没照顾过别人。"黑子脸上的皮似乎都皱巴了起来。

"哦！"赵年若有所思，停顿了一下，接着说，"没事，慢慢就好了。真正开始过日子，啥都能学会！"

"她在家里是她爸妈照顾，和我一起又啥都是我操心，来回都是别人照顾她。"黑子给赵年诉说。

"男人嘛，照顾女人是应该的。"赵年安慰黑子。

"我没啥。可你说这结婚了，不是还要让人家照顾我的家人，这不是作难她吗？她咋办啊？愁人的……"黑子仿佛已经看见了白玉兰束手无策、一筹莫展的样子。

"你想那么多干吗？只要白玉兰愿意跟你结婚就行了呗！"赵年眯上了眼睛，他得在上班前休息会儿。

黑子莫名烦闷。他不明白，人为什么都要自己往枷锁中套啊？他无奈地盘算：晚上刚好要回家，得赶紧给爸妈说了。以前姥姥和爸妈不停地念叨，自己可以装聋作哑不应承，现在人家白玉兰家提了，不说绝对是不行了。

5

于平一早起来就催黑耀宗去买菜买肉，因为早上采买回的食材新鲜。晚上要给儿子好好炒几个菜。

黑耀宗骑着他那辆旧自行车，慢慢向他经常买菜的自由市场方向去了。自从退休后，黑耀宗很少在超市里面和附近的市场买菜。他宁愿多走一些路，多费一些时间。反正没事，骑自行车跑远一点，权当户外健身锻炼身体。最重要的，他通过比较，发现这个自由市场卖菜、卖鸡鸭禽蛋的，有很多是附近塬上的村民，卖的菜是自己家里菜园种的，卖的鸡鸭是自己家里养的，卖的禽蛋也是家里养的鸡鸭下的，基本上没有用那些乱七八糟的这肥那肥这药那药的。虽然这些蔬果大多看着卖相并不怎么好，但吃着口感好，有香味。黑耀宗经常去，和几家子人熟悉了，他家吃的面粉、醋、辣子等，都是从这些人跟前买，并相互留下了电话号码，加了QQ、微信。有了好东西，他们就会主动及时给黑耀宗说，给他留下，等他要去的时候一联系，专门给带下来。像刚下来的香椿、刚长出来的头茬韭菜、刚抽出来的新蒜薹，黑耀宗家都能及时吃到。黑耀宗人宽厚大气，给他留的带的东西，人家说多少钱就多少钱，他只会多给不会少给，而且从来不让找零钱。钱多出来太多了，村民过意不去，就会顺手又给搭一把这菜那菜。黑耀宗会客气真诚地道谢。卖主若是男的，他就发根烟，两人蹲着聊一会儿天。

快过年了，新鲜的蔬菜不多。一卖菜人家说有储藏的胡萝卜、白萝卜以及自家种的葱，吃不完，准备年前拿出来卖了，黑耀宗让给自己留一点。还有一家年前宰杀了几只鸡几只鸭，黑耀宗也让给自己留两只鸡一只鸭，并靠下了年根根才会宰杀的黑猪肉。所以黑耀宗不着急，慢慢骑着走，给他留下的，他去时绝对都会在的。黑耀宗想好了，晚上给儿子烧个鸡块炖香菇。小子好吃肉，让他顶着吃个饱。再给老人炖个羊肉萝卜汤，冬天吃了大补，阳气旺，身上就不害冷了。

到了市场，黑耀宗很快把留给他的鸡鸭肉菜都拿了，又去买了几样大棚新鲜蔬菜。

半下午时，黑耀宗已将羊肉炖好了，又加了白萝卜一起炖。黑子姥姥不时溜达过来笑眯眯地看，吸吸鼻子，说："真香啊！"

黑耀宗就大声对老太太说："妈！一会儿好了我就给您盛一碗，您先吃！"

老太太摇头："等黑子回来一起吃！"

黑耀宗笑着说："这是专门给您炖的，等炖烂糊了，您先吃！"

老太太就嘿嘿笑，说："闻着真香！真香！"坐在餐桌旁等着，和黑耀宗拉闲话，拉呱重复了无数遍的、前几十年发生的这里那里的咸淡事。

晚上，黑子回到家时，姥姥、妈妈都已经早早吃过了饭，但她们依然陪着围坐在餐桌前，面前放着筷子，有一下没一下地动动。动筷子时，也大多是给黑子夹菜。黑子姥姥不停地把放在靠自己跟前的菜碟往黑子跟前挪腾，看着黑子香喷喷地大口吃饭，笑得合不拢嘴。

黑耀宗特别高兴，说道："真想喝两口呢！"

"爸您想喝？那我给您拿酒去？"黑子看爸爸馋酒的样子，就问。

"行了！一会儿还有事呢。"于平嗔了黑耀宗一眼，制止住了。

黑耀宗咂巴咂巴嘴，"嘿嘿"笑了两声，继续吃菜。

黑子心里琢磨，会说啥事呢？是不是又要说我的人生大事啊？干脆我先说。于是慢悠悠地一边吃饭，一边将肖淑贤让他和家里商量和白玉兰订婚结婚的事情说了出来。

黑子说完话，发现爸爸脸色很难看，饭都不吃了，埋怨地看着他。姥姥耳朵背，没听清楚，往黑子跟前凑："宝儿说啥？大声点给姥姥说！"黑子看妈妈的表情也很不好看，就没敢再给姥姥重复。他不明白，爸妈为啥突然这样子？

"黑子！你看，我和你妈给你说了多少次，要见人家玉兰父母，商量你和玉兰的婚事，可你老说不急不急。那天在车上一提吧，你还好像很不高兴？你看这下还让人家女方家先提了出来，咱们这就很失礼嘛，多理亏啊！"黑耀宗语气听着并不重，但脸色依然很不好看。

"唉！不知道让人家亲家后面咋砸讲呢！咱是男方，应该主动却不主动，搞成这样，既失礼又被动！"于平叹气，头偏向一边低下，仿佛是她的错。黑子这才意识到问题的严重性，不敢吱声，等爸妈发落。

黑耀宗深深叹了一口气："今天叫你回来，就想说你和玉兰的事。你看，还让人家催了，我们成了什么人了嘛？没规矩没礼数，这不是让人笑话吗？这以后就是成了亲家，也让人家小看，让人家瞧不起！唉……"黑耀宗再次叹气，也再没吃一口饭菜。

黑子姥姥虽然耳朵背，但脑子清楚。她注意到三人情绪和神色发生了变化，就知道可能出了啥事，于是就凝神静气侧着耳朵，特别注意地听他们说话，她也就听明白了是怎么回事。看一家三口都不说话了，就开口了："这应该是好事是喜事嘛，还有啥不高兴的？玉兰家提出来也好嘛，咱们赶紧就给人家说，早都要定呢，啥都准备好了，就等好日子呢！"老太太在黑子宽厚的肩背上抚摸着，好像怕他爸妈这样把黑子吓着了似的。

黑子听爸妈安排，答应尽快给玉兰和玉兰父母回话，约日子，两家家长先见面，商量选日子等事宜。但他不知道为啥，心情一直闷闷的。

6

年末工作及各方面杂七杂八的事情不断，人都显得忙忙乱乱的。郝雅娜一上午电话无数，光通知取快递的电话就接了好几个。赵年农村老家父母给他打电话，问他啥时候回去。赵年说二十九一放假就回去。电话里叮嘱父母啥都不要买，他回家时啥年货都会置办齐整了拿回去。只有黑子蔫蔫地翻腾他那些资料，一会儿看看电脑，一会儿看看手机，发一两条信息。

郝雅娜网购的衣服、鞋子、包包一大堆，取了不好意思往办公室拿，就直接拿到车库放进车里。每次回到办公室，她都要从手机上翻腾出购买的宝贝的照片端详半天，为不能立马试穿遗憾不已。她知道年前送快递的非常忙，年根和过年期间就不收发货了，她买的东西如果不合适，若不能及时退货，等过完年超过了退货时间，就不能退了。她真想一个人待在办公室，赶紧先把买的衣服、鞋子都拿过来试试。可这俩爷们儿偏偏都是踏踏实实坐班的主儿，都哪里也不去，整得她干着急没办法。

她听到赵年说年货什么的，忽然灵机一动，善解人意地说："赵哥、黑哥！你看这都要过年了，谁家还没个事啊，你们有啥事就赶紧办去，我先给咱守着。你们办完了，我再办，咱们轮流守着。怎么样？"

赵年看了郝雅娜一眼，平和地笑笑说："我媳妇在私企，单位已经放假了。她这几天没事专门置办年货呢，我不用了。你们有事就去吧，我给咱值守！"

黑子蔫蔫地说："我也不用。我爸一天两次到市场溜达呢，该买的早都备齐活了，不用我管。"

郝雅娜一时失语。她忽然想起黑子不是和白玉兰和好了嘛，就又问了一句："那你不帮着给女朋友家置办年货、大扫除搞清洁了？这可是绝好的献殷勤的机会啊！"

"嘁！献什么殷勤啊？烦人得很！"黑子把郝雅娜给怼了回去。

"嘿！你这人！不识好歹。你等着吧，哪天又像热锅上的蚂蚁急得团团转时，可别说我没提醒你啊！"郝雅娜狠狠剜了黑子一眼。

"哎！郝雅娜！你们女人是不是就特别想傍着男人靠着男人啊？是不是离了男人就不能活啊？"黑子突然发飙。

"你说啥？你有没有搞错啊？我是让你们俩先去办事，我来守办公室，我没有让你们俩给我干啥啊！"郝雅娜生气地回敬黑子。

"我不是说你。我就是问你这个问题。你说为什么非得把一个女人和一个男人捆在一起？为什么非得要结婚呢？"黑子郁闷地说。

"嗨！我就知道你有心事，一上午硬憋着呢。这你得请教赵哥！"郝雅娜朝赵年努了努嘴，示意黑子问赵年。

赵年笑而不语，因为那天他已经给黑子把要说的话都说过了。

郝雅娜看赵年不接茬，黑子又不再吭气，就抱怨似的说："女人和男人结婚，不就是为了更合理合法地给你们男人当牛做马，生孩子、养孩子、当老妈子嘛！嗨！就这，你还觉得亏啦？你可真够黑的啊！"

"黑什么黑？别人不知道怎样，反正我觉得就这样不结婚挺好的。在一起玩在一起闹，自由自在，无拘无束，简简单单，多好？"黑子说得漫不经心，郝雅娜的眼光却已从讶异转到惊骇，赵年的表情也变得复杂起来。

"自私！你是挺好，可女人的青春短暂，大好年华和你玩了，人老珠黄了还没有结婚生子，你要没兴趣再和她玩下去，谁愿意来接盘呢？"

说到这儿，郝雅娜简直激动坏了，去给自己杯子里添水，竟然站在黑子和赵年的办公桌跟前不回去，义正词严地为全体女性伸张正义，"还有呢，男人七老八十了照生孩子不误，而女人过了生育年龄就无力回天了，那时候谁来陪伴女人终老？谁还女人青春？哼！你竟然还有这样的想法！你可真是可怕啊！我还真没看出来！"郝雅娜说完长吁短叹，摇着头回到自己办公桌前坐下，又嘟囔了一句："可能男人都这德行，不想负责任，只想着快乐轻松地玩，才是最理想的生活状态吧。哼！"

郝雅娜愤愤然，不再理睬黑子。

黑子看了看郝雅娜，又看了看赵年。

赵年无声地笑笑，表情复杂，摇头表示无奈。

黑子眼看把郝雅娜惹下了，打开办公桌抽屉，从里面摸出一块巧克力老远给郝雅娜扔了过去："嗨！接着，巧克力！压压火！看把你火大的，我也就是说说自己的想法。确实只要一想到结婚了会有好多事情，就很头大！"黑子下巴朝赵年一扬："赵哥你说是不是？你看你一天忙的，事多的。唉，我愁啊！两家大人都逼婚呢！"

"最终都得走这程序嘛，合适了就办吧！"赵年劝慰了黑子一句，看了眼郝雅娜，走出了办公室。

郝雅娜瞥了一眼赵年的背影，扬起下巴又白了一眼黑子，不再与他言语。心想，你还炝什么蹶子啊？白玉兰真是瞎了眼了，图你个啥啊？还非得嫁给你？哼！"直男癌""穷黑轴"一个！

第八章

I

艾静那天晚上 K 歌热舞后回到宾馆已经快十二点了。鲁明将她送到了宾馆门口就要告别,她搂着鲁明的胳膊撒娇,让把她送进房间。鲁明哄道:"好了好了!我送你进电梯,我得赶快回了,要不然我爸妈操心,我不回去他们都不睡觉等我!"艾静噘嘴撒娇,但也只能依依不舍地和鲁明告别,电梯门都紧紧合上了,她的小手还保持着跟鲁明说拜拜的姿势。

但她还是很高兴。雍市的地方风味小吃很好吃,新认识的两个朋友也都很对脾气。她唯一遗憾的就是没见上白玉兰。他们一起吃饭时开玩笑,她让黑子和陶夭夭帮她揭鲁明的老底爆鲁明的猛料,结果他们什么都没说,好像鲁明纯洁得就像一张白纸一样。倒是最后将黑子的老底给抖了个底朝天,让她知道了白玉兰是黑子的女朋友,两人从上高中时就厮磨在了一起,已经一个小轮回都过了。她羡慕得不得了,要是她和鲁明也是同窗就好了。

虽然很开心,但一天下来还是很累。洗漱完躺床上,按照鲁明说的,她在手机上百度雍市好玩的地方,最后选定了雍市风景最美的东湖作为第一站。她搜了一下,发现这个东湖还是宋代大文豪苏轼初仕凤翔府时修建的,和杭州西湖是姊妹湖。选定了地方,艾静发微信告诉了鲁明,还感慨了一番,没想到雍市还有这么深厚的文化底蕴。鲁明骄傲地在微信里给她发语音说:"那算什么,你再搜搜看,为什么叫雍?"停了一下,鲁明自己说了答案:"知道吗?雍是先秦建都的地方,有二十位秦君王以雍为都。在秦孝公时才迁都咸阳。但秦始皇的加冕礼还是在这里举行的……"

"是吗？雍市这么厉害？"

"那是！如果有时间，我带你去参观一下先秦陵园博物馆。秦公一号大墓和车马坑非常壮观。据说是迄今发掘的最大古墓，墓内殉葬人数近两百人，也是迄今为止发现殉葬人数最多的。对！那个叫'黄肠题凑'的椁具好像也是迄今之最！还有几个之最，我记不清楚了。总而言之，好几个中国之最，非常非常厉害！"

艾静直呼想看，非常想看，必须看！

2

鲁明把艾静送到酒店，回家时已经过了十二点，但爸妈都还没有休息，坐在客厅里看电视。他从爸妈询问的眼光里看到了焦虑、担心。

鲁明爸妈的确是焦虑担心得厉害。他们觉得，儿子似乎离他们为他设想的路数越来越远了。老两口一商量，必须等到他回来，有些话该挑明说就绝对不能含糊。

今晚这阵势和气氛，鲁明一下子就感觉出来不同以往。

"爸妈，还没睡啊？"

"阿明！都快过年了，还有同事到咱们这里来出差啊？"鲁明妈声音很温柔，语气里透着关心和怀疑。

鲁明不知道怎么说，就含糊答应了一声。

"你人就在雍市，公司有事让你联系办一下就行了嘛，还专门派人跑一趟，多不划算啊？"鲁明爸站在生意人的角度发出了质疑。

鲁明很少对父母撒谎，想着艾静让先不要告诉他爸妈的交代，不知道该怎么说。

看到儿子这样的表现，鲁明爸妈更确定了自己的判断。肯定撒谎了，是不是在雍市和什么人有联系有瓜葛了？鲁明爸坐直身子，招呼鲁明到沙发上来坐。

"阿明，你看哦！本来你是要到国外去读博的，可爸妈没有让你去，直接让你到北京艾氏公司去上班。一是咱两家公司业务有关联，其次还有一个重要的原因，你不知道是啥吗？"

鲁明没有吭气，眼睛柔和平静地看着爸爸，继续静静地听，他知道爸爸的话并没有说完。

"你艾叔叔很欣赏你，你阿姨也很喜欢你。你阿姨给你妈也说了，艾静也很喜欢你。你看这多好啊！"鲁明爸双手在膝盖上摊开，好像捧了一个聚宝盆一样，眼睛里流露着向往的神情。

"唉！就是啊，真是缘分啊，咱们可一定要珍惜这缘分啊！"鲁明妈今天没有跑题，直接切入主题，鲁明爸赞赏的眼神和她交汇了一下。

鲁明完全明白了爸妈的意思，也清楚了他们担心什么。他毫不犹豫地将艾静已经来雍市的事情和盘托出。鲁明自始至终很平静地说话，而他爸妈的神态表情则从疑问、惊讶、惊喜、兴奋一路演进变化。剧情大反转，让老两口简直喜出望外。鲁明妈高兴地挪过来挤在儿子旁边坐下，乐得嘴都合不拢。鲁明爸也如释重负，欣喜地看着娘儿俩开心地笑。老两口叮嘱鲁明，艾静走之前一定要让她到家里来，他们要请艾静吃饭，要给艾静准备礼物，还要让艾静给她爸妈带礼物。

3

第二天，鲁明吃完早饭，带上妈妈准备的各式零食、水果去西凤大酒店接艾静。到了酒店门口，他用微信给艾静发了西凤大酒店门口的照片和自己的位置分享，又下车照了车的照片，就坐在车里翻看爸爸放在车上的《曾国藩》。鲁明沉浸在书中，直到艾静"砰砰砰"敲车窗，才惊醒了过来。

艾静戴着大大的墨镜，还穿着她那件短款黑色皮夹克。不同的是，看似很随意地在脖子里塞了一条红色的羊绒围巾，换了一条和羊绒围巾同色的紧身彩裤，显得时尚又艳丽。她看鲁明抬起头，俏皮地向鲁明弹了一下手指，就走向副驾位置，拉开车门坐了进去。

鲁明问艾静："早饭吃了吗？昨晚睡得可好？还吃东西吗？我妈让我带了一兜子吃的在后面座位上放着，自己拿！"艾静开心地一一回答。突然，她看着鲁明说："阿明哥！我敢肯定，你已经背叛了我哦！"

鲁明装傻："我背叛你什么了？"

"告诉叔叔阿姨我到雍市了！"艾静眼睛里带着一丝埋怨，眼珠子往上翻着看鲁明。

"哦……"鲁明只好无奈地把昨晚的情形告诉了艾静，说他交代了实情，避免了险情。昨晚那架势，他若不说实话，有可能发生他有生以来第一次"开扁"事件。没办法，在欺骗与诚实之间，他只能选择诚实，尤其是对自己的父母。这也实属无奈。况且，告诉了父母实情，不但让他们高兴，还换来了他们格外的关心。他就将爸妈如何让他好好带艾静游玩，并一定要带艾静到家里去，全都坦白了。最后拍着方向盘说："你看，我爸为了让我带你玩好，专门把他的座驾都给咱们留下了，他开我妈的小车走了。"

"叔叔阿姨真好！"艾静听后由衷地感慨，说完身子倒向鲁明这边，左手很自然地放在鲁明腿上，补充道："阿明哥更好！"

鲁明直视着前方，眼神不由得变得温柔起来。他拧过头，望了一眼艾静，深眸里，漾起了从来没有过的柔情。这个女孩，真不是他梦中情人的样子，也没有他喜欢的女孩子温柔娴静的性情。可她是可爱的，是父母认可的最合适的结婚对象，肯定也是人们都认为的最佳婚姻选择。鲁明至此清醒：梦毕竟是梦，梦中情人在梦醒后，终归是会化成记忆的碎片并在现实中消失的。他看着车窗外宽阔的路两边，拓展出去有十米多宽的绿化带，由几种高低不同、色泽不同的树种，由内向外、从低向高依序铺排，迅速地向后撤去，前面的又招摇着不可逃避地从路两边迎面扑来，心里恍然明了：我的梦其实早该醒了，是我佯睡着不愿醒罢了。就像黑子说的"装什么装啊"！清醒吧！鲁明一手握着方向盘，一手轻轻地放在了艾静的手背上。

东湖的美景让艾静陶醉。虽是冬季，但天气并不很冷，湖水并没有结冰封冻。湖四周古柳环绕，枝干遒劲，沧桑古朴。回廊分开的南北两湖，湖水盈盈，可见夏天开谢的荷叶和枯枝。依湖而建的亭台轩榭长廊，环环紧扣，九曲回环。每到一处，艾静就会摆出各种姿势让鲁明给她拍照，还时不时自拍，或是拉着鲁明一起合拍，并第一时间发朋友圈。

东湖景区转完后，艾静跟着鲁明尝遍了东湖附近的特色小吃，豆花泡馍、蒸面皮、擀面皮、搅团、臊子面、肉夹馍，撑得艾静肚子溜圆。最后他们又逛了东湖景区东面的泥塑村，看到民间艺人一会儿就能将一团平平常常的泥巴，捏成栩栩如生的小人、小动物，艾静眼睛都快看直了，对鲁明说："太奇妙了耶！我要合影留念！"就悄悄走过去，站在全神贯注正在捏泥人的艺人身后，摆好姿势让鲁明给她拍照。

在泥塑生肖邮票创作者家里，他们买了两人的生肖泥塑，买了泥塑脸谱挂饰。艾静如获至宝，喜欢得不得了。

鲁明和一个老同学早已联系好，在下午时专门带他们参观了西凤酒厂。看到西凤酒酿制储藏繁杂古老的工艺装备，艾静感慨道："好考究哦！"

鲁明道："肯定嘛！工艺以外，还得有好粮食好水质。"

"你的意思是这酿酒的粮食和水都很好了？"艾静很惊讶。

"那当然！你知道这酒厂紧挨的是什么山？"鲁明问得神神秘秘。

艾静撒娇："我哪里能知道……"

"叫灵山！"

"灵山？那意思就是很灵喽？"

"那当然！"鲁明神气地答道。

"哦……那——"艾静正要发问，鲁明伸出右手食指，嘴巴微微撮起，示意她不要乱说话。

过了一会儿，他才悄悄对艾静说："山不在高，有仙则灵。这灵山之所以叫灵山，是因为山上的古寺佛殿历史久远，香火旺盛，远近闻名，属于灵异之地，言语必须谨慎！传说有求必应，祸言必惩！"

艾静吓得一缩脖子。

鲁明笑笑说："这西凤酒就是用灵山脚下的水酿制而成的……"

他们走进西凤酒发展和成果展览区，鲁明指着周恩来总理的照片说："西凤酒原来是国内四大名酒之一。你看，这是1951年，由周恩来总理主持评出来的四大名酒照片，西凤酒与茅台酒比肩上榜。周恩来总理还曾指定西凤酒为国宴用酒呢！"

"哦……好厉害啊！"艾静大张着嘴惊叹。

转到了成品酒销售区，鲁明买了一箱西凤酒，说是给艾静爸的礼物，让艾静回去时带上。艾静大叫："你要累死我啊？"

鲁明说："好酒，必须带！"

半道上，他们又参观了先秦陵园博物馆。看着陵园宏大的规模，壮观的古墓及车马坑道，听着解说员的讲解，艾静惊得眼睛溜圆，她真没想到雍市在历史上竟然还有这么重要的地位。鲁明笑说："这里的农民轻易都不敢在地里乱挖！"

艾静不解，问："为啥？"

"一不小心就可能挖出个皇亲国戚，一镢头就可能挖出个稀世珍宝！"

艾静眼球都快惊爆了。

"箫史弄玉吹箫引凤的故事听说过吧，就是出自这里。雍城也叫凤翔，也源于此。苏轼当年之所以在这里建东湖，就是因为这里原来就有个饮凤池。"

"是吗?"艾静越听越觉得神奇。

"是啊!这饮凤池大有来头。传说秦穆公的爱女弄玉精通音律,喜欢吹奏玉笙,声如凤鸣。只要她吹奏玉笙音乐响起,就会引来百鸟和鸣凤凰起舞,它们渴了就饮这池里的水,后来人们就把这池子称作饮凤池。"鲁明说完停了下来。

"快说!还有箫史呢?"艾静迫不及待地催促。

鲁明笑了一下,接着说:"这弄玉长大以后肯定就要招婿嘛。后来就与跨长龙善吹箫的箫史成婚了。秦穆公为他的宝贝女儿和女婿修建的行宫箫史宫,至今还在呢!传说啊,只要他们夫妻笙箫声起,身边就会呈现出百鸟朝凤的盛景……"

"可真美啊!"艾静沉浸在这美好的神话故事中。

鲁明说:"这对神仙眷侣给后世留下了美好的爱情故事,也留下了很多成语典故,像吹箫引凤、笙箫和鸣、龙凤呈祥、乘龙快婿……"

艾静一路上都很兴奋,她突然决定:当晚就去看望鲁明爸妈。

鲁明问:"你确定了?"

她用眼睛白鲁明:"为什么不呢?"

鲁明再次征询:"那我通知爸妈了?"

艾静却又急了:"不行不行!我得先回酒店洗澡换衣服,还得给叔叔阿姨买礼物呢!"

艾静梳妆打扮用了近两个小时。她把头发随意吹干往后一拢就好,化妆却折腾了好久。艾静小麦色的皮肤,配上她漂染得略微发红的头发,看起来很是健康阳光。可今天她要见鲁明爸妈,不免就有点小紧张。

当然,艾静对自己是非常自信的,因为她知道自己并不丑,而且应该说是一种有点洋气的漂亮。如果肤色能够再白一点,那妥妥的就是当下俗称的"白富美"。她用了平常很少用的遮瑕BB霜,在脸上厚厚抹了一层，皮肤马上白亮了起来，然后再细细地描眉画眼抹口红。

收拾停当，她左照右照，咋看咋别扭，觉得这镜中的人咋就不是自己呢？又赶紧将脸洗干净。本想和平日一样，可想到毕竟是上长辈家拜访，不化点淡妆似乎不礼貌，于是还是稍稍用了一点点提亮肤色的化妆品，抹了淡淡的口红。

她这才满意地对着镜子中的自己俏皮地笑、做鬼脸。欣赏够了，又赶忙打开旅行箱，翻出仅带的几件衣服试穿。最后穿上了一件黑底色，但织有几何图案的稍稍有点宽松的蝙蝠袖羊绒过膝长裙，配上了加厚黑色裤袜，套上了一件黑色羊绒长款大衣。她在镜子跟前扭来扭去地照，似乎感觉不很满意，又翻出了一条里外双色的黑红色羊绒围巾搭在脖子上，站在镜子前这样一系、那样一绕，摆弄了好一会儿。

鲁明去超市按艾静的要求给爸妈买完礼物，在酒店门口停车场给艾静打电话。他从车里看到走出酒店的艾静，心里恍然有一种不一样的感觉。今天的艾静，身上多了一些柔媚，也有了些许文气。他隐隐约约感到，这样的艾静，好像在梦里见过，而现在她正朝着自己走来，朝着自己微笑。鲁明看得发呆，在艾静走到跟前时才反应过来，赶忙下车给她开了副驾驶门。

鲁明妈妈准备了非常丰盛精致的一桌晚餐。平时鲁明爸妈在家里穿得很随意，但今天却完全不同，以至鲁明一看到，心里既感动，又不忍。

"叔叔好！阿姨好！"艾静甜甜地笑着跟鲁明爸妈打招呼。

"哦！好好好！静静快坐！""哇！可真是女大十八变啊！你看！静静这是越长越漂亮了！本人比你妈妈发的照片还要漂亮哪！""今天玩得开心吧？""外面冷不冷啊？""你爸妈都好吧？"……鲁明爸妈热情地夸赞艾静，不住地嘘寒问暖，一下子就将艾静原来心里还有的一点点小紧张打消了。她一直甜甜地笑着，礼貌地回答鲁明爸妈的问话，也关心地问候鲁明爸妈的身体和工作情况，并加上她特有的"艾式赞美"：

"叔叔阿姨都看着好年轻哦！和我小时候见时一模一样哎！阿姨皮肤好好啊！怎么保养的啊？"挤着坐在鲁明妈跟前，毛茸茸的大眼睛盯着鲁明妈的脸细细察看，小手还在鲁明妈的脸上自然地抚摸，一下子就解除了鲁明妈心存的那点多年不见的生分感，把鲁明妈夸得笑容就像爆米花一样炸开了一脸。鲁明妈又担心皱纹绽开显老态，"嘿嘿嘿"地收拢着笑。可毕竟是真高兴真开心，笑纹就咋也拢不住，笑得满脸都开了花。鲁明爸也放下了父辈的架子，由衷地夸赞："这孩子！真好！真好！"看看艾静，再看看鲁明，脸上流露着特别满意的神情。

吃罢晚饭，鲁明爸妈挽留艾静住在家里，可她婉言谢绝了，但待到很晚了才回酒店。她紧紧挽着鲁明的胳膊，半个身子软软地靠在鲁明身上，慢慢地走。冬日的夜晚虽然气温很低，但她心里暖融融的、甜蜜蜜的，她真希望这路能长一点、再长一点……

4

第三天，鲁明又陪艾静到佛教圣地法门寺转了多半天。回去时，艾静说还没见白玉兰的面呢，就问鲁明啥时候能约齐一起再玩。鲁明想了想，就给陶夭夭打电话，让问白玉兰身体怎么样了，晚上能不能出来一起聚聚。陶夭夭很快回了话，说白玉兰基本好了，可以的。并问黑子要不要她来通知，鲁明说不用了，黑子他自己联系。鲁明刚挂了陶夭夭电话，黑子的电话就打了进来，说今晚由他和白玉兰做东，请艾静和大家一起吃饭。鲁明便晓得白玉兰与黑子和好了。

白玉兰与黑子联系时，黑子刚把郝雅娜哄高兴。郝雅娜也算是把他心里的问题给疏解了。与白玉兰通话时，他毫不避讳郝雅娜，甚至故意在电话里亲热腻歪，听得郝雅娜坐在那里直拿眼睛白他，夸张地将两臂交叉抱在胸前，扭来扭去，做出浑身起鸡皮疙瘩的动作表情，看着黑子皱眉咧嘴。黑子则眉飞色舞，故意和白玉兰腻歪得更来劲了，气得郝雅娜悄声骂："恶心！什么人嘛！刚刚还说不愿意结婚呢，这会儿就又骚气冲天的！赶紧收线吧，全楼道都能闻见你的骚味了！"

黑子挂了电话，一下一下地抽鼻子，还故意站起来，走到门口使劲抽了几下问："有吗？闻到了吗？没有啊！"

"闻到什么？"刚好赵年走了进来，不解地发问。

黑子笑而不语。

5

下午下班后，黑子和白玉兰比约定的时间早半个小时到餐厅准备。

陶夭夭边往餐厅赶边和白玉兰电话聊天开玩笑："你们都成双成对的，我要不要租个帅哥临时组合啊？"

白玉兰说："你还用租吗？随便招呼一声，献殷勤的人不要挤破头哦！"

陶夭夭无奈又俏皮地说："在上海还差不多，那是姐的地盘！在这里，名草都有主了，我约谁啊？要不把你家黑子临时借我用一下？"

"可以啊！赶紧约去！那株黑毒草我就让给你这猪婆啃了！"白玉兰看了一眼黑子，笑着说。

"啊？那太好了！到时你别拿刀追着劈我就行！"陶夭夭狡黠地笑，想起她给黑子留唇印拍的照片。

"你赶紧快点来！别贫了，免得我现在就追出去找着劈你！"白玉兰看约定时间快到了，催促陶夭夭。

"哎哟！这感冒刚一好就来劲啦？就要追着去劈人啦？"黑子看着白玉兰抢白她。

"去！没你啥事！"白玉兰娇嗔地怼黑子。

"嗨！这是谁要劈人啊？这么厉害？"服务员将鲁明和艾静领进了包间，鲁明走在前面，听见了他俩的对话。

黑子和白玉兰连忙站了起来，迎接鲁明和艾静。白玉兰的目光一下子就聚到了艾静身上。同样，艾静的眸子也全投向了白玉兰。

"艾静！"

"玉兰姐！"

她俩同时向对方打招呼。

白玉兰被艾静更胜于那天视频里的美艳给惊到了。她心里不由得有了淡淡的羡慕和嫉妒。她庆幸自己今天没穿那件白色的羊绒衫，否则还和艾静撞衫了。她不敢确定，自己穿上那件白色的羊绒衫会有艾静穿得这样好看吗？白玉兰一直对自己的身材很自信，但此时站在艾静面前，她有点不自信了。艾静的青春靓丽就像刚刚成熟了的饱满果实，似乎随时都要爆裂喷薄而出。

艾静也在打量白玉兰。她不像白玉兰那样只悄悄地打量，只在心里思量，而是大睁着眼睛，盯着白玉兰笑眯眯地端详，然后直白地将自己对白玉兰的印象表达了出来："好美哎！白玉兰！真是人如其名哎！我都想抱抱亲亲了！"

黑子和鲁明的目光，随着艾静对白玉兰的赞美也都集中在了白玉兰身上。白玉兰红着脸不自在地说："哪里啊！你太会说话了！哪有你漂亮啊！"

"谁夸我漂亮呢？"陶夭夭人未到声先闻，穿着长长的驼色羊绒大衣裹着风走了进来。

"呵呵，都夸你漂亮呢！赶紧入座吧，就等大美女你了！"黑子逗陶夭夭，把陶夭夭往鲁明和白玉兰中间座位上让，并替陶夭夭把脱下的大衣、帽子和包包挂在了衣架上。

他们吃的海底捞火锅，一半清汤一半麻辣。

开吃前，陶夭夭逗黑子，让做东的先说两句。黑子反倒客气起来，让白玉兰说。白玉兰落落大方地举起酒杯站了起来，大家也都跟着站了起来。她字正腔圆地说："首先欢迎艾静美女来雍市；再就是认识艾静美女非常荣幸非常高兴；最后提前给大家拜年，祝大家新春愉快！"她极其官方的祝酒词逗得大伙儿边调侃边嬉笑。陶夭夭说是雍市广播电视台；艾静说绝对的央视范；黑子调侃，这不就是秦之声嘛。

白玉兰致祝酒词后，鲁明关切地问："还吃药吗？"

白玉兰说："还吃着。"鲁明就提醒大家，不要让白玉兰喝酒，吃感冒药抗生素类药物，是不能喝酒的。他还将鸳鸯锅清淡的那半边汤底转到白玉兰面前，提醒说感冒不能吃刺激性食物。白玉兰笑着说没关系。陶夭夭则附和鲁明："是是是，必须注意，否则好不利索。"

黑子频频和鲁明、艾静、陶夭夭碰杯对饮，招呼吃菜喝酒。他问艾静："你喜欢吃什么味？黑哥给你夹！"

艾静开心地说："我什么都爱吃！"又站起来敬大家酒，说她这几天过得非常开心非常快乐，都不想回北京了。但是明天必须走了，因为父母早都办好了一家人在假期出国旅游的手续，她要飞回去和他们会合。

陶夭夭附在白玉兰耳边压低声音说："极其凡尔赛哦！"

黑子看大家都吃好了，举起酒杯说："请玉兰和大家都举杯，我要告诉大家一个重大消息……"

黑子故意停顿了一下，急得艾静和陶夭夭顿足催促："什么消息？快说快说！"

"我和玉兰要订婚结婚了！"黑子望了一下白玉兰，声音很大地说了出来。

白玉兰眼睛睁得老大，诧异地盯着黑子看，脸瞬间红了起来，露出了怪异的神色。

陶夭夭、艾静欢呼，鲁明若有所思地笑着说："祝福！祝福！"

白玉兰愣愣地喝饮料，又愣愣地在陶夭夭和艾静的欢呼声中被黑子拥抱亲吻。她晕晕乎乎地感觉剧情不对。谁临时改的剧本？她这个主角怎么一点也不知道？一点思想准备都没有……

吃完饭黑子提议继续活动，可艾静说她明天早早要走，还得去跟鲁明爸妈小坐一会儿告个别，不能再玩了。黑子和陶夭夭貌似意犹未尽，但最终还是散了。

陶夭夭临走时还不忘和白玉兰开玩笑，逗白玉兰："说好的哦，把你家黑子借给我用，今晚让黑子送我回家吧？"说着就要拉黑子走。

艾静哈哈笑着起哄："好哦好哦！拉走喽拉走喽！"

白玉兰恹恹地笑，手往陶夭夭要走的方向边挥边说："走吧！走吧！我先回了！"

黑子乐呵呵地招手叫来辆出租，车一停在他们跟前，他就紧搂着陶夭夭的肩膀，说："走喽！"打开车后门，把陶夭夭塞进去，把门一关，给司机示意赶紧走。

陶夭夭从车窗伸出手笑着喊叫："嗨！白玉兰你说话不管用啊，你家黑子不走啊！"逗得鲁明和艾静使劲笑。

艾静紧紧挽着鲁明的胳膊，溜溜达达不急不忙地往鲁明家去。一路上，她不停夸赞白玉兰。鲁明只默默地听，偶尔哼哈一声。

白玉兰告诉黑子今晚要回父母那里去。黑子说刚好，他要给白玉兰父母说事，商量他俩订婚结婚的事情。白玉兰说改天吧，今天已经很晚了。黑子说再过两天就过年了，再不说只能到年后了。白玉兰不吭声。黑子这才察觉到白玉兰似乎不开心，便问："你怎么了？"

白玉兰淡淡地说："没怎么！"

黑子知道白玉兰是真不高兴了，说："你明明不高兴了嘛！怎么了啊？是不是身体不舒服？"

"你就那么能？我啥你都知道啊？你是我啊？你把我啥都能代表了啊？"白玉兰连珠炮一样朝着黑子劈头盖脸一顿问，把黑子一下子给弄蒙了，他又气又恼，不知所措。

一辆出租车刚好停在路边，白玉兰招手让司机等候。她快步走过去坐进后座，"啪"的一声关上了车门。出租车很快开走了，留下黑子一个人在风中凌乱。

6

肖淑贤对自己的办事能力一向非常自信。她把"饺子行动"向白仰光汇报后，自感胜券在握，告知丈夫坐等好消息。

白玉兰回家时爸妈正在看电视。

肖淑贤把女儿脱下顺手扔在沙发上的长大衣拿去放进她房间，从房间出来就拿吃的拿喝的，削苹果剥橘子。

白仰光问白玉兰这两天身体状况，白玉兰说好多了。听女儿说话蔫蔫的，肖淑贤这才注意细看女儿的脸色，发现似乎不太对劲，小心翼翼地问："今晚一吃完饭就回来啦？"

"嗯。"

"我还以为你们吃完饭又要去唱歌什么的。"肖淑贤看着白玉兰的眼睛探询。

"没心情……"白玉兰语气很沮丧。

"又怎么了？"肖淑贤停下给女儿剥松仁的手，担心地问道。

"黑子说我们要订婚结婚了。说他父母要约见你们，要商量些事情……"白玉兰说得闷闷不乐、郁郁不快。

"哈哈哈！老白，你看我说得咋样？你老婆出马，一个顶俩！当下就有结果了吧！"肖淑贤开心地笑着跟白仰光邀功。

"好！好！"白仰光当下也开心地笑起来，看着女儿满眼欣喜疼爱。

"妈！你说什么？"白玉兰震惊地看着妈妈问，"你找黑子啦，还是找黑子他家啦？"

"哦，我找黑子了。怎么了？"肖淑贤脸上的兴奋劲还没有过去，面露得意之色看着白玉兰。

白玉兰"咻"的一下站起来，生气地大喊："谁让你找他啦？你女儿没人要啦？嫁不出去啦？"白玉兰头拧着到处看，似乎在找东西："嫁不出去也不要你们管，不给你们添麻烦，不用你们往出赶！"她气冲冲地走进自己房间，拿起大衣、包包就往外冲，门"哐"的大响一声，随即关上了。

白玉兰爆发的火气，把老两口完全给惊呆了、吓傻了。

灵醒过来后，他们飞快地进房间穿外套，揣上钥匙就往出追，可白玉兰早已跑得没了踪影。老两口又赶忙去车库开车，往白玉兰住的地方追去。

黑子本想给白玉兰一个惊喜，没想到反而惹来白玉兰一通邪火，搞得他丈二和尚摸不着头脑。他搞不明白白玉兰到底是怎么了，莫名其妙接二连三地耍脾气闹矛盾，是不是不愿意订婚结婚啊？

黑子细细回想他和白玉兰之间的过往，似乎从慢慢涉及订婚结婚这类话题开始，两人之间就没有以前处得那么开心舒服了，总之是各种累、各种烦、各种郁闷。

黑子猜想，他和白玉兰是不是犯了结婚焦虑症啊？人说婚姻是爱情的坟墓，莫非白玉兰和他一样，喜欢在一起，但真要结婚，却害怕往这个坟墓里面去钻？可每天不是有成千上万的人喜气洋洋地往里面钻吗？偏偏我们俩焦虑个啥劲呢？进也不是，不进也不是，真是没进坟墓就先见鬼了！黑子气得胡思乱想瞎琢磨。

这时手机响了，黑子一看是白玉兰妈妈的电话，赶忙接了："阿姨！您好！"

"黑子啊！干吗呢？"肖淑贤调整了半天情绪，才给黑子打电话，语气温柔和气。

"阿姨，我没事。您说！"黑子也努力将自己从刚才的情绪里拉了出来，语气平静，说话礼貌。

"黑子，阿姨想问你，你们今晚吃饭都好着吧？"

"好着呢。阿姨！"

"那……阿姨那天找你的事你没给玉兰说吧？"

"没有。"

"玉兰今晚回来告诉我们，说你家长要见面，要订婚结婚。我和你叔叔听了很高兴。可她最后知道我找了你，就生气发火，跑了……"

"她现在人在哪里？"黑子一听急了。

肖淑贤听到黑子焦急追问，心里一暖，反而安慰黑子："她住的公寓房子灯亮着，可能回去了。你别着急！我和你叔叔敲门她不开。"

"阿姨，我马上过来！我有玉兰房子钥匙。"

"不用了。阿姨有她房子钥匙。阿姨给你打电话，就是想了解一下玉兰和你在一起好着没，好着阿姨就放心了。看来她是生阿姨的气呢，嫌阿姨找你了，好像逼婚了似的，她觉得没面子。你知道，玉兰从小好强爱面子……"

黑子只好把刚才发生的事情详细讲给了肖淑贤。

"黑子，你别担心着急，这事与你没关系！"

"哦……"黑子木木地应了一声，又急忙说，"阿姨！玉兰是不是也嫌我没提前跟她商量，就宣布订婚结婚的事呢？"

肖淑贤忽然灵光一闪，声音很大地说："对了！黑子！你向玉兰求婚了吗？玉兰答应了吗？你如果没求婚，玉兰没答应，你一个人突然向大家宣布，这肯定不对嘛！玉兰肯定不高兴了！这不是你单方面的事，不是你一个人能决定的事嘛，对吧？"

"哦……我想她肯定没意见嘛，她一直就有这个意愿嘛……"黑子嘴里嘟囔，但心里豁然开朗，茅塞顿开。

7

陶夭夭洗漱完贴上免洗面膜，正准备休息，黑子的电话打了进来。

"哎！半夜急电有何指示啊？"陶夭夭接通后把手机开了免提，扔在床上，仰脸靠在床头坐着听黑子说话，两手在面膜上轻轻转圈按摩。

"不好意思，有急事找你，影响你休息了！"

"哦，说吧。不客气！谁让咱们是同学哥们儿呢！"

"夭夭！你最了解玉兰，快帮我想一个她最喜欢的求婚点子！"

"啊？你们不是都宣布要订婚结婚了嘛，怎么你还没求婚呢？"

"唉！我把这事给疏忽了……"

"嗨！你也真是的！结婚是两个人的事，郑重且正式地征得对方同意，总是应该的吧？你自己单方面决定、宣布，是对女方的极大不尊重，是对女方的极度藐视！"

黑子无奈道："烦人呀，一天事多的！"

"什么事多的？一个女人要把一生幸福交给你，甚至要把自己的生命都交给你，不应该郑重一点吗？不应该有必要的仪式吗？真是的！"陶夭夭对黑子一通埋怨。

"生命都交给我？有那么严重吗？"黑子说着都有点想笑了。

"哥们儿！你没听说吗？女人生孩子就是过鬼门关！跟你结婚，就要给你生孩子，与你过日子，不是把命和一生幸福都交给你了？！"陶夭夭伶牙俐齿，把黑子说得无言以对。

"行了行了！我错了！你赶紧告诉我个好招就得！"

"嗨嗨，我咋知道呢？你又不是向我求婚！"陶夭夭又皮了起来。

"赶紧的！好好想哦，明早告诉我！拜拜！"黑子说完就挂了电话。

陶夭夭"喊"的一声，自言自语骂了一句："就能治住我！好像是我的大 BOSS 一样！哼！"一出溜钻进被窝关灯睡觉了。

8

鲁明爸妈执意要和鲁明一起去送艾静。他们将带给艾静爸妈的礼物放在车里，人到酒店一楼大厅等鲁明上楼接艾静下来。

鲁明到艾静房间时，她已经收拾停当，正靠在床上看电视上播放的国标比赛。

艾静亲热地拉鲁明陪她一起看。鲁明说时间不早了，得赶紧走了。艾静说看完这两对最著名的组合的比赛，能来得及，她计算着时间呢。鲁明无奈，只好被她紧紧拉着，也半靠在床上陪她看。

看着看着，艾静侧转身子，紧紧搂住鲁明，整个人蜷在了鲁明怀里，头抵在鲁明胸前。鲁明下意识地想抽离身子，可他还是控制住了，静静地半躺着没有动，身体僵硬地撑着。

一会儿，艾静幽幽地说："鲁明哥！你不喜欢我，你喜欢的人是玉兰姐，对吧？"

鲁明身体紧了一下："别胡说！人家黑子和玉兰好了十几年了……"

"我知道，但你一直在心里喜欢着，而且很深。对吧？"

"昨晚一起吃饭，你比黑哥更用心。知道她病了，提醒大家都不要让她喝酒，提醒她吃清淡的，把清淡的汤转到她面前……我都注意到了……"艾静声音越来越小，伤感幽怨。

"艾静！"鲁明侧转身子，将艾静的头从自己胸前推开一点。他看着艾静，也让艾静看着他。艾静毛茸茸的大眼睛湿漉漉地噙着眼泪。

"艾静！黑子都要和玉兰订婚结婚了。我现在喜欢的人是你！我们也要订婚结婚的！"说完，他将艾静轻轻搂在怀里，亲吻艾静的头发，亲吻艾静的额头。

"鲁明哥！"艾静的眼泪再也噙不住，她动情地呼唤着，仰起脸，流着泪，捕捉住鲁明的唇齿，忘情亲吻……

9

白玉兰她们办公室的气氛会因每一个人的心情变化而波动。这几天就特别压抑。

儿子放寒假后，赵青想把他接过来，好好陪一陪，也检查辅导一下儿子的课业。结果她前夫不同意，还当着儿子的面把赵青骂了个狗血喷头。赵青这两天又是查资料，又是找律师，想把儿子的监护权要回来。

田薇薇只要有时间就和休假在家的范卫华聊天。他俩聊天大多是视频语音，基本是公开的，不避人。聊天时，在跟前的同事，谁愿意掺和着聊几句都可以。其实就孙雄扬爱掺和，趁机站在田薇薇跟前蹭一下又一下的。每当这时候，范卫华就很不耐烦，没好气地说两句，借口有事，"啪"的一声就关了视频聊天。过一会儿，给田薇薇发信息，知道孙雄扬走了，又接上了聊天视频。这两天，因为赵青心情不好，田薇薇也识相地把视频聊天改成了文字输入，她不想触赵青的霉头。赵青貌似淑女，发起脾气怼起人来也能把人噎个半死。田薇薇纤指翻飞，一会儿偷偷乐一下，一会儿又嗔一下怨一下的，表情丰富而克制，不时还偷偷瞄一眼赵青和白玉兰，注意观察俩人的神态和动静。范卫华给田薇薇说，他妈妈准备将海城的房子卖掉，到雍市来买房子。海城的房价高，雍市的房价低，卖了海城的房子，可以在雍市买两套房子。一套他妈妈住，一套给他结婚用。俩人这两天聊得是心潮澎湃欢天喜地，感情直线升温。

白玉兰因为黑子单方面公告婚讯，既生黑子气，也生她妈妈气，一夜未眠。早上到办公室，头脑昏沉，没精打采。

葛台长忽然叫大家到他办公室去，说赵青儿子从家里跑了，大家一起商量一下，看能不能想办法给赵青帮帮忙。葛台长说，赵青早上打电话请假，人都快急疯了。

田薇薇提议大家都赶紧在微信群、朋友圈发消息，让更多人帮忙提供信息。她说着，从赵青的朋友圈相册里面找出了赵青儿子的照片，编辑了个消息，发在了台里的工作群里，让大家转发。不一会儿，电视台同事的朋友圈里，都有了寻找赵青儿子的消息。连远在海城的范卫华，都在自己的朋友圈里发了，并着急地不停给田薇薇发信息，询问了解情况。

白玉兰默默在自己的朋友圈里发了消息后，忽然想起"雍市手机报"即时小消息传播面广，速度又快，就提议葛台长，看能不能利用宣传部门的人脉，找人把消息发上去。葛台长听后很快就联系成功，不一会儿，手机报上的即时消息就发了出来。

赵青儿子一不在家，她前夫就认定是赵青把孩子拐跑了。昨晚半夜打上门去找儿子。赵青一听儿子不见了，当下就和前夫打到了一起。确认两边都没见儿子后，俩人又都像疯了似的到处找。

赵青从前夫家附近的这个网吧出来，又进到那个网吧。在每个网吧里，她借着昏暗的灯光，屏住呼吸，顺着逼仄的过道，细细地一个一个往过找。大多网吧里黑乎乎的，只有电脑屏幕亮闪闪的。而且普遍都在打游戏，多是青年人，也有不少半大孩子。网吧空气污浊难闻，熏得赵青头痛眼眶痛。想着儿子有可能就在哪个这样的网吧里正痴迷地打游戏，她心急如焚。

赵青从手机上看到了同事们发的消息，感谢同事们的帮助，同时也感到非常丢人，觉得人生很失败，心里悲哀叹息。她找了个行人看不见的角落，偷偷流泪，拼命压抑着不让自己哭出声来。冷静一会儿后，擦干眼泪，继续到处跑着寻找。冬日的寒风，嗖嗖地刮着。她又冷又饿，都快拖不动身子了……

半下午时，赵青在一个小巷的网吧里接到田薇薇的电话。田薇薇将认识的一个年轻人在一个网吧里拍到赵青儿子打游戏的照片发了过来。

赵青边哭边让田薇薇赶紧给她分享地址。此时她也顾不得与前夫的前嫌旧恨，马上打电话通知了前夫，两人从不同地方打车飞奔而去。

电视台里几个人挤在白玉兰办公室开心地议论，为找到了赵青的儿子而高兴。这时，有个很帅气的小男孩，看着应该是打寒假工的大学生，捧着一大束红玫瑰，站在了门口。他很礼貌地敲了三下门："请问白玉兰小姐是在这里上班吗？"火红的玫瑰花仿佛燃烧起来的火焰，小帅哥青春的样子又好似一棵青杨，让大家的心怦怦跳，也让办公室的空气，一下子都凝滞了。

"我是！"白玉兰半天才反应过来，轻轻地应答，慢慢地走过去。

"哦，白小姐您好！黑佑亮先生让把这束花，和两张后天也就是大年三十上午到海南的机票送给您。卡片在这里，上面写着黑先生的心语！祝贺白小姐！黑先生向您求婚呢！请您收下。再见！"

白玉兰绯红着小脸，眼里闪着激动的泪花，紧紧抱着玫瑰，静静地站在原地愣住了。

田薇薇"嗷"的一声尖叫，欢快响亮的叫声都快把房顶穿透了。她跳着叫着冲到白玉兰跟前，将白玉兰紧紧抱住在办公室里转圈，好像被求婚的不是白玉兰而是她自己。

第九章

I

大年三十中午时分，黑子和白玉兰已经站在了千里之外的海南。黑子将从雍市来时穿的羽绒服、羊绒衫、羊毛裤，扒得只剩下了里面穿的蓝白色相间的格子衬衣和套在外面的牛仔裤。白玉兰也是一身休闲装，白色旅游鞋、发白的牛仔裤、一件浅粉色棉麻休闲衬衣松松地束在裤子里。

他们入住提前订好的海棠湾酒店。黑子搂着白玉兰的肩膀，在宽大的落地窗前，看不远处的无垠海水、辽阔海滩。

"今晚除夕夜，我们就住在这里。明天我们上蜈支洲岛，正式开启我们的浪漫之旅……"黑子温柔的声音仿佛是虚幻的呓语，白玉兰闭着眼睛幸福地笑着，她将头靠在黑子结实的肩膀上，尽情享受着此刻的踏实温暖、幸福甜蜜。

他们在蜈支洲岛的情人桥上，手挽手流连忘返；在"happy love"标志前，留下了青春的倩影；在金子般细软的沙滩上，黑子的大脚丫与白玉兰的小脚丫重叠着铺满了海滩；在传说阿黑射鹿救母的情人湾里，他们深情地执手相望；在天涯海角巨石前，俩人相拥着山盟海誓；在欢腾的海浪里，久久回荡着他们的欢声笑语……

这趟海南之旅，让黑子和白玉兰的感情正式确定了。

初六中午时分，他们返航回到雍市，直接到了提前预订好的餐厅包间。黑子爸妈、姥姥早在餐厅等候。黑子和白玉兰前脚刚到，白玉兰爸妈也来了。相互介绍寒暄落座后，黑耀宗正要招呼开席，白玉兰拽了拽黑子，往旅行箱示意了一下。黑子赶忙起身说："我们给长辈们带了礼物，开饭前先将礼物拿出来。"

黑子说："姥姥，这是给您带的海南岛的特产椰奶粉，您每天冲一杯喝，滋补身体棒棒哒！"

"姥姥，这是给您的多用健指链！"白玉兰将自己给姥姥精心挑选的最大颗的珍珠链子从锦盒里取了出来。她给姥姥一边讲着健指链的功用，一边帮着佩戴。老太太高兴得合不拢嘴。白玉兰又从姥姥脖子上摘下，教姥姥作为健指环用，一个一个拨拉着数。老太太左瞧右瞧，喜欢得不得了。

黑子和白玉兰又分别给两位妈妈送了一模一样的珍珠项链，然后把给两位爸爸带的椰岛鹿龟酒、五指山绿茶拿了出来，放在了餐桌上。

白仰光说："那今天就先把桌子上放的这西凤酒收起来，就尝尝这椰岛鹿龟酒！"

黑耀宗积极响应："好！好！就喝孩子们带回的这海南的酒！"

吃饭间，白玉兰不停地与陶夭夭微信聊天，期待晚上的高中同学聚会。黑子也时不时把头凑过来看，俩人头挤头说悄悄话。家长们看着两个孩子如此恩爱亲热，也很开心，相谈甚欢。

2

白玉兰和黑子赶到同学聚会的朝凤饭庄时近下午六点半，人基本到齐了。俩人一进去，同学们就哄的一下喧哗起来。男同学们的目光无一例外先是聚在白玉兰身上，再艳羡地移到黑子身上。

陶夭夭示意他俩往她跟前的空位子上坐。鲁明挨着陶夭夭坐着，也给黑子和白玉兰招手示意。黑子咋咋呼呼地大声和同学们打着招呼，白玉兰则是微笑着向大家问好。

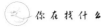

白玉兰与陶夭夭紧紧挨着坐在一起。几天不见，像是分别了好久似的，陶夭夭缠着白玉兰问这问那。旁边的鲁明虽然没有发问，但非常留神地听着白玉兰说的每一句话。

聚会由在雍市的一个小有成就的男同学主持张罗，近三十人挤着坐在放了两张大餐桌的大包间里。主持的同学准备充分，开场白面面俱到，发言精彩，同学们欢呼着举杯开席。

没几分钟，大家就分别与坐得近的人交流起来。黑子与左手边的一个男同学热火朝天谝了半天，顺道把左边能招呼着的同学都捎带着举杯示意敬了几下。然后又老没正经地把陶夭夭一顿盛赞狠撩，俩人隔着白玉兰亲热地开着玩笑，互相敬酒，每敬必干。白玉兰把椅子往后挪了挪，身子紧紧靠在椅背上，让开地儿笑眯眯地看着他俩逗乐。鲁明还是那种特有的斯文劲儿，望着黑子和陶夭夭互掐互捧互喷。黑子将陶夭夭一安顿，右胳膊一伸，杯子就与鲁明举过来的杯子碰在了一起："哥们儿！新年好！""新年好！"俩人将杯中酒一饮而尽，不再多言，尽在酒中。

坐在邻近位置的同学互相热络后，就纷纷离座找上学时关系密切，但吃饭又未坐在一起的同学互敬交流起来。场面热闹，但也渐渐变得无序混乱，有的同学似乎不胜酒力已有醉态。

黑子和陶夭夭两个活跃分子早已离开座位，游刃有余地活跃在两张桌子之间。鲁明和白玉兰隔着陶夭夭的空座位说话。鲁明问了白玉兰的身体恢复状况，也问了一句："去海南了？玩得还好吧？"白玉兰声音很小地回答，似有亏欠一样，不敢直视鲁明镜片后面那双幽幽的眼睛。

黑子辗转回到座位上刚坐下，陶夭夭就婀娜多姿地扭过来，站到黑子和白玉兰椅子后面，电眼放光，声音很大地喊："同学们快回座位啦！请大家安静！我要爆料啦！"走动的人都纷纷坐下，包间里安静下来。

有人着急地催促："快说！快说啊！"

陶夭夭却卖起了关子："同学们想听吗？"

"想听！"

"声音不够洪亮啊！再回答一遍：想不想听？"陶夭夭将右手支在耳朵边，头偏着做倾听状。

"想听！"在座的人都直起脖子大喊，包间里的回声震得窗子嗡嗡直响，有矫情的女孩子捂起了耳朵。

"好的！我要告诉大家特大喜讯。我们班的帅哥美女，黑子和白玉兰十多年的马拉松式爱情终于即将修成正果啦！"

包间里面又是一阵狂叫和掌声。

"帅哥美女刚刚完成了他们的海南定情之旅，情定大东海岸，盟誓天涯海角，不日将永结百年之好！"

"祝贺了！祝贺了！"大家纷纷举杯站了起来。白玉兰一脸幸福娇羞，黑子则开心得满脸通红。两人也赶忙站起来，举杯对大家的祝福表示感谢。

有人带头起哄："抱一个！亲一个！"

大家都跟着叫了起来："抱一个！亲一个！""抱一个！亲一个！"

黑子毫不羞涩地将白玉兰拉过来抱在了怀里，并在她的额头上亲吻了一下。包间里又是一阵山呼海啸般的欢呼声和掌声。

第十章

1

春节假期后上班，黑子把带的海南特产椰子糖、鱼片、鱿鱼丝等小吃拿出来放在桌上，就动作麻利地开始打扫办公室卫生。

郝雅娜一进办公室，看见放在桌子上的好吃的，高兴地说："黑哥就是好！去海南开心，也没忘了我们！"拿起一小包鱿鱼丝就开吃了。

"开玩笑不是？忘了全世界，也不能忘了一个战壕里的战友啊！何况还是美女战友不是？"黑子一边整理门后面的扫帚、簸箕、垃圾筐，一边开心地和郝雅娜逗乐。

"还是我们黑哥有良心呗！"郝雅娜心安理得地吃着，美滋滋地享受着黑子的讨巧捧逗。

"两位过年好！"赵年急急忙忙走进办公室。

"嗨！过年好！"黑子拿着他和赵年的水杯准备去水房冲洗，迎面和赵年打着招呼。

"过年好！赵哥，回老家了？"赵年不像黑子那么随意，所以郝雅娜与赵年说话一向规规矩矩。

"嗯，昨晚上才回来。搞得人紧张的，第一天上班都晚了……"赵年把一个装满东西的包包往他的文件柜里塞，带点歉意地与郝雅娜说话。

"没晚啊！"郝雅娜眼睛朝墙上的挂钟瞅了一眼，示意赵年看表。心想我又不是领导，你有给我解释的必要吗？郝雅娜知道，这就是办公室人与人之间的距离和提防。她清楚，她对黑子比对赵年好得多。赵年对黑子也比对她好得多。想到这儿，郝雅娜莫名在心里嘀咕，这黑子还蛮招人爱的啊！人缘还怪好的，男女老少通吃。

黑子拿着水杯刚进办公室，景科长就来给大家问候拜年。黑子忙从包里拿出了两盒五指山绿茶，一盒塞到了景科长手上，一盒放在了饮水机旁边，说："海南特产，大家都尝尝！"景科长一看他们办公室也有，就拿上了。几个人闲聊了几句，景科长以"半小时以后咱们科里开个会"告别。黑子、赵年、郝雅娜相视一笑，知道一上班就要给大家紧螺丝了。

2

白玉兰办公室里像开茶话会，三个人桌上各种小吃都摆了一大堆。有白玉兰从海南带回来的特产，有范卫华从海城带回来的地方小吃。几个人边吃边聊各自在春节里的奇谈趣事。

范卫华休假时间长，见了每个人都很亲热，尤其对田薇薇那是热情似火，带的一大包好吃的全倒在了田薇薇办公桌上，田薇薇又拿起来一包一包地往白玉兰、赵青的桌子上分。

孙雄扬一边嘴不停地吃着，一边站到墙上挂的一个长方镜子前扭来扭去左照右照，嘴里嘟囔："得注意保持体形了！"白玉兰和田薇薇看得忍俊不禁。

赵青穿着长长的铁锈红羽绒大衣走进办公室，白玉兰、田薇薇、范卫华忙打招呼："赵姐过年好！"

赵青淡淡回了一句："过年好！"随后就不再说话。

赵青脸色苍白，一脸疲态，人似乎一下子消瘦了许多，好像也老了许多。她将外衣、包包挂起来，拿起水杯就要往出走。

善于察言观色的孙雄扬从赵青进门就发现不对，所以那三个小年轻兴高采烈高喉咙大嗓门打招呼时他就没吱声。等那三人一看势头不对，面面相觑时，孙雄扬才轻轻地试探着问："赵姐最近身体不舒服吗？"

"哦，是有点感冒，一直不见好。"赵青拿起水杯才察觉到杯子里有水，愣了一会放下杯子，突然想起什么来似的从包里取药。

白玉兰赶忙起身，走到赵青办公桌前，端起杯子说："赵姐，那我给你把水换了去！早上我给你泡上了我从海南带回来的茶，本想让你尝尝的，可吃药不能用茶水……"

　　赵青感动地看了白玉兰一眼，说："谢谢你！没事，那我一会儿吃药，先尝尝你带的茶。"办公室的气氛才稍微缓和一点，但几个人再也不敢随意说笑。孙雄扬和范卫华识趣地回了自己的办公室。临出门，范卫华悄悄看了田薇薇一眼，示意一会儿见。

　　葛台长足不出"户"洞悉这边的一切。听见赵青来了，葛台长稍微等了一会儿，才走到了白玉兰她们办公室，礼节性地问候拜年。赵青早上要晚到一会儿，已经给葛台长打电话请过假，于是只淡淡地应了一声。田薇薇一边甜腻腻地给葛台长拜年，一边将她桌子上一小袋吃的顺手拿起来，刺啦一声撕开个口子，塞到了葛台长手上。白玉兰站起来，从她带的海南特产小吃里面挑出了几颗椰奶糖果、一小袋鱿鱼丝和一小袋海鱼片递给葛台长。

　　"台长，也尝尝这些，是我从海南带回来的。"

　　葛台长一边"好的好的"答应着，一边低头看田薇薇撕开的袋子里面的东西。看了半天，就是不见尝一口。

　　"这几天刚收假，不会有太多事，赵老师身体还没好的话，就再休息几天？"

　　"就是！赵姐，你看台长都主动给假了，你就再休养休养吧！"田薇薇忙给赵青递话。

　　"也是。"白玉兰也轻轻附和了一声。

　　"谢谢台长关心！不用了，已经基本好了。"赵青似乎往起站时都有些吃力。

　　"赶紧坐下休息吧！如果需要休假了就吭声。"葛台长转过头又对白玉兰和田薇薇说，"赵老师最近身体不好，工作你俩就多操点心！"

　　"台长，没问题！您就放心吧！"田薇薇信誓旦旦应承。

"知道了，台长。"白玉兰也赶忙答应。

办公室只剩下她们仨时，赵青终于将憋了很久的眼泪释放了出来。她本来不愿意在这两个小姑娘面前流眼泪，可实在是忍不住了，实在是受不了了。这个"漫长"的假期、寒冷的春节，带给她窒息般的痛苦感受，她已经快要忘记被关爱、被温暖的感觉了。

刚才，白玉兰说已经给她泡好了茶水的那一瞬，她就已经忍不住想哭了。她想起除夕夜，自己烧得迷迷糊糊，压了两床厚被子还瑟瑟发抖，嘴唇干裂，喉咙焦渴，想爬起来喝一口热水、找两片药吃，都实在无力支撑着起身……跨年之夜，万家团圆之时，她身边只有枯井一般的黑暗、死一样的孤寂。恍惚中，她觉得自己已经完了，她似乎看见自己的灵魂，飘忽忽离开了自己的身体，化作一缕青烟，从窗缝里挤着飘了出去。她半是清醒半是迷糊的意识里，感觉自己的身体，在往一个深深的黑暗的枯井里慢慢沉去。她害怕，她不甘，她挣扎，可浑身没有一丝丝力气，连哭出来的力气都没有，只有流不完的眼泪，从紧闭的眼睛里，无声地一股一股流出来……

也不知道过了多久，她隐约听见雷鸣、隐约看见电闪，她拼尽全身力气挣扎着从枯井里往出爬啊、爬啊，迷迷糊糊中，她看见儿子正在荒野里的小树林中，一个人四处奔跑着呼喊："妈妈！妈妈！"……天慢慢亮了，太阳出来了，阳光照进了小树林，光线从树顶上的枝枝杈杈间射了进来，她终于爬出了黑暗的枯井，看见了外面的光亮。她喃喃呼唤："儿子！儿子！"可是他的宝贝儿子却突然不见了。她终于清醒了，意识慢慢回来了。她挣扎着硬撑着爬了起来，哆哆嗦嗦地从抽屉里拿出了几粒药，给自己倒了一大杯水，咕噜噜喝了。缓了一会儿，她摸出手机看了看，知道刚刚是新年钟声响了，鞭炮炸响在空中，烟花点亮了窗外的天空，将她已经迷糊的意识唤醒了，将她从死亡的幻境中拉了回来。她靠坐在床上，拉起被子裹紧身体，头埋在膝盖上，为自己一个人，在这大年夜万家团圆之时，被疾病折磨，被孤寂围绕，身边没有一个亲人可以依靠，伤心难过得失声痛哭起来。

赵青的婚姻，印证了那句魔咒一般的话语：本想找个人遮风挡雨，结果发现所有的风雨都是他给的。白玉兰和田薇薇看着趴在桌子上无声哭泣的赵青，想象着自己未来的婚姻和家庭，一脸迷茫……

3

姜主任一上班就火急火燎地来到白仰光办公室，当面汇报周边住户向市环保局反映公司一个车间噪声污染、一个车间打磨有粉尘的问题。环保局的赵年在假期里就打电话找过他，他当时就向白仰光汇报过。早上刚进办公室，赵年就打电话追问过处理情况。

"白副总！您说他们还让不让企业活了？只要机器一开，他们就投诉，这难道是要让咱们停产吗？"

"小姜你别光抱怨，一项一项说事情！"紧挨着企业新建的两个小区的住户，多次向市环保局投诉，白仰光很头疼。但他还是耐着性子，想听姜主任把情况说清楚，以便尽快解决。

"白副总！您知道，从初四开始，咱们就有几个车间安排加班生产了，有几个大合同必须赶工期，不加班就不能按期交付，不按期交付每天都有违约罚款，更重要的是会影响公司信誉，会让客户对公司失去信任，会使公司丢掉客户、丢失市场……"

"这个不用说，公司上上下下哪个干部职工不知道啊！说重点，他们又反映啥了？"

"还是老问题嘛！锻压车间旁边的'零距离'小区，还是告咱们锻机噪声大，影响他们生活。轧制车间旁边的'肠粘连'小区，还是反映咱们轧制车间打磨有粉尘有味道！"

秦雍集团是一个有着五十多年历史的老国企。二十世纪六十年代中期因国防军工需要依山而建，十几个车间顺着山沟河道蜿蜒十几公里。二十世纪八十年代末九十年代初，企业发展壮大投资扩能，新扩建部分就位于如今的雍市高新区东段。这十多年，雍市房地产火热，高新区所有能建房子的土地都被开发商买去盖了住宅楼。相关部门规划批地也不考虑适合不适合建住宅，周边环境适宜不适宜人居住，一个只管批，一个尽管盖。秦雍集团职工所谓的"零距离"小区，紧挨着企业，与企业一个装有超大型锻压机和几组快锻、精锻设备的大型厂房隔墙而建。那个"肠粘连"小区，如果企业大门没有凹进去，就直接是建在企业生产区里面，与轧制分厂鸡犬相闻，比企业里面各车间之间的距离还要近得多。

这些住户当初贪图便宜放弃好的居住环境，选择买了这样的小区搬来居住。但住下后，却不断向环保部门反映企业噪声、粉尘问题，让企业百口莫辩不胜其烦。秦雍集团已多次被罚款，也投入了大量资金、设备设施想办法治理。为了不让生产噪声外传，锻造车间生产时连窗子都不敢打开，夏天简直能把人热死在里面。轧制车间打磨工序，先是改到一个完全封闭的车间进行，住户还是投诉不断，只好把打磨工序直接外协。为了根治，公司已在外地新投建了轧制工序车间，快要搬迁了。但搬迁就意味着职工会有车马劳顿，会有两地分居，会造成生活不便，会增加生活成本和困难。职工早已怨声载道。有人骂相关部门要么不作为要么乱作为；有人骂开发商唯利是图见缝插针；有人骂住户贪占便宜不顾长远；有人骂企业领导无能，不维护企业和职工利益，在先有企业后有住宅这样的事实面前，还要被不合理规划建设、不理性购置房产的人，把企业整治得无法正常生产。

"不是只安排白天生产吗？"白仰光有些生气，"晚上安安静静的，影响他们什么了？"

"春节放假了，白天人都在家里哩。"姜主任有些不安地解释，"有些人晚上不睡，白天大睡，结果就嫌我们有噪声……"

"那打磨又是咋回事？"

姜主任有几分委屈："外协打磨的单位放假了，只好在原来那个封闭的车间里暂时自己打磨。谁知还是被人拍了视频。"

"不是封闭的吗？怎么会被人拍视频？"

"中午职工外出吃饭，车间大门打开了，结果楼上的住户看见里面有粉尘飘出来，就拍了视频。"

"真扯！"白仰光忍不住将手里捏着的笔摔在桌子上，"车间完全封闭，我们的职工在里面生产，可想而知环境多么艰苦！中午出去吃饭休息一会儿，开个大门他们都不能容忍，太过分了！"

白仰光铁青着脸，呆站了好一会儿，才坐下来在笔记本上画了几笔。他抬头看了看墙上的挂钟："一小时后要召开节后第一次班子会，我先把事情电话汇报给总经理，提请班子会研究解决。你尽快把情况整理一下，如果需要你列席会议做详细汇报，我电话通知你。"

姜主任一出门，白仰光就给总经理电话做了汇报。总经理同意他的意见，请姜主任列席会议。并要求白仰光提前考虑，先拿出一个初步的解决思路和意见。

离开会还有几分钟，除了总经理没到外，其他副总和助理都已经到了。白仰光一进会议室，杨副总就大声问道："老白啊！初六扬州的婚礼，说好了一定要和玉兰妈带玉兰一起来参加的，怎么没来啊？"

"对不起啊！初六家里有事，实在走不开，没能去……"

"我家扬州还一再跟我说，好几年没见玉兰了，想你们来的话还能见一面呢，搞得好遗憾哪！"老杨一再提白玉兰的名字，白仰光隐约感到了他别有用意，心里很不爽。

"老白啊！老杨儿子的婚礼那个豪华排场，你没见识到可真是好遗憾哪！"另一个副总学着老杨的扬州普通话说道。

"是啊老白！你女儿喜事啥时候办啊？老杨儿子婚礼的格调可是不好学的哪！"还有一个副总也乐呵呵地开玩笑。

白仰光有点窝火，正要回答，总经理进了会议室，大家都不再说话。

会议第一件事，就是研究环保问题。姜主任汇报后，总经理明确表态，环境治理、环境保护是国之大计，必须高度重视，尽快整改。他要求集团做好自己的事，从企业自身多找原因、找症结、想办法、拿方案，解决问题。开会的班子成员都发表了意见，总经理要求白仰光将大家的意见归纳一下谈谈想法。白仰光就将大家提到的好点子，归纳补充进了自己提前整理的几条意见中去，很快进行了汇报。汇报后，他的家庭会议思路也在脑子里迅速形成。他想，是时候将女儿的婚事按两家初步议定的时间节点加快推进了。

第十一章

1

黑子和赵年负责调查秦雍集团的环保问题。在电话沟通了解掌握了一些情况后，赵年和黑子在元宵节后就实地调查去了。快到时，黑子接到妈妈的电话，说姥姥不小心从楼梯上摔下去了。黑子连忙给景科长打电话请了假，撂下赵年，就飞车去了医院。

黑子爸妈叫120将姥姥送到了雍市骨科最好的城西医院。

黑子赶到医院，等不得电梯下来，就飞快地跑着上到了四楼的骨科。他看到姥姥浑身颤抖，脸色蜡黄，痛得虚汗直流，躺在病床上呻吟，一下子难受得眼泪在眼眶里直打转转。

"姥姥！姥姥！"他边呼唤边用纸巾擦姥姥头上脸上的汗珠。

"医生怎么说？"黑子问妈妈。

"刚拍了片子，你爸去取片子了。医生要看了片子才能知道具体伤情，才能出治疗方案。"于平脸色蜡黄，坐在床边的方凳上，身子半倚在床上，说话有气无力。

"都怪我！都怪我！早说让姥姥搬到我住的电梯房，我搬回来住。可我光说没行动……"黑子趴在姥姥床头边难过地自责。

"傻孩子！怎么能怪我宝儿呢？是姥姥自己不小心……宝儿不难过，姥姥没事……"黑子姥姥听见黑子难过自责，心疼地安慰她的宝贝孙子。

黑子正准备去找医生，刚好他爸爸与医生、护士进来了。黑子着急地问："我姥姥怎么样？伤得重不重？"

"从片子看，病人摔下去后是右边身体着地，所以右边髋骨严重骨裂，右边肩膀骨裂脱臼，右臂肘弯处骨折。"医生顿了一下补充道，"要是年轻人，最后两个台阶摔下去可能不会这么严重。老年人骨质疏松容易骨折，幸亏搀扶的人拉拽，受伤较轻……"

"医生！求您一定要想办法治好我姥姥啊！"

"我们会尽力的。鉴于病人年龄和目前身体状况，我们建议采取保守治疗。"医生说得慢条斯理。

"什么是保守治疗？"黑子看着姥姥疼痛的样子，又急又躁。

"保守治疗就是脱臼的地方物理复位，两处骨裂部位固定敷药，骨折的地方接合固定，外加敷药及口服药物，慢慢养护愈合。"医生说。

"我不要住院！我不要手术！快带我回家！"医生话音刚落，黑子姥姥就在病床上挣扎着要起来，让带她回去。

"我们还是听医生的，也尊重妈的意见，保守治疗吧！只要妈少受罪，我们好好照顾，一定能恢复得很好的！"一直站在医生旁边的黑耀宗说完话，把征询的目光落在了黑子脸上。

黑子看着姥姥蜡黄蜡黄的脸，还有不断从额头、脸上冒出来的虚汗，心疼得直叹气。他眼睛里满是担心，也只能默默同意。

2

白玉兰已经是第三次催促陶夭夭挂断视频电话了："好啦！我得干活了。挂啦，挂啦！"

"哎！不行啦，你还没帮我看好嘛！"陶夭夭在试第三件衣服。她让卖衣服的服务员拿着她的手机给她全视角拍视频，她转来转去扭着边看边与白玉兰视频通话。

"行了！已经很美了！就这件啦，别再挑啦！"白玉兰小声说话，眼睛不时往外瞅，着急出去。

"是不是有点太长啊？要是刚刚过膝就好了！"陶夭夭身上试穿着一件到腿肚的黑白色收腰羊毛裙。

　　"我的天哪！太挑剔了！已经很完美啦，OK？"白玉兰揉了揉眼睛，感觉自己盯视频盯得眼睛都有点不舒服了。

　　"看你不耐烦的！人家好不容易完成个大单犒赏一下自己，还不得精挑细选啊？"

　　"哎，美女。你啥时候亏着自己啦？好啦，真的这件就很好啦！不能太短了，膝盖刚刚护住，又保暖又好看！"白玉兰盯着视频细细看了看说。

　　"挂吧挂吧！看把你急的，是不是急着和黑子亲热聊天啊？"

　　白玉兰懒得理陶夭夭的打趣，终于挂断了视频，长长吐了一口气，急忙起身往录播室跑去。

　　田薇薇与范卫华已经化好妆换好衣服，坐在沙发上开始熟悉手上的稿件。赵青和孙雄扬在工作台边忙着做各自的工作。白玉兰刚坐到工作台边，放在桌子上的手机又振动了。她吓了一跳，以为是陶夭夭又要视频了，结果一看是她爸的电话，忙给赵青看了一下手机显示，走了出去。

<h2 style="text-align:center">3</h2>

　　姜主任带着赵年来到白仰光办公室。赵年将来意简单说了一下，说的过程中提了一句，本来是和黑佑亮一起来，黑佑亮家里老人突发意外，半路上回去了。白仰光当时就急迫地问出了啥事。赵年说是老人从楼梯上摔下去了，几处骨裂骨折了。白仰光一听，头就"嗡"的一下，心想麻烦了。他没好意思再深问什么，将话题转到了工作上。简单沟通后，安排姜主任带赵年到两个车间去看现场。他连忙给白玉兰打电话，让她问问黑子家老人的情况。

　　挂了电话，白玉兰心里有些慌乱。心想姥姥年纪那么大了，摔一下肯定很严重。她发了条信息给黑子："听说姥姥摔伤了，很担心。情况如何？"

黑子正扶着妈妈在医院走廊的椅子上坐着休息。于平这半天连惊带吓，加上劳累，身体虚弱得不像样子。

看到白玉兰的信息，黑子用闲着的左手给白玉兰发微信：你怎么知道的？

玉兰：赵年到我们单位，我爸听到消息，让我赶紧联系你。现在情况咋样？

黑子：几处骨裂骨折，正在治疗。

玉兰：你在身边照顾吧？不聊了，不影响你了。在哪家医院？我马上过来。

黑子：你上班吧，不用过来了。

玉兰：那怎么行？我现在就请假去。

黑子：城西医院住院部四楼骨科。

玉兰：我马上去。顺便给你带去午饭。

黑子发了一个难过的表情，又发了一句：不想吃，吃不下。

4

肖淑贤将家用梯子从储物间搬到自己卧室的大柜子旁，拿抹布将上边的灰尘慢慢擦干净，然后小心翼翼地一阶一阶爬上去。柜顶上整整齐齐摆放着四个收纳箱，她准备陆续将这些箱子一个一个取下来，将里面放的蚕丝被等床上用品，趁这几天天气好，都打开来晾晒一下。她早就在为女儿出嫁做准备了。有了好东西，都给女儿留了下来。她将箱子往出拉着挪了挪，感觉还挺沉。可她还试图想办法将箱子拽下来，往自己能使上劲的地方挪腾。正在这时，手机响了。无奈，她只好慢慢地从梯子上下来。

手机放在餐桌上，她边往那儿跑边喊："来啦来啦来啦！"

一看是丈夫的电话，一接通她就气喘吁吁地娇嗔埋怨："正站在梯子上往下拿东西呢，电话就像催命似的响！"

"你一个人上梯子拿啥啊？求你了，千万别瞎折腾了！把人摔一下或者再把腰扭一下，可咋得了？我给你打电话，就是要说一件事呢！"白仰光口气里已经透出了忧虑。

"啥事？"肖淑贤一听丈夫的语气，就紧张了起来。

"黑子姥姥从楼梯上摔下去了……"

几分钟前，肖淑贤站在梯子上翻腾时，想着女儿穿着漂亮的婚纱，举行隆重热闹的婚礼，甚至想到自己很快就有可能当上外婆，她爬高踩低浑身是劲。可这眨眼工夫就又出了岔子，俩孩子的婚事肯定得往后推，她当下心里乱糟糟的，思量玉兰这孩子的婚事可真是不顺，烦得她一下子什么心劲儿都没有了。

5

星期六早上吃完饭，白玉兰一家三口便到城西医院去看望黑子姥姥。

休息日医院里到处是人，一个个看着没精打采愁肠百结的。肖淑贤边走边嘟囔："真是的，比商场人可多多了！"

"可不是！现在很多人在网上购物，商场是比这萧条得多。"白仰光看着像自由市场一样人来人往的医院大厅说道。

"今天是周六，大家都趁休息才来看病，或者像咱们一样来看望病人。"白玉兰给爸妈解释。

"唉！不管咋的，记着这句话就好：有啥都别有病，没啥都别没钱！"肖淑贤时不时地会冒出来几句至理名言。

"是啊，妈。我听黑子说，在医院钱花起来流水似的，这三两天已经花了不少了。"

"黑子姥姥这伤病在医院里根本就不算什么，又没有手术，不会花太多。"白仰光看了看女儿，安慰她。

"应该是。"肖淑贤肯定地说。

"那些做开胸、开颅手术，动辄就进重症监护室的大病，还有就是花多少钱都不一定能找到合适配型的需要换器官的病，在医院里每天花起钱来才真是害怕呢！"白仰光一边说，一边看不远处一个中年男人扶着的一个中年妇女。那个一脸病容的中年妇女，用手轻轻抚着右腹侧，佝偻着身子，在中年男人的搀扶下慢慢走。白仰光看她那样子，估计刚做完手术没多久。

"人家说到医院里，这钱就像纸一样，要这么想，花起来也似乎并不心疼了。"肖淑贤想到好多人平常舍不得吃舍不得穿，省吃俭用的，买个菜都分分厘厘地讲价，在医院里一掏成千上万，还没法讲价，莫名笑了起来。

"那有啥办法？这钱跟命比起来，可不就是一张纸嘛！"白仰光记得前不久看到一篇文章，比喻得非常巧妙。说人得了病，就好比病魔将人绑了票，把你搁置在医院里面，逼你不停拿钱来赎命，不然随时就会把你交给阎王爷撕票。他也不由得感叹起来。

这时，从他们后面急匆匆跑过来几个人，一个壮实一点的年轻人背着一个人在前面跑，几个人慌慌张张紧跟在后面跑。白玉兰停下脚步让在一旁，她看着已经不年轻的父母挤在那几个人中间的背影，心里忽然慌乱害怕起来。她不敢想，如果有一天自己的父母哪一个突然倒下，或者都病倒了，她该怎么办？想到这里，白玉兰就像一个害怕在陌生的地方与父母失散的孩子一样，紧跑几步，追上父母，走在他们中间。她将原本两只手里提的东西全部换到左手里，用闲着的右手紧紧挽住了爸爸的胳膊，左手提着东西揽着妈妈的腰背。白玉兰瞬间觉得自己长大了，有了与亲人随时可能会生离死别的担忧与恐惧……

黑子昨晚陪护姥姥。早上，爸妈早早就把早饭送了过来，他呼噜呼噜很快把饭菜和包子吃干净了。姥姥却一直不想吃饭，于平就将饭菜、包子都放在保温桶里温着。等了一个多小时，于平取了稀饭给老人喂，姥姥头拧来拧去不好好吃。黑子就将盛稀饭的小碗从妈妈手里接了过来，坐在姥姥病床边，像哄小宝宝一样，逗着哄着姥姥一口一口地吃。姥姥边大口大口吃饭，边开心地笑。

于平看着这婆孙俩乐乐呵呵的样子，给黑耀宗嘀咕："真是倒过来了！"

黑耀宗笑了笑说："可不是嘛！小时候姥姥这样哄着喂他，现在他也这样哄着喂姥姥！"

白玉兰和爸妈走进病房时，黑子已经快将碗里的稀饭给姥姥喂光了。姥姥正对着门，她一看到白玉兰爸妈和白玉兰，就赶忙示意黑子放下饭碗招呼。黑子接过他们手里的礼物放下，顺势拉过来两张凳子请白玉兰爸妈坐。白玉兰爸妈走到老人病床跟前，关心询问病情。黑子姥姥和黑子爸妈一再请他们坐下，白玉兰爸妈才坐下了。

几个人说着说着就将话题扯到了白玉兰和黑子的婚事上。黑子爸妈歉意地说，等老人身体恢复一点，就尽快给俩孩子办订婚事宜。白玉兰爸妈则客气地说不急，老人治病要紧。黑子姥姥不时嘟囔，怨怪自己不争气，关键时候给家人添乱子。黑子和白玉兰则像两个大孩子，挤坐在姥姥床一侧的两个小凳子上，趴在床边，一边轻轻地给姥姥按揉身体，一边说悄悄话。

第十二章

1

景科长正在会议室给大家布置工作任务。黑子办公室里的三个人挨着坐在长桌的靠左边一点。黑子坐在中间，赵年坐在黑子的右手边，郝雅娜坐在黑子的左手边。

赵年写得一手好字，他边听边龙飞凤舞地在记录本上记录。记录一会儿，停下笔，左瞄右瞅，对自己潇洒漂亮的书写欣赏一番，眉眼中透出得意和陶醉。

郝雅娜左手托着香腮，看着有点悠然自得和漫不经心。她的本子上写着购物计划：薄毛衫一件、新款薄短靴一双、薄羊绒春装连衣裙或短裙一条。下面再没写什么，她在细细地画一个戒指，边画边在心里偷偷乐呵。

黑子一开始边听边记，慢慢地就有点犯迷糊了，上眼皮和下眼皮直打架。他使劲摇摇头，强迫自己清醒起来。可撑着撑着，又迷糊了过去，头猛地向下一栽，把自己吓得一激灵。他赶忙眨巴几下眼睛，努力把眼睛睁得大大的，用心听景科长讲话。可不一会儿，他又是一阵一阵犯迷糊打瞌睡，身子一歪，差点倒在右手边赵年的身上，手中的笔"啪"的一声掉在桌子上，把旁边的赵年和郝雅娜吓了一跳。

正在讲话的景科长也被惊动了。景科长知道黑子姥姥最近住院，黑子晚上要在医院陪护，可能没休息好，一直就没说什么。可他竟然闹出这么大的响动，就不得不说几句了。

景科长顿了顿说："今天这个会议非常重要，对我们认真领会上级精神、制订好实施方案,打好雍市防治污染攻坚战有着极其重要的意义!"然后,看了看黑子,话锋一转:"个别同志要注意哦!后面每个人身上任务都很重。个人有什么困难,既要给组织说,也要努力克服,可千万不能影响工作!"说完又意味深长地看了黑子一眼。

黑子满脸通红,羞愧得低下头,眼睛抬都不敢抬,心里明白景科长已经很给自己面子了,即使是把他劈头盖脸训斥一顿,他也是无话可说的。

景科长继续讲对几类存在严重污染隐患企业的治理思路,要求大家对一些群众反映和举报比较集中的企业要制订检查督导计划和措施。其中,就提到了秦雍集团。黑子听着,神经不由得绷紧,脑子里急速运转,想到几天前没去成秦雍集团,也不知道情况咋样了。这几天忙忙乱乱,自己竟然都没问一下赵年那边的情况。开完会得赶紧了解一下,否则,领导若突然问起秦雍集团的事情,自己一问三不知,那岂不是……

2

黑子找赵年细细讨论了一下秦雍集团的问题。谈完工作上的事情,他立即给白玉兰发微信:下午下班后想吃什么?我们一起去吃。后面跟了一个开心的表情。

白玉兰:你想吃什么?(后面跟一个开心表情加询问的表情)

黑子:我随你。最好时间短点。(带一个俏皮地眨巴眼睛的表情)

白玉兰:急什么嘛。(跟一个翻白眼的表情)

黑子:吃完去你那儿?或去我那儿?(跟一个坏笑表情加一个很馋的表情)

白玉兰:嗯……我那儿。(跟一个捂嘴偷笑表情加一个害羞的表情)

黑子:(一个开心表情加亲吻拥抱的表情)

白玉兰:(一连串的亲吻加一连串的拥抱表情)

黑子：还得忙会儿。（跟一个难过的表情）那我忙了。（跟一个再见的表情）

白玉兰：（OK 的表情）一会儿见。（跟三个欢快的表情）

黑子一放下手机，赵年就说："我们现在去给景科长汇报一下秦雍集团的调查情况和咱俩的意见？"

"好。走！"

来到景科长办公室门口，赵年轻轻敲门，无人应答。赵年似有失落，黑子却一阵窃喜。刚才他看离下班时间已经不多，正担心给景科长一汇报，景科长提几个问题，再和他们讨论半天，可能就会晚走，耽搁他和白玉兰约会。

"那只好明天了……"赵年看了看黑子，边说边往回走。黑子一摊手，做了个无可奈何的表情，紧随赵年身后，脚步轻快。

黑子无法释放内心的欢快，看见郝雅娜还在那里拿着手机玩得入迷，就想撩逗一下。他轻轻走到郝雅娜背后，往手机上偷瞄。郝雅娜"噌"的一下将手机捂在身上，仰头翻白眼看着黑子说："干吗偷看人家手机？！"

"看你玩啥呢，这么入迷的，连哥都不理了？"

"去去去！没玩啥，和闺蜜聊天呢！"郝雅娜转身将黑子往他座位上推。

"闺蜜？那介绍给哥啊！你的朋友就是哥的朋友，你的闺蜜就是哥的闺蜜！"

"那好啊！我闺蜜出了点状况，正向我借钱呢。那我让她加你，你帮帮她！"郝雅娜说着就拿起手机，装作要输入信息。

"别别别！千万别！她只是你的闺蜜！"

黑子反而让郝雅娜捉弄了一下，忙退回来坐到了自己的座位上。

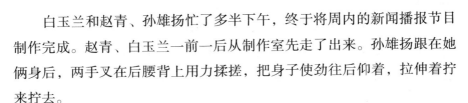

3

白玉兰和赵青、孙雄扬忙了多半下午，终于将周内的新闻播报节目制作完成。赵青、白玉兰一前一后从制作室先走了出来。孙雄扬跟在她俩身后，两手叉在后腰背上用力揉搓，把身子使劲往后仰着，拉伸着拧来拧去。

白玉兰和赵青快走到办公室时，轻轻拉了一下赵青，左手食指往她们办公室指了指。赵青会意，微微笑了一下，故意咳嗽了两声，然后加重脚步声，才和白玉兰一起走了进去。

田薇薇坐在自己的座位上，桌子上放着打印好的几页稿子，范卫华站在她办公桌侧边稍远一点的地方，两人像是在讨论稿件。

最近一段时间，田薇薇和范卫华打得火热，范卫华只要有时间，就会到她们办公室来。办公室里只要是田薇薇一人，他就偷偷挤在田薇薇身边亲热腻歪。赵青撞见过，白玉兰也不小心碰见了一回。田薇薇和范卫华倒没咋着，反倒把她俩弄了个大红脸，尴尬得不行。

从此以后，白玉兰和赵青进办公室之前，就会提前发信号，或咳嗽，或大声说话，或故意脚步声很大，然后稍微缓一下再往进走。有一次，刚好白玉兰和田薇薇在办公室，赵青还以为白玉兰不在，进办公室之前楼道里早早就传来了她的干咳声。白玉兰心里觉得好笑极了，但她没敢笑出声来。反倒是田薇薇觉得好笑，没憋住，趴在桌子上笑了起来。赵青一进办公室，田薇薇就说："赵姐！你的感冒咋还没好呢？"

赵青又气又笑，拿起手上的文件就在田薇薇头上轻轻打，嗔怨说："看你把你姐没病都快给整出病来了！"

白玉兰趁机说："田薇薇！你咋不知道战略进攻、攻城略地呢？开辟新的战场，占领他们办公室啊！"

田薇薇鼻子一抽，说："我才不去他们办公室呢，一股男性荷尔蒙加头油味，还有劣质香水的味道，恶心死了。呕！"说着做出了一个要吐的恶心样。

赵青接过话茬就说："那你以后反应机动灵敏点，别让姐们太累了，人工生物发射信号怪累的哦！"

"不行，赵姐。咱俩得让她田薇薇补偿！为她累计发三次信号，她必须请咱俩吃一顿！"白玉兰为自己的英明提议先开心地笑了起来，随后三个女人在办公室里又笑闹成一团。

4

白玉兰和黑子一起匆匆吃完晚饭，就到了白玉兰的公寓房里。两个多小时后，黑子将白玉兰软软搭在自己肩膀上的一只胳膊轻轻拿下来，塞进了被窝里，他准备起床去医院了。晚上要陪护姥姥，得赶紧去换爸爸回家了。

白玉兰眼睛闭着，像睡着了一样，嘴里却发出了懒懒的、软糯的、娇憨的嘟囔声："干吗啊？不让人家好好睡觉……"

"你乖乖睡，我得走了！"黑子把散落在白玉兰额头的几缕乱发轻轻地拂向耳后，看着白玉兰粉雕玉琢般的美丽脸庞，不由得俯过去，在她的额头、睫毛、脸庞、耳垂、嘴唇、脖颈轻轻亲吻。

"嗯，那你快走吧，我要睡了……"白玉兰懒懒的，始终没睁眼睛，头在枕上拧来拧去，躲避黑子追逐的唇舌。

看着白玉兰躲来躲去，一头蓬松柔软的黑发散落在枕边扯来荡去，像流淌的黑丝绸。长长的睫毛盖在长长的弧度弯弯的眼睛上，美丽得就像童话中的白雪公主。黑子再一次火起，半边身子紧紧压在白玉兰身上，唇舌更加紧迫地追逐着呢喃："你躲，你再躲我还不走了！"

"坏蛋啦！快走吧，要不就太晚啦！"白玉兰终于睁开了眼睛，美目含情，粉脸如醉，双手却使劲把黑子往起推，说话娇娇憨憨又有点含痴带怨。

"好好好！那我起了，走了！"说完，黑子又狠狠地在白玉兰的粉唇上啄了一下，才起身下床。

　　黑子穿戴整齐，看见白玉兰还目不转睛地盯着自己看，不由得笑了。他天生的皮劲儿就又来了。他伸出大大的黑手，在白玉兰娇俏的下巴上摸了一把，说："看你那眼神，活脱脱一个勾魂摄魄的妖精！"

　　白玉兰从被窝里抽出右手，"啪"的一下把黑子的手打开。

　　"快滚！臭黑贼！"

　　黑子"哈哈"笑着走了。

第十三章

1

"白雪却嫌春色晚，故穿庭树作飞花。"时已三月，雍市又下起了雪。这样的倒春寒天气，气温比春节前还要低。范卫华手里拿着一根让人看了眼馋，却又觉得冷得冰牙的冰糖葫芦，站在必胜客餐厅门口不远处等田薇薇。他们约好先在这里吃饭，然后一起去看电影。

范卫华戴着一顶很好看的咖色绒线帽，脖子上围着一条咖色和奶白色相间的格子针织围巾。上身穿着一件黑色的中长款羽绒服，下身穿着一条比较贴身的黑色磨毛牛仔裤，裤边处自然上卷，露出了脚蹬的一双咖色高帮绒面皮靴，打扮得很酷很潮很文艺。

他不时往田薇薇可能要来的方向瞅，脸上露出正在热恋中的人才会有的那种笑容和期盼神情。

田薇薇故意从范卫华背对的方向悄悄走来。她轻轻走到范卫华身后，"嗨"了一声，并猛地跺了一下脚，把范卫华吓得手机差点从手上掉落。

田薇薇戴着一顶和范卫华同款的咖色绒线情侣帽，穿着一件大红色稍显宽松的夹克羽绒服，露出了一条短短的黑色喇叭裙。修长笔直的美腿上穿着加绒紧身的麻黑色连裤袜，脚穿一双和范卫华基本同款的咖色半长休闲皮靴。她紧挽着范卫华的胳膊，走进了必胜客餐厅大门。这对帅哥靓妹刹那间吸引了餐厅里所有人的目光。

他们找了一个比较靠边、相对安静一些的餐桌坐下，头紧紧地挤在一起，对着菜单选点菜品。

正在餐厅里带儿子吃饭的赵青一眼就看见了这俩人，她微微笑了笑，低头继续吃饭。她想起自己热恋时，她跟她前夫俩人也是柔情蜜意你侬我侬，影院、公园、商场、饭店、花前月下，到处都有他们甜蜜的记忆和足迹。可如今，只有她和儿子在这里吃饭。这里的炸鸡腿是儿子的最爱。这个聚会，是她和儿子提前一周就悄悄联系好的。这个餐厅刚好在周日儿子补完课后回家的必经之路上。时间只有短短半个来小时。想到这里，赵青神经不由一紧，思绪一下子收了回来。她害怕儿子回去晚了又招来麻烦，一吃完，就带着儿子匆匆走了。她始终没有与范卫华和田薇薇打招呼。她不忍心打扰这对恋人相聚的美好时光，就像不愿意惊醒别人的美梦一样。

2

北京艾家公司，鲁明所负责的项目开发部是全公司最繁忙的一个部门。虽说叫项目开发部，其实产品研发、市场开发及销售业务，全由他们部门承担。部门只有八名员工，个个精明能干、踏实认真。部门业绩优异，员工的待遇很丰厚。所以人人都小心翼翼，暗暗较劲，害怕一不小心出错或者业绩不佳被炒鱿鱼。

艾静没回公司上班前，公司里的人都感觉鲁明提升太快不正常。自从艾静到公司上班后，有事没事常到鲁明办公室，公司几乎人人都知道了鲁明的来头和未来可期的身份，大家也就心服气顺了，关系也更融洽了。

艾静春节前的雍市之行，让他俩的感情迅速升温。下班后，艾静挽着鲁明到处游玩，两人出双入对甜得腻人。上班期间，艾静不时来关心鲁明，给他送温暖，羡煞一帮员工，也给员工们提供了说不完的话题和玩笑的由头。鲁明所在部门的员工，尤其几个没结婚的，时不时就会吵着闹着宰未来的东家女婿一顿。艾静开朗大气，鲁明人又谦和，只要艾静一声"OK"，鲁明基本认同。刚完成了一个项目、定了一个大单，或者搞定了一件棘手的事情，要放假了或者好久不见，甚至就是什么也不为，只要今日东家高兴，都可能会撺掇着一起去撮一顿或者嗨一场。

三月底，鲁明爸妈到北京来了，艾静和鲁明一起去接机。气温不低，但天空一直雾蒙蒙的。艾静车开得飞快。鲁明可能是因为近视，觉得视线很不好，几次想提醒艾静开慢点，但怕艾静笑话他胆小，硬忍住了。

艾静把音响开得很大，随着音乐节奏摇头晃脑，有时候还会眼睛微闭。鲁明看得心惊肉跳，实在忍不住了，说："你今天怎么还打扮得这么淑女？"

"怎么样？"艾静很得意也很自信地朝自己身上看了看。

"很淑女很漂亮啊！要不然我怎么会问呢？"鲁明看艾静关小了音响和他说话，心里窃喜。

"那必须的！"艾静右手往方向盘上很帅气很用力地一拍，开心地笑。

鲁明看火候到了，故意将头拧过去朝着窗外，淡淡地说："我知道你是穿给我爸妈看的，知道他们喜欢女孩子淑女乖巧些……"

"是啊，没错！"艾静大大咧咧地说话，头还得意地一摇一晃。

鲁明头拧过来，瞥了艾静一眼，意味深长地说："淑女乖巧不是穿出来的，而是从一言一行、一举手一投足上表现出来的……"

艾静一下子就明白了他的意思，情绪急转直下，脸上没有了刚才的喜色。她沉默了半天才说："阿明哥！你是不是嫌我不淑女不乖巧啊？"

"那倒不完全是。我只是希望你一会儿接上我爸妈以后，音响声音不要开得太大，车速也不要太快就好！"鲁明看到艾静很委屈很受伤的样子，尽可能委婉地说话。

"哦，知道了……那我这会儿就放慢速度，适应一下。"艾静慢慢将车速减了下来，同时调低音响声音，问鲁明，"现在可以吗？"

鲁明不禁又为艾静的真挚单纯心生怜爱喜欢，忙半是安慰半是赞许

地说："可以了可以了！你们一见面就有说不完的话呢，说不定都不会
放音乐的！"

艾静当下情绪就好转了，高兴地说："是啊是啊！叔叔阿姨人很好，
我好喜欢他们！"

刚到机场一会儿，鲁明爸妈就随着人流走了出来。艾静老远看到了，
使劲朝他们招手。艾静浅驼色的宽松羊绒大衣敞开着，淡橘色和浅咖色
交织的文艺碎花羊毛针织长裙显得她身材性感颀长，在接机的人群里面
看着非常惹眼。她胳膊举得老高，鲁明爸妈大老远就看见了艾静和站在
她身边的鲁明。鲁明妈也朝他们招手，开心地对鲁明爸说："你看！这
俩孩子，真是天造地设的一对儿。多好啊！"

一路上，艾静车开得很稳。她始终甜甜地笑着，和鲁明爸妈说这说那，
似乎有说不完的话。路途中间稍微冷场时，还贴心地问："叔叔阿姨要
听音乐吗？"

鲁明爸妈异口同声："不了不了，我们说说话，说说话！"

艾静爸妈早在酒店的前厅等候。老朋友相见，也是未来的亲家见面，
比以前的任何一次都显得隆重和亲热。艾静爸和鲁明爸一见面就紧紧将
手握在了一起；艾静妈和鲁明妈宛若亲姐妹，挽胳膊拉手，亲亲热热，
聊着女人间的体己话。

在北京的几天里，鲁明爸妈无论上门拜访还是外出游玩，都非常
开心愉快。在最后告别那天，他们郑重地向艾静爸妈提出，看能不能尽
快让俩孩子订婚结婚。艾静爸妈爽快地说："我们大人没意见，就看孩
子们了。"

艾静挤坐在爸妈身边，娇娇甜甜地说："我听爸妈的。"逗得两家
家长开心地大笑。

鲁明微笑着，一如既往地沉静。

3

三月的上海，呈现出春天昂扬的生命力和蓬勃朝气。已近上午十时，陶夭夭租住的小公寓楼里，却死一般寂静。白天该上班的都去上班了，昼伏夜出的都还沉浸在梦里。陶夭夭这个本该去上班的人，此时却闷在房间里。她大睁着红红的眼睛，一头长发乱蓬蓬地从头上罩下，披散在脸庞肩头，如同一个白天里的孤魂野鬼。她静静抱膝蜷缩在二十四层房间的飘窗上，隔着垂挂在飘窗上的白色纱帘，从高楼的缝隙中，傻傻地看着不远处一条路上川流不息的车辆。

陶夭夭在上海上的大学，留在上海，是她当时就确定下的目标。至今，也是她唯一的，最现实、最迫切的目标。而嫁给上海的有房人，是实现这个目标最快捷的途径。她一直朝着这个目标努力着，但遗憾的是，至今靓女未嫁。工作也是几经波折，最终就职于一个较大规模的房地产公司，慢慢从一个售楼部的销售员做到了副经理。这些年房地产火爆，干这行收入颇丰，陶夭夭独自租住了这个小单间公寓房。房间虽然小而逼仄，但毕竟有了独立的空间，让很多和她同龄的、同时起步奋斗的年轻人，羡慕得掉哈喇子。

为了实现扎根上海的目标，陶夭夭在情海几番沉浮挣扎，锱铢相较，痛苦抉择，最后和公司一个姓姚的副总好上了。姚副总对她情有独钟，照顾有加，殷勤备至。在姚副总的苦苦追求下，陶夭夭沦陷在了成熟潇洒的姚副总的怀抱中。

从一开始，陶夭夭就知道这个姚副总有家室。可她想，凭着自己的年轻美貌，凭姚副总为追求自己所下的功夫所花的代价，她先委身于他，最终嫁为姚妇应该不成问题。可谁知相好几年，姚副总给她大节小庆礼物不少，隔三岔五约会不断，但就是不提与老婆离婚的事，不搭与她结婚的茬儿。陶夭夭之前主动提起，姚副总先是说"再等等"，后来又说"再给一些时间"，近一年来竟然成了"你也是现代女性，观念不要那么陈旧，非要那些个形式干什么"。

前几天，在上班间隙两人发生了一次激烈争执，姚副总竟然提出了分手。陶夭夭怒发冲冠，与其撕破脸皮吵闹。她一时气急，找了个座机打电话给姚副总老婆，说姚副总在公司搞小三。姚副总老婆半小时不到就带着三姑六婆来到公司，将姚副总脸皮抓得稀烂，使姚副总在公司颜面扫地。陶夭夭打完电话，就拿起东西逃之夭夭了。

陶夭夭虽然出了一口恶气，但终归吃亏的是自己。想到最好的年华白搭，还丢了工作搭上了饭碗，毁了好不容易奋斗来的职位，气得窝在公寓里哭得昏天黑地。

几天来，她饮食难咽，几近崩溃。她关掉电话，与外界完全隔绝。她彻底想清楚了，自己从一开始就陷入了一个早就设计好的骗局里。这些年来是怎样地像一个傻瓜、让公司里的人嘲笑的？想到这些，她几次羞愤得差点想从楼上跳下。可她想到一直以自己为荣、将自己视为掌上明珠的父母，她实在不忍心让辛辛苦苦养育自己的父母失望啊！陶夭夭从悲愤羞耻到不能自拔，再慢慢到理性回归。冷静下来，忙将手机打开，给爸妈拨了电话。一听电话中爸妈失魂落魄的声音，她强忍眼泪，谎骗自己出差招标，单位要求保密，不方便联系，搪塞了过去。

4

往常，陶夭夭的微信朋友圈不是推房源信息，就是发她的靓照。她还经常不断地给白玉兰发微信。可这几天，朋友圈既没有更新，微信也不见发一条消息，白玉兰不由得吃惊，甚至还有一些不适应。她主动发了几次微信，也不见回复。她还在陶夭夭原来发在朋友圈里的信息下面留言评论，想看看动静，也不见回应。白玉兰只好打电话，没想到陶夭夭手机还关机了。白玉兰第一反应就是陶夭夭可能把手机丢了。想着陶夭夭买了新手机肯定就能收到她的消息了，谁知已经整整三天了，还是一个信息也没有。

早晨上班，白玉兰和孙雄扬一组，田薇薇和范卫华一组，继续到秦雍集团各分厂车间，进行集团环境治理、环保设施改造、环保措施落实情况的现场拍摄。

按照雍市环保问题治理整顿要求，秦雍集团近几年在投入较大资金改造的基础上，近期又采取了很多措施强化治理环保问题。集团要求宣传部门要加强宣传报道和成果展示，以进一步增强干部职工的环保意识，提升企业彻底整治环境的社会责任感。电视台采编人员全部出动，分两组下现场拍摄，已经整整三天了。

刚把一个做精加工的清洁车间拍摄完毕，白玉兰的手机响了。是陶夭夭的来电。

"哎！妖精！这几天怎么一点音讯都没有啊？"

"玉兰……"陶夭夭气若游丝，声音微弱沙哑。

白玉兰一听这声音，吓了一跳，以为陶夭夭被绑架了，饥渴加上酷刑折磨让她现在命悬一线。白玉兰紧张地问："夭夭！你怎么了？"

"玉兰！呜呜……"从这哭声里，她判定陶夭夭目前所处环境应该是安全的，才长舒了一口气，放松了下来，接着追问："夭夭！你现在在哪里？到底发生了什么事？"

"我在房间里。"

"你没上班？病了，还是怎么了？"

"嗯……"

陶夭夭呜呜咽咽哭得一塌糊涂，半天不说话。白玉兰好说歹说劝慰了大半天，才让她止住了哭声。随后，陶夭夭就说一阵哭一阵骂一阵，将她和姚副总的事情给白玉兰说了一遍。

白玉兰一边听一边唏嘘，也不时跟着咒骂姚副总一两句，恨不能将那个狼心狗肺的大流氓咒死，以解闺蜜陶夭夭的心头之恨。

第十四章

1

黑子姥姥住院已经一个多月了。大多时候，都是黑耀宗做好饭往医院送。这天早上，换黑子上班以后，黑耀宗只在医院待了一会儿，就骑着车子慢慢往回走。一路上琢磨着，给黑子姥姥和于平午饭做口啥吃的呢？两个人身体都不好，吃饭少没胃口。他今天早走，就是想去经常采买东西的市场，买点新鲜的时令蔬菜啥的，给那娘儿俩变着花样做点可口的饭菜。

黑耀宗骑着车顺着河堤一路向东。今年开春气温一直很低，河堤上的桃花还没有开全，大多是花蕾半开，粉嘟嘟的，整整齐齐排成长长一排。黑耀宗忽然想起，现在麦地里的荠荠菜应该长起来了，何不去挖点荠荠菜包点饺子？那可是黑子姥姥和于平最喜欢吃的了。

黑子姥姥摔伤住院后，于平拖着病体，白天帮着在医院照顾老人。单位偶尔有事情打来电话，她就在电话中指导处理。于平人好强，在电话里给讲半天，最后还总不忘道歉告假，解释要照顾老人，自己身体也不好，这下真得回家了，单位得提前考虑，工作要让年轻人全面顶上去。黑耀宗每每听着又欣慰又难受。在单位是实实在在干事的好员工，在家里是踏踏实实过日子的好婆娘，可还不到退休年龄，怎么就得了那种病呢？他简直想不通，这好人咋会这样命苦呢？

黑耀宗越想越心疼，就想多给于平一些照顾和呵护。他骑着车往东走了一段后，拐弯一直往北走，很快就到了附近农村的庄稼地。大片大片的麦田，一眼望不到边，返青的麦苗绿油油的。他将自行车停下来，将装着盆盆罐罐的两个兜子倒腾在一起，腾出一个空袋子，就进了麦田里。

春节后的几场雪下得很透，地里霜很厚。麦子色好叶宽长势喜人，看上去就像给大地盖上了一张厚实的绿毯子。看着生机勃勃、广袤无垠的田野，黑耀宗心情竟变得出奇的好，心想今年绝对又是个丰收年，这里的农民，必定会有好收成。

黑耀宗天生一副好嗓子，退休后还参加了一个老年合唱团，没事就和一帮爱唱歌的人在一起活动。他一高兴，不由自主唱起了最喜欢的那首男高音独唱歌曲《在那桃花盛开的地方》。

黑耀宗一边满地找着挖荠荠菜，一边纵情高歌。田野里绿波荡漾，绿波里黑耀宗的身子起起伏伏……

上午十一点半，黑耀宗准时将包好的荠荠菜馅饺子煮好，装在保温桶里。他还专门烧了一个虾皮豆腐汤，汤上面漂着细细的葱花和香菜末儿，闻起来香气扑鼻。荠荠菜饺子是她们最喜欢吃的，虾皮豆腐汤补钙，是她们现在最需要的。黑耀宗看着自己忙活了一上午的劳动成果，想象着黑子姥姥和于平赞不绝口的样子，脸上露出了喜滋滋的笑容。他收拾好两个装饭的兜子，到楼下骑上车，乐悠悠地往医院赶去。

这一个多月来，黑耀宗每天在这条路上来来回回骑车最少三趟，可谓轻车熟路。快到那个往北上桥的十字路口了，这里是最需要注意的地方。因为，他从斜道出来，要过斑马线后再往南走。南面是直行主道，从南面过来的车特别多。黑耀宗每次走到这里，就提早下车，推着车从斜道过来，再仔细观察路上来往车辆的情况，看清楚了他才慢慢过斑马线。

离斜道口还有十多米，黑耀宗就下了车。他推着车子，边走边注意观察着从南面过来的车辆行人。忽然，一辆摩托车从边道上穿过走在前面的单车和行人，从南面飞驰而来。黑耀宗感觉就像有一道黄色的闪电向自己扑了过来，他下意识躲闪，但还是躲闪不及，一下子就连人带车咣的一声被撞出去好远……

2

黑子和赵年给景科长汇报了对秦雍集团的现场调查结果，景科长决定亲自到现场去看看。

上午九点刚过，景科长、赵年、黑子、郝雅娜一行四人就到了秦雍集团。白仰光原计划先把秦雍集团近几年来在环保方面所取得的一些管理治理效果等在会议室里简单汇报一下，但景科长要求直接去厂区、生产车间、工作现场。

姜主任很快将提前安排待命的公务车叫了过来，电视台的金童玉女搭档范卫华、田薇薇早已坐在了车的后排。一行人主要到各大车间里面看。每到一个车间，白副总、姜主任和所在车间领导，都很认真详细地从内部管理、危废品规范处置、技术设施改造、生产安全环保措施落实等方面，给景科长一行人进行讲解。赵年、黑子，包括郝雅娜，都不时拿出本子记录，或拿手机拍摄。范卫华和田薇薇跑前跑后拍摄，忙得不亦乐乎。

十一点多，一行人才到了"零距离"小区住户投诉有噪声的锻压车间。他们在万吨锻压机前仔细观摩先进现代的电子化操作生产现场，白副总和姜主任不时把手搭在景科长耳朵旁，大声说话。

黑子电话在裤兜里急促振动起来。他摸出手机一看，是爸爸的电话。车间里噪声很大，他又正忙着，就把电话挂了。可连续挂断了两次，电话还是不屈不挠地打来。黑子始终没有接，可心里不由得一下子慌乱起来。胡思乱想中，黑子随着队伍终于走出了厂房。他正想把电话回拨过去，电话铃声又急促地响起来。他这才发现，刚才在车间里只感觉到了手机振动，根本听不见铃声，急忙接通电话。电话里传来了一个陌生的声音："请问这个电话的机主是你父亲吗？"

"是！请问你是……"一种不祥的预感朝黑子袭来，他小心试探着问。

"哦，是这样，刚才在凤翔区彩虹桥北段发生了一起车祸，我是处理事故的交警。这是事故现场伤者遗落的手机。好在电话未加密，我从通讯录里找到备注'儿子'的电话，打给了你……"

黑子霎时脸色青白，冷汗瞬间冒了出来，拿手机的手颤抖着，腿软得都快站立不住。他强撑着颤声问："请问我爸……怎么样？"

"肇事者是个送外卖的摩托车主。有好心人第一时间叫了120，已将伤者送往了最近的城西医院。伤者伤势我们不清楚，但现场有较大面积血迹……"

黑子连电话都顾不得挂断，疯了似的跑到景科长身边，紧紧抓住他的手臂，惊慌失措地说："科长，快！把咱们的车借我用一下。我爸出车祸了，送去了城西医院！"

在场的人一下子都惊呆了。

景科长对赵年说："你马上开车送黑子去城西医院，路上注意安全，随时报告情况！"

"记得不管什么情况，都要及时告诉我们！"白仰光的大手放在黑子肩膀上，重重地压了压。

时已中午，检查刚刚结束，但突然发生的这个意外让大家心情都变得格外沉重。白仰光和姜主任邀请景科长和郝雅娜在公司招待所用餐，景科长婉言谢绝，说他得赶紧去医院看看黑子父亲的情况。白仰光一脸忧虑，也就不再挽留。

不远处的田薇薇悄声对范卫华说："唉！白玉兰又摊上大事了！"

送走景科长和郝雅娜后，白仰光心情异常烦闷。已是午饭时间，可他一点食欲都没有。黑耀宗出车祸这事，他真不知道该不该现在就告诉玉兰和玉兰妈。告诉吧，又怕老婆、女儿糟心；不告诉吧，出这么大的事，第一时间不赶着去看，又说不过去。人家黑子单位的领导和科室同事都已经过去看了。该咋办呢？

白仰光心烦意乱。这黑子家咋就这么倒霉呢？还真是祸不单行啊！不由得联想到黑子和玉兰的婚事，谁知道又会推到啥时候去呢？

3

事故现场离城西医院不远，急救车几分钟就赶到了。跟车的护士英子一看见伤者就惊呼："这不是每天都到医院照顾病人的黑叔叔吗？"

救护人员迅速将伤情严重昏迷不醒的黑耀宗抬上担架放进了车里，英子不忘将吓傻吓呆了的肇事摩托车主拽上救护车。

于平坐立不安，不停地看手机上的时间。黑耀宗每天十二点之前就把午饭准时送到了，今天是怎么回事呢？她担心着急，但又不想打电话，害怕电话一响，黑耀宗正在骑车，接电话不方便也不安全。她看看时间，一会儿走出病房到楼道里看一下，一会儿又到电梯口瞅一眼。

黑子姥姥也嘟嘟囔囔了几次："黑子爸今天肯定又做啥好吃的呢，麻烦的。唉，人好的……"

眼看着快十二点半了，黑耀宗还没来，于平实在忍不住，就拨了黑耀宗的电话。可电话通着，却一直无人接听。于平怕黑子姥姥肚子饿，打发照顾黑子姥姥的护工翠嫂，去餐厅给买点软和的饭来，免得一会儿餐厅也没饭了。

翠嫂一出电梯，刚好看见医护人员推着救护推车急匆匆地往大厅里进来，她不由得瞅了一眼伤者，心想又多了个不幸的可怜人。结果，她一眼就认出来了黑耀宗。

翠嫂身子软软地坐在一楼大厅椅子上，她一时间吓慌了神，忘了去买饭，也不知道该不该上去告诉于平。她知道于平的身体状况，真害怕突然给一说吓出个好歹来。翠嫂恍惚间想起她有黑子电话，哆哆嗦嗦地给拨了过去。

黑子眼睛红红的，焦急地催促赵年开快点，再快点。赵年只管瞅着前方专注地开车。他理解黑子的心情，但正值中午下班高峰，只能小心翼翼地"见缝插针"。

翠嫂电话一来黑子就接通了。

"翠姨！"

"黑子！你在哪里？"

"我在车上，正往医院赶！"

"你爸的事你知道了？"

"嗯。翠姨，你怎么知道的？"黑子紧张起来。

"你爸一直不来，你妈让我下楼去餐厅买饭，我刚好在一楼大厅看见医生将你爸推了进来……"

"翠姨！你可千万不敢让我妈知道啊！你知道，我妈她身体……"黑子说到这儿已经哽咽起来。

"黑子！别哭！我没敢告诉你妈，所以才打你电话了……"

"翠姨，你想办法给我姥和我妈买点吃的，照顾着让她们吃好饭。千万保密啊！"

"唉！这在一个医院里，再说你爸每天几次地来医院，这忽然不见人了，她们能不问不猜测吗？得尽快想辙啊！"

"我知道，我想办法……"

到了医院，赵年还没把车停稳，黑子就打开车门向外科楼跑去。跑进大厅，电梯还没到，他把对面四部电梯没按上楼的都按了向上的图标，焦急地看着每一个图标变化。一个来月照顾姥姥，他对医院的分布情况非常熟悉。他知道，像他爸这种情况，现在应该在外科手术室。

黑子上到手术楼层，看到有几个手术室都闪烁着手术中的红色标识。看着手术室不远处等候着几个人，他判断应该是正在接受手术的病人家属。他正准备到跟前去打问，一个护士从靠里面的手术室里走了出来。护士的口罩一边挂在耳朵上，耷拉在脸旁。

黑子一眼就认出是英子。他两步就奔了过去："英子！我爸是不是在这里？"

"嗯，在里面。"英子和黑子说着话，眼睛到处瞅。

"我爸咋样了？"黑子本想抓英子的肩膀，最终没有，着急得两手在腹前来回交叉着紧张揉搓。

"你来得正好！胸腔和颅内出血严重，要做开胸和开颅手术……"英子快速地说话，眼睛继续四处张望着。

"这么严重？那快点啊！还等什么啊？！"黑子大声催促叫喊。

"我出来就是看你们家属来了没有。咦？刚才那个肇事车主呢？我把他给你拽到这里来了！"

"他在哪里？"黑子眼神凶巴巴地四处张望，没确认出谁，就又拧过头来。这下他没能控制住，两只大手着急地抓住英子的肩膀使劲摇晃，朝着英子大声喊叫："快点救我爸，快点救我爸啊！"

英子想挣脱抓着她肩膀的大手，但怎么也挣脱不开。这时赵年刚好找了过来，才把黑子的大手从英子的肩膀上给掰扯开了。

英子疼得龇牙咧嘴，肩膀上下耸动了几下，催促黑子："还不赶紧去办手续？"

4

张玉柱被护士英子像抓小鸡一样揪到了医院。

从出事那一刻起，张玉柱脑子就一直木木的，身体瑟缩着像筛糠一样瑟瑟发抖。他蹲在安静的医院楼道里待了一会儿，神志才慢慢恢复过来。他知道自己闯大祸了。他往别人看不见的拐角处挪了挪，把脸埋在手里，蹲在地上低声抽泣起来。他身子蜷在一起一抖一抖的，显得更加瘦小，就像个无助的孩子一样。他不敢给媳妇玲玲打电话，也不想给老家的爸妈打电话，他知道，打了电话他们也没有办法。他很清楚，伤者如果死不了，治疗赔偿要花很多钱。如果死了，除了治疗赔偿花钱以外，他说不定还要坐牢。他哭了半天，想了半天，犹豫了半天，清楚最终还是得让媳妇知道。他抬了抬身子，从裤兜里摸出手机给媳妇拨了过去。

张玉柱还没说话，玲玲尖厉的声音就传了过来："玉柱！我下午接不成丫丫了，你一定要准时去学校门口等着接丫丫！"

张玉柱急忙可怜巴巴地说："玲玲！我接不了。我出事了……"

张玉柱媳妇在一个超市地下一层里卖电视，挂在墙上、蹲在箱体上的好多个电视都开着，播放着不同的画面，大小屏幕闪闪烁烁嘈杂一片，她说话必须很大声才能压过电视的声音，接电话也得把手机紧贴着耳朵才能听清楚。久而久之，她养成了一个习惯，说起话来总是嗓门尖厉。再加上张玉柱长得瘦小，玲玲却长得粗胖，张玉柱从心里怵火他这个胖媳妇。

"咋的了？你大声说，我听不清！"玲玲往稍微安静一点的地方边挪边说。

"我把人撞了！"张玉柱大着嗓门吼了一声。

"你把人撞了？！你在哪里？"玲玲愣在了原地，就像一个忽然断了电的机器。

"医院里……"张玉柱声音又弱下来，怯怯的。

"人家人咋样了？"

"在手术室里做手术……"

"严重不？"玲玲抱着侥幸心理，试探着问。

"出了很多血……撞了就昏迷了……"张玉柱说着话，害怕得又抽泣起来。

"你个死挨刀的！这可咋办呀？"玲玲突然右脚在地上跺了一下，也不管是在商场里，就号哭了起来。

听媳妇在哭号，张玉柱眼里透着绝望、无奈、悲哀。他头昂着，后脑勺顶在墙上，一下一下在墙上磕。

忽然，他不磕了，整个人就像凝固了一样，钉在那里半天不动。他拧过头往楼道方向望了一眼，看见没有一个人，就起身快速从旁边的安全通道往下跑去。他边跑边说："玲玲！你听我说，你把孩子管好，不要管我，记下了没有？"

"玉柱！你要干啥呀？千万不要啊，不要想不开啊！"玲玲听见张玉柱气喘吁吁地大声喊着给她说话，吓得大声哭着喊叫。

"玲玲！别哭！我出去躲一躲……"瘦小的张玉柱这个时候就像个要逃脱猫爪的老鼠，蹿得飞快。

"你能跑哪儿去啊？你快回来吧，我们一起回老家躲一躲吧！"玲玲就像弹簧一样弹了起来，摇晃着粗胖的身体，往摊位跑去。

"好！你说得对，我先回家！我手机关了哦！"张玉柱匆匆溜出医院大门，消失在了人海中。

5

黑子爸爸出车祸的事，田薇薇和范卫华从中午就一直在嘀咕，要不要告诉白玉兰。范卫华说要告诉也应该由人家白副总告诉才合适。

田薇薇回办公室时，白玉兰正在撰写反映秦雍集团近几年安全环保成果专题片的解说词，她头都没抬一下。赵青正在改周内要播报的新闻稿件，也只看了田薇薇一眼，就继续忙她的事了。

这时，白玉兰手机响了。她看了一眼来电号码，嘴里嘟囔："又有什么事嘛？"不情愿地停下敲键盘的手，接通了电话："爸！"

"玉兰！我联系葛台长了，说你在办公室，也给你请好假了。你尽快收拾东西下楼，我和你妈已经在你们电视台楼下了，咱们一起出去，有事……"

"爸！人家还忙呢！什么事嘛，这么兴师动众地开车来接？"白玉兰没有动弹，很不情愿。

"玉兰你听话！快点下楼，到车里了我再给你细说！"白仰光开车和肖淑贤来接女儿，就是想陪着女儿赶紧去医院看看情况。他们担心白玉兰知道事情后，自己着急忙慌开车奔医院，不安全。

白玉兰嘟嘟囔囔，不急不慌地收拾东西关电脑。田薇薇实在看不下去了，催促她快点。但又不好告诉白玉兰实情，就故作轻松地说："女神！等人痛苦着呢，赶紧下去吧，别让你爸妈等太久了！"

白玉兰一出办公室，田薇薇就迫不及待地压低嗓门告诉赵青："黑子爸爸出车祸了！"

"怪不得呢，她爸亲自开车来接了！"赵青不住摇头叹息。

白玉兰一上车，就问："爸妈！啥事啊？这么急的？"

"唉……天有不测风云啊！今上午，黑子爸爸突然出车祸了！"白仰光叹息道。

"啊？！黑子爸爸出车祸了？！"白玉兰一下子惊得头皮发麻。

"嗯。今上午黑子他们局里几个人到咱们集团检查环保工作，快十二点时，黑子突然接到了交警的电话……"

"不严重……吧？"缓了一会儿，白玉兰才期期艾艾地问。

"说是送城西医院了，现在还不知道情况。爸妈就是想和你一起去医院看看……"白仰光说完长出了一口气。

6

翠嫂联系上黑子后，去医院餐厅买了馄饨。但黑子姥姥和黑子妈都只吃了一点点。黑子姥姥不再嘟囔，可明显看得出来老太太心里非常焦急。往常这个时候，老太太是要午睡的，今天却一直靠坐在床头，不停拧头往门口那边巴望着，看于平出去了，她就凝神听门口的动静。

于平吃完饭后又连续给黑耀宗打了两次电话，都没人接，她更加坐立不安，一趟一趟到楼道、电梯口那里等待。

翠嫂劝黑子姥姥睡一会儿，她烦躁地说不想睡。翠嫂不敢和于平说话。于平最后说要回家去一趟，让翠嫂看着老太太。翠嫂看着于平虚飘飘走出去，就像一阵风刮走了似的，心里难受不已。

于平乘坐电梯下到一楼，门一打开，一眼就看见了等在电梯门口、手里拿着一大堆单据的黑子。她虚弱地叫了一声："黑子……"身子就软软地往下倒去。

黑子大声叫着："妈！妈！"快速冲进电梯，从旁边托扶住妈妈的人手中，将昏厥过去的妈妈抱在怀里。

白玉兰爸妈和白玉兰刚好来到了电梯口。看见黑子双手托抱着妈妈，神色焦急，眼神慌乱，正在给电梯里的人说："按四楼，快按四楼！"白玉兰拨开站在门口的人就冲进了电梯，接过了黑子手里的单据。白玉兰爸妈也赶忙跟了进去。

上楼后，几个人紧张地找医生护士，眼巴巴地看着医护人员把于平推进了抢救室……

第十五章

1

海城的一个建筑工地，已经建好基础框架的高层楼房的一楼里，范卫华妈妈骆金枝躲在那里已经很久了，她不时偷偷地往出瞄一眼。当看见一个胖壮中年男人的身影，她就从用木板搭建的临时台阶上蹦跳着跑了出来，挡住他的去路。

"何老板！可把你给堵着了！你到底什么意思啊？我的架杆、围栏、防护网、起重机，你已经白用两年了。说好的租金你不给，让全折价给你，到现在了你又一直不给钱，你到底是个啥打算啊？"

"哎呀骆姐啊！不要急，小心摔倒！你看我这不是一直在工地上忙着嘛！等下一笔工程款回来了，我一定给你！"

"下一次，下一次！你都说了几个下一次了？我可再也等不了了，你今天必须给钱！"

"骆姐啊！不是兄弟不给你。咱这行当，是人家给不了我的，我就给不了你的。我这上一个工程款还没回来呢，这个工程又搭进去不老少，现在手头真拿不出钱来。"

"你几年了老赖着不给好意思啊？"

"不是给你说了嘛，下一笔款回来了就给你！"

"不行！今天你必须给我！实话跟你说吧，我已经把海城的房子卖了，我要到我儿子那里去了，这钱你必须给我清了！"

"啊？你把房子卖了？要到老范老家去了？"

"是啊！老范弟弟帮忙介绍卫华在老家就业了，我把这边的房子卖了，准备在那边买房子，孩子到了该成家的年龄了……"

"哦，这也是。不过骆姐啊，我这一下两下真给你拿不出那么多钱来，你再稍微等等，好吧？"

"你连和老范的兄弟情分都不顾了，我也就跟你再不客气了！我明给你说吧，你要给我钱，看在你原来和老范是兄弟的面上，给你再便宜点，一清了事。你要再不痛快，我已经联系好下家了，你给我把这几年租金一清，我今天就拆架子、拉东西，有人等着捡便宜呢！"

"骆姐，你要这么说，我也就给你交个底。老范当年差我一笔款子，你这些破玩意儿连一半都顶不上！"

"你胡说什么？老范人不在了，死无对证了，你往他头上赖账了？你还是人吗？"

"骆姐！我这可不是死无对证。老范是不在了，可有别人做证呢！你可以去问问当年和他一起做监理的赵工去，问清楚了你再来找我！"

"你……你等着，我明天就来找你！"

骆金枝气得脸色煞白、嘴唇发抖，无力地垂下了指着何老板的右手。她愤愤地离开了建筑工地，噙着眼泪，拉着哭腔，边走边给待命的兄弟打电话，让他们今天别等了，她急匆匆去找老赵了。

2

撸串是范卫华的最爱，田薇薇并不喜欢。但田薇薇发现这几天范卫华不太高兴，像有啥心事，魂不守舍的。为了让他开心，下午下班后，田薇薇主动提出请范卫华去撸串。

到了他们经常光顾的小吃店，范卫华还是蔫蔫地打不起精神，慢慢地闷头吃闷头喝，一点也没有以前那种兴奋潇洒劲儿。以前每次撸串，他都会开心地边吃边聊，一个人能吃几十串。

田薇薇故意逗范卫华说话，但他只问一句答一句，毫无兴致，闹得田薇薇心里也很不悦。

"卫华，你这是咋啦？不愿意和我一起吃饭就不来呗，看把你不开心的……"

"没有，只是心里烦得很。"

"到底咋的了？你说嘛！有啥事还对我保密啊？"

"唉！你说这倒霉的为什么总是我呢？这人，命背了咋就啥都赶不上趟呢？"范卫华终于打开了话匣子。

田薇薇瞪了范卫华一眼，说："你要是命背，让人家白玉兰对象，那个黑子，还怎么活啊？"

"唉！我觉得我和他差不多，都是贝勒爷一个，点儿背！"

田薇薇吃了一惊，问："咋的啦？阿姨也受伤啦？"

"呸呸呸！"范卫华把头拧到一边，呸了三下，很忌讳地白了田薇薇一眼，埋怨道，"你胡说什么啊你！"

"咋啦？你妈不同意咱俩好啦？"田薇薇头昂着，眉毛上挑着，眼睛从上往下瞥着范卫华，骄傲又有点怨恨地问。

"没有！你又胡说什么哪！"范卫华又头疼又埋怨地说。

"那到底啥事？你尽管说，姐坚强着呢，能承受得住！"田薇薇一听不是范卫华妈妈不同意他俩好，当下说话又轻松开心起来。

"唉！你说我妈那人，嘴硬心肠软。我从去年就催她，她总是说再等等再等等，不急不急。现在可好，等了这么长时间，人家不还她东西，还倒成她欠人家钱了！你说这气人不气人？"

田薇薇没敢插话，她想听范卫华把事情讲清楚。

"她要是按照去年计划的那样，当时就把那些事情果断处理完，然后把海城房子一卖，在雍市房价还未大涨前买上两套。一套小户型全款一付，我妈养老住；一套买稍大一点付个首付，我们用住房公积金按揭贷款一买。她有养老房，我们有结婚房，多好！这下可好，雍市房价过完年飞涨三成多，海城二手房却没卖上价，两头吃亏。你说气人不气人？"

田薇薇听到这儿，心里一阵发蒙。她看范卫华边说边端起啤酒，张大嘴往进灌，不知道该说啥好。

　　"哼！现在啊，我看在雍市买一套房，装修钱都不宽裕。"范卫华歇了一口气，说，"本来我妈还说，把租赁出去的那些东西折价一处理，收回的钱给我买辆车还有节余，留着给咱们结婚用和以防急需。如今倒好，东西折给人家还不够还人家钱的，还成了欠人家钱了！你说这是咋回事啊？简直气死人了！"

　　田薇薇听得云里雾里，问道："你不是说你妈这些年靠出租建筑设施挣钱嘛，现在咋成别人的了？这到底是咋回事啊？"

　　范卫华调整了一会儿情绪，才说道："谁知道呢？我妈那天给我打电话时气得都哭了。我说我回去找他们算账去，她又不让……就又不停骂我爸，烦人得很……"说完，端起啤酒连着猛灌了几口。

　　"你爸不是早都去世了吗？她还骂啥呢？"田薇薇很不解。

　　"唉！我妈只要遇上啥难事苦事了，就要把我爸狠狠咒骂一段时间。啥时候问题解决了，才不骂了。"范卫华说完，苦笑了一下。

　　"唉！阿姨咋会那样呢？"田薇薇说话时眼神里透着同情。

　　"我刚开始也不理解，后来慢慢懂了，知道我妈是解决不了生活中的难事，心里急心里苦，骂我爸排解苦闷呢！她骂我爸，是恨我爸死得早，怨我爸不能陪她一起好好过日子……"范卫华声音缓缓的、幽幽的，充满伤感。

　　"应该是。"田薇薇看着范卫华，似乎懂了，但她不知道该说什么，不知道该怎样安慰范卫华。她想起自己的家庭，想起爸妈的婚姻，想起他们虽然都活着，却活生生分开，至今还互相伤害互相折磨，根本不顾及她这个女儿，让两代人都过得一地鸡毛……

　　田薇薇深知过日子的艰难，她本来还打算再问一些细节，但不知道为什么，她不再问了，默默地看着范卫华将点的串慢慢吃光。

3

鲁明和艾静两家的家长心劲儿十足，准备尽快给俩人举办订婚仪式。至于风格，完全尊重孩子的选择。鲁明说他一切听艾静的。艾静憋了两天，将自己对订婚结婚的想象发挥到了极致。她希望订婚按中式办，结婚按西式办，两个仪式结束后就去旅游。先到东半球，再到西半球，绕地球画一个圆满的圈。

鲁明爸妈按照订婚要上女方家中送彩礼的风俗讲究，订婚仪式定在北京举行。鲁明妈电话、微信遥控，反复交代儿子提前联系酒店，找策划和主持婚礼的婚庆公司，给自己和艾静买衣服。她事无巨细地交代着、操心着，却总是听到鲁明不温不火地应承，心里是一百个放心不下。她担心鲁明误事，就直接与艾静微信、电话联系。准婆婆和准儿媳提前对接进入了角色，相互商量精心有序地准备着订婚的各项事宜。

鲁明爸妈提前三天来到北京，直接入住预订承办订婚仪式的酒店，现场筹备订婚典礼。第二天，他们就和艾静爸妈一起，陪着鲁明和艾静到北京最有名的"十六圆"婚庆公司做订婚仪式预演。在贵宾室里，那个潮范儿十足的年轻司仪给他们讲解订婚议程安排和仪式设计。鲁明边听边轻轻翻看婚庆公司装帧精美的彩页宣传册。艾静听得非常投入，不时叫好："嗯嗯！这样好！这样好！我好喜欢这种感觉！"

好日子在乙亥年农历三月十六，恰逢谷雨时节。上午十一时三十分，吉时到。鲁明、艾静的订婚大典隆重开始。从本地、外地专程赶来北京参加典礼的两家亲友，整整坐了二十桌。

鲁明身着黑色打底的中式长袍礼服，金黄色和天蓝色双色刺绣的中国龙飞在胸前和衣袖上，象征着富贵的金色、红色、天蓝色图腾花卉点缀在礼服上，衬托得他更加儒雅帅气。艾静身着大红色上下两件套中式礼服，其上同样有金黄色和天蓝色刺绣的金凤朝阳图案，活灵活现。妆容明艳娇媚的艾静与鲁明站在一起，龙凤遥相呼应，形成龙凤呈祥之势。

司仪今天也是一身中式打扮，微胖的身材穿着中式长袍，喜感十足。他遣词造句精雕细琢，古语文言夹杂现代语式和潮语热词，使得整个仪式隆重紧凑，精彩热烈。

订婚大典热热闹闹进行了半个小时后，盛宴开始。

4

最美人间四月天。西北关中塬上正漫山遍野开着白晃晃的一树一树的洋槐花，一阵风吹来，扑鼻的香味能醉了整个山野。当地人开始享受芬芳甜美的槐花麦饭。

人们拿着一头带钩子的长杆子去钩摘槐花。槐花就像白花花的银子，诱人眼球，滚落到兜子里、笼子里、簸箕里、盆子里……馋嘴的女人娃娃，会边摘边吃。吃一口，香喷喷甜滋滋，唇齿间溢着槐花淡黄的汁液，脸上透着一副永远也吃不够似的馋相。

早些年间粮食匮乏，农户人家的孩子们上学去时，书包里就会多了平时没有的零食——槐花麦饭团子。一个个槐花麦饭团子，就像农户人家祖祖辈辈期盼过上香甜富足日子的梦想，在孩子们的书包里跳跃，随着他们一路敲打山村路面的脚步声，如滚滚春雷，鼓荡着回响在他们疾步奔向学堂的路上。

张玉柱和爸爸坐在院子的葡萄架下面，石桌上放着妈妈刚刚蒸好的还冒着热气的槐花麦饭。还有几样小菜，一算子热腾腾的馒头，三碗黄澄澄的玉米糁子。这些都是当地人常吃的农家早饭，也是此时最富时令特色的早饭。

张玉柱脸色蜡黄，愁眉紧锁，双目呆滞。他在家里已经躲一周了，可那个被他撞出去躺在地上，满头满脸是血，昏迷不醒的男人的影子，始终在他眼前、脑海中盘旋。白天里，他昏昏沉沉，想睡却睡不踏实，吃不下饭也不觉得饿；晚上了，却异常清醒，翻来覆去，整夜无眠。

玉柱爸妈在他刚回来时还很高兴很开心。后来，发现儿子神色不对，他们就反复问他在市里的情况。起初张玉柱还支支吾吾回答，后来问都不敢问了，因为一问，张玉柱就非常烦躁。张玉柱爸妈吓坏了，就悄悄打电话问儿媳妇玲玲，才知道张玉柱把祸闯下了，是偷跑回家的。

知道实情后，老两口也整夜整夜睡不着觉。晚上躺在炕上，不住地唉声叹气，张玉柱妈有时候还会压低声音哭上一阵。每天夜里，老两口轮换着，悄悄走到儿子房间的窗户底下或门口，细听房子里面的动静。白天了，还要不住偷偷观察儿子的神情和一举一动，掂量着话语轻重，试探着和儿子说话。

玲玲给他们打了电话，说交警和伤者家属已经找上门问她张玉柱的行踪了。老两口听后更是坐立不宁，紧张害怕得要命。他们知道躲是躲不掉的，反复思忖商量后，就把仅有的一点家底全抖搂了出来，凑了四万元，准备让儿子拿去给人家治病赔偿。不够了他们再求亲戚朋友借钱，总不能让儿子老躲着。更担心他想不开干出啥傻事。

张玉柱妈从厨房里端出一小碟子调好的汤汁放到石桌上，盐、醋、辣子、姜、蒜用热油泼过，看着油汪汪红艳艳的，十分诱人，香喷喷的味道直往人鼻孔钻。她解下围裙放到闲着的一个石凳上，坐下来就夹起一筷子槐花麦饭放进嘴里。她看儿子蔫头耷脑的，半天不动一下筷子，自己边大口吃边哄儿子："柱！快吃啊！你最爱吃的槐花麦饭。今年第一次做呢，真好吃！快夹一口尝尝！"

张玉柱没哼一声，也没动弹一下。

张玉柱爸放下了筷子，语气温和地说："柱啊！事情我们都知道了，我们问玲玲了。"

张玉柱还是木呆呆地不吭一声。

"事情已经出了，咱给人家该看病看病，该赔钱赔钱。能有啥法子？躲不是个事啊……"张玉柱爸说。

张玉柱突然放声大哭起来，憋了几天的恐惧、委屈、无法言表的苦闷焦虑，像火山一样爆发了出来。

看着儿子失声痛哭，张玉柱妈也难过地哭泣起来。张玉柱爸长年在农田劳作，晒得干瘦黝黑的脸上沟壑纵横，显得比实际年龄苍老许多。他也一下子红了眼圈，但他是一家之主，这时候就是母子俩的天，他咋都得想办法，把这塌下来的天撑起来。他先拿起筷子，边吃边说道："柱啊！别哭了，先吃饭！总会有法子的！"

"要花好多好多钱！人死了，我可能还要坐牢！呜……呜……"

"玲玲去医院看过了，已经做过手术了，人没死，但还一直昏迷着，在重症监护室里住着。"张玉柱爸说话尽量放缓语气。

"真的？"张玉柱停止了哭泣，将信将疑地问爸爸。

"嗯，先吃饭！"玉柱爸脸上的神情慈祥、坚定。

"那也要花好多好多钱，可咋办啊？"张玉柱说着又要抽泣。

"家里暂时先凑了四万元，明天拿着这些钱，爸和你妈陪你到医院去看人家，先把这些钱给了。后面再想办法凑吧。"

张玉柱终于拿起筷子夹着饭菜，大口大口吃了起来。张玉柱妈赶忙擦干眼泪，给儿子又是递馒头又是夹菜，脸上还泛起了难得的笑容。

她疼爱地对儿子说道："柱！你爸和我商量了，这几年核桃也特别能卖上价，咱们今年想办法再租上别人不种的几亩地，除了务咱家那几亩苹果外，再栽几亩核桃树。我们辛苦点，借了钱以后给人家还上就行。不行你就和玲玲回家来，在家里日子过得也好好的。"

"是啊！你看现在农村都是水泥路，家里都是自来水，楼房盖得阔膨膨，门楼修得高戳戳，前院后院敞亮亮，住着哪里不如你在市里住的碎房房啊？还花那么多钱买，每月还要还房贷，根本划不着！"

张玉柱爸是吃过苦受过罪的人，他对如今的生活，发自内心地感到幸福满足。他一直对儿媳妇非得在市里买房，非得让孙女在市里上幼儿园、上小学有意见，但儿子长得瘦小，找对象不好找，人家玲玲愿意跟儿子处对象结婚过日子，有啥要求他们一直都是无条件想办法满足。当年，介绍人就冲着他们老两口这么多年务苹果挣了不少钱，家里房修盖得好，才给儿子介绍的玲玲。在那个年头，光彩礼就给了小十万。儿子在职业学校学的厨师，一直和玲玲在雍市打工。玲玲在市里待惯了，不愿意回农村住。有了孩子后，就要在市里买房，说要让丫丫在市里上幼儿园、上小学。没办法，他们又给凑了首付买了房。到现在，老两口还经常给儿子贴补着，过一些日子给一点钱，帮着还房贷。

"我是愿意回来，可玲玲不愿意啊！"张玉柱终于蔫呆呆地说起了话。

"那你好好干你的厨子就行了嘛，还送啥外卖啊？"张玉柱爸从沉思中灵醒过来，就祸事的根源也终于敢责问张玉柱了。

"玲玲看丫丫的同学不是学钢琴就是学画画，不是学舞蹈就是学书法，她也非得让丫丫学。过完年，就让丫丫跟着一个老师学小提琴，还让学了一个肚皮舞。对！还让学了一个少儿英语……"

听到这儿，张玉柱妈停下筷子，嘴里惊讶地发出"啧啧啧"的声响，埋怨道："才七八岁个娃娃，能学个啥嘛！还让学那么多，把娃累的，遭罪呢！唉！"

"那我也没办法……"张玉柱稍顿了一下，继续无奈地说，"上那些课花费都大得要命！还要还房贷，还有生活费。玲玲一月就挣那点钱，我在那个酒店一直上的夜班厨，收入也不高……就想白天了，送送外卖再多挣点钱，贴补一下……"

"唉！把我娃可怜的……"张玉柱妈说着又抹起了眼泪。

"也不完全怪玲玲，是我自己愿意的。我上的夜班厨，收入低但活少人轻松，没客人了是能休息的。都怪那天前面车堵得厉害，我看时间快赶不上了，就心慌着急，骑得太快了，才闯下祸的……"张玉柱说着，人又难受起来，把头痛苦地垂了下去。

一家人刚提起来的活泛气，又硬生生地给憋了回去。张玉柱爸妈不再说话。他们不敢再在儿子跟前埋怨儿媳妇，害怕儿子不长心眼把话传给儿媳妇，那就把麻烦惹下了。

5

城西医院住院部结算窗口，黑子从排队的人群里面走出来一点，伸长脖子往窗口看。半天不见往前挪一下，他心急得像火烧眉毛一样。

这一周，他不停地在医院里跑来跑去，办这个手续拿那个单子，还要在三个病房窜腾。从爸爸的重症监护室出来，愁容满面地坐电梯上几层，再佯装平静地进妈妈的病房里，安慰安慰突然病情加重的妈妈，再强打精神坐电梯到外科楼层，看望本来快要出院的姥姥。自从爸爸出了车祸，姥姥就像一个闯了祸的可怜孩子，自责而恐慌。只有和黑子在一起的时候，老太太才看起来有点精神。

一周时间，忙累、忧愁、难过、焦虑，再加上休息不好，黑子整个人瘦了一大圈，胡茬子黑魆魆的，脸色黝黑黝黑。因为没时间洗澡、打理头发、换洗衣服，人显得憔悴邋遢，与以前判若两人。

爸妈同时病倒，加上姥姥还不能出院，黑子实在支撑不住，把家里发生的事情打电话全部告诉了舅舅。舅舅很难过，也很焦急，很快给黑子打了四万美金，说他人暂时还回不来，让黑子好好照顾。黑子还有一个远在西北边陲城市的姑姑，他也打电话告知了家里的情况，姑姑在电话里面就泣不成声。她很快请了假，带着各种营养品和她所在地的一大堆特产，不远千里赶了回来。看到重症监护室里插着各种管子的哥哥昏迷不醒躺在那里，她失声痛哭。看见说话都没有气力的嫂子，又是眼泪直流。黑子姑姑在医院里待了两天一夜，一直是泪眼婆娑。虽然难过不舍，但无奈她还得赶回去工作，还要照顾正在上高三的儿子。临走前，她和黑子坐在医院走廊的长椅上，抚摸着黑子的大手，心疼得又是眼圈一阵发红。她硬把两万元塞给了黑子，说她暂时只能拿出来这么多，让黑子先用着。

这些天，白玉兰每天下午下班了就到医院来。肖淑贤每天早上吃完早饭或者中午吃完午饭了来。白玉兰和她妈妈来时，都会带着这样那样的东西。这些东西，都是她们前一天离开时，发现于平和黑子姥姥所需的。有时候是要用的手纸、餐巾纸、湿巾等日用品，有时候是吃的水果、小点心啥的。她们到黑子姥姥病房里，主要是陪着老太太说说话，哄着老太太吃点东西。在于平病房里，主要是看着输液，照顾着吃药、上卫生间。黑耀宗住的重症监护室，不让随便探视，她们就站在外面往里面瞅，时刻关注着黑耀宗的病情有没有好转。

善良厚道的护工翠嫂，和黑子姥姥、妈妈相处时间长了，产生了深厚的感情。在照顾黑子姥姥的同时，自觉自愿地兼顾着照顾一下于平，帮着买饭打水，楼上楼下奔波。黑子本想再找个白天的护工照看妈妈，但看到翠嫂这样好心，就主动问翠嫂，多给她加一些工钱，看白天不再请工行不行。翠嫂满口答应，说她们很熟了，她知道咋照顾着病人舒心，不用再请人了。黑子另外请了一个男护工照顾爸爸，请了一个晚上同时值护几个病人的女护工帮着晚上照顾姥姥。他晚上主要陪护妈妈，有时间就去观察一下爸爸的情况。

于平病情一下子加重了，身子虚弱得厉害。黑子给她办了个单人病房，夜里他就躺在另外一张护理床上眯一会儿。头几天，他晚上根本就没合过眼。这几天晚上能睡会儿了，但他再也不像以前那样能睡踏实，有一点动静就会马上醒来，一晚上最多也只能睡三四个小时。他现在最想干的事情就是舒舒服服洗个热水澡，然后再美美地睡上一大觉。

结算窗口，还有四个人排在黑子前面。黑子知道急也没用，就趁这当口儿在心里估算花销费用。短短一周时间，三个病人共用去了二十多万。黑子清楚，姥姥的费用算是个小钱。爸爸开颅、开胸两个大手术，加上住在 ICU 里的费用，才是大头。妈妈身体太弱，暂时未敢采取放化疗，但服用的各种药，很多都是进口的，也花费不少。还有护工的费用，还有……黑子估算着，心里不由得发起慌来。他又想起，妈妈那天抢救苏醒后得知了爸爸的情况，又一次昏迷了过去。再次苏醒后，拉着他的手交代存折都放在哪里，密码都是什么。嘱咐他无论花多少钱都要治好爸爸，要照顾好姥姥。黑子听着妈妈断断续续气若游丝地说话，看着妈妈毫无血色的脸庞和苍白的嘴唇，感觉就像给他交代后事一样。他难过地趴在妈妈病床边，无声地哭泣了好久。他心里不仅仅是难过，更多的是恐惧恐慌，他不知道该如何应对眼前这一切。

黑子还没有去取爸妈的存款，这几天的花费都是舅舅打给他的钱。他万幸舅舅人虽然没回来但钱先到了。他这几天心里也很惭愧，后悔自己工作好几年了，基本上吃光花净，没攒下几个钱。他真不敢想象，如果现在手头没钱给爸妈支付住院治疗的费用，那可咋办啊？想到这里，他不由得又想起了那个肇事的送外卖的家伙。他恨得牙痒痒，心想见到他，非得把那害人的坏尿揍扁不可！

黑子又想起爸妈住院的第三天傍晚，他终于抽出一点时间，叫上处理爸爸这起事故的交警找到了肇事者家里。那个肥胖的女人咬死不说她男人的下落。黑子气急声音稍大了一点，她就尖着嗓子哭号了起来，怯怯地站在她身边的小姑娘也害怕得大声哭叫，好像他把她们怎么了似的，气得他拽着交警赶忙逃了出来。好在那胖女人还算有一点良心，第二天提了一些营养品来医院，眼泪巴拉一个劲儿赔不是，吵烦得妈妈直挥手，示意黑子赶紧让她们走人。

黑子想到这里，不由得又握紧了拳头。

排在前面的人终于又少了一个。这时黑子的手机在兜里振动起来。他拿出手机一看是赵年的电话，连忙接通："喂！赵哥！"

"黑子！你爸妈这两天情况咋样啊？有好转吗？"

"我爸还那样，我妈看着比前几天稍微能好点。"

"哦，那辛苦你了！科长让我问问情况。"

"谢谢赵哥关心！也代我谢谢科长！"

"还有个事……"

"赵哥你说！"

"今年市里环境治理攻坚战，咱们科不是特别忙嘛，缺了你工作推不转了。科长知道你家这事，你暂时肯定是走不开的，就报告局里新调来了一个同事，让他先把你的工作给顶上。科长让我问你，看能不能抽点时间回来一下，一是把你的休假请假手续办一下，另外就是给新来的那个同事移交一下你手头上的工作和资料……"

黑子连忙应承，但心里一阵难受失落。他知道这是没有办法的事，能这样处理已经够好了。他庆幸当年听爸妈的话，考了本市的公务员。如果在外地工作，或在那些没保障的单位工作，现在只有离职了。

终于排到了黑子跟前。给爸妈的住院卡上交费后，他发现银行卡上的钱又所剩无几了。想着还得抽时间回家去找爸妈的存折翻他们的老底，黑子心里顿时像针扎一样难受……

第十六章

I

葛台长明显觉得最近单位气氛不对，听不见白玉兰办公室经常响起的叽喳笑闹声，也见不到范卫华在田薇薇跟前亲热腻歪的身影。他知道白玉兰最近遇上了倒霉事心情不爽，但范卫华和田薇薇到底是咋回事？

上期《新闻播报》一拍完，孙雄扬就给他发牢骚，说田薇薇和范卫华很不在状态，《新闻播报》节目反复拍了很长时间。后来他看这期节目，一眼就看出了问题。虽然没有口误、衔接等明显错误，但配合很不流畅，极不和谐。

葛台长郁闷至极。

原来单位里面时常笑闹不断，他在开例会时经常提醒注意文明办公，不要太过喧哗，但最近这死一样的沉闷，也让他感觉很不适应、很不正常。反复琢磨后，葛台长决定还是以分头谈心的方式先了解一下情况再说。

白玉兰正在看集团环保工作专题样片，里面有很多地方需要重新选材编辑。她在心里狠骂孙雄扬：这么多的好素材交给你真是糟蹋了，整出这么个东西，什么臭水平嘛！

接到葛台长电话，白玉兰起身就往葛台长办公室走，心想刚好说说片子的事情，实在没办法改下去了，最好重新编辑制作。

葛台长招呼白玉兰坐在他对面的椅子上。

"玉兰，你家里出了那么大的事情，你也没休息一天，一直还坚持上班，我感到很不安哪！就是想问问你需不需要休息几天？或者给你把工作量减轻点？"

"谢谢台长关心！是我对象家里最近事情多，不影响我的工作，我只是下班后去医院看看。"

"那你还是应该多去照顾照顾！工作上你看需要给啥方便就尽管说！"

提到工作，白玉兰连忙说："台长，专题片我反复看了样片，也不知道能不能重新编辑制作啊？"

"重新编辑制作？怎么回事？"葛台长吃惊地看着白玉兰。

"我也说不好。就是部分修改可能效果不大……"白玉兰稍停了下又说，"干脆我把样片直接给您拷过来，您看看再说吧！素材都在孙雄扬那里，您也可以要来看看。"

"好！我看看再说。"葛台长对工作一向非常认真负责，一说起工作，把其他事都撇在了一边。

按计划这周就要播出这个专题片。葛台长亲自审核修改过白玉兰写的解说词，认为写得相当不错。他原想拍摄了那么长时间的素材，编辑制作出来的片子应该很不错。没想到白玉兰竟然这么说，看来问题可能不小。他和白玉兰共事这么长时间，知道白玉兰聪明机灵，也从不乱说话。葛台长原打算叫赵青过来，再问问田薇薇的情况，现在他只好先放下了。

十几分钟的片子，葛台长看了不到五分钟，就看不下去了。他将鼠标砸在桌子上，往孙雄扬和范卫华办公室走去。

孙雄扬和他的美女同学微信聊得正欢。范卫华正在网上查询动车时刻表，准备给他妈妈预订过来的动车票。葛台长忽然进来，俩人都慌忙站起来打招呼："台长！"

"孙雄扬！把环保专题片的素材马上给我拷过来！"葛台长盯住孙雄扬说完话，转身就走了出去。

孙雄扬意识到情况不妙，赶忙将素材拷在 U 盘上，屁颠颠地给葛台长拿了过去。他察言观色地说："台长，这个素材很多，可咱们的片子太短，很多好的素材都没用上，可惜得很！"

葛台长看着孙雄扬小心翼翼地说话，知道他也就那么点水平，不由得心软了下来，气也消了一半。就又想起范卫华和田薇薇的事，孙雄扬应该知道点什么，于是问道："最近范卫华怎么样？"

"范卫华？哦，好着啊！最近整天在查询买房租房信息呢，好像他妈妈要过来了，准备在这边买房呢。"

"买房？那还查租房信息干啥？"

"想先租个房子住下，再看着买合适的房子。"

"也是。买房是大事，得慎重，要多看看。"

"小伙最近郁闷着呢。听说他妈妈老家那里出事了。原打算给他和他妈妈都买房呢，现在看来只能买一套了，整天唉声叹气的。"孙雄扬说话声音小小的，头还不停往门口拧着瞅，生怕外面人听到了似的。

2

姜主任一脑门官司，一进白仰光办公室，就垂头丧气地说："白副总！我按照您的安排，向杨副总汇报了雍城河发生的污染事件，将市环保局要彻查的通知也汇报了一下。杨副总也不知道怎么了，一听就火冒三丈，朝我发了一通邪火……"

"哦？为什么？"白仰光不解地问。

"说什么集团投了上千万搞的酸洗防污设施改造，现在还在排污，就说明没改造好嘛。那把钱干啥了？难道我拿回家去了？那就让人来查嘛！"姜主任一屁股坐在白副总靠墙的单人沙发上，显得极其沮丧懊恼。

"你把事情的来龙去脉都给杨副总汇报清楚了没有？"白仰光再次追问。

"汇报清楚了啊！"姜主任相信自己汇报得没错。

"只要说清楚就行。理解一下，杨副总最近遇上点事，正在气头上。"

"我听说了，最近传得沸沸扬扬的。说杨副总给儿子大办婚礼，让人给上级纪委举报了，好像正在调查。不过……也的确超级豪华！"

"你参加了？"白仰光很好奇。

"参加了。大厅坐得满满登登的，楼上楼下包间也全坐满了。真是豪宴啊！烟酒饭菜档次高得很，一般人纳礼份子钱就都吃回本了。"

"哦，怪不得呢！"白仰光若有所思。

过了一会儿，白仰光说："走！我跟你一起再去杨副总办公室一趟。把酸洗排污设备全面检查一下，如果运行良好，无故障无泄漏，那自然就不是咱们集团的问题！"

"是啊，走！"姜主任连忙答应着，站起来就往外走。

杨副总办公室里烟雾弥漫，瘦小的杨副总整个人陷在大靠背老板椅里，头似乎都没高出椅背。

一见白仰光来了，他赶忙招呼，三人一起坐在了沙发上。

"老白啊！你说我招谁惹谁了？我儿子结婚不办婚礼能行吗？我请客也只小范围请了一些人，可这一传十十传百的，人家知道了自己来了，我总不能不让人家吃饭吧？婚礼豪华那是人家亲家有钱，愿意花大钱办喜事，我有啥办法？真是的，好吃好喝招待着，亲家送的礼品来者都有份，最后还把咱给举报了！"杨副总把一肚子冤屈朝白仰光一股脑儿倒了出来。

"老杨别上火，调查了解清楚就好了。"

"调查什么啊？人家用心良苦哪！现场被拍了照片，清清楚楚的哪！"杨副总生气地抱怨。

"是吗？"白仰光也感到诧异。

"奶奶的！不愿意来就不来嘛，你说他至于那么坏那么损吗？"杨副总一脸愤愤不平。

"唉！这也难怪。现在是自媒体时代，发生个啥事，分分钟就能传出去。老杨你先消消气，咱也总结总结。以后办啥事情，还真得特别注意啊！"白仰光斟言酌句，想把话题引到正事上去。

"老白你说得对！玉兰结婚你干脆就别办什么婚礼，让孩子出去旅游结婚去。又浪漫，又省心，还长见识！"

话没扯到正事上，反而扯到了女儿头上。最近女儿对象家里的事，让白仰光心烦得不知如何是好。这两天，玉兰妈腰椎间盘突出的老毛病犯了，就没去医院看望了。玉兰一直忙得连个面都见不上，也不知道黑子家人现在到底都咋样了。

白仰光跑了神，没了再跟杨副总闲扯下去的心情，连忙说："好啊！到时就按你说的办！旅游去，简单省心！"稍顿了一下，以商量的口吻说："老杨啊！能不能尽快安排一下，把咱们酸洗排污设施全面检查检查？是咱们的问题，咱如实报告尽快处理。如果不是咱们的问题，咱也积极配合检查，消除不良影响，全力协助市环保局查清污染源，将真正的责任单位找出来，也给咱集团洗掉这一身污水！"

"行！我尽快安排组织。姜主任，你这边及时和设备部、技改办的人员就具体情况多沟通协调。"

杨副总不但爽快答应，还马上给姜主任下放权力布置了任务。白仰光一分钟都没有多逗留，匆匆告别。

3

黑子觉得这一周多时间太漫长了。他看着理发店镜子中的自己，头发乱糟糟，胡茬黑魆魆，人老了一截。怪不得刚才妈妈得知自己要回单位办请假手续时，眼里竟含了泪水叮咛他："一定要先去洗个澡理个发啊！"

理发的小帅哥很时尚。他很随意地将黑子的头发拨拉了几下说："天慢慢热了，户外干活儿最好留个寸头，凉快。"

黑子暗自苦笑：都把我当户外卖苦力的了！

正要点头，忽然想起过年时，白玉兰在海南爱情岛上对他说的话："从此你是我的！你的每一根毫毛不经我的同意，都不许别人乱动！"犹豫了一下，说："稍等。"随手给白玉兰发了微信视频。

"咦？你在哪儿？干吗呢？"白玉兰在视频里大睁着眼睛问。

"在理发馆。理发师让我理个寸头，你觉得呢？"

"理什么寸头啊？你是大叔啊？"

"那理啥？"

"原来的发型稍微修整一下就行了！"

"好吧！"黑子挂断视频，拧过头看理发师。

理发师有些不好意思地点点头："来吧，先洗头！"

黑子提前算好了时间，到单位时，刚刚下午上班一会儿。他一进办公室，郝雅娜就兴奋地大叫："哇！黑哥！来啦？"

黑子笑了一下说："都在啊？"

郝雅娜对面加了一张桌子，新调来接替他工作的小伙子站了起来，有点诚惶诚恐地跟他打招呼："黑哥好！我是陈一凡。"

"你好！"黑子看着小陈稚气未脱的脸，就像几年前的自己一样，热情地伸出手去，紧紧握了一下。

背朝门坐着的赵年，看了看黑子说："瘦了！"说完，伸长胳膊，从他桌子对面的黑子办公桌上，够着拿起黑子的水杯，准备倒水。

黑子连忙说："赵哥我来！谢谢！"

"没事，我来。你赶紧先去找一下科长，打个招呼。一会儿科长要去秦雍集团调查呢！"

景科长正在办公室里反复琢磨，问题到底出在哪里？前期全覆盖式的专项检查整治过了啊，高新开发区的工业企业都是进行过严格的环评资格审查的，怎么这么快就出现河道污染事件呢？况且，一周前，他亲自去过秦雍集团，实地考察了一番秦雍集团的环保治理情况，证实了赵年他们给自己的汇报，秦雍集团这几年在企业环保治理方面的确取得了非常显著的成效，环境及生产现场都让他眼前一亮。

景科长细细回想当时全覆盖式的整治细节，似乎没有什么纰漏啊！得赶紧去现场，把污染源、事故原因、责任单位、责任人都查个清清楚楚！景科长正准备出去叫赵年出发，就看到黑子站在他半开的门口敲门。

"哦，黑子！快进来！再晚来一分钟，我就出门了。唉！真够你受的。突发的天灾人祸，搁到谁头上都麻烦啊！"景科长打量着黑子明显消瘦了的脸庞，真诚表达自己的体谅理解和关心同情。

"唉，没办法……"黑子声音低低的，头也垂得低低的。

"别难过了，黑子。你把年休假先休了，后面需要请假就继续办请假手续。"

黑子只露出了一个苦笑的表情。

"你的工作，包括工作资料，都给那个陈一凡交代一下，让他先顶上。"景科长说话时望向黑子的眼光里，流露着遗憾和惋惜。

"知道了，科长。"黑子知道科长有急事在身，说完话就赶忙站起身来。

"好。去找郝雅娜办手续吧！有啥情况随时打电话！"

黑子打开文件柜，给陈一凡一一介绍了里面的档案资料。他又将电脑打开，分门别类给讲了半天，让他有需要就查阅复制。

工作交接完，黑子才端起水杯喝了几口水。一直安安静静坐在自己座位上的郝雅娜走了过来。她将已经填好的休假、请假单子放在黑子桌子上说："黑哥，休假条、请假条我能填的都给你填好了，年休假单子上签个名就成。后面的请假单子上，你把请假天数一填，再把名字一签就好！科长回来后我替你找科长、找局长去签字，你就不用管了！"

黑子感激地看了一眼郝雅娜，只说了声"谢谢"，以前张口就来的俏皮话，此时他一句也说不出来。

"客气啥呢？有事电话联系就行！"郝雅娜也异常严肃。

黑子把要办的事情都办完后，与郝雅娜、赵年和陈一凡匆匆打声招呼就走了。

不牵挂工作上的事，黑子感到轻松一些，但也莫名沮丧。工作几年来，他一直很投入、很认真，单位领导对他很器重，同事对他评价也不错。在休假前，他负责的几个重要事项，都已经做了大量工作。尤其是企业环保治理检查环评工作，他全程参与，已经完成了检查数据统计、资料整理，总结材料也基本草拟好了。但他休假了，完整资料和结项报告却没能从他手上报出去、交上去，对他工作的考核评价肯定会受影响。

黑子越想心里越烦。这时，他脊背痒乎乎的。他估计是理发时头发掉进了衣领里，现在滑到了脊背，气温一高，人心里又烦乱，就越发觉得不舒服得厉害。

黑子突然想回家洗个澡，换身干净的衣服。于是，他把车停在路边，给翠嫂打了个电话，问了一下医院的情况。

"好着呢，别操心，有我呢！"翠嫂的话语，让黑子心里踏实了许多。黑子想到姥姥和爸妈，就是因为人都非常善良厚道，在翠嫂照顾姥姥期间，对翠嫂特别关心体谅，从不苛责，还尽可能给予各方面帮助，所以才有了翠嫂在他们落难后的热心帮助、主动照顾。好心会有好报的，好人也会有好报的！黑子心里默默念叨。他坚信爸爸会醒来，姥姥、妈妈都会好起来。心情一好想法就多。洗完澡刚好快下班了，何不把玉兰约一下？

4

白玉兰接到黑子的电话时，正与赵青在录播室里闲聊。

赵青说葛台长给她交代了一项任务，让她帮着把范卫华和田薇薇给

你在找什么

说和一下，可她不知道该如何去劝说。

一说起这俩人的事，她们却不约而同地骂起了孙雄扬。一个说不是好东西，一个说是个真小人、纯坏种，唯恐天下不乱。看到同事有矛盾闹别扭，孙雄扬从来不知道说和调停，尽干那些火上浇油的事情，喜欢背地里传小话，搬弄是非。最近看范卫华和田薇薇吹了，他简直兴奋得每一根神经都在疯狂偾张，每一个细胞都在狂野骚动，好像给了他八卦机会一样。最近，他有事没事老爱往田薇薇跟前凑。田薇薇也不知道什么意思，竟公然与孙雄扬打情骂俏，热乎得不行。原来最看不惯、最讨厌孙雄扬的是她，现在和孙雄扬聊得热火朝天的也是她。白玉兰最近烦心事多，心情不好，看见那俩人在办公室里逗来逗去，经常就拿着自己的东西躲到录播室里去。

白玉兰不避讳赵青，黑子电话一来就接通了。赵青朝白玉兰眨眨眼，端着水杯走了出去。

"下午忙不忙？"

"还好，不忙。"

"我下午去了单位一趟，这会儿有点时间，准备回家洗个澡换身衣服。干完这些事，你也差不多快下班了，能不能下班先到我这里来……"

白玉兰当下心里甜滋滋的："可以，我一会儿提前走，早早把吃的买好。"

"你不要老往医院里买吃的了，吃不完总是糟蹋。晚饭我让翠嫂在餐厅给我姥和我妈买了。"黑子不想让白玉兰因为买东西浪费时间，盼着她能够早早过来。

"那我给咱俩把饭买上，提到你那里去吃！"白玉兰并没有完全明白黑子的意思。

"那……行吧！"黑子看了眼表，想着反正也得吃饭，就答应了。

　　白玉兰一路跟着音乐轻轻哼唱，心情格外舒畅。她想，要是能和黑子一起去饭店吃饭就好了！黑子最近一直在医院餐厅吃饭，要不就叫外卖，肯定很馋了。但她知道，黑子是没有时间去饭店吃饭的。再说，他主要还是想……白玉兰想到这里，心里甜蜜蜜的。一定要给黑子买点他爱吃的。打定主意后，白玉兰将车拐到了附近的"凤鸣春"羊肉泡馍馆，准备给黑子带碗宽汤大碗优质羊肉泡馍好好解解馋。

　　"凤鸣春"生意可真好，啥时候来都是顾客盈门。光停车位就找了好半天。白玉兰一进去就要了餐，并专门叮咛外带，宽汤。

　　黑子回到家里，急忙先将要换的衣服翻找出来，然后就放水洗澡。他将淋浴的水放到最大，哗啦啦冲洗着一身的污垢和疲惫。真爽！真舒服！很快洗完澡，吹干了头发，想到一会儿白玉兰就来了，他还往头发上喷了点定型水，一股淡淡的清香瞬间飘散开来。想到白玉兰正在开车，他没发信息，也没打电话，穿着睡衣躺在床上等待。

　　白玉兰来到黑子房门口，手里提着两袋子吃的敲门，无人开门。她心里一阵懊恼，以为太晚了，黑子已经着急走人了。她掏出钥匙开门。一进去，发现黑子的鞋子还在，包还在门边柜子上放着，当下脸上露出了欣喜的笑容。

　　白玉兰轻轻走进卧室，看见黑子已经睡着了，打着呼噜。她真不忍心叫醒他。可看了下时间，已经七点一刻了，连忙轻轻摇晃着叫："黑子！快醒醒，都七点多了！"

　　"啊？七点多了？！"黑子一下坐了起来，眼睛发直，人发愣。

　　"黑子，我给你买了羊肉泡，先把饭吃了吧。"她担心黑子在床上折腾完再去吃饭，羊肉泡凉了，就不好吃了。

　　黑子摇了摇头，清醒了一下，说："不行！得赶紧去医院。翠姨七点就要走了，出事咋办？"不由分说，他就急急忙忙穿衣服。白玉兰看得发愣，黑子的表现让她有点意外。

"那也得先把饭吃了吧？"白玉兰听到自己说话的声音失落空洞。

"没时间了，我带上吧！"说话间，黑子已经走到餐桌旁。他正准备提饭，看见旁边还有个袋子，知道白玉兰也没吃，饭也是带回来的，才想起来似的，轻轻将白玉兰抱在怀里，亲吻了一下，歉意地说："玉兰！对不起！已经有点晚了。你赶紧趁热把饭吃了，早早回去休息吧！"

6

肖淑贤趴在床上，把系在腰上的按摩仪开在中挡，断断续续又按摩了半个来小时。她点开手机瞅了一眼，知道丈夫快要下班回来了。她最近腰疼得做不了饭，房间卫生也收拾不成，都得等丈夫下班回家后再弄。她心里着急，可腰疼得站都站不直，实在干不了。她心疼丈夫，觉得自己真不争气。她也不明白，啥都没干，只是连续往医院跑跑颠颠了几天，竟然都能累得这老毛病又犯了。她心里感叹，真是老了，不扛造了！暗自庆幸，多亏丈夫身体一直还好。想到这里，她不由得又在心里埋怨起女儿。那么大人了，从来不知道替父母做点什么，甚至连多给点关心问候都不知道。从她犯病躺在床上，这死丫头就只打过一次电话。她还在微信里经常问人家，黑子爸妈和姥姥咋样了？好点了吗？人家也只是三言两语，简单应付回答她一下，也没顺便问问自己老妈的病情，更别说回来看上一眼。真是个没心肝的孩子啊！肖淑贤不由得伤心，心想养这白眼狼有什么用呢？"死丫头！"她忍不住骂出了声。

家里门响了。

"回来啦？"肖淑贤以为是丈夫回家了。

"妈！"

"啊，兰兰！你回来啦？嘶……"肖淑贤一听见女儿的声音，忘了自己有病，就想赶紧起来，动作急了点，疼得呻吟起来。

"妈！妈！你怎么啦？还没好啊？"白玉兰听见妈妈呻吟，包包往门口的鞋柜上一扔，鞋都来不及换，快步奔向妈妈卧室。

肖淑贤左胳膊肘撑着半趴在床上，右手轻轻在腰上按揉，表情痛苦地呻吟。

"你慢点嘛！不知道自己有病吗？"白玉兰一边轻轻扶着妈妈继续趴下，一边埋怨。她眉头拧在一起，小脸也抽巴在一起，好像是她自己痛得受不了一样。

"死丫头！你还知道你妈有病啊？"肖淑贤知道女儿虽然是埋怨，但实际是心疼，又疼又爱地嗔骂。

"人家不是操心着嘛！想着你腰痛病又犯了，这不是专门回来看看你怎么样了嘛！"

"还能怎么样？这老毛病一犯，哪一次不得折腾个把月！唉……我都难受死了！"

"那你这样老在家躺着也不是个事啊！不行也住医院治疗吧？"

"啊？我也去医院住下？让你和黑子一搭伺候上？"

"那咋办？看你疼的那样子……"白玉兰说着话，眼圈转眼就红了。

一看女儿难过，肖淑贤也不再呻吟了，试探着调整身体，慢慢撑着坐在了床边。她拉起女儿的手，轻轻拍着哄："妈这是老毛病，休息一段时间就好了！没事，没事！"

"妈！你和爸可不敢有啥事啊，要好好的，我都害怕死了……"肖淑贤一哄，反而把白玉兰给惹哭了。

肖淑贤知道，女儿是让黑子家接二连三出事给吓着了。她也不知道该怎样安慰女儿了。从小被宠大疼大的宝贝，啥事都没经过，啥担子都没担过。可这一段时间，上班以外每天都往医院跑，看着黑子家三个老人的情况，看到医院里形形色色的病人，她能不害怕吗？能不担心吗？

"唉……"肖淑贤长长叹了一口气，把女儿揽进了怀里。

传来开门声。白玉兰赶忙从妈妈怀里抬起身子，擦干眼泪。

"咦？兰兰回来啦？"白仰光一进门就看见女儿的包包扔在鞋柜上，大声喊着问。

"你爸回来了，赶紧的，看你爸去！"肖淑贤打发女儿出去。

"爸！下班啦？"白玉兰走出房间，不自然地笑着问候，有意掩饰刚才哭过的痕迹。

"嗯，下班了。你可是有一阵没回家了！女儿想吃啥？爸现在是大厨，给你做，保证比你妈做得好！"白仰光开心地笑着说话，都没往卧室去看一眼老婆，就要下厨房，赶快为宝贝女儿做顿好吃的。

"爸，你一会儿慢慢做了和我妈一起吃，我不在家吃，我得赶快去医院，黑子还要让我给他带一些东西去呢！"白玉兰连忙阻拦。

白仰光有点不开心了，脸上当下没了刚才的喜色。

白玉兰抬起手腕，看了眼表，说："那我在家再待上十分钟后再走！"

"走吧走吧！开车慢点！本来还想问一下黑子爸妈、姥姥的情况呢，看把你急的！"白仰光又是疼爱又是埋怨地看着白玉兰说话，手无力地往门外轻轻挥了挥，打发白玉兰要走就赶紧走。

"有啥说的？都还那样。叔叔似乎还没苏醒的迹象。阿姨吃得特别少，越来越瘦弱。姥姥最可怜，像个孩子一样，动不动就流眼泪，老絮絮叨叨自责，说都怪她，怎么还不让她死呢。前天，自己试翻着往床下滚，说让她赶紧死了，就解脱了，也能让孩子们轻松点了……翠姨按都按不住，多亏黑子刚好过了。黑子吓得跪在姥姥床边使劲哭求，让姥姥保证发誓再也不那么做，他才答应站了起来！"白玉兰说到这儿，小嘴瘪了几瘪，直想哭，硬忍住了，继续说，"爸！妈！你们说这咋办啊？我不帮黑子，黑子可咋办啊？"说着说着，眼泪就顺着脸颊簌簌流了下来。

四月下旬的一天黄昏，张玉柱缩在他妻子玲玲和他爸妈身后，慢慢往前蹭着走。他一只手提着一大盒礼品，一只手被他的女儿丫丫紧紧牵着。小丫头懵懵懂懂，知道爸爸闯了大祸，他们是去看望病人，爸爸是去赔罪，不时担心地仰起小脸，偷偷看一眼父亲，明亮的眼睛里透着担忧恐慌，也透着对父亲的关爱怜惜。

玲玲两手各提一箱子奶，就像一个移动的大肉包，走在最前面。张玉柱爸妈两手也都提着礼品。他们还专门从老家带了自己家产的农副产品。张玉柱爸斜背的包里，装着他包得整整齐齐的四万元钱。他们礼品都备了两份，没敢备三份，知道被撞伤的黑耀宗还一直在重症监护室里没有苏醒。如果给他也带礼品，他不能吃不能喝，只能刺激伤者家属的情绪。

玲玲深吸一口气，轻轻敲响了病房门。

门没有锁，人从外面一推就可以进去，黑子边说"进来"，边走向门口去迎。他还没走到门口，玲玲就推开门进来了。黑子一看是她，就止住了步子，眼里明显流露出了厌恶。他没好气地喝问："你来干啥？"

这时，张玉柱爸妈绕过玲玲挤着走了进来，将带的东西往病床对面墙根一放，老两口就像犯错的孩子一样，不住地低头鞠躬道歉："对不起！对不起！都是我们柱子的错！我们来晚了，给你们赔不是来了！给你们认错来了！"

黑子知道了，两个老人是肇事者父母。他不客气地说："你们来道个歉能解决问题吗？你们，把你家那个害人的家伙快点交出来！该咋办就咋办，这才是正路数！"

"是是是！你说得对！"张玉柱爸将玉柱妈往外拨拉了一下，玉柱妈旋即转身出去，转瞬就将张玉柱拽着，拉进了病房。

黑子一看拉进来的那个三十多岁的小个子男人，瑟瑟缩缩抖成一团，眼神中露着胆怯恐惧，断定就是那个肇事的家伙，气愤地吼道："你个坏尿！你把我爸撞成了那个样子，还一跑了之，看我今天不打死你这个害人的家伙！"

这边翠嫂死命地连拽带拉，那边张玉柱爸也拼命地连堵带挡，张玉柱身子直想往下出溜着跪下。他瑟瑟发抖，躲着挣着往出逃。张玉柱妈用身子护住儿子，但又死拽着他不让出去，哭着说："柱子！快认错！是咱的错，是咱的错啊！"

那个一直牵着爸爸手不放的小丫头，恐惧地看着黑子，大声哭叫："别打我爸爸！别打我爸爸！"

玲玲有几分胆怯，但又有几分提前就做好防备的冷静。她站在张玉柱爸后面，准备做黑子冲过来的最后一道防线，保护张玉柱不被黑子暴揍。

这时，于平说话了，声音不大，却非常严厉："黑子！给我住手！"黑子才呼哧呼哧地喘着粗气，停下来怒瞪着张玉柱。

吵闹声引得病房门口围过来了一群人，门口被堵得严严实实。白玉兰恰好这时提着两个袋子走到门口，她不明白发生了什么事，着急地说："让一让！围在这儿干什么呀？"

翠嫂听见白玉兰的说话声，趁机往外打发看热闹的人："都散了啊！你看人家病人家属都进不来了呀！"

白玉兰进门一看，就明白了怎么回事，看见黑子依然涨红着黑脸，眼睛里像充血了一样，瞪着那个瘦小男人呼哧呼哧喘着粗气。她忙放下东西，走到黑子身边。

护士英子刚好到这边来找一名值班的小姐妹，被这个病房的嘈杂声惊动。她远远听着似乎是黑子的声音，顺脚就拐了进来。她一眼就认出了跪在那里的张玉柱。她俯下身偏着头看着他说："好你个胆大的家伙！那天我专门把你带过来，你还转身就跑了？你把人家撞成那样，你跑得了吗？"

张玉柱抹着眼泪，低头塌腰跪在那里，嘴里不住嗳嗳："对不起！

对不起！"

　　"你们去看看！看看我爸成什么样子了！如果能让我爸当下苏醒，我让你们立马都走人！走！"

　　最后一个"走"字，黑子是颤着声吼出来的。他一下子拿开白玉兰挽着他胳膊的手臂，像风一样两步就旋到了张玉柱跟前，一把将他拽起来，使劲拉着，跟跟跄跄就往黑耀宗住的重症监护室那边走去。白玉兰示意翠嫂留下来照顾于平，她快速跟着黑子他们也往重症监护室跑去。她真担心黑子情绪失控做出什么出格的事来。

　　一帮人来到黑耀宗住的重症监护室，黑子一把将张玉柱掼在地上。

　　"你们给我说、给我叫、给我哭！看能不能让我爸醒来，能不能让我爸站起来！"说完，他自己咄的一声靠墙蹲在地上，双手紧紧抱着头，伤心地呜咽起来。

　　张玉柱不住发抖。他的家人，包括那个小女孩丫丫，看着重症监护室里，黑耀宗身上挂满瓶子，插满管子，躺在那里一动不动，谁也不敢再出声……

第十七章

1

范卫华早上直接去车站接妈妈，动车十点多到站。范卫华已经租好了一套拎包入住的两居室房子。他已从单身宿舍搬过去了，要陪妈妈一起住。

自从那天一起撸串后，他和田薇薇就再也没有单独相处过了。他约了田薇薇几次，她总是以各种理由拒绝。他也趁田薇薇办公室没其他人时进去，想多说说话，亲热亲热，希望能够和好如初。田薇薇可能早早就能分辨出他的脚步声，总是和他在门口擦肩而过，或者他还未进门，田薇薇就先走出门去，哪里人多她就去哪里，要么就是去上卫生间。范卫华不傻，他确定田薇薇是有意疏远自己。范卫华没办法，不得不让田薇薇给他个明确答复。就问田薇薇，最近对他爱理不理的到底怎么回事？什么意思？田薇薇刚开始一直不回复，范卫华问得急了，她回复说：我们不合适，还是分手吧！

范卫华就再也没问她为什么，很潇洒地回复了两个字：好吧。后面还带了个微笑的表情，连感叹号都没用，表示自己很平静。随即，他很高调地跟孙雄扬说："孙哥！田薇薇已弃我而去，以后说话注意点，别再把我俩往一起胡拉扯。可能的话，给其他人也广而告之一下。谢谢！"说完，拿起自己的东西就提前下班走人了。当天晚上，范卫华和几个朋友先去 K 歌，他及时在微信朋友圈里发了 K 歌的图片和视频。最后，几个帅哥靓妹又一起去撸串，他又在微信朋友圈发了图片和视频。喝酒到半夜，实在困倦得不行了，一帮人才吆五喝六地撤回了各自住处。

2

骆金枝对租的房子很满意。她打发范卫华出去买油买面买米买菜买肉买蛋，说要给儿子好好改善一下生活。她还让范卫华赶紧联系田薇薇，晚上来家里吃饭。范卫华一听，心情瞬间崩溃，坐在沙发上半天不动。

"咋的啦？远得很，还是没钱啊？"骆金枝问。

"妈！您要是肚子饿了，我就先给您叫个外卖。您歇好后，我再带您去吃地方特色风味小吃，咱先不急着做饭。"

"也行！那你把薇薇叫上一起去吃，让妈赶紧先见见！"骆金枝一提起田薇薇，心里不由得欢喜不已。

"不叫了，我们去就行了！"范卫华说话时头偏向一边，没敢看妈妈的眼睛。

"那怎么行？妈来了，就一定要叫上先见见面嘛，难道还让人家说妈不愿意见她吗？"

范卫华真不知道该怎么回答。

"咦？你这孩子！怎么啦？"骆金枝坐到儿子身边，把他的头疼爱地抚摸了一下，关切地问。

"妈！我们分手了……"

"啊？"骆金枝愣了一下，大睁着眼睛，望着范卫华，好像没听懂似的。

"我们真分手了，是人家田薇薇要分的。"范卫华重复了一遍，怕妈妈认为他胡闹。

"人家没说是为啥啊？"

"人家只说我们不合适！"

骆金枝想了一会儿，站起身，大声地对范卫华说："走！儿子！和妈妈一起先去买东西，然后再带妈妈去吃小吃。哦，对了，最近这里有车展没？妈妈再陪你一起去看车展，瞅合适的，先给你把车买了！"

"啊？妈！"范卫华像是不相信自己的耳朵，惊讶地看着妈妈，露出诧异的神情。

"傻儿子！发什么愣？你没时间吗？没时间那就改天再说。"

"我今天请假了……"范卫华这才相信妈妈是认真的，惊喜得心怦怦乱跳。真是幸福来得太突然啊！

3

鲁明和艾静订婚之后，按计划选了个经典路线去东半球旅游了一圈，然后回到了北京。

刚下飞机，鲁明手机就响个不停。艾静提醒鲁明接电话，他摇头说不接，等出去坐车里腾出手来再说。

一上车，鲁明就将手机掏出来，告诉艾静："陶夭夭的电话！"

"回过去，看有什么重要事。"

"她能有什么重要事？"鲁明笑着回拨给陶夭夭。

"喂！忙啥大事呢？电话都顾不上接？"手机铃声一响陶夭夭就接通了。

"在机场呢，手里拎的大包小包的，顾不上。大厅里面人多嘈杂，乱哄哄的，也听不清。"鲁明赶忙解释。

"哦，旅行回来啦？"陶夭夭问。

"回来了！"

"逛美了？幸福的！一路撒狗粮还要把人羡慕死！"

"撒啥狗粮啊？没有啊！"鲁明不解。

"你没有，有人有啊！"

鲁明在电话这头都能想出来陶夭夭说话时那种风情万种的样子。他瞅了一眼艾静，想起来艾静和陶夭夭也是微信好友，就笑笑说："你们女的可不都爱晒吗？"言下之意你陶夭夭不也一样吗？放个屁全世界都能知道。买件衣服要晒，买双鞋子要晒，买个包包要晒，吃顿好吃的要晒，煮碗方便面也要晒。就说吹个男朋友吧，那更是不得了。似乎地球要毁灭，人类要灭绝，男人都必须下十八层地狱，鞭笞一通脱胎换骨洗心革面才能重回人间。鲁明想起前一段时间陶夭夭在朋友圈里发的那些个信息，心里暗暗好笑。

"可真是甜心哪！护住都不敢让人说一下？不错不错！"陶夭夭打心眼里羡慕嫉妒了，对比之下勾起了她的伤心事，不想再说下去，赶忙转入了正题，"鲁明，我给你打电话是想问你，最近跟黑子、玉兰他们有联系吗？"

"我最近在外面，还真没有联系。"鲁明如实回答。

"黑子家出事了！"陶夭夭说话声音压得低低的。

"是他姥姥骨折的事吗？"

"不是！"

"啊？又出啥事了？"鲁明不由得惊讶。和他挨着坐在后座的艾静听见他问，也好奇地看了他一眼，身子靠过来，拽着鲁明，让把手机拿到挨着她的这侧耳朵接听，她挤到跟前也听陶夭夭说话。

"黑子爸出车祸了！"陶夭夭沮丧地说。

"啊？他爸出车祸了？！"鲁明真给惊着了。

"是啊！你说他倒霉不倒霉？"陶夭夭语气里尽是同情。

"不严重吧？"鲁明担忧地问。

"听玉兰说还没苏醒呢！这么长时间了，我看八成成植物人了！"陶夭夭话刚出口，就急急"呸呸呸"三声后说，"我胡说呢，胡说呢，应该不会的！"

"唉！这可咋整呢？真是麻烦！"鲁明说话直叹气。

"还有更麻烦的事呢！"

"还有啥事啊？你一次说完好不好？"鲁明心情志忑得都快受不了了。

"我听玉兰说，黑子妈妈受打击太大，身体虚弱到她看着都害怕，好像……唉！不说了，反正不好！"

"唉……"鲁明心情更加难受了。

"对了！我就是想问你，五一放假回去不？"陶夭夭把最重要的话差点忘了。

"应该回吧！"鲁明原打算不回的，但一听说黑子家这情况，有点改变主意了，但说得不确定。

这时，坐在鲁明身边的艾静着急地喊着给陶夭夭说："夭夭姐！回！一定回！"

鲁明本不打算回雍市的，订婚时爸妈都来过了。最近外出转了一圈，特别累。本想在五一假期好好休息几天，但现在看来得改变计划了。

第十八章

1

的确，这是一个多变的、日新月异的、五彩缤纷的时代。每一个生活在这个时代的人，如陀螺一般在自己的圈里，日复一日，旋转、再旋转。在现实的圈里，躁动着一个个不安的身影；在虚拟的圈里，刷着一次次骚动的存在。我在，我刷，我爽，我不爽……

黑子像一头负重前行的驴，疲惫不堪却无法停歇，在医院里楼上楼下奔波，在三个老人的病床前轮换着照顾守护。忧愁焦虑笼罩着他，他很不爽。白玉兰在单位、医院、家中，三点一线忙碌穿梭，面对一张张没有生气的脸庞，前途迷茫，她也不爽。鲁明在得力下属、漂亮未婚妻、给力父母和岳父母的支持下，事业家庭一帆风顺，他低调奢华地爽。艾静无忧无虑，家庭工作万事顺意，尽享人生甘甜，她开心张扬地爽。范卫华、田薇薇，大把青春年华任意挥霍，恣肆洒脱，尽情展现青春这个珍稀奢侈品，想怎么爽就怎么爽，别人看着不爽也无妨。陶天天、郝雅娜、孙雄扬、赵年们，在物欲横流与现实生活的无常无奈中，长袖善舞或蛰伏隐忍，演技日益精进，只待一朝成为实力派戏精，他们时爽时不爽。

这个让人爱恨交织、欲罢不能的时代，夹杂着五洲风声、四海轰鸣，喧嚣着飞速向前，裹风挟石滚滚而下。你爱与不爱，你愿与不愿，你爽与不爽，渐次都会缥缈成一缕云烟，幻化成一声嘶鸣，燃烧成一炷火焰，呢喃成一声耳语，悄然成一绺白发，一分一秒从你身边轻轻滑过。

转眼，就到了五月。

黑子把爸妈二十万多的存款全取了出来。妈妈歉意地对他说："这钱本来是准备给你结婚用的，可现在救治你爸爸要紧……"

　　于平告诉黑子，黑耀宗多年前跟风炒股，他自己的大部分收入，都投到股市里面去了。至于赚没赚到钱，她不清楚，反正从没往她手上交过钱。

　　黑耀宗在ICU住的时间不短，花费大得让黑子害怕。出了ICU，才稍微好点。但就这，取出的那些钱，也根本经不住花。于平知道黑子手上的钱紧张，要求医生给她停用那种效果较好但花费很贵的进口药。黑子坚决不同意，只好又求助舅舅。黑子还依法起诉了张玉柱，要求赔偿。他辞了照顾爸爸的护工，让张玉柱家出人照顾。

　　眼瞅着卡上的钱几天就没了，黑子心力交瘁，肝火旺盛，嘴唇、喉咙的燎泡一茬一茬此消彼长……

　　他看了陶夭夭和艾静的朋友圈，知道他们放假就回来了。想到过年时他还无忧无虑地和大家在一起聚餐、唱歌、玩闹，短短几个月时间，就狼狈成了这个样子，他心里五味杂陈。

　　那天，白玉兰陪他一起去找他爸妈的存折，依偎在他肩头，嘴唇在他耳边轻轻摩挲，柔软的身体紧紧靠在他身上。要放在以前，他早都将她抱在怀里裹入身下了。可看着爸妈一点一点积攒起来的那些血汗钱，他身体虚空得一点力气都没有。他都没敢和白玉兰多说话，就快速离家回到了医院。

　　而最让他生气的是张玉柱那家人，拿来四万元后就再也没有给过一分钱。老头子还算守信，在黑子要求看护后，每天都到医院来守着。可那个张玉柱，每次来时，家中老老少少都要拥着他一起来，好像他有多大威风一样。黑子一看见他，血就往头上涌，但看着他那瘦小可怜样，又觉得打他一顿都让自己掉价。黑子把医院花费给他们看，老头子刚开始唯唯诺诺应承："我想办法，我想办法。"后来却变成了："再缓缓，再缓缓！"再后来就变成了很无奈的推托："只有卖房了！可这房子实在不能卖啊！卖房子媳妇就要离婚，那日子可真就没法过了啊！"

"你日子没法过了？我的日子早都被害得过不下去了！再这样下去，我工作也要丢了！对象也要吹了！"黑子想都没想，乱吼了一通。他心里颤了一下，身子一阵发冷。他不知道自己怎么会说出这样的话……

2

五月一日傍晚，鲁明、艾静、陶夭夭结伴来到医院。黑子正给姥姥按摩伤腿，白玉兰用小勺子一点一点刮苹果泥，再一小勺一小勺哄着老太太吃。老太太像小孩子一样，开心地边吃边笑，还不住催白玉兰也吃。白玉兰大张开嘴，侧过身去装着吃了一大口，然后再转过身来，继续哄着老太太吃。

看见三人提着大包小包礼品进来，黑子和白玉兰站起身，微笑着招呼："回来啦？""你们来啦！"黑子姥姥露出孩童般的欢喜，不住地夸陶夭夭和艾静长得好看。

三人去看望黑子妈妈。她一直微笑着，声音低低地说话，支撑时间长到让黑子感到惊讶。她好久没有这样好的精气神了。

到黑子爸病房时，三人都屏住呼吸，压抑到快要窒息。谁也没说一句话，也不敢看黑子，无法直视他那张已经显出沧桑的脸。

三人离开时，黑子打发白玉兰送一下，叮嘱白玉兰一定要请他们一起坐坐吃个饭。白玉兰要求留下来看护，让黑子出去透透气。黑子笑着把白玉兰的包包拿来挂在她肩上，将她拥着出门，一直送四人到电梯口。一向活泼的陶夭夭和直率的艾静都异常安静，谁也没有大声说过话。本来就沉静的鲁明，更加沉静。

在电梯合上的那一瞬，黑子迅即转身离开。他将头深深埋下去，低头弯腰坐在走廊的长椅上。

护士英子去给一个病人换药，看到黑子在楼道里低头捂脸坐着。换完药出来，看他还那样动也不动，忍不住停下来侧着头看。

黑子从照顾姥姥时就经常在医院待着，和英子很熟。姥姥住院那会儿，开朗幽默的黑子还整天爱跟英子闲逗玩笑。

英子对黑子一向以"哎"称呼。她觉得人家毕竟大自己近七岁，直呼其名似乎不太礼貌。但称呼一声"黑哥"，她又觉得自己是医护人员，似乎也不很合适。

"哎！哎！睡着啦？"英子发现黑子一点反应也没有，忍不住轻轻喊他。

"哦……没事，休息一会儿。"黑子人没动，小声回答。他早知道英子站在自己跟前，英子的脚步声他已经很熟悉了。

"困了就回病房去休息！我多转着看看，给你操心着！"英子以为黑子瞌睡了。

"谢了！不用！"黑子忽地站起来，看都没看英子一眼，径自向爸爸的病房走去。

3

"令氏家外家"艾静上次来过一回，饭菜味道一直让她难以忘怀。在北京时，她就常常念叨。前段时间，鲁明爸妈在他们办订婚仪式去北京时，各种小吃给带了一大堆。可艾静还想吃那一口，四人就直奔了去。

他们围坐在一张靠窗的小长方桌旁，一人点了两样。不一会儿，小吃小菜就上满了桌。白玉兰问想喝点什么，三个人都摇头说不要。

陶夭夭吃了几口饭菜，长长叹了口气，噘起嘴没精打采地说："没有黑哥，饭一点也没味道！"

"唉，是呀！"艾静也直叹气。

鲁明沉默了一会儿，问白玉兰："北京医疗条件相对更好一点，要不要联系转北京去治疗？"

"转去咋管啊？"白玉兰反问。

是啊，这是个问题。几个人谁也不再说话。停了一会儿，鲁明像是自言自语："也不知道黑子有什么打算。"

"他能有什么打算？按理说他妈妈这病，应该到原来做手术的省医院去治疗。可他妈妈去那边了，这边的两个病人谁来照顾呢？"这些情况白玉兰太清楚了。黑子妈妈急需转到省医院去治疗的事，黑子已经叨咕了好多次，但他妈妈死活不愿意去。一是不愿意离开亲人，二是她知道不现实，黑子没办法应付。

"唉！还真没办法。咱们这独生子女啊，还真不敢遇上事，遇上事就麻烦了。"陶夭夭以前所未有的严肃口气说道。

四个人情绪低落，半天了，桌子上的饭菜也没吃下去多少。

"钱……医疗费应该没问题吧？"沉默了一会儿，鲁明又问道。

"黑子没给我说过……"白玉兰顿了一下低声说，"我也没敢轻易问。"

"哦……"鲁明应了一声。

"黑子舅舅在国外，人一直没回来，好像给黑子打过几次钱。"白玉兰停了一下，接着说，"黑子还和我一起去把他爸妈存折里的钱都取了出来，不到三十万。"

艾静、陶夭夭相互对望了一眼，鲁明若有所思。

4

鲁明和艾静回到家已经很晚了。

鲁明爸妈一眼就看出俩人情绪不好，艾静不像前几次见到时那么开心活泼，儿子像有心事一样闷闷不乐。老两口以为俩孩子闹别扭呢，忐忑不安，睡下之前嘀咕了好长时间。

早上起来，鲁明妈精心做好了一桌饭菜。吃饭的时候，老两口就格外小心翼翼，招呼着艾静吃饭，还借机指教鲁明，要多照顾着点艾静，暗暗观察两人的情绪反应。结果，发现鲁明不仅不劝，反而开玩笑制止艾静："你们看她像饿狼一样吃得那么香，还用我照顾啊？吃慢点，没人跟你抢！"

　　艾静边吃边说："我真饿了！昨晚心塞的，都没吃啥！"

　　鲁明爸妈知道俩孩子没闹矛盾，才放下心来。听到艾静的话，知道另有缘故，鲁明妈就问："昨晚咋的啦？没吃好？"

　　"唉！别提了，到现在心里都不舒畅！"艾静快人快语，边吃边说。

　　她越是不说，鲁明爸妈越是着急。鲁明爸不好催问，拿眼睛看鲁明。鲁明没办法，闷闷地说："我们本来五一假期不准备回来了，可是黑子家发生了几件大事，就回来了。陶夭夭也回来了。"

　　"黑子？就是上学时跟你打架、上次你醉宿人家家里的那个同学？"鲁明妈想了一下问。

　　鲁明"嗯"了一声。

　　"到底出啥大事了？"鲁明爸终于开了腔。

　　鲁明便将黑子家的遭遇一五一十地告诉了父母。

　　"还真是祸不单行啊！可真愁死人了！"鲁明妈直咋舌。

　　"唉！现在这车简直是太多了，都成祸害了！开车可得操心呢，一不留神就会出事。"鲁明爸说话的时候，瞥了一眼鲁明，也瞥了一眼艾静，提醒他们要注意安全。

　　"嗯嗯！"艾静大睁着眼睛，望着鲁明爸点头答应。

　　鲁明妈想起儿子每天开车挺远去上班，眉头拧着，担心地说："嗨！你再注意，经不住别人撞你啊！想想都害怕，操心的。"顿了一下，她突发奇想似的提议："哎！我说老鲁啊！这俩孩子结婚，干脆别在鲁明现在这房子住了，在离他们公司近的地方，另外买上一套房子算了。他们上班溜溜达达走着就去了，既方便上班，也免得咱们操心！"

"你别说，如果有合适的房子，这最好不过了！"鲁明爸点头赞同。

"叔叔阿姨，我家在那附近就有一套房子，当时就是考虑我爸工作方便才买的。可我爸在现在的房子住惯了，一直不愿意在那边住，房子就租出去了。我们要想在那边住的话，收回来重新装修一下就行！"

"啊？是吗？"鲁明妈喜出望外。

"嗯，是的！"艾静使劲点头。

"咦，那怎么行？我们老鲁家娶媳妇呢，必须我们买房子嘛！"鲁明爸白了鲁明妈一眼，对她的表现不满。

"是啊是啊！再买一套房子，咱们以后过去也就有地方住了，带孙子也方便。"鲁明妈说着话，就像看见孙子已经环绕膝头似的，脸上乐开了花。

"反正在北京得再买一套房子，现在正好。买了一装修，给他们当新房，多好！"鲁明爸为他的意见很快得到鲁明妈的响应支持，一脸得意。他看鲁明只顾专心吃饭，没有任何表示，就直接给鲁明发话："阿明，你这次回去以后，就和艾静抓紧在公司附近转着看看，有中意的房子，就尽快定下来！"

"哦，好！"鲁明还是一贯地波澜不惊，望了爸爸一眼，答应了。

5

鲁明、艾静和陶夭夭回雍市待了三天就得走了。陶夭夭给白玉兰打电话，约好了几个人在医院见面的地方。陶夭夭到时，白玉兰已经去病房了。陶夭夭将两万元递给了鲁明，鲁明从他背的包里拿出了一个纸袋子，将陶夭夭的两万元装到里面，和其他钱放在了一起，又重新装进了他背的包里。

陶夭夭和艾静比前天来医院时精神放松许多。两个长得又美嘴巴又甜的女孩子让黑子姥姥喜爱得不行，拉着这个手摸摸，拉着那个手摸摸，不住地夸："漂亮！真漂亮！"

三人到黑子妈妈病房时，黑子和白玉兰都在那里。黑子见到他们直埋怨，说看过了就行了，只回来几天，应该在家好好待着，多陪陪家人。

黑子妈妈却明显不如前天那么精神，连说话的力气都没有了。陶夭夭他们就不忍多说话、多打扰。

三人没有再去黑子爸爸病房看望。黑子打发白玉兰送行，他们坚决不让，匆匆下楼离开了医院。

于平似乎很累，打发黑子和白玉兰去陪护姥姥，说她想静静睡一觉。黑子给妈妈的水杯里添满热水，轻轻放在床头柜上，又将病房的窗帘拉合起来，让光线暗下来。看着妈妈眼睛闭着，似乎已经睡着，他才和白玉兰轻轻拉上房门，去了姥姥病房。

其实于平并没有睡着。最近越来越严重的疼痛不适，让她根本无法安然入睡。儿子在跟前，她以超乎常人的耐受力隐忍着，痛得眼泪在眼睛里打转转，也不能当着儿子的面流出来。夜晚，她经常以眼睛刺痛为由，让儿子早早关上灯。疼起来了，她将头蒙在被窝里，将整个身体蜷缩起来，用牙齿紧紧咬着被头，忍住呻吟。她经常痛得大汗淋漓、浑身抽搐。

听见黑子和白玉兰离开了病房，她将身上的被子用脚掀到一边，爬起来从床头柜的抽屉里翻出几粒药吞了下去。满身是汗的身体蜷缩在一起，瘦小干瘪得就像一截枯木。她在床上一会儿翻过来，一会儿翻过去，试图通过变换姿势减轻疼痛。过了一会儿，她终于慢慢静了下来，昏睡了过去。鲁明悄悄塞在她被窝里的那个纸袋子，在她的脚底不远处露了出来。

黑子回到妈妈病房，一看见那个纸袋子就明白，肯定是鲁明他们悄悄留下的。他望了白玉兰一眼，白玉兰慌忙将目光移开。她不想让黑子知道，她给鲁明他们说了什么。

黑子背对着妈妈，坐在自己睡觉的那个小床上，将纸袋里面的钱数了一下，一万元一捆，一共十捆。

"鲁明、夭夭他们给的现金，就是不想让我知道到底是谁给的钱，每人给了多少。你帮我问清楚，我随后给人家写借条。"黑子说话时不但不看白玉兰，还下意识把头拧过去，转向了另外一边，声音轻飘飘的，没有底气。

"好。"白玉兰知道黑子的心情，知道他在有意掩饰自己的不堪。所以什么也没问，什么也没说，只轻声答应。

外面天气阴沉，病房里窗帘又拉得严严实实，整个病房显得异常昏暗。黑子久久坐在那里，像个木偶一样一动不动。白玉兰坐在他身边，也非常郁闷，只得掏出手机，低头默默乱翻。现在的黑子，变得让她感到陌生。白玉兰不知道，从什么时候起，她在黑子跟前也变得小心翼翼，连自己的言行、神态都要时刻注意。她感到好疲惫、好累……

第十九章

I

范卫华没想到事情突然发生了惊天逆转。

骆金枝在听了范卫华与田薇薇分手前的一些细节后，就明白了他们分手的原因。她安慰儿子："没啥事，这很正常。"并交代儿子在单位和田薇薇要处理好关系，别像仇人似的。还说每个女人从小都在心里藏着一个梦，就是梦想自己能够成为有幸穿上水晶鞋的那个女人。人家田薇薇妙龄美女一个，为啥不那么想呢？人家绝对有可能把美梦变为现实啊！末了，她还带点揶揄的口气跟儿子开玩笑："你想想，人家的梦想万一实现了呢？"

骆金枝为劝解儿子，破天荒地现身说法，给儿子讲了她和范卫华爸爸的爱情故事。范卫华知道了妈妈年轻时就好比现在的田薇薇，硬与从小一起长大、从小学到高中都是同学的恋人分了手，嫁给了当时从部队转业到海城当建筑工人吃商品粮的父亲。他父亲至死也就是个普通的建筑工人，混得最好时也不过就是从公司项目部承包一些业务，自己组织人干，挣点小钱。而和她同村的初恋，后来却成了远近闻名的成功人士，名下好几个产业都经营得红红火火，在当地跺一下脚，地上都要抖三抖。

骆金枝翻来覆去给儿子讲她那些陈年旧事，范卫华都快倒背如流了。她说来说去无非就是：婚姻是命、是缘分，要认命！她以几十年后对自己婚姻的反思，对当年各种巧合的反复推敲，来佐证自己结论的无比正确："你说，你那个死爹，为什么偏偏会转业到我们那个地方来工作呢？不早不晚，为什么偏偏在那个时候我就认识了你那个死爹呢？我为啥鬼迷心窍，拼死拼活非要跟了他呢？怎么会鬼使神差一样，非要把攥在手里的金龟婿给扔了呢？"然后，连连叹气，不断对自己进行灵魂拷问。

刚开始，骆金枝说时范卫华还听。后来，她说她的，范卫华忙自己的。因为他发现，妈妈其实并不完全是说给他听，而是自说自话，絮叨回忆罢了。每每这时，范卫华就会从心里蹦出这么一句："几十年后，让她田薇薇也慢慢后悔去吧！"

其实，事情发生逆转，全源于骆金枝与自己八十多岁老父母的离别。

骆金枝为了儿子，迫不得已卖了海城的房子，决定到雍市定居。老父母坚决不同意与爱女别离，与两个儿子商量后，决定将他们老两口名下的这套拆迁房遗赠给女儿，条件是骆金枝要一直陪伴照顾他们，直至他们离世。所以，现在骆金枝只需在雍市给范卫华买一套房子就好。她手上的钱宽裕了，给范卫华买车、买房、订婚结婚，就不存在任何问题了。从长远来说，范卫华不但在雍市有了房产，在海城也有了房产。

范卫华对自己喜欢的车早都研究透了，很快在正在举办的一个车展上预订了一款他喜欢的城市越野。车子这周日就能提到，范卫华一想起来就开心。他都想好了，以后，他就把他那高大气派的越野车，开到田薇薇那辆小型车跟前，让她那"小不点儿"显得更小气。他在心里暗暗跟田薇薇较劲儿：看你还嫌贫爱富，等我这边房子买好了，我非得找一个比你更漂亮、各方面条件都比你好的对象，让你狗眼看人低！

2

就雍城河污染事件，环保局在紧锣密鼓地进行调查。环保局景科长和赵年带着两名专业检测人员，来到雍城河污染区域最近的河滩。秦雍集团的白副总，带着集团生产安全环保部姜主任和几个相关人员已经在现场守候。污染区上游的一些民企老板也三三两两站在那里，一共围拢着二十多个人。

秦雍集团对自己单位可能造成污染的工序进行了全面检测自查，确信自己单位没有任何向雍城河排污的可能性。为了给自己单位彻底洗清嫌疑，也为了取证，留下第一手资料和证据，白仰光以宣传报道为由，安排姜主任专门请集团电视台跟随摄像。

葛台长安排白玉兰和范卫华前往。白玉兰很高兴，她觉得和范卫华搭档，比和孙雄扬配合好多了，工作起来轻松了许多。范卫华在拍摄之前，就将远景近景，以及要反映突出的重点都框选好，直接指定白玉兰站位摄录。几次合作下来，白玉兰就对范卫华刮目相看。

白仰光一到现场，一眼就看出了问题。但他没有声张，因为他还不能确定判断得到底准不准。

景科长和赵年一边仔细观察污染区情况，一边进行交流。两个检测人员，分别从水色明显发蓝的地方和上游区域，拿提前准备好的干净瓶子取了水，以便拿回去检测化验。

景科长若有所思，问旁边的那些人："你们都自查了没有？"

"查了，没啥问题啊！"那些民企老板纷纷表白。

景科长头拧向白仰光，专门问他："你们呢？"

"我们进行了全面系统的检查，可以确定，没有任何问题！"白仰光回答得非常自信，姜主任在旁边也点头附和。

"哦……"景科长一手扶着下巴，看着污染区域轻轻点头，似有所悟。

景科长把赵年叫到一边，两人小声嘀咕了一会儿，又回到人群，大声说："是这样！你们现在先回各自单位，我们分两组分头去你们上游的这几家企业实地检查。检查完后，大家再回这里做现场分析和判断。"

因为分成了两组，孙雄扬和田薇薇组合很快也被派了过来，他俩跟着赵年带队的那一组人员拍摄。白玉兰和范卫华跟着到秦雍集团这一队人马。

在秦雍集团检查完后，景科长和白仰光边走边议论，两人谈到自己观察发现的问题，竟然看法一致。景科长马上给赵年打电话，了解了他们那一组的检查情况。随即，他安排让找到两个蛙人，以最快速度赶往雍城河污染区域。

过了两个多小时，原来那些人陆陆续续又回到了原地。这时候，两个蛙人也到了现场。两人和景科长交谈了一会儿之后，就涉水慢慢试探着往水色较深的地方走去。到了他们认定的位置后，两个人弯腰在河水里面摸索。他们边摸索边移动。忽然，在他们走近的一片水域，水色瞬间变得更蓝了起来。景科长马上朝他们大声喊："就是那里！仔细找！"两人身子向下探得更低，水几乎漫过了他们肩头。他们在水里面慢慢地摸索，河岸上的人个个屏声静气，紧张地看着他们。过了一会儿，两个蛙人似乎有所发现，交流了几句，然后一起使劲，从水里提起了一个貌似很重的东西。他们拽着那个东西慢慢往岸上走来。景科长高兴地喊："找到了！找到了！"

白仰光也开心地笑了，说："还真有东西啊！"

岸上的人都兴奋起来，喧哗声一片。

白玉兰和范卫华紧张地拍摄。白玉兰手指着河水里面的那两个人，激动地说："看来这两位师傅没有白辛苦，他们是满载而归啊！他们带给我们的将会是什么呢？大家拭目以待！"白玉兰手势引导后，范卫华的镜头就紧紧锁定了那两个蛙人，直到他们将手中拖的那个庞然大物放在了景科长面前。

只见一个腐蚀得已经有了星星点点漏洞的大圆桶，里面浸满了水，腐蚀的漏洞里面，不停地往外溢流蓝色的液体。也有一些颗粒较小的宝石蓝色的东西，从桶里往出渗漏。

"没错，是硫酸铜！硫酸铜在水中溶化，变成了河面看到的局部污染的蓝颜色。"姜主任大声说。

随即，有人也跟着大声说："就是的！是硫酸铜！"

"谁家这么差劲！敢把这东西往河里扔？"

"太差劲了！简直是太差劲了！"有人叫骂，有人吵嚷，现场顿时喧哗起来。

景科长和赵年仔细查看那个大桶，桶上没有任何标记证明是谁家的，也没有任何标注证明是什么时候投放到河里的，俩人表情都极其凝重。

3

没过多久，雍城河污染事件了结，环保局组织召开雍城河防污现场会。

会场上，四个大红气球飘在空中，悬挂在大气球上的竖条红色标语夺人眼球。左侧两条标语分别写着"绿水青山就是金山银山""加强环境治理 建设美丽家园"。右侧两条标语分别写着"保护环境 人人有责""保护雍城河 严防水污染"。中间临时搭建的两个金属架杆上，悬挂着红色横幅会标"雍市雍城河防治污染现场会"。中间摆着一张简易桌子，旁边放着上次打捞上来装着硫酸铜的大桶。

景科长主持今天的会议。为了开好这个现场会，他们最近一直在做准备。早上科室人员倾巢出动，赵年、陈一凡、郝雅娜全来了。

参加现场会的是雍城河附近的几十家企业单位代表，他们随意分散站在简易主席台下面的河滩上。白仰光、姜主任也站在会场人群中间。

雍市的各大媒体都有人员来采访报道。白玉兰和范卫华继续被葛台长安排到了现场。他俩精心策划了一番，做了个现场播报提纲概要。一段时间的工作配合，范卫华被白玉兰的文笔和语言组织能力所折服，他现在对白玉兰说崇拜都不为过。每次看着白玉兰站在他的摄像镜头里，激情飞扬，文思泉涌，语言流畅，范卫华倾慕的眼神里火花四射。

郝雅娜发现白玉兰也在现场，马上跑过来打招呼。她询问了黑子在医院的情况，还特别叮咛："千万不要让黑子回来上班，现在太忙了，事情太多了，回来再想请假就不容易了！"

白玉兰笑笑，无奈地说："他倒是想回呢，可实在是回不去啊！三个病人都还在医院躺着呢！"

赵年远远瞅见郝雅娜走了，才溜到白玉兰跟前，说："你也瘦了！"

白玉兰一听就明白，赵年肯定又去医院看过黑子了。

赵年没多问啥，简单聊了几句就告辞了。走出几步远，又转过头来笑笑说："让黑子有事就打电话！"

白玉兰点点头。她觉得赵年这性格神态，还真和鲁明有点像，不由得望着他远去的背影看了半天。

会前十分钟，环保局一名要代表官方讲话的副局长来到了现场。景科长、赵年他们马上进入了最后的紧张准备时段，仔细检查会议音响设施，清点到会人员情况。

范卫华和白玉兰早已做好了准备。在正对着主席台不远处，将摄像机固定在三脚架上，将镜头定格在主席台上。白玉兰又将话筒夹在架子上放好，他们要全程实况摄录。范卫华从外套兜里掏出一块巧克力递给白玉兰："吃一块，缓解一下紧张情绪！"

白玉兰接过来，说："有啥好紧张的？又不是做现场直播。"她掰开一半塞进嘴里，另外一半连包装纸一起，重新递给了范卫华："给，你吃一半！"

范卫华盯着白玉兰笑说："怕发胖？你最近可瘦多了！"

白玉兰摇头："不是。"看了眼范卫华，开玩笑说："姐怎么能忍心吃独食呢？"

"玉兰姐人真好！"范卫华说话带着几分羞涩。

白玉兰看到他像个小丫头似的还会害羞，觉得特别好玩，"咯咯咯"笑了起来。她忽然意识到，自己好久都没有这么开心地笑过了。

景科长走到副局长跟前，请示了一下是不是可以开会了。那个副局长严肃地点了点头，景科长就走到了主席台桌子后面，声音洪亮地宣布会议开始。然后，他就从召开这个现场会有什么重大意义，慷慨激昂地讲了起来。说到污染物的来源时，他讲得绘声绘色，会场人都听得入了迷。原来，那个装满硫酸铜的大桶，是已经搬迁到外地的一个单位，曾经放置在一个库房待处理的残留物。搬迁阶段有个库房失窃过，丢了一批物料，其中就包括这桶硫酸铜。环保局同志费尽千辛万苦，多方查找，从当地派出所翻查失窃物品登记，才查找了出来。至于这桶硫酸铜怎么会丢到雍城河里，景科长说："也许是偷东西的人，发现无法处理也无处可藏，就丢弃到河里了。但也不确定。不过这些，都已经不重要了！重要的是，以后，我们绝不允许任何人、任何单位，随意将危废物品投放到雍城河里！绝不允许污染我们的河流、污损我们的山川、损害我们环境的行为发生！"

景科长话音一落，台下就响起了热烈的掌声。

白玉兰刚才听景科长讲话时悄悄对范卫华说："这简直就像是一部悬疑小说嘛！"

范卫华也凑到白玉兰耳边悄悄说："玉兰姐，你真的可以用这个题材写一部悬疑小说！"

"唉！我哪有那时间、那心思啊？把人一天忙的……"白玉兰说着，情绪莫名低落下来。她从兜里掏出手机看了眼时间，想起下班去医院时，一定要记得给黑子带去个小本子和几支笔芯。黑子说他最近在本子上要记的事情太多，把随身带的一个小本子都写满了……

第二十章

1

黑耀宗病情没有任何好转迹象，医生判断成为植物人的可能性在百分之八十以上。黑子心如刀绞，还必须瞒着妈妈、姥姥。

于平每隔一天，就要黑子搀扶着她到黑耀宗病房去看一下。每看一回，回来精神头就要差一截子。

黑子姥姥每过几天，也会让黑子推她过去看望。每次去，老太太都是老泪纵横。她不断自责，还常常絮叨回忆：有多少个深更半夜，她不顾天黑路远，跟着夜晚登门求助接生的家属，几十里地赶去为待产孕妇助产；有多少个雨雪天，她不怕雨淋雪滑，去孕妇家里救下母婴生命；有多少次，产妇家中给不起接生费，她都不会计较，产妇家属抓活鸡送鸡蛋给粮食表达谢意，她都尽可能婉言谢绝，让留下给产妇补充营养……还有一次，她和黑子爸妈带黑子到山里游玩，遇到了一位难产的孕妇，她不顾风险出手相救……

老太太说的一件件事，仿佛就在眼前发生一样，翠嫂经常听得泪水涟涟，既紧张又感动。翠嫂不由得感叹苍天无眼，命运不公。这么善良、这么好的人，怎么会是这样的命运？年轻时丧夫丢工作，老了又要眼看着亲人遭灾遇难……

翠嫂想方设法宽慰老太太："老姨啊！您救了多少大人和小孩的命啊，那可都是积大德行大善的事呢！老天都能看见的，都在功德簿上给您记着呢！您老千万别自责了，黑子爸这事啊，跟您半点关系都没有，是天灾人祸，谁也预料不到的！"

2

法院判决后，张玉柱家又拿了两万元。

前几天，张玉柱妈叫张玉柱爸回老家去，说家里有急事。黑子说："你回去可以，打电话叫张玉柱来陪护！"

那天傍晚，张玉柱和老婆、孩子一起来到医院。好不容易见上面，黑子就催张玉柱赶紧凑钱赔付医药费。张玉柱战战兢兢、嗫嗫嚅嚅，答应说想办法一定赔，卖房子也会赔。张玉柱老婆一听就哇哇哭叫："敢卖房子，马上离婚！房子是我和女儿的，你滚出去！滚出去了就永远别想进门！"吓得张玉柱两股战战，心慌腿软，扯着媳妇就走了。

谁知他们还真是黄鹤一去不复返，到现在，钱没见再拿过来一分，人也不见再回来一个。张玉柱爸接到黑子电话，就说家里忙得实在脱不开身，农活讲究个季节，不敢误了农时。应承说，果子务好了，卖了钱，他一定赔。黑子气得肝疼，但也没有办法，想想也是那么个理儿，只好作罢。有时候他实在忙得不可开交了，就又想叫那个张玉柱来帮忙陪护。可转念一想，看见他还不够让人生气的，就硬是自己折腾着忙了。人忙倒不要紧，他年轻，身体扛造。关键是现在手头实在是太紧了，又等钱用，这让他焦虑得不得了。

3

白玉兰每天也忙得要命。尤其是早上起来，简直就像打仗一样。

这天早上刚一下床，陶夭夭就给她发来了视频聊天的邀请。白玉兰还没有洗漱，一般关系她绝对不会接视频的，包括黑子都不行，她绝不会将睡眼惺忪、衣着不整的样子给黑子看。

白玉兰拿着手机去卫生间。陶夭夭已经换第三套衣服了。

"我到底穿哪一套衣服啊？快给个意见啊！"

白玉兰正琢磨，陶夭夭又催了："亲！快点啊！我今天可是要见一个非常重要的客户呢！"

白玉兰边往脸上涂抹水乳膏霜，边在心里认真比较选择，但还是不好做最后的决定，于是问："你要在什么地方见客户？"

"这个客户是我在原来那个公司时就跟踪的一个大客户。我都跟踪了快一年了。他要在写字楼上面置办连着的三大间做办公室，下面还要置办三大间临街门面房！我和原来公司那个坏蛋闹掰后，人家还找我了。公司答应我，拿下这个大客户后，就给我原来的分部销售副经理待遇！知道了吧？这关乎你姐们儿的前途待遇呢，你必须给出最准确意见哦！"

"知道啦！关键是你答非所问！我问你是到什么场合去见你的贵客？"

"哦！人家前面已经和秘书、公司高管都来看过几次了。这一次，是和夫人、儿子一起来看，要做最后决定了！"

"就第一套吧，简洁朴素，又很端庄大方，适合今天穿。"白玉兰已经梳妆打扮好，必须赶紧出发了。她朝视频里的陶夭夭挥了挥拳头说，"加油！祝妖精马到成功，吃定唐僧！"

"嗯！爱你！"陶夭夭对着视频噘嘴亲了几下，也握起拳头给自己加油。

4

白玉兰紧赶慢赶，差点迟到。一进办公室就看见了赵青眼里的红血丝和重重的黑眼圈。她晓得，赵青家里肯定又出事了。

过完春节，赵青就一直在找律师，想把儿子的抚养权争取变更过来。可她前夫死活抓着不放，搞得她束手无策。赵青无处诉说，就给白玉兰和田薇薇倒倒苦水。时间久了，竟然让这两个未婚女孩都生出了对婚姻的恐惧。尤其是田薇薇，本来从小父母离异，情感挫伤严重，看着赵青这样，阴影面积更是剧增。她还几次神色严肃地警告白玉兰，要擦亮眼睛，吸取赵青血的教训，绝不可轻易结婚嫁人！白玉兰看她一本正经、一脸严肃，哭笑不得，但心里没来由，一怵一怵地发虚。

田薇薇哼着小曲进进出出打扫卫生，对赵青的怨妇脸见怪不怪。

白玉兰提起洒水壶去水房接水，准备把一堆花花草草浇浇。

田薇薇眼波流转，瞥了一眼白玉兰，说："我今天有好事！等一会儿回去了告诉你！"

"唉！还真是几家欢乐几家愁啊！"

白玉兰刚发完感叹，田薇薇顺嘴就接上了："还不都是婚姻惹的祸？坟墓钻进去可怕，逃出来时，若跟个小鬼，那就更可怕喽！"

"喊！你这一大清早的，就不会说一点好听的？真是的！"白玉兰说完，提起洒水壶走了。

白玉兰一进办公室就打开电脑修改稿子。田薇薇一进来就站在赵青和白玉兰办公桌跟前说："哎！我告诉你们，我这次真是找到同盟者了，我们对待婚恋的契合指数，竟然是百分之百啊！你们说厉害不厉害？我们发誓将恋爱进行到底，坚决不婚，丁克一生！"

白玉兰眼睛瞪得老大，看她眉飞色舞地说话。赵青神情冷漠，埋头整理桌子上的一沓文件资料。

田薇薇正要细细讲自己这个同盟者的情况，葛台长咳了两声，站在门口说："白玉兰！你到我办公室来一下！"

"哦，好的！"白玉兰答应着就站起身，跟着葛台长走了出去。田薇薇瞅了一眼赵青毫无表情的脸，虽然意犹未尽，但也实在没有了说下去的心情。

葛台长招呼白玉兰坐在他办公桌对面的椅子上。

"家里最近有啥重要事情没有？"

白玉兰一听就知道，肯定是有工作任务，葛台长先要看自己能不能承担，便很轻松地说："家里都还好，没啥事。有任务尽管安排！"

葛台长对白玉兰的态度真诚地赞赏了一番，打电话叫范卫华马上过来。楼道里立马就传来了范卫华小跑着过来的脚步声。

葛台长开门见山直奔主题，说有个重要采访报道任务，决定安排他俩去随队采访，地点是上海。三五天内就要出发，具体时间等待项目组通知。葛台长要求他俩先去项目组了解清楚此行的工作任务，提前做好采访报道的提纲方案等准备工作。

葛台长话未说完，范卫华就连声答应，显得异常兴奋激动。白玉兰心里也升起一阵喜悦：终于能放松几天了……

5

肖淑贤腰椎间盘突出是老毛病，休养了一段时间就康复了。玉兰打电话说晚上回家吃饭，她马上发微信告诉了白仰光。白仰光让她赶紧去采购点新鲜蔬菜，晚上做几个女儿爱吃的拿手菜，给好好补一补。

肖淑贤明白丈夫的心意。女儿从小到大，他们什么活都舍不得让干，现在每天下班后却要去医院里帮着黑子干这干那，想起来就心疼。但没办法，总不能阻拦嘛。但黑子家里的生活什么时候能恢复正常？女儿和黑子的婚事到底该怎么办？这些事情就像大石头一样压在他们心里。

下班后，白仰光一分钟都没耽搁就回了家。他看见肖淑贤正坐在沙发上看电视，就知道饭菜早已准备停当。他换了鞋，没像往常一样先去卧室换家居服，也没先去客厅到老婆跟前说道两句，而是直接拐进厨房，看准备好的饭菜。

肖淑贤也赶忙从客厅跟了进来，她边往过走边调侃说："白副总不放心啊，一进门就先检查验收喽！"

白仰光只笑了笑。他看着放在案板上等着爆炒的青菜、素炒的木耳山药片，炒菜时顺便要泼油的蒜泥茄子、豇豆，还有一个小碗里准备浇油、剁得细细的姜蒜末、香菜末、葱段、红辣椒段，要用汤汁凉拌的切成薄片的酱牛肉，煮好的一小盘大虾，已经浸上了蜂蜜的蒸煮南瓜块大红枣，香味扑鼻的炖鸡汤，夸道："不错，不错！这些都是兰兰爱吃的，荤素搭配有营养！"

肖淑贤笑道："谢谢白副总夸奖鼓励！"

"爸！妈！我回来啦！"

从白玉兰欢快的声音里，老两口已经听出来了女儿心情不错。

肖淑贤打着集成灶的火，小跑着从厨房里面出来，接过女儿手里的东西，帮女儿把脱下的一件防晒外搭拿进去放在她的房间里。

白仰光闻见油烟味，催促肖淑贤："你赶紧进厨房去，油烧着了！"

白仰光悄悄观察，发现女儿神色里透着掩饰不住的快乐，就猜想，是黑耀宗醒过来啦？但他没有问，想等女儿自己把喜讯告诉他们。

肖淑贤很快就将泼过热油的凉拌菜端上了桌，给每人盛了一小碗米饭、一小碗鸡汤，同时在炒锅里吱啦吱啦煎炒着热菜。

白玉兰从卫生间出来，看着一桌子饭菜，馋得低头吸溜着鼻子先闻了一圈，说："好香啊！都是我爱吃的哎！"

"那是！你妈专门为你精心准备的！"白仰光赶忙把老婆恭维了一下。

白玉兰看着胃口极好，吃得有滋有味。白仰光和肖淑贤在眼神交汇中达成共识，只吃饭不问啥，先让女儿把这顿饭安安静静吃完。

白玉兰只吃了几口饭菜，就说了台长安排她和范卫华跟随项目组去上海出差的事情。

白仰光若有所失，原来是为这事高兴，还以为黑耀宗好转了呢！他知道有这么回事，但没想到，还要电视台专门随队跟踪采访拍摄。

肖淑贤看女儿很开心，就说："去！赶紧离开这里，去哪儿都行！"

话一出口，一家人的筷子，都在空中停顿了一下。一瞬间，空气似乎凝滞住了，都不再说话，只默默低头吃饭。

肖淑贤话一出口就后悔了，但很快就恢复了正常，给女儿剥虾夹菜，大有释放后的轻松之态。

白仰光问："这次去上海，任务清楚吗？"

"还不太清楚，明天准备去项目组要资料，了解行程和任务。"

白仰光便将他知道的大概情况讲给女儿听，告诉她重点关注些什么，要注意哪些问题。

白仰光和肖淑贤以为女儿吃完饭还要往医院赶，但吃完饭后，白玉兰就坐在客厅看电视，不时拿出手机翻看。她坐了一会儿，说去收拾几件衣服，准备一些出门要带的东西，就早早睡了，让爸妈散步回来后不要喊她。老两口赶忙答应了。

6

于平一只胳膊肘撑在病房窗台上，一手扶在腰上，吃力地从窗户玻璃往下张望。以往这个时候，白玉兰早都来医院了。

黑子去姥姥那里了。老太太最近特别缠人，老把黑子往自己跟前叫。前一段时间，于平还让黑子搀扶着，经常去看看老太太。但最近一段时间，她身体太过虚弱，疼痛越来越难以忍受，已有几天没去看望老人了。倒是老人会让黑子用轮椅推着过来看她。为了不让老人担心，她硬撑着坐起来，谎称自己这几天感冒了，害怕过去把感冒给老妈传染上。

于平撑着胳膊肘站在窗边的时间长了，想回去躺床上歇下，可她双腿发麻，浑身僵硬，竟动弹不得。只得继续那样子，强撑着站在窗边往下瞅，等黑子或白玉兰来了，再扶她回去躺下。

又等了一会儿，于平感觉自己实在撑不住了，眼前直发黑。恰巧这时，黑子进来了。

"妈！妈！"黑子几步跨过去，将妈妈抱到床上。

于平眼睛紧闭着，问："玉兰呢？怎么还没来？"声音很小，但听得出来很着急很担心。

"玉兰单位安排她去上海出差，今天回家收拾出差带的东西，今晚不过来了。"

"哦，是这样啊！"于平长长出了口气，又问，"明天直接就走了吗？"

"肯定道个别才能走嘛！"自从家里出事，白玉兰超乎想象地体贴懂事，所以黑子笃信玉兰会这么做。

"嗯，玉兰那孩子很懂事的！"于平说话声音很小，眼睛始终闭着，身体也一动不动，好像熟睡过去了一样……

这是范卫华参加工作以后第一次出差，而且是去大上海，他很兴奋，也有一些惴惴不安。他反复问白玉兰，该准备些什么，白玉兰不厌其烦，像对待小弟弟一样给他讲了一次又一次。

从项目组回电视台的路上，范卫华又兴奋起来。他央求道："玉兰姐，回办公室后，我把所有准备工作列出个单子来，你帮我再看一下好吗？"

"不就出个差嘛，至于吗？"白玉兰觉得范卫华太认真了。

"姐啊！你不知道，这和我以前任何一次出门都不一样哎！"

"有啥不一样的？"白玉兰瞪大眼睛看了他一眼，颇感好奇。

"以前都是出去玩的，没啥负担，只要开心就好。这次可是出差，是工作，有任务，必须特别认真，准备充分！"范卫华说得郑重其事，一脸严肃。

"哦……也是！"白玉兰侧过脸再次看了眼范卫华。

"谢谢玉兰姐！跟你在一起工作，我特别开心，也特别有信心，还有劲头、有激情！"范卫华说话时右手在胸前一挥一挥的。

白玉兰笑笑，不再言语。看着范卫华可爱又充满激情的样子，她在心里感慨：年轻真好！青春真好！可转念一想，自己也就只比他大了几岁，也正值风华正茂的青春年华呀！

8

白玉兰出差前去了医院一趟。到病房时，翠嫂和黑子正在哄劝于平吃饭。看见白玉兰来了，于平似乎一下子有了精神，问道："玉兰！黑子说你要去上海出差？"

"嗯！阿姨，明天的飞机。我正准备给您说呢！"

白玉兰顺手将翠嫂手里的多半碗稀粥接了过来，边说话，边一点一点喂于平。

"去几天啊？"于平轻轻问。

"我们是跟项目组去，具体去几天还不确定。听说好像得一周左右时间呢！"

于平点了点头，表示明白了。

翠嫂已经去了黑子姥姥的病房，她把老太太安顿好，就下班回家了。

黑子扶妈妈慢慢躺下，帮妈妈盖上毛巾被。于平眼睛紧闭着，嘴唇紧抿着，眉毛一会儿跳一下，一会儿跳一下。黑子知道，肯定又痛起来了。他不忍再看，走到窗子那边，转过身背对着妈妈站着。

白玉兰收拾好碗碟，看见于平闭着眼睛休息，走到黑子跟前，小声说："黑子，我上次去上海，还是在大学时和你一起去的呢！你记得吗？"

"记得。"黑子声音小小的。

"咱俩是专门去上海看世博会。具体哪一年，我怎么想不起来了……"

"2010 年。"黑子不假思索，说了出来。

"对了对了！我想起来了，是上大三那年！"白玉兰突然声音大了起来。

"小点声！"黑子制止道。

白玉兰吐了一下舌头，拧过头往于平那里看了看，不再说话，拿出手机乱翻。坐了一会儿，她发现黑子脸还抽巴着，眉头紧皱，似乎很难过的样子。白玉兰心想，看来黑子不愿意和自己分别，心里难过呢，就安慰说："去一周就回来了，很快的！"黑子没有应声。

又静静待了一会儿，白玉兰说："咱们赶紧去姥姥那儿吧，要不她睡了。我走之前，必须跟姥姥也道个别。"

"好，走吧！"黑子轻轻出了声。

第二十一章

I

艾静拿着手机从沙发上跳下来，兴奋地叫："阿明哥！你快看！"她光着脚丫子，跑到还在电脑上查资料的鲁明跟前，从后面抱住他，两条细长的胳膊环着鲁明的脖子，将手机凑到鲁明眼前，用手指着她手机上的微信朋友圈。

艾静手指的，是陶夭夭刚刚发的一个朋友圈消息。一张她和白玉兰头挤头自拍的照片，上面有一段话：北方有佳人，亭亭白玉兰。千里来相会，姐妹喜开颜！

"白玉兰去上海了？"鲁明看着照片问。

"好像不对，是要去上海了！"艾静指了指照片。

"嗯？"鲁明不明白。

"你看嘛，这是以前的照片！现在都啥时候了，能穿这衣服吗？"艾静一边说，一边用纤细修长的手指在照片上敲了敲。

鲁明这才醒悟。白玉兰穿着紫粉色的薄绒衫，陶夭夭穿着褐色的中短款风衣。

"哎呀！我也好想去上海玩啊！还能见见玉兰姐和夭夭姐呢！"艾静嘟嚷撒娇。

"咱们倒是有个项目，需要去上海考察调研一下。本来安排在下月去呢！"

"我给爸爸说说，提前安排咱俩去！工作、游玩、好友聚会，啥都不耽误！"

"看把你急的！你知道人家啥时候去吗？"鲁明拧过头来，看了艾静一眼。

"我给夭夭姐发微信。哦不！我直接联系玉兰姐，问她啥时候去，更准确！"艾静说完，在鲁明脸上亲了两下，拿着手机，几步又窜回到了刚才窝着的沙发里。

2

项目组在上海的任务很重，一到就投入了紧张的工作。项目组组长曹副总工曾和白仰光在一个部门搭过班子，对白玉兰很关照。

前三天，项目组转战好几个地方进行现场考察。后两天，主要与上海合作方洽谈，大小会议开了好几次。曹副总工临行前给白玉兰增加了一项特殊工作任务——协助项目组出各种会议纪要。白玉兰笔头好，出东西极快，曹副总工非常满意。

每天工作结束后，范卫华都有出行安排。他不管到哪里去，都以他第一次来上海、不熟悉、害怕走岔了浪费时间、晚回来影响第二天工作为由，央求白玉兰陪他去。白玉兰碍于情面，也着实害怕影响第二天工作，只好陪范卫华到处去转。

白玉兰发现，范卫华其实早就做好了去每一个地方的攻略，根本不是他所说的什么都不知道。无论到哪里，范卫华对她反而照顾有加。每到一个地方，范卫华除了游览景色，就是不停用手机照相。他拿着自拍杆，不停自拍，还经常挤到白玉兰身边拍合照。

游览东方明珠时人相对较多，在电梯里，范卫华将手轻轻环在白玉兰身后，保护着白玉兰不被别人挤着。白玉兰心里窃笑，以为范卫华有意想显示自己的男子汉气概，她不好明说什么，更不好刻意躲避。因为范卫华有保护她的肢体动作，但并没有接触到她的身体。可随着一起出来的次数增多，白玉兰暗暗发现，范卫华看她的眼神，经常闪烁着异样的光芒。有好几次，范卫华偷偷给她拍照时，已经照完了，还痴痴呆呆站在那里，死勾勾盯着她看。白玉兰感到极不自在、极不舒服，但她却只能装作没事人一样，叫范卫华快走。

上海是陶夭夭的地盘，她每天都跟白玉兰微信电话联系，痴等着鲁明和艾静来上海。结果，鲁明和艾静因公司有重要事情走不开，取消了来沪计划。眼看工作任务就要结束，白玉兰约陶夭夭晚上和她一起陪范卫华逛，顺便聚聚。可陶夭夭嫌晚上时间太短，不同意。

无奈，范卫华到外滩观看夜景，还是白玉兰一人全程陪伴。

夏日的外滩夜晚，景色旖旎，游人如织。白玉兰和范卫华被人流挤挤搡搡，一不留神就要走散。范卫华跑过来把白玉兰的手紧紧拉住，一起往前走。

外滩的长堤上，白玉兰看着黄浦江微波荡漾，想起她和黑子在世博会的各个场馆游览参观完后，专门安排出一天时间到其他地方游玩。白天逛南京路游城隍庙吃美食，登东方明珠看上海全貌，通过观光隧道游陆家嘴，傍晚才回到外滩看夜景。夜晚的外滩，到处是手挽手游览的情侣。黑子拉着她的手慢慢走，他们谁也不说话。他们之间从来没有如此安静，这种无言的安静，恰与外滩的喧嚣和热烈形成了鲜明对照，一种特殊的情绪悄悄滋长。走得累了，他们停下来靠在栏杆上休息远眺。无垠的江面波光粼粼，霓虹灯照射在江面，使得水面光怪陆离，璀璨迷人。白玉兰陶醉在外滩的美妙风景中。她面朝江水，修长的身子倚着栏杆，扬起双臂，微微仰面，轻闭美目，拥抱黄浦江的波澜壮阔，吸纳滔滔江水的浩瀚气息……美轮美奂的画面，让站在不远处为她拍照的黑子看呆了，他就像一个虔诚的朝圣者，带着痴迷向往，不由自主地，一步一步走到白玉兰身后。他从后面将白玉兰轻轻拥在怀里，头深深埋进她的脖颈……他们深情相吻，紧紧拥抱，在酒店里，互相给了对方自己的第一次……

白玉兰沉浸在幸福美妙的回忆里泪眼迷蒙。范卫华站在白玉兰左侧，轻轻地将右臂环在白玉兰腰间，幸福激动得心脏咚咚狂跳。

白玉兰忽然从回忆中清醒过来。此时非彼时，物是人已非。白玉兰欲将身体从范卫华的环抱中抽出来，却被范卫华紧紧地用双臂环抱着拥在怀里。他喃喃地说："玉兰姐，我喜欢你，我要追求你，我要和你交往，我要和你处对象，我要和你结婚，永远在一起……"他发疯了似的，用嘴唇寻找白玉兰的唇……白玉兰拼命躲避挣扎，可是怎么都挣脱不开。情急之下，她使劲用膝盖顶了一下范卫华的身体，他才叫了一声，将白玉兰从怀里松开……

3

项目组与上海合作方几轮洽谈完成刚好到周末。回程机票订在了周日，给大家周六一天的自由活动休息时间。陶夭夭为了与白玉兰相聚，也将轮休日调换到了周六。

闺蜜俩在一起，最想干的事情就是逛街购物。陶夭夭还想请白玉兰吃一顿上海特色大餐，再就是一定要请白玉兰去她住的地方看看。在蜗居时代的上海，她这个打工人能租个小公寓独居，绝对是值得炫耀的事情。

陶夭夭选在一个比较高端的商业购物街与白玉兰见面。俩人一见，也不顾到处是人，就尖叫着搂抱在一起。狂喜过后，姐妹俩手挽手亲亲热热一路开逛。俩人互相参谋着，左一件右一件疯狂采购。

陶夭夭给自己买了好几件衣服、好几双鞋子，发现卡快刷爆了，嗔怪白玉兰不拦着她。

白玉兰嘲笑说："如果我手里举着斧子，真剁了你的手！"

白玉兰精挑细选，给她爸妈、黑子、黑子姥姥、黑子爸妈都买了礼物，也给自己买了两件衣服，其中一条裙子她特别喜欢。她给黑子专门买了两件 T 恤、两条重磅真丝长裤。黑子比原来瘦了一截子，原来的衣服穿着都宽松了，看着邋里邋遢的，不精神。给黑子买的这两身衣服白玉兰特别满意。

陶夭夭看见白玉兰偷偷笑，调侃说："看把你幸福的！也不怕打扮那么帅被人抢走了？"

"抢去呗，我谢谢她！替我每天去照顾那一大家子病人喽！"

陶夭夭凝神望了望白玉兰，说："你真这么想？"

"唉！这几个月，可真累啊！好想轻松一下，好想有人替换一下，让我好好歇歇……"

"也是，你和黑子都累瘦了。"陶夭夭感叹。

"你知道吗？这几天到上海出差，我感觉就像放了大假一样，特别轻松！久违了的感觉啊！"

"你在医院都干啥了？把你累成那样？"陶夭夭大感意外。

"唉！倒没干啥，就是每天跑来跑去累，还有就是心累。最主要的，就是愁啊……不知道该咋办呢！"白玉兰愁眉不展，神色和刚才判若两人。

"好了！不说了，我们去吃饭！"陶夭夭腾出一只手，搂了下白玉兰，在她背上轻轻拍了拍。

"我累了……我想回去了！"

陶夭夭急了，怎么忽然就要回了？她忙哄劝白玉兰坚持一下，不跑远处吃饭了，就在购物中心楼上用餐，趁吃饭工夫也歇歇脚。

购物中心六楼各色餐饮都有，陶夭夭请白玉兰选。

"就这家吧，我看挺好的！"白玉兰指着离她们最近的那个特色茶餐厅，让陶夭夭看。

陶夭夭气得直跺脚："我的亲姐！你让我尽尽心好不好？再选选看好吗？"

"不走了不走了！就这儿了！"白玉兰拎着东西就往里走，早就在门口热情相迎的一男一女两个服务员，领着白玉兰往一个比较靠里面的餐位上走。

　　俩人面对面坐下，服务员就端来了茶水倒上。

　　白玉兰说："你看多好，坐着多舒服、多宽敞！"

　　"这可是你选的哦，回去后可别怪我没好好招待你，让你家黑子打电话来骂我！"陶夭夭翻着白眼，撇着嘴，埋怨嘟囔。她手指着桌子上的餐单，示意白玉兰点餐。

　　"可能吗？放心吧，不会的！"白玉兰看着餐单，选她喜欢的点，"这个！嗯……还有这个！好了，我的够了！"顺手把餐单推给陶夭夭。

　　"亲！你是菜青虫吗？怎么点的都是青菜啊？就这汤点得还不错！"陶夭夭点了个煎鲜虾、卤鸭舌、清蒸鲈鱼。

　　白玉兰很快就忘记了刚才的烦忧，和陶夭夭边吃边聊。说到开心处，俩人开怀大笑。

　　吃到一半，陶夭夭挪到白玉兰这边，搂住白玉兰不停自拍，说要发朋友圈，让艾静、鲁明和黑子看，让他们羡慕嫉妒恨去。白玉兰也拿出手机准备拍照，却发现手机没电了。

　　陶夭夭发完朋友圈，要去卫生间，将自己的手机给白玉兰，让白玉兰在她手机里选刚才拍的照片，从微信里给自己发过去，闲了慢慢挑选着发朋友圈去。

　　白玉兰打开陶夭夭的手机相册，发现刚才陶夭夭坐在对面，还给她偷偷照了很多照片，有她正张大嘴吃菜的，难看得很。白玉兰赶忙删了，继续往下翻着看。把刚拍的照片看完，白玉兰看见后面都是陶夭夭一张张妖艳的自拍照片。相机美颜功能强大，张张赛若明星。白玉兰都忘了给自己选照片发，一张张往后翻着看。结果，翻到后面，她看到了几张黑子盖着被子睡在床上，额头、脸上、嘴上印着艳红唇印的照片……白玉兰一阵眩晕，头脑发闷，心脏狂跳，身体发紧，双手颤抖……她不敢再往下翻着看下去，退出相册，将陶夭夭的手机狠狠地扔在桌上，脸色惨白地呆坐在那里。

　　陶夭夭从卫生间回来，看白玉兰呆愣愣的，像傻了一样。她双手在白玉兰眼前晃："想你家黑子了？才几天没见嘛，都想得发呆了？"

白玉兰如梦方醒，突然站起来，顺手将自己的包一拎，径直就要离去。

"怎么啦？你的手机，还有你这些东西都不要啦？"陶夭夭慌忙站起来，将她替白玉兰拎的几个袋子，拿起来放在白玉兰那一堆东西里面，朝着白玉兰喊叫。

已走出几步远的白玉兰反应过来，奔回来拿了正在充电的手机，拎起她的那几个袋子就要走。

陶夭夭拉住白玉兰："咋啦？有啥急事吗？不是说好吃完饭还要去我公寓玩嘛！"

"我不舒服,恶心！"白玉兰冷脸说完,甩开陶夭夭拽着她的那只手,走了。

4

晚饭前,曹副总工和范卫华反复打白玉兰电话,可始终打不通。无奈,曹副总工打发范卫华到白玉兰房间去找。范卫华敲了好一会儿门,一直没人应,就慌慌张张跑去报告了曹副总工。他不停嘀咕："不会出啥事吧？"搞得曹副总工也非常担心着急,在心里瞎琢磨,结果越想越心慌,急得在房间里转圈圈。忽然,他对范卫华说："快去找服务员,让把门打开,再确认一下在不在房间。"

"请问人在吗？打扫卫生了！"服务员边敲门边问,无人答应,就准备用磁卡开门。这时,门忽然半掩着打开。白玉兰头发蓬乱,站在门后。她耷拉着脑袋,眼睛半眯着,像没睡醒一样。

"谢谢！不用打扫！"说完就要关门。

范卫华忙说："玉兰姐！吃晚饭了！"

白玉兰懒懒抬了下肿胀的眼皮,说："谢谢！我今晚不吃！"

范卫华愣了一下,又急忙说："玉兰姐！你手机怎么了？一直打不

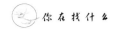

通啊！"

"哦，知道了。"

范卫华还要说话，门已经轻轻关上。

曹副总工知道人在房间休息，没啥事，放下心来，说："人在就好！不吃就不吃吧，女孩子都怕长胖，减肥呢！"

第二天早上，范卫华一起来，就发微信叫白玉兰吃早餐。没一会儿，白玉兰到了餐厅。早餐很丰盛，可白玉兰只夹了一点点菜和一小块糕点，盛了一小碗南瓜粥。

"玉兰姐，曹副总工让我负责你的行李。你都收拾好了吧？"

"没收拾。东西多的，看着烦死！"

范卫华赶忙说："不要紧，我的东西装在背包里就行了。一会儿我把旅行箱腾出来，拿过去装你的东西。"

白玉兰不置可否，哼哼了两声。

不明确拒绝就是同意，范卫华开心极了，吃饭速度飞快。

范卫华很快拉着空旅行箱来到白玉兰房间。只见桌上、地上，放了一大堆这样那样的袋子盒子。他掂了掂白玉兰的旅行箱，知道里面没东西，就立马先将白玉兰的旅行箱打开，把放在桌子上、地上的袋子盒子理顺了，一件一件往里面装。

范卫华从小帮妈妈干家务，假期里还经常到工地上去干活，手很巧，干起活来有条不紊。白玉兰买的那一大堆东西，如果都原封不动装在袋子里装箱，肯定不行。他将东西都从袋子里取出来，将袋子叠平整，和东西放在一起再装进箱子。他边装边说："玉兰姐，回去后，你将东西都拿出来，再分别装进袋子里，是谁的给谁就行了。"范卫华说完，半天没见白玉兰应声，就拧过头去，只见白玉兰呆呆坐着，眼睛里雾蒙蒙泪汪汪的。

自从在陶夭夭手机里看见那几张照片，白玉兰气得到现在还心口疼，脑子里晕晕的。

昨天，她拎着一大堆东西冲出购物中心，就直接上了一辆出租车。一路上，白玉兰脑海里一直盘旋着她能想象到的各种场景：红唇！烈焰般的红唇！印在额上、脸上、唇上。那种红唇，只有陶夭夭有。那是她一贯的风格，热情火辣，风骚大胆！他们是怎样狂热地滚在一起？是怎样热烈地厮缠？黑子肯定是累坏了，快累死了，才会像死猪一样睡熟了。陶夭夭该有多么得意啊，欣赏着她的杰作，照了那样的照片，还珍藏着，随时拿出来欣赏！而她，白玉兰，就像个傻瓜一样，还痴痴地、死心塌地地对他好、对他的家人好。黑子，你这个黑贼！竟然藏得这么深，藏得这么严实……

不对！是有迹象的，只是自己愚钝没有那么想而已。白玉兰回忆起，黑子自从老人们都住院以后，和自己都没有亲热过了！虽说是没有什么时间也没有什么机会，但好像又不完全是。她想起，那天送了羊肉泡过去，黑子睡着了，如果他真的很想，完全是可以有的啊！对了，还有，那天去他家找他爸妈的存折，那是多好的机会啊，又有时间又有地方。可黑子……为什么呢？对，就是因为他有了陶夭夭！哼！陶夭夭什么人啊，能和已婚男人混，随性到啥程度了啊！我能比得了吗？她是那么的性感热辣，跟她厮磨了，还能跟谁再有兴趣、再有激情啊……

白玉兰感到委屈、感到羞辱、感到愤怒，但似乎并没有难过。她心里憋着一团火，却又发不出来，憋得眼睛通红，憋得一向光洁白嫩的脸上、额上，竟然淡淡出了一些红疹子。她感觉有一种决绝之气，随着怒火从心底往上升腾、升腾……

这会儿，她看着范卫华帮着收拾行李的背影，想起以前和黑子一起出去游玩，黑子也是这样心甘情愿，大包大揽，帮着她干这干那，不由得心里一阵一阵发痛、难过，整个人瞬间被摧垮。要不是范卫华在跟前，她只想窝在床上，狠狠哭一场，把所有的委屈、所有的悲伤、所有的愤怒，都用眼泪发泄出来……

范卫华看着白玉兰的神情，有些不知所措，心想：不管怎么样，我都要帮助她、保护她。虽然玉兰姐拒绝了我，但那是她的事。我永远不会放弃追求她，这是我的事，是我的权利！他将收拾好的行李箱靠墙摆好，走到白玉兰跟前，像宣誓一样说："玉兰姐，我也不知道你为什么伤心，但不管发生了什么事，你一定要记住，我会一直在你身边，支持你、保护你！"

白玉兰一下子清醒过来。她突然站起来，害怕范卫华像那天一样，做出什么过分的举动。她抹了一把眼泪，说："走吧！"就拎了自己的小包，走了出去。

5

白玉兰回雍市后直接住到了爸妈家里。她像变了一个人一样，神情漠然，不笑也不多说话。她把带给爸妈的礼物和买的一大堆上海特产小吃，拿出来给了他们，然后将那两个旅行箱拉回自己房间，就再没动过。

白玉兰爸妈本来还想问问她去上海的情况，但看她那个样子，就没敢多问。

回家第二天白玉兰就上班了。她帮着曹副总工做汇报用的PPT，范卫华编辑整理图像。

范卫华有事没事就跑过来找白玉兰。他表现出来的过分殷勤和热情，让赵青和田薇薇都看出了端倪。白玉兰更是烦死了。

田薇薇打开白玉兰给她的一袋小吃，边吃边说："大美女！从上海回来变成工作狂啦？一天了一句话也不说，只埋头工作了！"

"没办法，这个报告要得急。曹副总工给咱领导都专门打电话交代过了。"

"按理说这种报告，应该由他们项目组自己完成。"赵青感到不解。

"是应该这样，可曹副总工让帮忙……"

"嗨！都让曹副总工看上了，小心来挖你！"田薇薇话语里既有羡慕，也有调侃。

"还真有可能！一般新项目都缺人手。"赵青说。

白玉兰若有所思，没有说话。

不一会儿，赵青出了办公室。随即，白玉兰就收到她的信息：到录播室来。

一进录播室，赵青就问："玉兰，去上海没发生啥事吧？"

"嗯……没事。"白玉兰说话明显心虚，一脸愁容。

"肯定有事，瞎子都能看出来！"赵青言之凿凿。

白玉兰没辩解，静静站了片刻，突然说："赵姐！我都快烦死了！"

"到底怎么回事？"

白玉兰只好将范卫华和她的事说了一遍。

赵青一听完，气得直骂："这货是猪啊？不知道你在和黑子谈对象啊？兔子还不吃窝边草呢，他老在电视台这洼地里乱拱个什么劲儿呢？！"

"谁知道啊？小神经病！"白玉兰骂道。

"真是颠覆三观！"赵青感觉既可气又好笑。

白玉兰苦笑着摇了摇头，并没有说出真正让她气恼的有关黑子照片的事情。

赵青想了一会儿问："要不要姐找他说说？让他别那么没出息不理智了！"

白玉兰突然说："赵姐，我不想在这儿干了！"

"那你想到哪儿去？还真到曹副总工的项目上去啊？刚启动的项目事情都很多，非常辛苦的！"

"不知道，再说吧！"白玉兰说完，就站起身准备往出走。她情绪不但没有好转，反而更糟了。

6

秦雍集团的班子会上，曹副总工将上海一行的考察、洽谈情况做了详细汇报。图文清晰、内容丰富的PPT，让参会的人清楚地看到了合作方的实力和基本情况。集团层面初步形成了合作意见。审慎起见，还要求再做一些专业咨询和可行性调研论证，继续由曹副总工全面负责。

开完会，白仰光站起身，准备跟大家一起往出走。曹副总工叫住了他："老白啊，稍等一下，有点事想跟你商量！"

"好！"白仰光顺势又坐了回去。

会议室人走光了，曹副总工走到白仰光跟前，把白玉兰一顿猛夸，说他非常羡慕老白，有这么一个漂亮乖巧、懂事能干的女儿。白仰光听得心里甜丝丝的，一个劲儿感谢曹副总工对女儿的欣赏与厚爱。

客套完，曹副总工这才转入正题，说他想把白玉兰调到项目组来。

曹副总工说："这个项目从筹备到建设完成，任务很艰巨，正式启动实施，需要做大量的文案及资料上报管理等工作。玉兰文案能力强，项目组非常需要这样的人才。只是……老白，你肯定能想得到，启动后可能会经常出差，要到处跑，事情会很多，也会很辛苦。所以，先征求一下你的意见，看你同意不同意。当然，这种工作任务，也绝对锻炼培养人，年轻人会进步很快……"

白仰光听后陷入了短暂的沉思。过了一会儿，他说得回去跟玉兰妈妈商量一下，主要得跟玉兰说一下，最终还得听她个人意见。

第二十二章

1

　　医院花钱如流水，眼看着卡上的钱几天就没了，黑子急得直上火。没办法，他约了老姜叔，想了解一下爸爸股市上的情况。

　　老姜工作之余醉心于研究股票，黑耀宗就是受他影响和蛊惑，一头扎进股海，随着股市涨跌浮浮沉沉，看不到彼岸，却始终不离不弃。黑耀宗没退休时，两个人有事没事就凑到一起讨论股票。老姜醉心于图形技术，以技术派自称，爱打短线，不停进进出出操作买卖。黑耀宗文化基础不行，却爱关心国际国内大事，为人处世讲究道义，遵规守矩，自有人生的大智慧。他也研究图形，看 K 线，看筹码分布图。但他投资股票主要看大势，认业绩，做长线。他认为大盘和个股到了价值低洼区，国家经济形势好，政策支持，就可选择绩优股票大胆买入，长期持有，静等回报。这么多年下来，老姜在股市中买了卖了、进了出了就图了个乐子，没赚钱，反而赔了不少。老姜闲下来思量起来，自从他做股票，刚入市小赚了一笔，犹如刚一结婚老婆就怀上了他的宝贝女儿，让他乐坏了。从此他扎进股海身陷围城，乐此不疲，劳碌苦乐，魂牵梦绕。而黑耀宗呢，每晚《新闻联播》必看，没事坐在局里的门卫室那里，领导的报纸没送之前他先全部细看一遍。在美国次贷危机爆发前，黑耀宗鬼使神差，将手中的股票高位全抛，小赚一笔，任金融风暴席卷全球，各国股海狂涛漫卷，国内股市风雨飘摇，黑耀宗乐乐和和自在逍遥，吃得下饭睡得着觉。在前些年那次杠杆资金推动下的疯牛行情来临前，黑耀宗觉得好多非常好的股票，简直就像暴风雨前市场卖不出去的廉价好货，捡起来就稳赚。他将所有资金都投了进去，买了几个白菜价的绩优股放了起来，就像看护自己的孩子一样，捂着护着，看着它慢慢成长。结果，股市很快疯涨起来，他感觉就像他的黑子在青春发育期蹿的个头一样让他惊喜不已。而在股市涨得最疯狂时，黑耀宗又觉得，就像他的黑子，喷薄的荷尔蒙失去了控制，让他担心、让他害怕，再不收管、不收手，可能就会出乱子了。于是，他如有神助一般，又在那波股市将近最高点时，将手中的股票全部抛出。黑耀宗又赢了。

说实话，这一次，老姜对黑耀宗的股票捏着一把汗。一路上，他都琢磨着该给黑子说什么。他担心，黑耀宗的股票可能情况不妙。

老姜记得，去年黑耀宗和他讨论股票时，反复说他看好当前经济大势，让老姜看他选好的一只大白马股，认为这个股票属于阳光产业，连续几年业绩都非常好。后来，黑耀宗说的那个白马股，竟然爆出了财务造假、亏空巨大、资金流失等消息，突然被"特别处理"了，还被证监会公告给予行政处罚，现已被停牌，极有可能会被退市……老姜惊得心里突突直跳，庆幸自己坚持一贯风格，头脑冷静，没有受到黑耀宗影响。而不幸的是，恰在这期间，黑耀宗出事住进了医院。

老姜一直在操心着这事，不知道黑耀宗到底买没买那只伪白马，希望他当时只是说说而已。

老姜来时快七点了。黑子一看见老姜的身影，就迎了上去："姜叔！我妈说你对股票的事情很精通，我爸炒股的事你可能知道一点。"

老姜憨厚地笑了笑，略带自豪地说："这方面事情你尽管问叔！"

"叔你知道，我爸妈还有我姥都在医院里，花费太大。我也不知道我爸股市上有没有钱。如果有的话，实在拉不开栓了，可能就得取出来用呢！"

"哦，这个你可以上他股票账户上查。不过你得知道他的操作密码。"

"我爸股票上那些事，我们谁都没管过……我妈说，她啥都不清楚。"

"那你可以到他电脑上去试一试，看能不能进到交易系统。一般来说，设置密码，都是自己容易记住的特殊字母、数字。"

"可我一点也不知道咋弄呢！"黑子为难地说，手在头上直挠。

"哦，那是这，咱一起到你家去，用你爸电脑，叔给你现场操作着讲。"

黑子看了下手表，已经晚上七点多了，翠嫂回家了没人替他照管病人，他得赶快回医院去。就和老姜商量，另外安排时间去家里试。

2

白玉兰出差几天不在，黑子才发现她真是帮了好大的忙。每天吃完午饭病人午睡的空当，他都必须急急忙忙跑出去，采购那些需要的零碎东西回来。不买不知道，一买才发现，买这东西那东西、这吃的那吃的，看着小零小碎的东西，还怪费钱。

于平最近身体越来越差，有两次都昏厥了过去。医院让转省上专科医院，可于平死活不愿意。黑子担心极了。妈妈如果走了，他该怎么办？他不知道，也不敢想，因为实在想不出个啥法子来。还有一个让人头疼不已的问题，就是背锅上山——钱紧。

黑子只好黑着脸，反复催着张玉柱家拿钱，他们才又给拿了一万元。张玉柱爸说，张玉柱到别的地方打工去了，那里挣钱多，挣下钱了，就会赔给他。还说，他得在家里盯住这季苹果，苹果务好了，卖下钱了，他才能拿出钱来。黑子心里也清楚，像这种没有保险赔付的车祸，最终没有逃逸，能实实在在拿出钱来赔偿，已算是有良心的人了。

黑耀宗出事后，他唯一的妹妹，也就是黑子的姑姑，老打电话询问情况。后来，黑子都不知道该说啥了。

舅舅有次已经说要回来了，结果又变卦了。说他家老三那个病秧子又病了，他太太一个人顾不过来，就不回来了。还说公司面临大面积裁员，他这个年龄最恐慌。为了让他们相信，还特意发来三丫头病恹恹躺在医

221

院病床上的照片和视频。黑子姥姥在视频时看见靠在病床上的小孙女向她问好，心疼得直掉眼泪，千叮咛万嘱咐儿子和媳妇，一定要照顾好孩子，不要回来了，她都快好了，不用他们操心挂念。黑子看得直唏嘘。这就是亲人啊！这就是妈啊！永远替孩子着想呢！

于平也是，看到自己那个快十岁的小侄女，长得瘦弱得像株豆芽菜，直埋怨弟弟和弟媳没把孩子照顾好。她竟然有心情开玩笑，说："你看看你们，把这孩子养的，哪有一点点资本主义的样子？你看看我们黑子，多给咱社会主义长脸！"脸上竟然露出了久未见到的笑容。

3

让黑子着急纳闷的是，白玉兰不知道怎么回事，突然联系不上了。周六上午，还给他照片、视频发个不停，可从周六中午开始，就再没联系了。

黑子从陶夭夭的朋友圈里看到俩人在一起吃饭，就问陶夭夭。陶夭夭说白玉兰饭都没吃完，就自己先走了，说她正想联系黑子呢。当时看见白玉兰脸色突然特别难看，也不说啥，还以为是黑子家病人突然出啥紧急状况了。黑子说没出啥事，那就再等等看。结果，一直等到今天，白玉兰仍然没联系他，他打电话、发信息、发微信，也一直联系不上。

黑子担心烦恼，还得想着法儿编谎话，应付妈妈、姥姥不断的追问。

黑子隐约感觉，肯定有事。但不管怎样，得先想办法联系上白玉兰，必须搞清楚她到底出差回来了没有。黑子就再次联系了陶夭夭。结果陶夭夭比他还郁闷、还生气，说是电话、信息、微信都联系不上。后来，陶夭夭又给黑子打来电话，牢骚满腹，骂骂咧咧，说她好心好意请人家逛街吃饭，也不知道啥地方没伺候好，把人家得罪了，人家竟然把她微信都删了，电话可能也拉入黑名单了，根本联系不上了。

咋办呢？黑子想到了白玉兰妈妈。可他心里觉得愧疚歉意得慌。黑耀宗刚出事那阵子，肖淑贤每天都来医院，帮着他看护照顾家人，结果累病了，腰椎间盘突出的毛病犯了。可他因为在医院忙，也没有抽出空去探望一回。黑子想，怨也罢怪也罢，搞清楚玉兰的情况最重要。于是，鼓起勇气联系了肖淑贤。结果肖淑贤很惊讶，告诉他，白玉兰周日傍晚就回来了，这几天一直在家里住着呢。还说，白玉兰确实很忙，下班回来时还拿着从单位拷回来的资料，在家里加班干呢。

黑子知道白玉兰没出啥事，一下子放心了。他又拐弯抹角问了白玉兰身体状况。肖淑贤说："好着呢，就是不知道是不是累着了，好像不太高兴，脸色很不好，情绪也不怎么好。"

黑子不好再问什么，只能嘴巴抹蜜好话多说。肖淑贤也马上嘘寒问暖，问候黑子家老人的情况。当然，最重要的事黑子不可能忘，他请肖淑贤一定叮咛白玉兰，要尽快跟他联系。黑子还打了亲情牌博同情，说他妈妈、姥姥特别想玉兰，天天问呢，让玉兰赶快到医院来。

4

雍市环保任务空前艰巨，黑子他们科室人力严重不足。景科长已多次向局里提出，要求补充人员，可到现在还没有指标。要不是在黑子休假后，借着上级审检工作任务重时间紧的由头，把陈一凡借调过来，现在科里工作还真要出问题了。

景科长让赵年打问黑子家里的情况，可事实越来越让他揪心，也越来越让他失望。指望黑子上班，短时间内看来根本不可能。可就在这个节骨眼上，郝雅娜突然向他提出要请长假，说家里有事。景科长好心问了一句什么事，是不是准备结婚了？谁知这个妖精，竟然把他这个科长不往眼里放，没好气地怼了他一句："隐私，不便告知！"

景科长被顶得肝疼，他在心里狠狠咒骂：娘的！就说去打胎，我也认为正常，有什么不便啊？哦呸……

可骂归骂，景科长还是乖乖在请假单上麻溜签了字。他知道，休那么长时间，还得到局里去签。至于局领导那里，不用说，肯定早都说好了的。这点，景科长眼头亮清，心里也亮清。从郝雅娜来到局里，分来科室那天，他就听说人家上面有人后面也有人……所以，景科长气得肚子鼓鼓，脸上还得赔着笑，嘴里还得说着体己话："那快去抓紧办，需要我和科里同事们帮忙，招呼一声就成！"

景科长憋了一肚子火没处撒。他打电话把赵年叫了过来，问黑子家里目前的情况。赵年说他昨天下午下班后又去医院看了看，黑子妈妈病情严重，看起来情况不怎么好。黑子姥姥医院很早就不让住了，黑子找了医院，转到医院康复中心住下了。黑耀宗在被判定为植物人后，也转到了医院康复中心。黑子将一直护理姥姥的那个翠嫂，单独长期雇下，一边护理姥姥，一边顺便帮他操心照看爸爸。

景科长听到这儿，只能自己泄气灭火，无奈地说："唉！黑子一下两下看来还是上不了班！"

"我看够呛。"

"唉，黑子这娃也真够可怜的！家里也没个人帮衬。这独生子女啊，小时候是集万千宠爱于一身，这长大了，若是遇事了，他也得千斤重担一肩挑啊！"景科长长叹一声，接着说，"你说咱科室现在这么缺人，他这假休得也不短了，可咋整啊？"

"黑子肯定回不来。科长，你是没见黑子那憔悴样儿，和原来判若两人，让人看着真可怜呢！"

"唉！能想得来嘛，你不看他遇的尽是些啥事儿啊！"景科长话语中满含同情。

"给你说呢，我看他情绪不好得很。他爸车祸治疗不报销，肇事者又拿不出多少钱。他妈妈吃着贵得要命的进口药。我估计住院费用都成问题了！"

"你把情况摸摸清楚，我建议大家都给捐点款！"这会儿，景科长压根再不想黑子上班的事了。

"哦，好啊！"赵年又担心地说，"黑子那家伙，是个死要面子的人，这事还真得想法子处理好！"

　　"都啥当口儿了，还顾得了什么狗屁面子啊？没事，你先私下里给大家都吹吹风！另外，赶紧再给局里打报告要人。郝雅娜那个妖精还请长假了。哼！"景科长情绪转变极快，瞬间不高兴起来。

第二十三章

1

肖淑贤正在阳台晾晒洗好的衣服。听见开门声，动作麻利地将剩下的几件衣服挂好了。看见是女儿回来了，正想说黑子打电话了，赶紧给回个电话，白玉兰已经进了卧室，"砰"的一声把门关上了。

肖淑贤拨通了白仰光的电话。她压低嗓门，悄悄对丈夫说白玉兰的情况，也说了黑子来电话的事。

没几分钟，白仰光就进了家门。他一换上拖鞋，衣服都没来得及换，就直奔厨房。他将厨房隔断门轻轻关上，问老伴女儿又咋啦。肖淑贤既担心，又怨气冲冲地说："人家一进家门，我这当妈的就想赶紧跟人家说话，可人家关上门就再没出来。就等你回来，去把你那小祖宗请出来，能给咱乖乖吃饭，我也算是没白忙活，不糟蹋这一桌饭菜了！"

"这孩子！到底是咋回事啊？从上海回来，到现在一直闷着不说话，也不知道她到底是咋的了。"白仰光语气中不无担忧，神情也烦躁起来。

肖淑贤将饭菜都端上了桌，白仰光就走到女儿房门口轻轻敲门。

"兰兰！快出来吃饭了！"

"爸，我不想吃，你们吃吧。"白玉兰在房间里蔫蔫回话，并不开门。

"把门打开，让爸爸看看！"白仰光一着急，敲门用力了一些。

听见敲门声大了起来，肖淑贤做饭的围裙都没顾上解下，就走了过来，凑在丈夫跟前，贴着门听女儿房间里面的动静。

白玉兰忽然将门打开，差点把肖淑贤给闪了进去。"哎哟！"肖淑贤失声叫了起来，右手撑着腰，表情痛苦。

"妈妈！怎么了？"白玉兰吓坏了，惊叫着问，慌忙把妈妈扶住，往餐桌跟前搀扶，还不断为自己开脱，"我不知道你趴那里嘛！你趴我门上干吗呀？快坐下！看闪着了没有？"

"我的小祖宗啊！你快坐下吃饭吧！你就别操心我了，别让你老娘这么操心你就行了！"肖淑贤一边呻吟着，一边偷偷看白玉兰的表情，连劝带怨，白玉兰这才老老实实坐下吃饭。

白仰光看着老伴的样子，心里大概有了底。刚闪那一下可能是痛了一会儿，但并不要紧，并不像她演的那么严重。他问白玉兰最近工作情况，说了曹副总工想调她去项目组的事情。没想到，白玉兰高兴得满口答应，说她正巴不得呢！

肖淑贤看女儿心情好，趁势将黑子来电话的事情说了，催促白玉兰，应该去看看黑子家老人了，老人和黑子都着急想见她。白仰光也附和着说了几句。但白玉兰始终不吭气，不答应也不反对，只慢吞吞小口吃饭。吃完饭，起身就要走。肖淑贤想跟着起来，可她忽然又轻轻呻吟了起来，似乎一下两下站都站不起来。白玉兰赶忙又来搀扶。肖淑贤便又一边呻吟一边说道去看望黑子家老人的事。白玉兰只得乖乖答应："知道了！知道了！妈妈，你可千万不敢再犯病了啊！"说着眼圈就发红了。

2

第二天上班，赵青从白玉兰进办公室的脚步声中，就听出来了她今天与前几天有所不同。果然，白玉兰脸上洋溢着久违的笑容。她身穿黑底白色小碎花过膝长袖连衣裙，腰间松松地系着一根细细的白油皮腰带，看着飘逸清新。

赵青第一次见白玉兰穿这条裙子。她了解白玉兰，今天装扮得这么靓丽，脸上也终于拨云见日由阴放晴，肯定是有啥好事。果不其然，还没等她问，白玉兰就告诉她，自己要调到项目组去了。赵青很快在心里寻思了一遍，白玉兰去那里是有利也有弊啊！就反复问："你想好了？你真想好了？"白玉兰态度坚决到让赵青感到意外，不由得心里直犯嘀咕。她猜想，肯定另有隐情。

还没等赵青盘算清楚再细问，田薇薇的高跟鞋声老远就传了过来。白玉兰赶忙声音低低地叮咛赵青，不要给谁说，还没正式走程序呢。赵青心领神会，说了声："知道！"

田薇薇一进办公室就大呼小叫："哇！这裙子好漂亮啊！哪里买的？"

白玉兰笑着说："前段时间去上海买的。"

田薇薇羡慕地用手摸了又摸，细细看做工、看面料，由衷夸赞："人家大城市的东西就是不一样。你看这材质、这做工、这款式，真是没啥说的！啥牌子啊？好贵的吧？"问题终于回到了牌子和价钱上。

白玉兰不好意思说，嘴里嘟囔"我忘了"，就走到办公室门背后，拿起拖把往外走去。其实，她心里清楚，这条裙子是国际知名品牌，价格还算是适中的。田薇薇嫉妒心强，说话刻薄又毫不掩饰，老说她是"官二代"什么的，如果真告诉她衣服的牌子和价格，可不得让她吊在嘴上到处去学说半年？白玉兰准备打扫完卫生，就躲进录播室里把裙子的商标剪了。就田薇薇那性格，肯定还得追问，翻着看她衣服的商标，甚至用手机拍下来，或者扫描搜索都做得出来。

果然，白玉兰回到办公室想先把茶水冲泡好，田薇薇都不让，过来站在她身后，翻着看她衣服后领上的商标。结果一看啥都没有，田薇薇露出惊诧的神情，就好像哥伦布到了地方却没有发现新大陆一样。"这怎么可能？难道你是在小店买的？连商标都没有！"

白玉兰顺嘴说："就是。"

终于清静下来，白玉兰将自己电脑里面的工作资料档案，从头到尾细细看了看。资料分门别类建成了文件夹，管理得很好，需要查阅一目了然。没用多大工夫，她就理得清清楚楚。

白玉兰最发愁的是收拾自己的零碎物件。她网购的很多乱七八糟的东西，快递送到单位，有的就没有打开，有的只打开看了看，根本没往家拿。这些东西收拾起来，可是要费一些事的，但现在她又不能收拾，毕竟正式调令还没有下来。田薇薇这些人，一个个比猴还精，她只要一动弹，自己的动向肯定很快就会被猜到。

白玉兰看着电脑，想着心事，想着想着，就琢磨着得赶紧去医院看望黑子家老人了。可不知道为什么，她心里竟有点怯怯的、虚虚的。从上海回来有一段时间了，她屏蔽了黑子的电话、微信，一直没有和他联系。她能想到黑子及老人的焦虑和担心。有一天晚上，她竟然梦见黑子妈妈了。也不知道是在一个野外的什么地方，她看不见人，却能听见她呼唤自己的声音。她使劲找啊找，但就是找不见，不知道人在啥地方，但声音却很清晰，就是黑子妈妈在呼唤她："兰兰！兰兰！"她着急地到处跑着寻找，差点掉到一个大坑里。然后，就满头大汗地从梦中惊醒了。

白玉兰知道，必须去医院了。

3

第二天早上去上班时，白玉兰将在上海给黑子和黑子姥姥、黑子爸妈买的礼物都带上了。买的地方风味小吃和土特产，都在家里放着，她不愿意带。可妈妈硬给她装在了一个大袋子里，帮她提下楼，和那些衣物礼品一起，放在了后备厢。

下午下班去医院，白玉兰和以前完全不一样，她一点也不着急。她稳稳地开着车，顺着车流往前慢慢溜。她甚至希望车走慢点。有变道走得快点的机会，她都没有变道。她发现，路中间的隔离带中，不知道啥时候换了新的花花草草，栽上了像小向日葵一样的黄色花卉，此时竟然开得蓬蓬勃勃的。她将音响打开，找出她最喜欢的歌曲听。半道，她还去了一个超级商场，到五楼餐饮层吃了晚饭。吃完饭，又溜溜达达在商场里面一层层转。快八点了，才去商场地下车库开车走了。

到了医院，也没像往常那样，先去黑子妈妈那里，而是先去了黑子姥姥住的康复中心。

和黑子姥姥住在一个病房的，是一个四十多岁、长得又黑又胖的女人。白玉兰敲门进去时，她在不停地换电视频道，电视声音开得老大。她嘴里骂骂咧咧，说没有一个好节目，电视里面全是勾引男人的狐狸精。黑子姥姥已经背对着黑胖女人侧身躺着睡了。她耳朵背，黑胖女人看电视的声音和骂声，都不影响她。

白玉兰微笑着朝黑胖女人点了点头。她看到白玉兰一脸警觉，眼睛里全是敌意和反感。

白玉兰不再理会那个黑胖女人。她曾听翠姨说，这个黑胖女人的老公是个不大不小的实权官员，多年搞外遇，因为有个女儿实在疼爱舍不得，还有这些年政府对官员管得严，官场禁忌让他不敢造次，就一直维持着名存实亡的婚姻。这女人可能到更年期了，对这种事情反应越来越激烈，又是跟踪尾随，又是到单位闹、找领导告，整得男人仕途受影响，相好要分手。男人最后破罐子破摔，铁了心要跟她离婚。黑胖女人情绪失控，发飙从家里窗户跳了下去。好在住的三楼，楼层不高，跳下去摔伤了腰椎、胸椎、胳膊、大腿多处，治疗后就这么半瘫着，一直住在康复中心。听说那个男人只愿花钱不愿照顾。翠姨说，经常见她的娘家妹子来看望，上高中的女儿可能是学习紧张，也不常来。那个男人压根一次都没见来过。这个受刺激的女人，对多数女人都仇视。翠姨非常讨厌她，说这厮女人差劲得很，对照顾她的护工横挑鼻子竖挑眼，已经换了几个了。这女人妹子看翠姨护黑子姥姥尽心，还想请翠姨一起护理照顾上她姐。翠姨说，不管给多少钱她都不干，太难伺候。

白玉兰将带给姥姥的东西一件件放在床头柜上。她俯身叫："姥姥！

姥姥！"轻轻摇晃姥姥的身体。

姥姥睁开眼睛，惊喜地叫："兰兰！你可回来了！"翻腾着要坐起来。

"姥姥您躺着，别起来！"

"唉！把姥姥躺的呀，早都躺不住了！只想坐着、站着、到处去走走转转呢！你怎么去这么长时间啊？"

白玉兰连忙说："姥姥，您腿不好，我专门给您买了一条能磁疗的加厚羊毛裤。还有这些吃的，您现在吃吗？我给您打开，您尝尝！"

"好！好！我家兰兰可真是有心的孩子啊！我宝儿可真有福气哦！"姥姥忽然问，"咦？黑子呢？他咋没和你一起过来？"

白玉兰怔了一下，但马上说："姥姥，我怕先到那边耽搁时间，到您这里太晚了，影响您休息，就先到您这儿来了。还没到阿姨和黑子那边去呢，所以黑子没过来。"

"哦，是这样啊。我就说，黑子怎么没和你在一起啊。"

姥姥耳朵背，说话声音大，白玉兰说话声音也必须大，惹得那黑胖女人很不高兴。她咬牙切齿地把电视声音调得更大，节目频道换得更快，电视就像抽风一样吱哇乱叫。姥姥赶忙打发白玉兰去黑子妈妈那里，说他们早都盼着她回来呢。白玉兰顺势告别，临走时，含含糊糊说，她工作有调整，以后可能经常要出差，不能常来看她，叮嘱姥姥要多吃饭，坚持康复活动锻炼，快点好起来。也不管姥姥听没听清楚，白玉兰就从病房撤了出来。她太害怕姥姥反应过来缠住她刨根问底了。

走廊里一个人也没有，夜间护工也不在，白玉兰心里直发毛，哆哆嗦嗦的，有些害怕。犹豫了一下，决定不去看黑子爸爸了。

回到车子跟前，白玉兰打开后备厢，将带给黑子和黑子爸妈的东西一一拿了出来。她看着这一大堆东西，感觉自己一个人拿有点吃力，就摸出手机，想给黑子打个电话，让来接一下。但最终，她还是将手机塞进了包里。她生气地在装着黑子衣服的两个袋子上使劲踢了两脚，然后将拎包的背带取出来，斜挎在肩背上，两只手匀着把东西提上。

到于平病房门口，白玉兰没办法敲门，就轻轻用右脚侧叩门。很快听见开灯的声音，听见黑子动作麻利地下床跑过来的声音。门开了，黑子看见白玉兰那一瞬，惊喜得黑脸放光，眼睛里明晃晃的，像着了火，又像水开闸了似的，涌动着湿漉漉的光。白玉兰没多看黑子，只将她手上一些东西赶忙卸给了黑子，留下的东西，她径直提去轻轻放在了于平病床跟前的柜子上。白玉兰顺势就坐在了于平的病床边。

于平挣扎着要坐起来，白玉兰赶忙扶住她肩头，让她躺着。

"回来了？"

白玉兰看见于平比她离开时更瘦弱，说话声音小得都快听不见，连忙答应："阿姨！我回来了！"说着眼泪就骨碌一下从眼眶里滚了下来。

于平反倒安慰她："好孩子！没事。不哭，不哭了唔！"说着伸出手试图来擦拭白玉兰脸上的泪水，可是她胳膊抬起来，到了半空中，却无力再伸开伸直够着白玉兰的脸。

黑子找来纸巾递给白玉兰，顺势端过小方凳，也坐在了妈妈跟前。他一手将妈妈的手紧紧攥着，一手将白玉兰的手紧紧攥着，不说话，也不看白玉兰，一直低着头看着妈妈的脸，只将攥在自己大手中白玉兰那只细嫩的手、妈妈那只干枯的手，轻轻地用他的大拇指揉搓着。白玉兰几次试图将手抽出来，可都没能成功。她只好用另外那只手拿着纸巾，一会儿擦一下眼泪。手放下来的当儿，又被于平的那只手拉住，轻轻地揉捏。

于平无力多说话，三个人就那么静静地互相看着，手拉着手，坐了半天。后来，还是白玉兰止住眼泪，说话了。她让黑子将那个咖色的大纸袋子拿过来，把里面的衣服取出来。

白玉兰对于平说："这是我给阿姨买的一件秋装外套，天凉了，马上就可以穿。阿姨看喜不喜欢？"

于平轻轻笑，说："还买什么衣服啊？破费的。"黑子将衣服抖开撑展拿远一点让妈妈看，说："嗯！漂亮！妈妈穿着一定好看！"说话间望向白玉兰，眼睛里满是感激和爱意。

白玉兰并不看他，只对于平说："天越来越凉了，早晚气温低，就可以穿。"

"谢谢兰兰啊！孩子有心的。"于平两只手拉着白玉兰的一只手，揉搓着不放，疼爱地看着白玉兰客气道谢。

白玉兰指了指装着特产小吃的袋子，说："还带了一些特产小吃，不知道阿姨这会儿敢不敢吃，是不是有点太晚了啊？"

于平轻轻摇头："不吃了，不吃了。明天再吃。"

白玉兰犹豫了一下，最终没敢说，她还给叔叔也买了一件秋装上衣。她害怕一说，引得于平和黑子伤心。包括给黑子带了啥，她也一直没说。这是她故意不说的，因为她不想说。说实话，她一直都在后悔自作多情地给黑子买那些衣服。可是已经买了，又不能退掉，别人又不能穿，她只好给带过来了。

白玉兰一直坐到必须离开时，也没忍心告诉于平她工作调动这事。她知道，病中的人最敏感，于平人又太聪明，一说肯定就会想很多。从她进来，于平虽然一直没问自己什么，但一直在用那双通透的眼打量自己。

于平看黑子除了攥着白玉兰的手，两人再没过多交流，还硬把黑子攥着她的那只手拉过来，重叠在黑子攥着白玉兰的那只手上，让四只手紧紧摞在一起。

快十点时白玉兰告别。临走，她还是淡淡提了一下自己工作的事情。但她许诺，只要得闲有空，就会来医院看望。白玉兰还说，她已经看过姥姥了。

于平叮嘱黑子，一定要把白玉兰送回家去，晚上她这里没事，不用管。黑子答应着，帮妈妈倒了热水，催她把晚上的药吃了赶紧睡。

黑子要帮白玉兰拎包，白玉兰不让，率先出了病房。她快步走在前面，黑子紧跟着走在后面，直到出了住院楼，俩人都没说话。白玉兰直接就

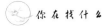

要往车库方向走去，黑子这才伸手拉住了她，说："玉兰，谢谢你来看望我妈她们，还买了那么多礼物。"

白玉兰显得很平静，说："不客气！不用谢！"说罢就想甩开黑子拉着她的手。

"你就不想解释点什么吗？"黑子紧紧拉着白玉兰的手，死活不松开。

白玉兰冷冷地说："我有什么好解释的？"

"手机打不通，信息、微信都不回。回来这么长时间了联系不上，究竟咋回事啊？"

"你自己知道！"白玉兰一脸冷漠，压根不解释。

"我知道什么呀？"黑子摊开双手，表示自己的无辜和冤枉。

白玉兰看着黑子无辜的神情，越来越气愤，不由得从心底生出厌恶和恶心。她再一次认为，黑子的确是演技一流。于是，她冷笑一声说："你不做演员真是可惜了！"说完转身就走，顺势把背在肩背上的包包取下来，甩了一下，差点打在黑子身上。

黑子一把抓住白玉兰胳膊，气愤地说："白玉兰！我知道我家里连续出的这些倒霉事情，看不到头，是个无底洞。况且我们本来就有差距嘛，我也一直不是你心里的那个人，现在就更不配了，对吧？要分手，我能理解。可你为啥非要用这样的法子？何必用这些手段呢？"说完，他松开白玉兰的胳膊，转身走了。

白玉兰气得叫骂："黑贼！渣男！"哭着向车库奔去。

4

白玉兰气得像疯了一样开车回家。她没想到，黑子竟然认为自己是嫌弃他家里出了那些事情，负担太重，拖累太大，才跟他闹分手。可她真没想要和黑子分手呀！她还一直盼着黑子姥姥和黑子爸妈赶快好起来，就可以抓紧办他们订婚结婚这些事情了。她听翠姨跟黑子姥姥唠叨，以前人家有给孩子结婚办喜事冲喜的说法，说喜事可以把家里人的病啦灾啦的都给冲跑。她也听爸妈讲过，他们那个年代的人结婚，根本不讲究什么，简单得很，登记领证后把单身的被褥往一起一放，就过起了日子。人家一辈子不也过得幸幸福福的吗？所以，白玉兰什么都想通了，只要真能冲喜，能让黑子爸妈和姥姥身体好起来。不一定非得要那些个什么仪式什么讲究的，把证一领就算结婚得了。

她这样掏心掏肺替黑子想，替他家人想，盘算他们订婚结婚这些事情。可黑子这个坏尿，竟然和陶夭夭那个妖精干起了那种不要脸的勾当！现在还倒打一耙给自己甩锅，真是无耻可恨到了极点！白玉兰一想起来就恨得牙痒，恨得钻心痛。她没有解脱了的轻松快乐，反而有了她成长中从来没有过的那种蚀骨的恨：对黑子的恨，对自己的恨，甚至有了很多莫名其妙的恨。她变得消沉起来，不自信起来。原来最多化点淡妆，也并不刻意着装打扮，现在每天早上起来，要在镜子前反反复复端详自己，仔仔细细描眉画眼，认认真真搭配衣服、搭配鞋子、搭配饰品。但她情绪却极坏，一进家门就把自己关进房子里，不出门，也不说话。她能感觉到爸妈的担心，为他们一言一行小心翼翼而自责。可她没办法，心情就是好不起来。在办公室里，她只闷头干自己的事情，不说笑，不主动交流，不到处走动，就像一个冰冻人一样。

一周后，调令下来了。

田薇薇反应挺大，羡慕嫉妒中不忘抬高自己："咦！还真是让我给说着了呢！咋样？还是'官二代'好吧？到处抢着要呢！又是个大美人儿，可不是人见人爱、花见花开、汽车见了都爆胎嘛！"

白玉兰哭笑不得，对田薇薇的脑回路简直佩服得五体投地。

孙雄扬几次到她们办公室里转悠，殷勤地问白玉兰："妹子！要不要哥帮忙？"

范卫华最近让白玉兰伤得不轻，知道白玉兰要走了，一直没露面，钻在自己办公室里闷头抽烟。

白玉兰边收拾东西边在心里回忆着最近发生的所有事情，慢慢将自己的情绪心情，尽量往好了调整。

她将一个拆过封，但一次也没用过的脸部电动按摩仪和眼部护理仪给了赵青，将一套没有拆封的化妆品给了田薇薇。刚到电视台那会儿啥也不会，买了一大套专业摄像及剪辑讲座教材和光盘，保存得好好的，她准备把这些送给孙雄扬。她妈妈担心她老在办公室里坐着伤腰椎，给她从网上买了一个防护腰椎的靠背，在包装盒里装得好好的，她动都没动过。准备送给葛台长。

台里人都说葛台长自私小气，就像葛朗台，但白玉兰觉得葛台长人不错，也很有能力。台里又没啥多余的钱，让台长拿自己的钱发给大家，老请大家吃喝，不现实嘛。白玉兰发现，其实葛台长并不是很小气，他倒霉就倒霉在姓葛，五百年前就和葛朗台是一家了⋯⋯

白玉兰胡思乱想着还暗笑起来。她觉得人真是个很有意思的动物，脑洞大开、奇思妙想起来，杀伤力、影响力真是大得惊人。拿赵青来说，白玉兰一直就很同情她。仅仅因为一次外地出差的共事关系，她就莫名其妙惹来一身是非，最后搞得家里鸡飞狗跳分崩离析，到现在一直不得安宁，连职业发展都受到了影响。

去年传说要调葛台长去集团宣传部任副部长，台长人选从台里业务人员中产生。葛台长和部领导推荐了赵青。听说上边有人轻飘飘的一句："她是不是离婚了？听说⋯⋯"就再没人敢提她，似乎害怕一提她，就与自己说不清似的。

葛台长和赵青一起共事多年，很了解也很认可赵青，建议她去找找相关人。赵青也知道，你不去求不去要，你就别想得到，但她放弃了。她自嘲，会的不是很多，太累⋯⋯

白玉兰到底年轻，对一些事情还不太明白。

最终，电视台里因为没有合适的人选，整得葛台长还继续当着台长，窝在台里走不了。

上午下班前，白玉兰将所有事情都处理好了。收拾出来的一摞子闲书放在桌子上。

白玉兰没事爱读闲书。她一般不在手机上看书，凡是喜欢的书就买了来看。和范卫华搭档干活那段时间，范卫华老夸她文笔好口才好。她当时就说，这主要得益于阅读，并说她读过的那些书都可以借给范卫华看。

白玉兰将书拿过去给范卫华，竟然看见他眼睛有点红。她心里也一下子难受起来。她将书放在桌上，说："都是我看过的，你没事了可以翻翻……"

范卫华却赌气似的，硬撅撅地说："不要！拿走！"

当然，白玉兰没有拿走，范卫华也没有拿过来给她。

下午拉着东西回家时，走着走着，白玉兰就拐到了通往自己住的小公寓的路上。她决定不在爸妈家里住了，还是一个人住着消停。

第二十四章

1

雍市环保行动取得了明显成效，相关部门专门召开表彰大会，对做出突出成绩的单位和个人进行表彰。黑子所在科室和科室业务主管赵年受到了表彰和奖励。景科长特别开心，虽然他个人没被表彰，但他所领导的科室受到了表彰，这同样是对他工作的肯定。赵年是景科长提名并极力推荐的。在黑子休假后，他加班加点，承担了很多工作。开表彰会时，景科长看到上台领奖的赵年，就想到了黑子，恍惚间，他把站在台上笑吟吟的赵年，一会儿看成了黑子，一会儿看成了赵年。直到赵年拿着证书下台回来，坐到他身旁，他才缓过神来。表彰会一结束，景科长就安排赵年联系黑子，准备叫上科室的几个同事，抽空一起去医院看望一下黑子家老人，顺便把科里同事们的捐款，还有机关工会给黑子的困难补助金，一起给送过去。

赵年给办公室的几个人说去医院的事，大家都要去。景科长笑着说："黑子这小子，人缘还蛮好！一说捐款，竟然有好几个人捐上千元。既然大家都想去，那就一起去吧！"想了想，又对赵年说："刚好不是受表彰了嘛，那就在周末下午快下班的时候，大家一起去医院。完事后请大家吃个饭庆贺一下，也顺便总结一下。"赵年马上说这个主意好，并主动提出，这顿饭他来请，理由是大家都干得不错，但只让他一个人受了表彰。

郝雅娜已经休完假上班了，她明显露出了憔悴虚弱之态，人也没了以往的神气样。景科长心里感到好笑，莫非这郝雅娜还真是堕胎去了？

他就格外注意观察郝雅娜的一举一动，还真发现了问题。郝雅娜着装虽然还是一贯地讲究，但上班后脚上却一直穿着比较舒适的软底松糕鞋，而不是高跟鞋了。以前，只要郝雅娜进出办公室，楼道里就会响起她清脆的高跟鞋声。高跟鞋敲击地面的"咯噔"声，牵动着大家的心怦怦直跳，直到她"咯噔咯噔"回了办公室，大家才能静下心来。如今，郝雅娜出来进去悄无声息的，还让这层楼里面的人有点不太适应了。

周末下午大家到医院时，只见黑子和医生、护士正紧张地把于平往抢救室里推。看到这场景，景科长小声给黑子说了几句，就将装着一万元人民币的牛皮信封硬塞进了黑子的裤兜里。黑子推辞不要，景科长拍了拍他的肩膀，又嘀咕了几句什么，黑子才不再推让。又寒暄了几句，景科长转身朝大家挥了挥手，示意可以走了。看到这种情况，大家都没有了聚餐的心情，原定的科室聚餐便取消了。

郝雅娜从踏进医院那一刻，双腿就一直软溜溜地提不起来。她想起前段时间自己一个人在医院里做手术，心里不由得一阵伤感。现在她只要一进医院这种地方，身体就打寒战。她看见景科长和赵年留下来，也想留下来，毕竟他们在一个办公室里待了几年。可再一寻思，自己一女的，最近又体弱，帮不上什么忙，待在这里也只会添乱，就跟着同事们一起走了。

剩下景科长、赵年、黑子三个人在抢救室外等待。趁着这当口儿，黑子才给他俩说，他妈妈最近病情快速恶化，身体不能动弹，甚至不能触摸，经常痛到呕吐，甚至痉挛、休克。今天休克后，医生无法唤醒她，才将她紧急送到抢救室去抢救。他尽力平静地说，可说到最后，眼泪还是止不住涌出眼眶。

于平抢救过来后，医生给黑子细细交代了一下于平的情况，让他做好心理准备，并问黑子，于平最近有没有受什么事情影响。因为从检查结果看，医生发现于平之所以病情突然恶化，是她必须坚持吃的一种进口特效药没吃，显然病人有放弃治疗的念头。抢救中，也发现病人自身求生欲极低。黑子请医生一定不要放弃对妈妈的治疗，该用的药无论在不在医保报销范围，无论多贵，都一定要坚持用上。

2

那晚送走白玉兰，黑子在楼道里坐了很久，等基本平静下来，才轻手轻脚进了病房。妈妈还没睡着，问他："怎么没将玉兰送回家去？"

黑子说："我俩在外面聊了好长时间。让你一个人待着，玉兰不放心，打发我先回来了。"

妈妈"哦"了一声，和他断断续续地说话。说他是男孩子，要主动，又说她早就发现了，白玉兰出差那么长时间，两人都没怎么联系。

黑子闷闷说了一句："用微信联系着呢，你不知道！"

于平说："我看玉兰是在生气，明显不愿意理你！"

黑子赌气说："不理就不理，本来就不是一个地里的菜。"

于平"唉"了一声，再不说话。

那天晚上，黑子翻来覆去睡不着。他听见妈妈不停地折腾，一会儿起来去一趟卫生间，一进去就好长时间不出来。他等了一会儿，觉得时间实在太长了，就起床到卫生间门口轻轻叫："妈！妈！你是不是拉肚子啊？怎么老上卫生间？"妈妈把水阀一压，水"哗啦哗啦"响半天，人才出来，也不说话，慢慢走到床边，低着头坐在床边待一会儿，才上床去躺下。其实她是痛得厉害，她知道黑子没睡着，害怕自己实在忍不住呻吟，才躲进卫生间，坐在马桶上硬扛。

之后一段时间，于平刚开始还问："联系了吗？玉兰过来吗？玉兰咋还不来啊？"后来就不再问了，老是默默地盯着黑子看，看得久了会轻轻说一句："我儿多好啊！"脸上浮出笑意，眼里却有泪花。

姥姥最近在翠姨的精心照顾下恢复得不错。之前是妈妈去看望姥姥和爸爸，最近这段时间换过来了，每周黑子将姥姥用轮椅推过来看妈妈一次。星期日上午阳光很好，病房里光线充足。黑子看妈妈和姥姥说话时老闭眼睛，知道光线太强，妈妈眼睛难受，于是将姥姥从妈妈病房推出来，准备送到康复中心去。

来到大厅，看着外面亮堂堂的，黑子说："姥姥，我推您到外面晒会太阳吧？"

恰好这时，护士英子从后面匆匆忙忙往出跑。老太太好久没见英子了，一看见就叫："英子！英子！"

"奶奶！是您啊？最近好点啦？"英子跑过来和黑子一起，推着老太太往出走。

老太太笑着："好多了。英子放心，好多了！"

黑子问英子："看把你跑得急的，有啥火烧眉毛的事？"

"我两周没回家，我爸妈操心得不行。"英子说，脸上汗津津的，"昨天周六看我还没回去，今天就跑来看我了。他们每次来，都要给我带一大堆吃的，我得去接他们。"

一出大厅，就看见一对约莫五十来岁的男女，两手都提着大包小包的东西，在门口站着。英子叫："爸！妈！"就与黑子姥姥和黑子挥手告别。

黑子推着姥姥顺着斜坡往下走，姥姥指着那边没有被高楼树荫挡着的阳坡地说："黑子，推姥姥到那儿去坐一会儿。"

和英子一起提着东西，跟在黑子他们后面走的英子爸妈，惊诧地对望了一下。英子妈小声问女儿："这老太太是？"

英子将声音放低说："摔骨折了，在我们那儿住了好长时间，现在在康复中心住着。"

"小伙子叫黑子？"英子爸问。

英子笑笑说："那是小名。他姓黑，大名叫黑佑亮。"说着忍不住笑起来："和一个鞋油的名字一样。"

"英子爸！我看这小伙的年龄也对，老太太口音也好像是哩！"英子妈停下了脚步。

"是有点像。就是老太太变化太大了。"英子爸看着走远的黑子婆孙俩说。

英子奇怪地问爸妈："你们认识那老奶奶？"

英子爸迟疑道："还说不准。"

英子提着东西催爸妈快走，边走边说："这老奶奶可怜得很，一家子真是好倒霉的。"就将黑子家出的那摊子糟心事给爸妈叙说了一遍。最后还说，她在医院工作这两年，见了很多生死离别让人伤心难过的事，可像他家这样子，一家子三个人同时生病住院的，还很少见。末了又说："这老奶奶是从南方搬到咱们这儿的人，原来还是个产科医生呢！"

听到这句话，英子爸妈同时停住了脚步，惊讶得难以置信，随后异口同声说："没错，就是她！"

英子妈快步走到老太太跟前，双手往老太太腿上一放，身子就软了下去，跪在了老太太轮椅前，头顺着老太太的腿往下磕，连磕了三下。她嘴里叫着："救命恩人！老姨菩萨！可让我碰着您啦！谢谢您当年的救命之恩啊！"她的举动，把黑子和黑子姥姥惊得不知所措。

黑子赶忙扶起英子妈。黑子姥姥连连说："使不得使不得！这是哪里的话啊！什么救命恩人啊？"

英子爸启发说："老姨您不记得啦？二十三年前，在雍市往西有个村子叫坝子头村，那时在山路上，您给一个难产妇女接生，生下了一个女娃娃！最后，您女婿骑自行车，将我带在后座上拉着架子车，您一直跟着，护送产妇到了医院，给医生交代了娘儿俩的情况，让医院抢救……多亏了您哪，救了她们娘儿俩两条命啊！老姨！"英子爸说完也要下跪磕头，被黑子硬拦住了。

"嗯，记得记得！"姥姥同样难以置信，看看这个，看看那个，"原来那丫头片子就是英子啊？怪不得我见着这孩子就像前世有缘似的，还真是呢！"

3

英子家在雍市西北方向的西坪村，属于半山区，人均口粮地较多。英子爸妈用一点地种够自家吃的粮食，租了几家不愿种的地，和自己家的地调换到一起，栽了苹果、樱桃、核桃。农忙时他们在家里忙活，农闲时就到市里打工。他们只干粉刷的活儿。有固定的两家装修公司，只要有活儿就会联系他们。一些同行碰到活儿多干不过来时，也会主动给他们介绍活儿。这些年房地产火，装修也火，粉刷的活儿一家接着一家。粉刷活儿干着脏累一些，但活儿整端，给钱也利索。他们两口子干的年头长了，都有了窍道，活儿干得又快又漂亮。人虽辛苦，但钱不少挣。英子妈生英子时造成了严重的子宫脱垂，就只有英子一个孩子。他们一直很努力地打拼，在女儿护校毕业留在实习的城西医院工作后，就在离医院很近的小区给英子买了一套三居室房子。

晚上英子下班回家，爸妈已经做好了饭等她。吃着饭，英子问爸妈，今天咋就能一下子认出黑子姥姥？这也太巧了。英子妈说，生产的那天是个周日，她从头天天一擦黑就肚子疼，英子奶奶请了当地一个接生婆来接生。接生婆折腾了一晚上，到天亮羊水都快流干了，孩子还生不下来。接生婆害怕了，说得赶紧往大医院送。英子奶奶吓昏了头，双腿筛糠般抖着，没一会儿整个人就瘫软在地上。英子爸抱起两床被子，铺在架子车里，将英子妈抱上车，拉着就往医院跑。一路上，英子妈肚子疼得躺不住，几次从架子车上出溜下来。到了坝子头，英子妈又一次叫唤着从车上出溜下来，一摊血水流在路上。英子爸眼看着她快要昏死过去，连吓带急，不由得哇哇直哭。就在这时，在山里郊游的老太太一家四口恰好路过。老太太看上去六十来岁，手上牵着一个六七岁的孩子，而孩子爸妈则一人推着一辆自行车跟在后面。

老太太一见情况紧急，不由分说伸手搭在英子妈手腕上，摸了摸脉搏，让孩子爸妈赶紧抱下来一床被子铺在地上，然后让英子妈躺在上面。又打发孩子爸妈带孩子到一边去等候，随后双手在英子妈肚子上转着圈圈调腾，不到半个小时，英子妈就把英子生了下来。她给英子爸说，得尽快送产妇到正规医院急救、输血，否则会有生命危险。英子爸腿软得站都站不住，她就让孩子爸骑着自行车，让英子爸坐在后座上，拉着架子车往医院跑。让孩子妈妈把她带上，她再把孩子抱上，骑车跟在后面走。到了医院，老太太把他们交代给了医生，一家子才走了。

　　英子爸妈不住感叹："好人啊！不是他们，哪有咱们今天的日子啊！"说他们后来一直找不到救命恩人，但救命恩人曾唤孩子"黑子"，这个名字就一直刻在了他们心里。还有，老太太说话的口音不同于他们的地方口音，也一直留在记忆里。上午听见老太太用那个记忆中的口音叫"黑子"时，遥远的记忆就像电路忽然接通了一样，刹那间就回到了那个难忘的上午。

　　英子爸妈整个下午都在念叨，这一切咋就这么巧呢？当年让他们碰见老太太一家，让她们母女得救，是上天给他们的恩赐。今天让老太太又遇见他们，看来也是上天要让好人有好报，专门安排他们来回报老太太的。两口子都只上了初中，没有太多文化，但在报恩这一点上却是相通的，他们一直商量着，看用什么办法能帮上黑子一家。

　　他们把想法告诉女儿后，英子完全赞同。她说，黑子姥姥和黑子爸爸已经可以回家里去慢慢康复了，只是黑子分不开身，才一直让住在医院康复中心。如果能让他们回去住在家里，既可以省不少事，也可以省不少钱。

　　第二天，英子爸妈和英子带着大包小包的礼物，到黑子姥姥、爸爸、妈妈病房去逐一看望。看望后，他们将黑子叫到病房外面，很直接地说了他们的想法。英子爸说，英子爷爷奶奶早已过世，英子外爷外婆身体尚好，家里还有兄弟照顾，不用他们操心。他们现在有条件有精力，想帮着照顾护理黑子姥姥和黑子爸爸。

黑子很感动，但他没有答应，说各人都有自己的事情要做，就不给他们添麻烦了。英子爸妈再三说，他们必须报答老人的救命之恩，不然良心上会过不去。还说，如果没有必要住院，他们想将老人和黑耀宗一起接回他们家去。他们家里是三室两厅的房子，两个病人住那个带阳台的大卧室，支两张单人床，还可以放置简单的康复器械，黑子姥姥能随时观察黑耀宗的情况，他们在家里照顾护理也很方便。英子每天下班回来，也可以随时了解掌握病人的身体情况。至于吃喝用度，就更不用愁了，家里有现成的粮食和新鲜蔬菜。

不管黑子怎么推辞，两口子就是坚持要报恩，感动得黑子心里热乎乎的，暗自感叹：人呀，还是要善良，要做好事。感叹的同时，他还是坚决谢绝了他们。他想的是：人家能有这份心意已经很不错了。护理两个病人，可不是容易的事。俗话说，久病床前无孝子，何况这绝不是一天两天的事情。既然能够清楚地预见后面的情况，还是不惹这个麻烦了。

英子爸妈看黑子态度坚决，很无奈。两口子商量了一阵儿，又到黑子姥姥和黑子妈妈病房去，继续讲他们的想法。黑子姥姥、妈妈和黑子一样，同样很感动，也同样说心意领了，不麻烦了。

上午快下班时，英子打电话来询问情况，两口子将商谈的结果告诉她，同时态度坚决地说："这事我俩还要坚持。人家的救命之恩，咱必须报答。何况人家是救了咱家两个人的命呢！"又告诉英子，不管黑子让不让去，以后他们每天都会去医院帮着照顾。

4

黑子喂妈妈吃完午饭，收拾起桌子上的碗筷。

他今天很高兴，妈妈精神出奇地好，中午竟然把一小碗小米粥喝干净了。吃完饭，也没有像往常一样，很快就要躺下歇息，而是有一搭没一搭地和黑子说话。问黑子还记不记得那年发生的那件事，黑子说他想不起来。妈妈就说，六七岁的孩子，应该能记事了啊。过了一会儿，又自言自语，说生英子那天可真是奇怪啊，一路上就没有碰见几个人。往回走呢，却碰见了那两口子。当时那情形，可真是危急。她心里还直担心，真要是救不了人，反倒让人赖上，变成一桩扯皮事可咋办呢？没想到，姥姥确实厉害，那技术，那水平，真是没的说！

正说着话，门外有人敲门。

黑子说："请进！"

门被推开，英子穿着便服走了进来，比平常穿着护士服显得时尚靓丽了许多。她甜甜地叫着："阿姨，黑子哥！"明显比往常更亲热，让黑子一下子有些不好意思起来。

英子坐到于平床边，体贴地问她的身体状况，又将放在床头柜上的药盒子、药瓶子拿在手里，逐一细看说明，看用法用量。中间不时和黑子说话，问阿姨饭量怎么样，休息得好不好，一般晚上起来几次，问得很具体。又鼓励于平，一定要按时按量服药，要多吃饭，如果体能能再增强一点，最好还是接受一下放化疗，可能会康复得更快一些。在一旁的黑子意识到，英子来之前，已经到主治医生那里去了解过了，对于妈妈目前的病情，她全都清楚。

英子离开前，又给于平和黑子做工作，考虑成全一下她爸妈的愿望。他们现在有条件也有精力，不妨就接纳他们的心意，但是于平和黑子再次谢绝了。于平已经不把英子当外人了，她说："你没事了经常过来看看阿姨，顺便帮帮你黑子哥，就行了。"

英子答应了，说："我爸妈也会来的。他们说了，以后他们每天都会到医院来。"

第二十五章

1

　　鲁明和艾静从雍市回北京后就在离公司不远的周边寻找房源。艾静爸又专门给鲁明爸打电话，说孩子们想住公司附近，把家里那套房子收回来重新装修布置一下就行了。可鲁明爸执意要买，认为北京的房子还有升值空间，权当投资呢。看好一处房子后，鲁明爸妈很快就飞了过来，感觉还算满意，就买了。两家人坐在一起商量了一下，决定立马着手装修，顺便将鲁明现在住的房子也重新装修布置一下，准备十一长假结婚。男方家在雍市办婚礼，女方家在北京办回门答谢宴。

　　时已八月，鲁明爸妈一回雍市就紧锣密鼓筹备起来。鲁明妈还有多半年才退休，她请了长假，全身心投入，忙活预订酒店、订婚庆公司、装修装饰家里、布置婚房，都忙得岔了气。除了操心雍市这边，她还要不停催促鲁明和艾静，抓紧时间干北京那边的事。鲁明和艾静拍了婚纱照，将电子版全部给鲁明妈发了过来。鲁明妈专门从照片里选了几张，让人冲洗装裱。一张大的挂了鲁明的婚房里，几张小的放在他们婚房的台桌上。客厅的柜子上，也摆上了鲁明和艾静的婚纱照。她和鲁明爸每天都要赞叹几句："多好啊！多般配啊！"

　　唯一遗憾的是她这个英文老师汉字写得不漂亮。她将原来学校一位书法很好的老教师请到家里，盯着写了两天，把鲁明爸要请的、她要请的贵客的请柬，统一写得漂漂亮亮的。

　　但北京那边进展不大，她干着急使不上劲。眼看着婚期就要到了，新买的那套房子，包括鲁明原来那套房子，到现在装修还没个眉目。鲁明上班忙，艾静又不爱操心这些事，整得她为这事儿，往北京飞了三趟。

她真后悔当初没听儿子的话，执意要把儿子原来住的那套房子也一并重新收拾布置，害得儿子如今住进艾家，暂时又搬不出来，很不自在。

艾静和她爸妈倒蛮高兴，一点也不着急房子装修的事。艾静爸妈还一再说，不影响孩子办婚礼，就住在他们家里挺好，那么大的花园别墅，有他们俩才显得热闹。可鲁明爸妈不这么想。尤其是鲁明爸，在鲁明妈跟前不停嘟囔："这算个啥事啊？搞得咱儿子好像入赘了似的……"催着鲁明妈飞到北京去现场监工，督促装修进度。

鲁明妈跑来跑去，装修却没个起色，还几次和装修公司以及施工工人闹得不愉快，最后干脆撒手不管了。她就和鲁明爸商量，能不能给亲家说说，把婚礼推迟到春节办算了，过年也热闹。

老两口商量来商量去，征得儿子同意后，决定以新装修的房子对人身体有害来说推迟婚礼的事儿。其实核心是不愿意让儿子在女方家里结婚。未办婚礼之前，鲁明暂住艾家还说得过去，但结婚必须在自己家的房子里，这才是他老鲁家娶媳妇该有的样子。

艾静给爸妈说了鲁明爸妈的想法，并说她和鲁明都赞同。艾静爸妈人很开通，也很精明，对亲家的小九九心知肚明。当鲁明爸妈专程飞来北京，与他们商量推迟婚礼的事时，他们毫不犹豫就同意了。鲁明爸当即打电话，请前面卜算吉日的那个有名的风水先生，重新选定了鲁明和艾静的结婚吉日——庚子鼠年春节初六。

2

鲁明和艾静婚期推迟后，工作上原来安排的一些事情按原计划实施了。上海的那个项目，调研了一段时间后，艾静爸安排他俩去实地再考察一下。

陶夭夭早早就在电话、微信上与鲁明和艾静说好了，到上海第一时间就通知她。鲁明和艾静到上海后，还是先到项目单位去，忙活了整整两天，将正事办完后，才与陶夭夭联系。

在约好的餐厅见面时，已是晚上八点了。陶夭夭当地主呢，却走到了后面，让鲁明和艾静等了好一会儿。

一见面，陶夭夭就直奔问题："哎！你们说，这白玉兰是不是神经了？把我拉黑了，屏蔽了！你们说她是不是有毛病啊？"她气呼呼地长长吁了一口气，摇头叹气继续说："莫名其妙！简直是莫名其妙！反正我到现在都想不通，也搞不懂！"

"夭夭姐，都过去这么长时间了，你就别生气了！我们边吃边聊。"艾静给三人把红酒倒上，反客为主，招呼陶夭夭吃菜。

"夭夭，其实啊，我也一直在想这个事。咱们对白玉兰是很了解的，对吧？"鲁明吃着菜问陶夭夭。

陶夭夭点头认可。

"以我对白玉兰性格及一贯做事方式的判断，我觉得肯定是有啥事……"鲁明将自己的想法说了出来。

陶夭夭继续点头。

鲁明继续说："当时就你俩一直在一起，她忽然生气走人了，你好好回忆一下，当时到底发生了什么事？包括你不在那会儿，发生啥事没有？你都得好好想一想。"

鲁明话音刚落，陶夭夭就不假思索地说："没什么呀！都好好的呀！"

鲁明笑了笑，端起红酒招呼陶夭夭喝酒："所以啊，你就别老纠结这事胡思乱想了，也许就是啥事都没有，玉兰就是忽然想走了，就是跟谁也不想联系了。过一段时间，她想通了，自然一切都好了。"

"可我不想不由我啊！我生气啊！咱高中同学里，她可是我唯一的闺蜜老铁啊！"陶夭夭说到最后，不由得更伤心了。

沉默了一会儿，陶夭夭接着说，老家有同学告诉她，白玉兰和黑子分手了。好像为了分手，白玉兰连原来的工作都不要了，调到一个经常要出差的项目组了。鲁明和艾静听后大为诧异，说黑子情绪不好，他们也没多联系，也不好和白玉兰多联系，还真不知道这事。

鲁明认为不太可信，起码不能全信。

陶夭夭却说没有什么不可能，白玉兰在上海就跟她流露过一些情绪。

艾静唏嘘半天，主动转移话题，告诉陶夭夭，她和鲁明的婚期推迟了。

结果陶夭夭说："怎么尽是让人感到伤心、失望、遗憾的事呢？我还一直盼着十一回老家参加你们的婚礼，见见白玉兰，当面和她掰扯呢！"

鲁明只好又劝，说到时候说不定啥事都没了，自然而然就和好如初了。陶夭夭把杯子高高举起，和鲁明、艾静碰杯，说："借你吉言，但愿如此！"一口将杯子里的红酒全干了，如释重负地说这事搞得她心情一直很不爽，今天给鲁明、艾静吐槽一下，才觉得舒坦了。还说，她让白玉兰气得最近连谈男朋友的心情都没有了。

艾静被逗得咯咯笑，说那可要不得，你得抓紧了！又将话题转到了陶夭夭身上。陶夭夭瞬间来了精神，回到了我是美女我怕谁、我是妖精舍我其谁那副妖气附身的样子。说她到新公司，业绩如何如日中天；住在公寓里的一个小鲜肉，对她如何追逐倾慕；公司一个销售经理，对她如何暗送秋波；有一个老板客户，对她如何出手阔绰……

3

夏末秋初，傍晚不冷不热，散步的人很多。白玉兰爸妈边走边聊。看着成双成对的男女，看到小两口领着孩子游玩嬉戏，见到和他们年龄相仿的中老年人带着孙子孙女边走边玩，就要定睛看一会儿。肖淑贤有时候看到特别可爱的小孩子，还会停下来逗一逗，和家长交流几句。有的爸爸妈妈或爷爷奶奶，便会问："你们是孙子还是孙女啊？"搞得他们不知该如何回答，只好胡乱支吾搪塞，然后悻悻离开。

白玉兰调整工作后，又回了她那个小公寓，整得她爸妈经常是一连几天都见不上她的面，老是操心着。这段时间晚饭后散步，他们专门走好远的路，转到女儿住的地方，站在楼下往上观察。看着女儿房子里面灯亮着，他们也不一定上去，但心里似乎就会踏实一点。他们曾上去过两回，送去了吃的喝的，带去了穿的用的，可才待一会儿，就被白玉兰打发出来了。在回去的路上，肖淑贤说，她被女儿气得腿软得走都走不动了。多亏是亲生的，也就这一个，她没办法扔下不管。白仰光便又是哄又是劝，说女儿刚接触新工作，压力大，情绪急躁，要理解。

过了几天，肖淑贤又说，她想联系一下黑子，问问到底是个啥情况，顺便也问问黑子家里老人的病情，搞清楚玉兰情绪咋成了这样子。肖淑贤说着都快哭了，说她看着女儿这么不开心，实在太心痛。白仰光刚开始说可以，后来却又说，还是不问为好。孩子之间的事，尤其是感情上的事，大人最好不要插手。老两口就又煎熬得不停唠叨，说这俩孩子这婚事咋就这么不顺呢？真是烦恼得很。但说到最后，就又庆幸，多亏啥手续都没办。如果办了手续，俩人分手，会更闹心更丢人。老两口心里都跟明镜似的，目前状况下两人闹掰，不管是谁的原因，别人都会认为是他们或女儿不愿意了……

第二十六章

1

秦雍集团发生了一起轰动全市的事件。在调查处理杨副总给儿子违规操办婚礼的事情时，又有人举报他在集团扩容建设购买设备中，收受巨额贿赂。秦雍集团纪委一接到举报线索，立即按程序做了调查。在立案调查时，拔出萝卜带出泥，问题越扯越多。杨副总被留置了。

这件事情在秦雍集团不亚于八级地震，一时间议论纷纷，各种声音鹊起。据说刚调查时，杨副总情绪很大，大骂人心不古，世间怎尽是这种落井下石之人。后来就不再说话，闷葫芦装饺子，一字不吐。

杨副总被留置后，他儿子杨州急忙从国外赶了回来，为爸爸的事情东奔西跑，请这个托那个，想把爸爸捞出来。稍微有点头脸的人，都是一推六二五。杨州本来就文弱瘦小，又遇上这种说不起话的丢人事，几天时间，就碰得灰头土脸，像霜打了的茄子，蔫蔫的。

杨州这天晚上再次找到白仰光家里，却敲不开门。他只好电话联系，才知道他们去白玉兰住的地方了，正在往回走的路上。听他们所处位置，杨州一估摸，等回来还得好一会儿时间。他就向他们回来的路上迎面走去，希望快点碰面。

白玉兰爸妈虽说是晚上闲来散步，但让白玉兰的事情搅烦得心情很不舒畅。杨州一通电话，又让他们郁闷至极，一声接一声不住叹息。

白仰光说："你看这老杨，整的这事，把孩子都害成啥了！"

"可不是！也不知道他要那么多钱干什么？本本分分挣得也不少

嘛，是缺吃了还是少穿了？这下可好，自己进去了，还把老婆、孩子都害得不得安生。”

白仰光问："你最近联系杨州妈没？"

"联系了。可怜啊！说她成宿成宿地睡不着觉，也吃不下饭。原来多富态的人，你知道吗？现在体重剩下八十来斤了！"肖淑贤边说边摇头叹息。

杨州心里有事，走得很快，不一会儿就和白玉兰爸妈碰面了。

"白总好！阿姨好！"

白仰光说："叫叔！这里哪有什么白总啊！"

"你妈身体好着吧？"肖淑贤先问候杨州妈的情况。

"我妈经常一晚上不睡觉，在卧室和客厅里来来回回走，把我担心害怕的……"杨州声音凄楚，让人听着都心疼。

白仰光叹了口气，拍了拍杨州的肩膀，安抚杨州。但他没说话，静等着听杨州说事。

杨州缓了一会儿，说："白叔，我现在该咋办啊？我问了我妈，我妈说，我爸的啥事情她都不知道。这么多年，也没见他额外往家里拿过什么钱，更没见拿过啥值钱东西回来。家里也就两套房子。我妈说，如果真是交给她什么了，她现在就给组织退回去。白叔，您能不能给组织反映反映啊？可不要冤枉我爸啊！"

白仰光想了一会儿，问杨州："你准备在家待多长时间？"

"我爸这事情没个结果，我妈又是那个样子，我放心不下，不敢走。"

白仰光听完叹了口气说："你最近要照顾好你妈妈。"然后就安慰杨州："如果真如你妈妈说的那样，那你和你妈尽可以安心等待结果，这应该是最好不过的了！"他答应杨州，如果组织调查问到他了，他会将杨州说的情况给组织反映。

等组织调查问到时再反映，那得多长时间啊？杨州救父心切，央求白仰光主动找人去说。还说，他岳父答应，需要退赔多少，家里不够，他岳父来出，只要把他爸放了就行。

白仰光听杨州说出这样的话，觉得又可气又可笑。但他看着杨州可怜又急切的样子，又不忍说他什么。心想，你们把问题看得也太简单了！如果真有事，仅仅是退赔就可以了的事吗？真以为钱把啥事都能解决了吗？

杨州看白仰光半天不说话不答应，往前快走两步，堵在白仰光夫妇前面，再次急切地说出他的恳求，逼着白仰光答应他。白仰光长长叹了口气，无奈而意味深长地说："杨州，这些事情不是你想象的那个样子，不是谁都可以找去说的……"

听到这话，杨州双手拉起白仰光的一只手，急得直掉眼泪，又要恳求。白仰光赶忙安慰："你也别太着急，这不是急得来的事。是这，叔叔找机会，看能不能把你说的情况反映一下。"

听到白仰光应承，杨州才如释重负，不住口地连说了几个"谢谢白叔"。

自己的事情说完，杨州不失礼貌地关心起了白玉兰的情况。问到白玉兰对象谈得怎样了，白仰光不作声。肖淑贤稍等了一会儿，才说："还那样，我们也不清楚。可能还没合适的吧！"听到这儿，杨州似乎一下子兴奋起来，他给白玉兰爸妈说，他留学时有一个非常要好的学长，各方面条件都非常非常好，作为精英人才已被聘回国内发展了。学长一直耽于学业，到现在还没有谈下对象，如果叔叔阿姨同意，他介绍给玉兰接触接触。白仰光只哼啊哈啊听，肖淑贤听着高兴地说："是吗？那敢情好！你可以帮忙给联系一下！这俗话说，千里姻缘一线牵，说不定还真能成呢！"杨州便说他回去就联系，像玉兰这么好的条件，没他挑的啥。只是叹息说，那男孩现在在北京发展，不知道愿不愿意到咱们这边来。肖淑贤便又将白玉兰目前新的工作给杨州说了半天，并说现在交通便捷，距离根本就不算什么问题。

杨州回家立马联系了向北斗。他兴奋地给向北斗介绍白玉兰的情况，并发自肺腑地感叹，有福之人不用忙，自有好运从天降。通完话，还从微信收藏夹中找出以前白玉兰微信朋友圈发的照片，给向北斗发了两张过去。果不其然，不一会儿向北斗就来了电话，说女孩看着真不错。只是他担心距离太远，女孩会不会不愿意接触。杨州说，你看上人就好说。并说女孩父母那边没问题，他再想办法联系女孩本人。向北斗很高兴，一再客气地对杨州表示感谢，并问他啥时候来北京，应承见面好好谢他。杨州对爸爸的事情一概对外保密，对这个好朋友也不例外。他对向北斗说，快了，去北京了肯定联系。并说如果月老当成，少不得好好宰他一顿。

　　和向北斗说好后，杨州看时间已经太晚，不便和白玉兰联系，就躺在床上翻看与白玉兰的 QQ 和微信聊天记录。近些年很少联系，但以前的聊天记录他一直保存着，虽然也没啥实质内容，但他就是舍不得删除。白玉兰朋友圈设置了三天时限，杨州看里面啥都没有，便又翻看白玉兰的 QQ 空间。QQ 空间依然开放着，但时间停留在了几年前。杨州看着心里不由得翻江倒海。说实话，谁把白玉兰娶走，他都有被挖走了心头肉似的疼痛感。但现在没办法，一是白玉兰的确不小了，该找个合适的人嫁了；再就是他最近可以借着这事经常去找白玉兰爸妈，好顺便打探爸爸的事情。

2

　　第二天杨州联系白玉兰时，白玉兰正将整理好的资料往一个档案袋里装。她到项目组后已经出了两趟差。每次去还不是只到一个地方，而是在一个地方办完事，又飞到另外一个地方去。白玉兰除了负责整理资料和文书材料外，还要订票、订酒店、联系接洽单位等。她脑子每天被各种事情塞得满满的，丝毫不敢疏忽。繁忙的工作，让白玉兰精神高度紧张，使她在大多数时间里，把个人的事情忘得干干净净。只有在每晚临睡前，才会想起那些烦心事，但也因为白天极度劳累，很快就入睡了。

白玉兰看是扬州电话，放下手中的活儿接通了。

寒暄了几句，扬州就问她晚上有没有时间，想请她一起吃个饭，或喝个茶。白玉兰猜测一定是有重要事情。她知道扬州家正处难时，如果现在自己连一起坐坐的机会都不给，那就说不过去了。现在扬州已经结婚，听说找的妻子各方面条件都非常好，原来的那种感情上会有纠葛的顾虑，现在肯定是没有了。于是白玉兰答应了，并说由她请客，约定晚上在一家茶室见面。

扬州下午专门去洗了澡，做了头做了脸，收拾得精精神神。在白玉兰跟前，他自小就有身高长相上的自卑，但这并不妨碍他从小就对白玉兰极度喜欢。小时候，家长带孩子们一起玩时，见到孩子更多的是关心他们的学习成绩，拿了成绩来相互比较。扬州就是家长口中那个"别人家的孩子"，这让他格外骄傲自信。尤其是听到白玉兰妈妈说："兰兰啊！向你州州哥哥好好学，下次也考第一名哦！"白玉兰便像个跟屁虫一样，跟在他后面，不停地"州州哥哥"撵着叫他，和他一起看童话书，一起玩游戏。那时候虽然年龄还小，但扬州心里总是涌动着别样的幸福和快乐。

等父母正式提起他的婚恋之事，白玉兰也上大学了，他便毫不掩饰地告诉父母，白玉兰是他最理想的结婚对象。他表达得简单直接，不容置疑，一点也没有不好意思。他之所以这样，是担心白玉兰被人追走抢走。但很遗憾，无论父母直接找到白玉兰家里去提亲，还是他个人积极努力，不断联系、不懈追求，终而不得。

白玉兰现在在集团总部办公楼工作。办公楼上的氛围和工作人员的着装，明显不同于原来所在的电视台。白玉兰为了适应总部里的氛围，专门由妈妈陪着去买了几件衣服，都是比较简单的半职业化时装。她今天穿的这条黑色带白波点套装裙，恰巧是她妈妈认为最显时尚、年轻的衣服。

下午下班后，白玉兰直接从单位来了茶室。

杨州看见白玉兰，老远就站了起来。简单的职业装难掩白玉兰颀长袅娜的身段和美丽白皙的容颜。杨州感觉，白玉兰似乎飘飘忽忽虚虚晃晃地朝自己走了过来，他心口一阵一阵地狂跳。他赶忙招呼服务员过来，准备点茶和点心，来掩饰自己的慌乱。

杨州知道爸爸的事情影响大，也不避讳白玉兰，直接明说了他找白玉兰爸妈的事情。三言两语，就将话题引到了白玉兰的个人问题上。白玉兰一直微笑着听。当听杨州说男孩叫向北斗时，白玉兰笑说："向北斗？这名字可真土！"杨州便介绍说，这名字来头可大了。向北斗家三代航天人，爷爷、父母都是搞航天研究的科学家，所以给他起名向北斗，希望他像浩瀚星空中最明亮的北斗星一样。最庆幸的是，向北斗没辜负他家人的期望，更没有辜负这个名字。他三十出头就在航天专业方面有了不少研究成果，引起了国内外学界的高度关注，国内外院校和研究机构早就将他锁定在了人才库。但他像他的祖辈一样，一心报国，去年作为国家高科技精英人才，被招聘回国了。

白玉兰眼睛睁得大大的，一边认真听，一边脑子里给这人画像，她眼前就浮现出一个脸颊细窄、发际线高、戴一副高度近视眼镜、细瘦文弱、不苟言笑、埋头学习的男子形象。她正在出神想象，杨州已打开手机，找出了向北斗的照片给白玉兰看。只见照片上，一个高大魁梧的小伙子，穿一身运动装，背着个旅行包，右脚踏在上面台阶上，左脚踏在下面台阶上，右手做出胜利的手势，攀登在即将到达山顶的位置，骄傲地转身回头向下俯视。小伙子头发浓密，方正脸庞，麦色皮肤，五官俊朗，未戴眼镜。这个形象，与白玉兰的想象刚好相反，她不由得坐直身子，认真细看照片。杨州看白玉兰很感兴趣，又翻出了向北斗的微信朋友圈，找出向北斗的其他生活照让白玉兰看。为了让白玉兰了解得更多，他还按照自己对向北斗的了解，给白玉兰讲解每一张照片中，向北斗可能正在干的事情，以及照片后面的背景。

　　杨州征求白玉兰意见，问要不要把她的手机、微信等联系方式给向北斗。白玉兰笑笑，没说可以，也没说不可以。不否认就是同意，杨州随即就将白玉兰的联系方式都发给了向北斗，还偷偷照了一张白玉兰坐在他对面的照片，也发了过去。不一会儿，白玉兰便收到了向北斗申请加为微信好友的通知。白玉兰笑着拿手机让杨州看，杨州说："快加上吧，就是他！没事多联系、多交流，权当多了一个朋友。"

第二十七章

1

又到周六，老姜准备再去医院看望黑子爸妈。他一直记挂着黑子找他查询黑耀宗股票的事。不见黑子联系，他还主动问了两次，结果黑子都说暂时走不开。

老姜这次探望，主要是想催催黑子，一定要抽出时间，赶紧回去查查黑耀宗的股票情况。

于平听说老姜来了，让黑子扶她去了一趟卫生间，擦洗了手和脸，梳了头发。上床后，又把衣服穿整齐，让黑子往她背后垫了一床被子，靠着坐在床上。

老姜给于平提了几样营养品和水果。他轻轻放下，就坐下来细细询问于平的身体状况。于平一直微笑着回答。

黑子给老姜倒了水，坐在另外那张床边听他们说话。妈妈一直强打精神，面带微笑，没有流露出丝毫的难受难过。

黑子看妈妈快要躺下了，知道她实在是撑不住了，就对老姜说："姜叔，我陪您去看看我爸吧！"老姜告辞，先一步出了病房。黑子赶忙把妈妈背后堆的被子拿走，扶妈妈舒服躺平，给妈妈的水杯里倒了热水。

路上，老姜问黑子："查询你爸股票的事情怎么安排啊？"黑子说现在就行。老姜欣然同意："好啊！看完你爸咱立马就去！"

到了黑耀宗病房，老姜看见黑耀宗瘦条条躺在那里一动不动，轻声叫着："老哥哥！我来看你了！"声音哽咽着。

英子爸也在，他忙给老姜端过来一张蓝色的塑料小方凳，招呼老姜坐下。老姜抚摸着黑耀宗的头脸，捏揉他靠近自己那边的手，管他听见听不见，自顾自给黑耀宗说话："老哥哥啊！你这一躺下咋就不醒来了呢？你看你这一躺下吧，吓得于平都病成啥了，瘦得都脱了相了啊……"老姜说着说着，竟然不管不顾地大哭了起来。黑子早就听不下去了，走到病房的窗子跟前，看着窗外，任凭眼泪奔涌。英子爸坐在靠墙的一张小凳子上，低着头，手蒙住脸，不忍目睹。

老姜哭了一会儿，终于停住了。他接着说："老哥哥啊！你是咱老年合唱团的领唱呢，你这一病啊，可把大家给急坏了！这合唱比赛，都排练了多长时间了啊，可每次排练，大家都为你不能来遗憾呢！老哥哥老姐姐们都想你呢！想让你继续领唱，带领大家比赛拿大奖呢！"

"唉！"老姜说了半天，看黑耀宗躺在那里纹丝不动，没有一点点反应，失望难过得连连叹气……

老姜本来还说要去看望一下黑子姥姥，黑子说时间太紧，改日吧。老姜只好说算了，俩人下楼直接开车向黑子爸妈家里驶去。

2

黑子真没想到，事情竟然出奇地顺利。他只猜测了一下，就猜对了。黑耀宗真把股票操作系统的两个密码，一个设置的是于平的生日，一个设置的是黑子的生日。黑子让老姜换着试输入第二次，页面就打开了。

老姜鼠标游走，边给黑子讲，边一项一项打开给黑子看。要打开黑耀宗股票持仓情况时，黑子看到老姜按鼠标的手在微微发抖。老姜没有直接打开，而是拧过头来看了看黑子，说："这里面就是你爸现在手上买的股票了。我打开了？"

黑子想都没想，说："打开。看看我爸到底买了些啥股票，没事就看图形研究股票呢！"

听到黑子的话，老姜意味深长地拧过头看了眼黑子，幽幽地说："你爸是爱研究，他讲究价值投资长线持有。那……我打开了？"

"嗯，打开！"黑子身子往前凑了一下，希望能够看得更清楚一点。

黑子一时半会也看不太懂，可老姜却长出了一口气，开心地笑了起来，不无赞叹地说："老黑啊老黑！可真有你的啊！"老姜兴奋地给黑子讲："你看你爸买的股票，都是龙头股。一个是5G龙头，赚翻了啊！一个是大基建水泥股，优质成长股，也小赚。还有这个，你看！最火的，吃药喝酒股！哈哈！你个黑耀宗，还真是大神啊！"

黑子看得稀里糊涂，但听老姜一说，基本明白了。他正开心，老姜又用鼠标指着说："黑子你看！我一直就担心这事。这只股票，你爸那时候还给我隆重推荐呢！说他一直在关注，是高成长股，产业优势、财务状况各方面都特别好。你看，你爸买的时候，在这儿！他买之后还涨了一阵……"

老姜已经打开了系统的股票K线图，指给黑子看黑耀宗买那只股票时的点位。

"你看！在这儿，突然爆出这家公司财务造假，连续亏损，还有其他严重问题。咔咔咔！连续跌停，断崖式下跌了……"

黑子眼睛瞪得老大，K线图形很简单，他虽然不懂，但表达的意思一目了然。他正要问，老姜说："这个股票已经停牌了。正在调查中，有可能要退市。"

"啊？！那咋办？我爸的股票就作废了？"黑子不由紧张起来。

"如果退市，也可以索赔。这个具体怎么办我还不清楚。唉！奶奶的，你看那时候的图形，那时候他们公布的财务各方面的数据。你看，多漂亮！我当时手头没钱，要有钱，我说不定也买了！哼哼！这帮坏怂，坑人得很啊！"

"那怎么办啊？"黑子蒙蒙地问。

老姜将鼠标在黑耀宗的持仓股票里上下滑动，不无遗憾地对黑子说：

"你爸要不买这个股票，还真不错。你看！偏偏这个股票他买得还比较多。这个股票现在还不能交易。目前他整个持仓股票是亏损的。"

老姜停顿了一下，又颇为轻松地说："不过亏损还不算很大，够好的了！比我出来进去的强多了。你听说过没？炒股的人，有可能进去貂皮大衣，出来三角裤衩；进去开宝马，出来骑自行车。据说一些投资大的，行情不好时亏掉几套房的都有呢……唉！不说了，干啥的都有呢！"

黑子也略微轻松了一些，说道："听说这几年股市一直在低位呢，说是叫什么坑来着？哦，对，黄金坑！"

老姜听了黑子的话，也笑了起来，说："按理说，这股市是经济的晴雨表，国家经济发展这么好，股市应该向好的。你爸那时候跟我们哥儿几个闲聊时，经常就是这么说。你看你爸买的股票时机点位，似乎都有走好的势头。要不然，他一向稳妥，不会重仓的。你看他基本满仓了。唉！股市上可用资金不到一万元。"

"哦……"稍顿了一会儿，黑子才蔫蔫地应了一声。

老姜听着黑子没精神，就从电脑屏幕上移开目光，看着黑子，问："是不是急着用钱啊？如果要用，你爸这几只股票叔给你盯着，最近瞅合适机会就卖了？"

"姜叔，找您那段时间真快顶不住了。"黑子迟疑了一下，还是告诉了老姜实情，"我卖了我的那套房子。这一个多月，又给他们办过两次出院手续。我妈和我姥姥都报销了不少，手头还行。"

老姜长长叹了口气，说："现在啊，也就房子值点钱……"顿了一下，苦笑着说："这人啊，你说这命贱吧，可一住进医院，就又贵得不行！"

黑子没说啥。他心里想，比起亲人的命，房子啥的，都算得了什么呢？

"那是这，叔把你爸这几只股票都给你操心着。这股票行情变化大，看合适时候，该卖就卖了去。叔到时候提醒你操作。"

黑子默不作声。老姜拧过头来再看他，黑子才说："姜叔，谢谢您！我爸的股票还是让我爸自己处理吧！我相信我爸会好起来的！"

老姜笑了笑，没说啥，跟黑子招呼了一声，就退出了股票操作系统，顺手关了电脑。他心里暗想，这爷儿俩还真是一个模子刻出来的，长得像，连这"轴"劲儿也像。

第二十八章

1

项目组事情太多，白玉兰上班的时候，除了线上工作，根本没时间看手机。微信群发信息她基本不看，私聊信息也只有下班了，或者晚上忙完了，粗粗浏览一下。刚开始，她爸妈也不明白，埋怨女儿对他们的信息不理不睬。后来问了才知道，她根本就没时间看。知道这个情况后，他们有重要事情，就直接打电话，或者发微信语音视频，那样有振动或铃声提醒白玉兰接听。

白玉兰也因此受到了鲁明和艾静的埋怨。有一天晚上，艾静发微信语音和她聊天，问她为啥老不及时回信息，是不是准备连他们也拉黑啊？白玉兰无奈地解释了半天，最后答应，等鲁明、艾静十一放假回来，请他们吃饭赔罪，伶牙俐齿的艾静才答应原谅她。

向北斗追白玉兰挺紧，只要有时间，就会发微信。同样地，白玉兰白天很少回复。晚上，也经常是有一搭没一搭地说说就不吭气了。向北斗很郁闷，给杨州说，白玉兰可能对他不感兴趣。杨州鼓励向北斗，追美女好比攻城略地抢占堡垒，要勇往直前，一追到底，不把红旗插上山岗，决不能轻言放弃！向北斗便又想发就发，我发我想发；你忙你的，你忙归你忙。他发了信息，白玉兰当时回不回，他也不在乎。只要白玉兰最终回复一两句，哪怕一两个表情，他都像给了糖吃的小孩一样，心里甜甜的。

杨州劝别人一套一套的，可实际上，他自己心里比谁都烦乱。爸爸的事情，到现在一点消息都没有，他心急如焚，却毫无办法。向北斗告诉了他白玉兰的状况后，杨州就借说这事，又去了白玉兰爸妈家。他一再跟白玉兰爸妈讲，向北斗各方面条件真是难得地好，请他们务必劝劝白玉兰，要珍惜，要抓住，否则越耽搁可选范围就越小。并一再真诚地说，他把玉兰当亲妹妹，完全出于对玉兰的关心，站在亲人的角度，设身处地为玉兰着想，才专程来给叔叔阿姨说这事的。杨州还直言，白玉兰要在家的话，他会当面跟她好好谈谈。杨州就又翻出向北斗的照片，让白玉兰爸妈看。老两口看着照片称赞不已。杨州能看出来，白玉兰爸妈看了照片，都很高兴，很喜欢，对他的态度都比刚来时热情了一些。

杨州记得，他在那天晚上第一次提起向北斗时，白仰光表现得漫不经心，态度漠然。这会儿，白仰光也变得积极热心起来。他还催促肖淑贤要多关心关心女儿，该提醒点拨的地方，当妈的就要给女儿操心着。最后，不等杨州问他爸的事情，白仰光就主动跟杨州说，他给相关领导将他们家属反映的情况汇报了一下，请组织多方面尽快调查。现在正在深入调查中。并交代杨州一定要照顾好他妈妈，要相信组织，只要没拿不该拿的，没占不该占的，没犯不该犯的，事情最终会水落石出的，组织也会还他爸爸清白的。临走，肖淑贤还叮嘱杨州，给人家小伙子解释解释，玉兰现在刚换了新单位新工作，特别忙，没时间看手机回信息，晚上也经常加班加点，让理解着点。也让杨州给向北斗说说，男孩子主动着点，等过了这阵子，玉兰工作熟悉了理顺了，就好了。

杨州兴冲冲回家后，仔细琢磨了半天，觉得还是得跟白玉兰先聊聊，得先探清楚白玉兰的真实想法。他深知，这女人心海底针，难以捉摸，仅凭那天白玉兰看照片的一时表现，很难摸清她的态度，不一定判断得准。如果白玉兰真不愿意，他一个劲儿地鼓励向北斗猛冲猛打，也不是个事。

杨州知道白玉兰忙了不看信息，就直接给白玉兰打电话。

白玉兰在电脑上刚忙完了带回家的工作，正拿着手机往卫生间走，电话铃响了。她一看是杨州电话，没犹豫就接了。杨州问白玉兰和向北斗聊得咋样，白玉兰笑着说还好啊，杨州就像哥哥敲打不懂事爱撒谎的妹妹一样，数落白玉兰："都不理人家，还说好啊？"

白玉兰说："哪有不理啦？一直在理啊！"就又解释说自己忙得根本没时间看手机，等看到信息了，就都有回复。她还很不好意思地说，晚上经常累的，看着手机打着字就睡着了。

杨州听了白玉兰的话，心里有了底，但同时心生嫉妒。他提醒白玉兰要注意劳逸结合，尤其要注意公私兼顾，不要只顾着忙工作，而把个人的终身大事给耽搁了。杨州自顾自地说，等他想起要照顾一下白玉兰的情绪互动一下时，发现电话早断了。

2

十一国庆长假前的最后几个工作日，项目组一行四人还随曹副总工乘机飞往北京出差。

来到北京机场，到处插满了大大小小的五星红旗，LED 彩屏以及所有的墙面，甚至悬空的横梁，凡是可能的地方和空间，都已经布置成了迎接国庆的宣传内容。机场内外显眼的场地，摆满了主题突出、美轮美奂的鲜花造型。白玉兰目不暇接，惊叹不已，不由得兴奋起来。她准备工作结束后多待几天，好好感受一下国庆的盛大喜庆场面。

白玉兰一边走一边用手机拍照。她挑选了几张好看的照片，发到了朋友圈。这是白玉兰上海失联事件以后第一次发朋友圈。

发朋友圈显示的地理位置，让白玉兰的微信朋友都知道她去了北京。不一会儿，点赞的、评论的、来信息问候的，一大堆。问候的多是：美女去北京啦？美女参加国庆盛典去啦？白玉兰不能一一回复，只能挑着回复一两句。

向北斗第一个给白玉兰发来了信息，确定白玉兰就在北京后，直接就约白玉兰见面。白玉兰从向北斗的聊天表情和信息，能看出来向北斗非常开心激动。她告诉向北斗，自己是随项目组出差来了，要看工作进展情况，如果能安排出时间，可以见个面。向北斗给白玉兰发了一个非常可爱滑稽的表情，一个可爱的动漫小动物在着急地不停搓手手。向北斗恳求白玉兰，一定要想方设法腾出时间见面。白玉兰偷笑着发了三个不好意思的表情，就不再说话了。

基本与向北斗同时发来信息的是鲁明。他问白玉兰：到北京了？白玉兰回复了个"嗯"字。再问：是出差吗？白玉兰还是回复了个"嗯"字。过了一会儿，鲁明又问：抽时间一起坐一下？白玉兰还是回复了个"嗯"字。

其实，鲁明在给白玉兰发信息时，也在和艾静不停地聊天。是艾静告诉他，白玉兰来北京了，两人商量由鲁明邀请白玉兰聚一下。

过了一会儿，艾静问鲁明：你邀请了吗？鲁明不说话，直接将他与白玉兰的聊天记录截屏发给了艾静。艾静看后，先发了个惊讶的表情，后又发了个发呆的表情。鲁明心里窃笑：妖精！自己看，没啥可怀疑的了吧？

很快，白玉兰就又收到了艾静的信息，收到了赵青的信息，收到了田薇薇、范卫华好几个人的信息。

白玉兰看着艾静连续发来的表示欢迎的表情包，既新奇又好玩，不停偷笑。她也连续发了好几个表情回复艾静，但总觉得，自己发的表情就是没有艾静的表情包看着好玩。她忽然想起来，向北斗给她发的那个着急地搓手手的表情，就找出来转发给了艾静。

白玉兰跟赵青多聊了几句，给田薇薇和范卫华发了个微笑的表情，就再没有看别的信息。一路上，曹副总工一直跟随行人员交流工作，她还得用心听用心记。白玉兰知道此行任务很重，曹副总工对工作要求很高，自己又是新手上路，那绝对是一点也不敢马虎。虽然杨州拿自己的老婆给她现身说法洗过脑，但父母几十年如一日给她灌输的女孩子要自尊、自爱、自立、自强的"四自"思想不是谁三言两语就能轻易抹去的。

一路颠簸，白玉兰有点晕乎。再加上坐在车上看了会儿手机，她胃里翻江倒海直犯恶心。她将挨着自己的车窗打开点缝，想吹吹风。可吹进来的风凉飕飕的，她忍不住打了个寒噤，便急忙又将窗子关严了。她胃里一阵一阵发冷，人却格外清醒起来。唉！这十一假期过去，眼看就要到年末了，正儿八经三十岁了呀！看来，还真得把这个向北斗好好了解一下了……

3

在北京的第四天晚上，白玉兰匆匆赶到与鲁明和艾静约定的餐厅时，发现他俩还带了一个人。鲁明从白玉兰的表情和神色中，看出了她的诧异和不自然，就赶忙让艾静给白玉兰介绍这位面皮白净，有几分斯文，又有几分随意懒散的男人。艾静拉长腔调哆哆地"嗯"了一声说："不行！我得先给大神介绍一下美女。这就是我给你提过的，真正的肤白貌美、人若玉兰的白玉兰女士！"

坐在艾静旁边的斯文男子站起来，微微欠了欠身子，淡淡溢着笑意，口里说着："幸会幸会！"向白玉兰伸出了他白皙修长的右手。白玉兰也赶忙欠了下身子，尴尬地笑着，也伸出了右手。但她仅把手指浅浅让对方握了一下。

"我再给美女介绍一下这位帅哥！哦，不对！应该是大神、大咖！"艾静亲热地靠近斯文男子，右手搂着男子的肩膀说："我留学时的学长兰思哲。也是名满北京，有着巨大影响力的独立经济撰稿人、学者、投资人、合伙人！"

白玉兰不由得多瞅了一眼这个貌似散漫的男子，心里暗想，还真看不出来呢，应该还不到四十吧，这么多名头？

有艾静的地方，就不会气氛沉闷。一番寒暄之后，艾静就把气氛调和得自然热火起来。她反复打趣白玉兰："几日不见刮目相看啊！摇身一变就成女强人了？"

白玉兰苦笑着说："什么女强人啊？就是换了个和原工作完全不沾边的活儿。把人一天折腾得累的，什么都顾不上了。"

貌似只顾和鲁明吃菜喝酒的兰思哲接上问："美女学啥专业啊？在哪里高就啊？"

白玉兰不好意思地直打马虎眼："别听艾静的，就是一个国企职工，给一个项目组跑腿打杂的。"在哪里上学、学的啥专业，她压根就没好意思提。

"哦，国企很厉害啊！大多是支柱产业！"兰思哲看着白玉兰，真诚地笑着说。

艾静不失时机递话："玉兰姐，把兰专家微信加上！你们企业的项目，让兰专家给你们研究分析一下，说不定就帮你们大忙了呢！"

"不敢当，不敢当！玉兰美女，来，我扫你！加一下微信，方便联系。"

白玉兰将微信二维码找了出来，拿着手机伸过手去。兰思哲扫后，随即点了"添加到通讯录"。他还使劲伸长脖子，来看白玉兰的手机显示。当看见白玉兰打开微信，连忙说："对！就这个，兰思哲——兰心惠存！"

艾静看着，忍不住笑了起来，说："还真是有缘人啊！白玉兰——兰思哲——兰心惠存！妙极啊妙极！"

鲁明也淡淡笑着附和："还真是啊！有意思！"

白玉兰让艾静和鲁明一唱一和搞得很不好意思，她尴尬腼腆地笑着，拿着手机翻看，随即就收到了兰思哲发来的信息：你好！后面紧跟三个握手的表情。白玉兰回复了个微笑的表情，也发了个你好，紧跟了三个握手的表情。

鲁明举起杯子，招呼一起喝酒："来来来！一起碰一下，值得庆贺啊！结识新朋友，不忘老朋友！"碰了杯，自己先将满满一杯酒咕咚仰脖灌了下去，少见地豪气痛快。

艾静和白玉兰也端起饮品喝了一口。

时间过得飞快，不觉已过了九点。白玉兰悄悄地对艾静说："我该走了，否则项目组的领导同事要担心了。"

艾静埋怨："还准备去酒吧嗨呢，你就要走啊？不给人面子嘛！"

鲁明虽然喝了酒，但人很清醒。他对艾静说："玉兰要回就回吧！咱们先送玉兰回酒店，然后再回家。"

艾静白了鲁明一眼，娇嗔着说："你傻啊？兰心惠存！人家候着呢！用得着咱们送吗？"

"没问题没问题！由我来送玉兰美女！"兰思哲将手机往手包里塞，准备起身。

"不行不行！你和我都喝酒了，不能开车！"鲁明制止兰思哲，话语神态里明显带了埋怨。

兰思哲淡淡笑了笑，说："我带司机了。"

"哦……那还行！那你可一定要把玉兰安全送到哦！"鲁明的语气里，略有几分失落遗憾。

4

一直在餐厅外一辆越野车里坐着的一个人，此时沮丧懊恼至极。他狠狠地砸了一下方向盘，紧跟着白玉兰乘坐的那辆白色法拉利，尾随而去。

这个人就是向北斗。

白玉兰每天工作完，回到酒店吃完饭，还要整理资料继续工作。向北斗连续联系了几天，白玉兰总说安排不出时间见面。但她也说，等这边工作结束了，她争取挤出时间见面。白玉兰这一句"争取"，让向北斗心里没了底，他有点着急，真担心错过了这次难得的见面机会。他就自作主张，这天下午下班后，早早开车等在了白玉兰下榻的酒店门口。

他准备不管白玉兰回来多晚，都要堵住见上一面。哪怕一起在酒店大堂坐一坐，一起喝杯茶、说几句话都行。可他一直等到八点多了，还不见白玉兰回酒店。向北斗就微信联系白玉兰，结果知道她在和老同学一起吃饭。老同学提前在她回酒店顺路要经过的地方订了饭，她只得去赴约，半路已经下车了。

向北斗真生自己的气。觉得自己怎么那么笨呢？为什么自己就没想到这个办法呢？这几天随便哪天中午，在白玉兰工作的单位附近找个地方，就可以约出来见个面啊！但现在再怎么自责都没用了，向北斗心里火烧火燎的。最后他打定主意，不管咋样，今晚一定要见白玉兰一面。他便将车又开到了白玉兰吃饭的餐厅门口，准备在这里再把白玉兰截住，最好能由他送白玉兰回酒店。可他还是没等到这个机会。几个人一出来，一辆白色法拉利刚好就开到了他们跟前稳稳停下。白玉兰和一个瘦高个儿男子坐上这辆车走了。

向北斗头脑一阵发蒙，想都没想，就尾随上了那辆白色法拉利。

一路风驰电掣，白色法拉利直接开到了白玉兰下榻的酒店门口，白玉兰和那个一起上车的男子进了酒店，白色法拉利则犹如一道流光，瞬间又消失在霓虹夜光中。

向北斗在车里远远看到这一切，他头脑越发涨麻，心里越发堵塞。他找了个车位停下，拿起电话准备给杨州拨过去。可他转瞬又将电话扔在了一边，他想等等再说，看那个男子什么时候从酒店出来。

终于，在快十二点时，那个瘦高个儿男子才从酒店走了出来。而那辆白色法拉利，不早不晚，刚好就开过来停在男子身边。然后，又闪电般，再次消失在暗淡下来的夜色中。

向北斗望着远去的法拉利，狠狠骂了一句粗话。他压根就没考虑时间晚不晚，拿起手机，给杨州拨了过去。电话一通，便劈头盖脸一顿抱怨："杨州！你到底了解不了解那个白玉兰？怎么是那个样子？自从她人到北京，我一直就在联系，说好见面呢，却总说没时间。今天倒好，和别人见面吃饭有时间了？大半夜的，和一个男的在酒店，一待就是两个来小时！这算是怎么回事呢？这女孩咋是这个样子啊？"

杨州迷迷瞪瞪的，听着向北斗连珠炮似的埋怨，云里雾里的，不知说什么好，只能一个劲儿安慰："向兄！别生气！我尽快了解，等我问清楚了就……"还没等他说完，向北斗就挂了电话。

5

回酒店路上，白玉兰和兰思哲一路闲聊。兰思哲听说白玉兰他们此行主要是到几个院所考察院企合作项目运行效果，就主动说他还真在这方面有一些研究，曾给几个院企合作项目出过方案，都运作得很成功，效果还不错。白玉兰听后很激动，马上说她要告诉曹副总工这个消息。也不管兰思哲同意不同意，就拨通了曹副总工的电话。曹副总工听了很兴奋："谁？兰思哲？！当然知道了，我经常看他的文章，看他做的案例呢！""啊？现在就在来咱们酒店的路上？那太好了！这简直太难得了！你一定要给咱们请过来，让给咱们指导指导！我们这就下大厅去迎候！"

曹副总工说话声音很大，兰思哲将他们的通话听得清清楚楚。他知道无法回绝了。再说，他看见白玉兰楚楚动人的大眼睛亮晶晶的，闪着期待的光芒，就像小孩子一样，根本不忍拒绝。兰思哲只好笑笑，表示同意了。他们一进酒店大厅，就看见曹副总工和另外两人正往酒店门口这里走。

曹副总工看见白玉兰和兰思哲进来，紧走几步，双手握住兰思哲的手摇晃着说："真是太好了！太感谢了！没想到玉兰能把您请过来！"兰思哲一向散淡，被一个年长很多的人这么看重，这么热情地迎接，搞得他还有点不好意思。他被动应承着，步履不由加快，紧跟着他们上楼。

到了曹副总工房间，曹副总工专门将自己带的好茶拿出来，让白玉兰给大家泡上。

坐定后，曹副总工迫不及待地就将他们这个院企合作项目的进展情况，以及存在的问题和一些顾虑和盘托出。他毫不隐瞒地告诉兰思哲，本次考察的目的，就是想从企业一方认真审视一下这个合作项目，有哪些不周全的地方，尤其要挢出对企业不利的方面，以便更好地完善合作方案，防止后续出现问题使企业处于被动位置，避免给企业造成损失。曹副总工将基本情况介绍完后，同行的另外两位还补充了一些内容。兰思哲一边认真听，一边在大大的手机记事本上快速记录。

三个人介绍完后，曹副总工恳切地请兰思哲提意见。兰思哲若有所思，没说什么建议，又问了很多有关企业的情况，如产品产量产值利润情况、产品运用领域情况、企业的规模产能情况、装备和技术能力情况、职工人数及构成情况、管理运行模式情况等。兰思哲的问题，主要由曹副总工回答。曹副总工回答时，兰思哲有时候还会忽然插话，问一些细枝末节的问题。就这样交流着，不知不觉都快十二点了，兰思哲才不再问什么，说他需要回去再看看资料，通过企业网站等平台，再细细了解一下企业的情况，包括合作的院所情况也需要了解，等了解清楚了再说。曹副总工由衷地夸赞兰思哲严谨专业，有学术精神。一个劲儿地表示感谢，并说他将报告集团领导，对兰思哲的帮助，要给予实质性的感谢。

兰思哲离开时，曹副总工执意要送兰思哲到楼下，被婉言谢绝了。曹副总工又打发白玉兰单独送兰思哲走，兰思哲更是坚决不允。曹副总工很过意不去，硬是坚持和大家一起将兰思哲送到了电梯口，看着兰思哲进了电梯，才感慨万千地回头往房间走。曹副总工对兰思哲大夸特夸，末了，还不忘将白玉兰也顺便夸奖了一番。说她给企业立了功，做了大好事，有这样的专家给企业出方案提建议，肯定错不了。要不是白玉兰，专门去请人家做方案，人家都不一定顾得上或愿意做。曹副总工最后说的一句话，让白玉兰很受刺激："像这种大咖的专业团队，做这种项目，服务费少说得几十万上百万的！"

听曹副总工这么一说，白玉兰心里忽然"咯噔咯噔"紧张起来。自己这么莽莽撞撞地将人家兰思哲叫过来，这是算干什么呢？让人家白帮忙吗？人家为啥要白帮忙呢？要服务费吗？会咋算？要多少？企业愿意出吗？他会在方案拿出来前要还是拿出来后要？如果企业不愿意给咋办？企业要是认为并没请他，又没合同，或者说方案、建议并不合适……怎么办？白玉兰因为自己这么一个稀里糊涂的行为有可能引发好多事情而烦恼起来，折腾得一宿没合眼。

白玉兰休息不好黑眼圈就特别明显。早上起来看着镜子里的自己，她懊恼不已。本打算今天和向北斗见面呢，这样子可咋见人啊？憔悴不堪的，不是等着见光死吗？

一整天，白玉兰头昏脑涨，忐忑不安。既希望向北斗像往日一样，约自己晚上见面，又害怕他联系约见。她觉得这副样子实在无颜见人。终于挨到了下午工作结束。白玉兰一直没有接到向北斗的电话和微信，她心里既庆幸又失落。

回到酒店，白玉兰感到不可言说地难受，人昏昏沉沉的，一点也不想吃饭。就给曹副总工他们说了一声，回房间睡觉了。

第二天，是白玉兰结束工作后仅有的一天休息日。白玉兰窝在酒店哪里都没敢去，等着与向北斗约见。结果等到下午七点半，一直没有等到任何信息。白玉兰郁闷到了极点。照她原来的性子，她绝不会主动去跟任何男生联系。而今都快成剩女了，她决定主动联系。

白玉兰觉得用微信联系稍微好一点。她先给向北斗发了个微笑的表情。等了半天，向北斗没有任何反应。白玉兰猜想，向北斗是不是没看手机？就又发了句："在吗？"结果等了半天，向北斗还是没有回复。怎么回事？白玉兰心里很不是滋味。眼看着时间都快八点了，过了八点，即便是联系上，能不能见上面都不一定了。白玉兰想来想去，觉得按向北斗前面那个热乎劲儿，十有八九是没看手机。于是，她鼓足勇气，又发了语音聊天邀请。结果振铃几声后，显示向北斗拒绝接听。白玉兰简直气坏了，似乎让人看见了她卑微的样子，羞愤得脸"唰"的一下红到了脖子根。白玉兰愤懑不已，在心里开骂：姑娘我开天辟地第一回，放低姿态主动三番五次与你联系，你竟然不回还拒接？白玉兰怒火中烧，竟然没有了一贯的矜持和磨不开，直接拨通了向北斗的电话。今天我还必须问清楚，向北斗你到底是什么意思？可在电话响铃三声后，又被直接挂断了。

白玉兰明白了，向北斗不是没有看到她的信息，而是不愿意回她的信息，不愿意和她联系，不想与她见面了。白玉兰简直气坏了，也觉得自己蠢笨透了。白玉兰就也像向北斗一样，气呼呼地将电话打给了杨州。杨州的电话反复出现提示音，不在服务区内。最终，白玉兰将所有的怨与恨，都归结到了黑子身上。要不是这个黑心的、忘恩负义的、薄情寡义的、卑鄙无耻的黑贼，我能落到今天这步田地吗？白玉兰真是恨从心起、悔不当初啊！无奈何，又是自怨自艾哭哭啼啼折腾了半夜。

其他人回程机票早已预订好了。白玉兰丝毫没有了继续在北京逗留的心情，她不顾与鲁明、艾静的约定，以最快速度购到了回程机票。

6

鲁明和艾静与白玉兰联系时，白玉兰已经下了飞机，坐在了回家的高铁上。艾静一阵埋怨，白玉兰却不多言语，只说想回家了。她极尽掩饰，但语气里还是难掩不快。艾静给鲁明说："白玉兰好像不高兴！"

一听说白玉兰走了，鲁明心里已经起了疑团，忍不住翻来覆去琢磨：玉兰这到底是咋啦？不对劲啊！我们有约在先啊！真不想玩了，也应该打个电话，或者信息告知一下啊！但艾静刚刚联系过了，鲁明不好再联系，只好在心里打着小鼓默默盘算。

过了一会儿，鲁明忽然心中一动，对艾静说："你要不要问问兰思哲，他没惹白玉兰不高兴吧？那天送走后，咱们也没再过问。"

"哦！"艾静拿起电话就要打，却忽然停下，对鲁明说，"就这样问不太好吧？是不是太唐突了？人家咋说也是一大咖啊！"

"那不行你约一下，当面问？"鲁明语气颇为着急，说话很快。

"喊！看把你急的。担心啦？心疼啦？"艾静翻着白眼调侃鲁明，有点不太开心，但还是嘟着嘴说道，"那我约一下，就看人家有没有时间喽！"

"你一个人去好吗？我在，有些话他可能还不好直说。"鲁明和艾静商量。

艾静抬头看了看鲁明，很不情愿地答应了。

晚上艾静和兰思哲见面时，兰思哲已经是换第二个场子了。他懒散地坐下，歪靠在椅背上，两条细腿斜斜地伸出去老长。他斜睨着艾静问："有啥大不了的事，还非得见面说？还这么急，让我非得今晚再赶个场子？"

"先喝口茶好不好？烦人！"艾静满脸不高兴。

"咋的啦姑奶奶？"兰思哲不由得身子坐直了一点。

"我就不明白了，还真就怪了，人家有些人还就那么有本事，让所有人都能为她紧张、犯急！"艾静没头没脑又来一句。

兰思哲不知所云，整个身子坐直了。他往艾静跟前凑了凑，拿着手机的右手在艾静眼前晃了两晃，问："到底咋啦？哥可为你紧张了啊！"

"行了行了！不闲扯了，说正事。"艾静把兰思哲的手往前一拨，将头发帅气地甩了两甩。

兰思哲笑了，很有风度地做了个请的手势，装出一副正襟危坐的姿态说："洗耳恭听！"

"哎！说真的，你觉得白玉兰咋样？"艾静亮晶晶的眼睛眨巴眨巴，盯着兰思哲问。

"不错！挺好的啊！很漂亮！"兰思哲说得很真诚，似乎一提起白玉兰一下子来了精神。

"你那天把人家安全送到酒店了？"艾静问话时眼睛里有一丝捉摸不定。

"那肯定的嘛，这还用问？"兰思哲貌似不解。

艾静沉吟了一下又问："你送到就离开了？"

"哪里啊，在酒店里待了两个多小时，快十二点了才走的！"兰思哲说话时一副扬扬得意的样子，还藏着一丝诡谲的笑意。

"啊？还真是你啊？"艾静又气又怨，说话声一下子大了起来。

"怎么了？咋啦？"兰思哲表现出一脸的无辜和不解，紧张兮兮地问。

"你把人家白玉兰怎么啦？本来说好趁假期在北京多待几天，我们一起玩一玩。可人家生气了，不辞而别了！很不高兴！很不开心！"艾静一通埋怨。

"是吗？我不知道啊！"兰思哲一脸蒙。

艾静生气烦躁地催道："你少废话！快把那天晚上到底怎么回事，赶紧给我老实交代！"

兰思哲就一五一十将那天晚上的事情给艾静讲了一遍，最后貌似很不情愿地说："哥到现在还义务为人家忙活着！看看，都是你给惹的麻烦！给你的朋友帮了忙，还惹你一身埋怨，真要被冤死！"兰思哲以一副无辜冤枉的可怜相，戛然收住他的滔滔不绝。

艾静就把思绪转到了正事上，娇娇地问："师哥！说真的，你觉得白玉兰咋样啊？"

"很好啊！大美女！"兰思哲不假思索。

"我是说正经处对象、结婚！把你家老爷子、老太太的心病给治了，让老两口能够过个幸福晚年，早早含饴弄孙，最后能把眼睛闭上！"

"你是说我和白玉兰吗？"兰思哲恢复了往日的懒散劲儿。

"嗯啊！"艾静将一粒腰果塞进了嘴里。

"哥不怕你生气，说实话，她跟鲁明倒是挺配！"兰思哲说话的当儿，眼睛注意观察着艾静的神色，准备随时应对艾静的雷霆之火。

　　艾静没有发火，低了低头，苦笑了一下，悻悻地说："我第一次见到她，就知道了。可……没办法，我喜欢他，必须拿下他！"稍顿了一下，接着说："再说，那时候她和黑子好着，黑子很爱她的！"

　　"啊？还这么抢手？"兰思哲来了兴趣。

　　艾静就简单把白玉兰和黑子的事情，像讲故事一样给兰思哲讲了一遍。兰思哲听后，一副早就了然于心的神态，说："我一看就知道她是那样的女孩。包括你家那位鲁哥，也是。都有一颗玻璃心，伤不起啊伤不起！还是不碰为好！"

　　"你怎么又扯上我家鲁明了呢？烦人！"艾静似乎让人戳中了伤口似的怒怼。

　　"你先说我说得对不对吧？"

　　艾静不语，默默回想鲁明特别自尊的个性。

　　"小地方出来的人的通病。"兰思哲说得漫不经心，但艾静却走心了，细细品味兰思哲的话。

　　"白玉兰是不是也没再出国学习啥的？可能也就读了个不咋样的大学？"

　　艾静眼睛睁得老大，质问兰思哲："你什么意思啊？什么叫也没再出国学习啥的？你非得把我家鲁明和她拉一起说事吗？"

　　"你就说，是不是吧？"兰思哲根本不在乎艾静高兴不高兴，继续咬住不放追问。

　　"就是！咋啦？"艾静没好气地回答。

　　"不咋。就是感觉没经过啥事，没见过啥大世面。"

　　艾静听了这话，心想也包括我家鲁明呗，就不开心起来。她皱着鼻子，仿佛嫌恶似的说："那是！谁像你啊，世面见大了，黑的白的黄的，啥色儿的都见过，啥世面都见过！"

兰思哲愣了一下，转而无所谓地笑了两声说："哥是曾经沧海难为水喽！谢你喽妹子！"拱了拱手继续说："你就别再为哥操心喽！"

"什么妹子？哥们儿！师兄弟！"艾静满脸不屑。

兰思哲并不跟艾静计较，反而很宠溺地白了她一眼。艾静也不再生气，给两人都添了点热茶。她看了看兰思哲的脸色，继续用嘲讽的口吻说："那你为什么听我说是个大美女，就非得要见啊？还那么殷勤？还热心地帮人家做方案？"

"嗨！这你就不懂了吧？哥毕竟是男人嘛！"兰思哲用很高傲的眼神瞄了艾静一眼，接着说，"就像一个真正的钓者，钓鱼并不是为了吃鱼，而是为了享受钓到大鱼的喜悦！对了，也就是成就感……当然，还有很多其他东西。"

"你这都是些什么歪理邪说啊！你说还有什么？"艾静想让兰思哲把他那些花花肠子全吐出来，继续追问。

"那如果真有味道特别鲜美的鱼儿，钓到了……当然，最好是鱼儿主动上钩，一饱口福也无妨嘛……"兰思哲一副悠然笃定、陶醉享受的神态。

"还真是的，就怕流氓有文化！结账，走人！"艾静拿出手机扫码准备付账。

兰思哲压住艾静的手，示意由他来，自嘲道："哥成这样，还不是你逼的？"

艾静懒得再理他。

第二十九章

1

国庆假期第三天下午，雍市金秋老年合唱团的十几个与黑耀宗关系要好的老哥们儿老姐妹，参加完市里的国庆演出活动，直接带着妆容，穿着演出服，来到了黑耀宗的病房。他们就是希望通过这个特殊场景的刺激能激活黑耀宗的记忆，让他苏醒过来。

老姜很早就给黑子说了大家的计划，黑子也跟院方协调过了。下午，当老姜带大家来时，黑子已经将妈妈推到了爸爸的病房。英子一家也都在黑耀宗的病房里候着。康复中心还专门简单布置了一下病房。英子爸带着放假回来看望黑耀宗的张玉柱，从前一天就开始忙活，给黑耀宗理了发，刮了胡子，擦洗了身子，换上了干净的衣服。俩人还彻彻底底地将病房打扫得一尘不染。合唱团的演员们到来后，康复中心主任和负责黑耀宗康复的医生、护士也都来了。

老头老太太们一改往日的叽叽喳喳，按照老姜的指挥，排着整整齐齐的队伍依次进入病房。他们挨个儿来到黑耀宗病床前，有人摸黑耀宗的手，有人摸黑耀宗的脸，有人轻轻呼唤："老哥哎！我们看你来啦！"

于平的轮椅紧挨着黑耀宗的病床，她细瘦干枯的一双手，一直紧紧握着黑耀宗的一只手。她脸颊瘦削，脸色蜡黄，但看向丈夫和大家的目光，始终透着温柔的笑意。可她身体实在太虚弱了，坐都坐不直，一直斜靠在轮椅上，静默不语。

老姜将便携式小音箱与手机连线接好后，轻轻放在了桌子上。他示意大家退后站好队形。

"老哥啊！队友们都来看你啦！本来你也应该参加下午的演出呢，你还是领唱呢！大家一起在你的病房里再演唱一遍。你看！老哥们儿老姐妹都还带着妆呢！你听到后，可要跟我们一起唱啊！听到了没有？一定要一起唱啊！"老姜说完，庄重地开了音乐伴奏，站到了靠近音箱的那一边。

歌曲《我的祖国》悠扬的前奏音乐响起后，一男一女先朗诵了一段，随后，伴随着音乐，合唱团队员们动情演唱。病房里的医生、护士、家属，也都加入了合唱。他们一边深情歌唱，一边期待地盯着黑耀宗，希望他睁开眼睛、张开嘴巴，和大家一起唱。

　　一条大河波浪宽

　　风吹稻花香两岸

　　我家就在岸上住

　　听惯了艄公的号子

　　看惯了船上的白帆

　　……

于平的眼睛里盈满眼泪。她紧紧攥着丈夫的手，跟着大家无声地歌唱。她一直看着黑耀宗，可黑耀宗一直就是那样，无动于衷。唱着唱着，于平发现，黑耀宗的手在自己的手里有了反应，有了动作，有了变化。刚开始，那只手是在自己的双手里无力地摊开的。后来，手指慢慢有了一点点弯曲，接触到了于平的手背皮肤。再后来，她感觉到了一点点力量！是的，只有一点点力量。但这一点点力量，已经让她激动到眩晕，激动到泪如泉涌，激动到大张着嘴巴，发不出一点声音，却再也合不拢。她用尽全部的力量，硬是支撑到了歌声的尾音袅袅散去。歌声停止那刻，她流着眼泪，张着嘴巴，含着激动的笑容昏死了过去。

2

当医生掰开于平的手，将她紧急送去抢救时，肯定地做出判断，黑耀宗手上有了知觉，有了苏醒的迹象！

抢救了近三个小时，于平终于醒了。但医生告诉黑子，于平的生命已经到了尽头，大概熬不过今晚，让他有所准备。

黑子知道终会有这么一天，可当真的降临时，他实在难以接受。他躲进妈妈的病房里失声痛哭。他强压着，但依然像个孩子一样，断断续续地叫着："妈！……妈！……"将心里的悲伤尽情宣泄。但也就短短几分钟后，他停止了哭泣，去卫生间洗漱整理好了自己。他知道，有好多事情等着他去处理，没有任何人能替代他。他得把所有的悲伤通通藏在心里，他马上要应对好多的事情。他也明白，在妈妈生命最后的时间里，他得让妈妈见到所有她想见、挂念的人，他要努力帮妈妈完成最后的心愿。

黑子先给英子妈打电话，让给姥姥把助听器戴好，快推到住院部来。

医生、护士们将于平送回了病房。

黑子强忍住悲伤说："妈！姥姥一会儿就看您来了！"

门开了，英子娘儿俩一起推着黑子姥姥进了病房。老太太的轮椅还未推到于平跟前，两只枯槁的手，大老远地就已经伸了出来。于平也想将自己的手伸出来，可只轻轻地动了动。轮椅到了跟前，老太太一只手抓住于平的手，一只手在于平头上、脸上爱抚，一声一声叫："囡囡！囡囡！"

当了一辈子医生的老人，从女儿的气色上，已经明白了黑子急忙让自己过来的用意。这是她们母女在这人世间的最后一面啊！

于平的眼泪顺着眼角流着。

"妈……"于平声音弱弱的，但表情却是欣喜的。她缓缓地对黑子姥姥说，"一切都快好起来了！黑子爸……他快醒过来了……"

"是啊！太好了！太好了！"老太太使劲点头。

"他好了，一切就都好了。我……就放心了……"听到这话，老太太知道，女儿是安慰她，是在跟她做最后的告别。

老太太瞬间泪奔，一声"囡囡啊！"后泣不成声。

于平说了这几句话，显然已经筋疲力尽："我得休息会儿了……"

约莫休息了一个来钟头，于平醒了过来。黑子忙放开紧抓着妈妈的手，端起床头柜上晾好的水，要用勺子喂。于平轻轻摇头，眼睛看向挂着的吊瓶，意思是输液呢，她不渴。黑子放下杯子，又紧紧抓住妈妈的手。

于平定定地望着黑子。

"别难过了……看这半年多，把我儿整成啥了？瘦的……这一瘦啊，显得比原来更黑了！"她竟然疼爱地笑看着黑子，开起了他的玩笑。

黑子流着眼泪，也笑了一下，带着撒娇似的怨气叫："妈！"

于平看黑子情绪稍微好点了，就给黑子交代，要趁机抓紧给爸爸治疗，爸爸一定能好起来。黑子连忙点头答应。然后，她问黑子，记不记得上小学戴上绿领巾、当上"绿苗苗"那年春天，一家人去野外一个山坡上，一起种下小树苗的事。

黑子说："当然记得！从那以后，差不多每年春天都要去那里栽树苗，给那里的树浇水施肥……"

于平欣慰地笑了，歇了一会儿，接着说："我、你姥、你爸，早都商量好了……等我们不在了，就把我们的骨灰，都埋在那些树根下……"

黑子终于知道了，为什么姥姥年纪都这么大了，身体一直也不好，爸妈却一直没有给她买墓地。

"一定要记得哦！啥盒子都不要装，就直接埋在树根下的泥土里。"于平说话的表情里带着虔诚，甚至带着向往，"用我们的养分，让树生长……树的根系，会在地下深扎……我们一家人，会一直在一起……一定要记着……也不要什么墓碑，那些树木，就是……就是我们的墓碑。"

妈妈声音极弱，黑子要听清楚妈妈的话，任由泪水喷涌而强压着不哭出声。

于平继续交代："遗嘱，我们早都写好了，在家里妈妈房间……床头柜里……"于平眼睛里亮晶晶的，似乎满是憧憬。

歇了一会儿，她抚了抚黑子的手背，说："玉兰是个好姑娘……不要怨恨……人家没有错。帮你……照顾了我们那么久……"

黑子哭着点头答应。

于平的眼睛还一直在黑子脸上搜寻，似乎不放心黑子对她的许诺。直到黑子再次明确答应："妈您放心！我不怨恨，我真的不怨恨！"于平探询的目光才停下来。她吃力地喘息了一会儿，由衷地说："英子一家人……真好！"

黑子点头应声："嗯，好人，大好人！"

于平蜡黄的脸上含着笑意，说："英子喜欢你！"

黑子咧了咧嘴，重重点头。

于平再次闭上眼睛休息了，她的脸上始终带着满足的笑容。一会儿，她又微微睁开眼，呼吸急促，叮咛黑子，一定要把英子一家人都叫来。

随着轻轻的敲门声，英子和她爸妈进了病房。

英子爸激动地对于平说："大哥双手都有反应了！眼睛闭着，但能看见眼珠有隐隐活动的迹象。医生一直在观察。大姐您放心，大哥一定会很快好起来的！"

于平长长出了一口气，微微笑着，连连说："谢谢！谢谢！谢谢你们！"

英子妈攥住于平的手，伏在病床边说："姐啊！老姨身体已经基本康复了。您也放心吧！有我们呢！"

于平油尽灯枯，两滴细细的眼泪从眼角流了下来。她想用力地点头，但只能看见眼皮上有微微一点闭合的动作。

于平把目光移向了英子。英子妈赶忙起身，让英子靠到跟前。于平再把目光移向了黑子，英子妈赶忙又把黑子让了过去。于平把英子的手抓到自己的手里，示意黑子把手伸过来。当黑子把手伸过去后，她紧紧地把黑子的手与英子的手放到了一起。此时，她已经说不出话来，但她的目光紧紧在英子爸妈的脸上探询，英子爸妈心领神会，忙俯身向前，同时答应："大姐！您的心意我们知道，我们知道了！"于平才又将目光转到了英子的脸上，英子哭着"嗯！嗯！"点头答应。最后，她将目光定在了黑子的脸上，直至他说出："妈！我知道了！我记下了！"于平的眼睛才轻轻闭上。

半夜时分，于平带着笑意安详地走了……

3

鲁明在国庆长假第五天早上接到陶夭夭电话，说有同学给她发信息说，黑子妈妈去世了。陶夭夭告诉鲁明，长假是他们房地产销售的黄金时间，她本来不准备回雍市，但出了这事，她咋都得回去一趟。陶夭夭说话时都快哭了，连续说了几次："黑子多可怜啊！他一个人，也没人帮……"

鲁明想都没想，当即就给陶夭夭说："我们也回去！"

陶夭夭、鲁明、艾静当天飞回雍市后都没回家，联系住在了同一个酒店。一安顿好，他们就联系黑子，知道他在殡仪馆里忙着，三人就直奔了过去。

陶夭夭看到黑子憔悴黝黑的脸，直接泪奔，什么安慰的话都说不出来。她紧紧拥抱住了黑子，说："我们都回来了！"

鲁明本来就沉静，遇到这种事情，更是表情凝重得快要结霜。他紧紧握住黑子的手，说："需要我做点什么？"

艾静紧紧跟在鲁明身边，只叫了一声："黑哥！"便不知说什么好了。

"谢谢你们！"黑子把头拧向一边，控制了一会儿情绪，才转过头来，大概讲了一下情况，说已经安排好了明天早上火化，再没什么事，就是要守灵一晚。前两天晚上，一直是他单位领导派科室的男同事，轮换着陪他守灵的。

"今晚我陪你！"鲁明说。

三人行礼吊唁后，陶夭夭眼睛红红地问黑子："医院里面咋安排着？我和艾静去医院照顾姥姥和伯父吧？"

"不用了，有人呢！"黑子并没告诉他们英子一家人的事情。

艾静差点要问："玉兰姐呢？"忽然想起黑子与玉兰已经掰了，忙将身子往后挪了挪，借鲁明身子挡住自己，担心黑子看出她没问出口的话。

陶夭夭眼睛尖，反应快，赶忙拉过艾静，与黑子和鲁明告别，说要去医院帮着照顾黑子姥姥和爸爸，也不管黑子一再阻拦说不用，两人直奔康复中心而去。

第三十章

1

　　杨州爸的事情终于有了结果。这个戏剧性的结果，彻底打蒙了杨州。原来，杨州爸有一个年轻的小三。也可以说，有一个家外家，那个女人和杨州爸生的女孩都快上小学了。杨州爸非法搞的那些钱，都填到了那个家里，都给了那个女人。以前，杨州妈在电话中经常告诉杨州："你爸出差了！"杨州心中就有个疑团，一个主管技改设备的老总，又不是负责销售的，哪有那么多差要出啊？他隐隐之中那些不祥的预感，终于应验了。他爸不是出差了，而是出轨了。

　　杨州真想冲到那个女人跟前去，狠狠地猛抽她一顿。可他知道，这样做，什么问题都解决不了。

　　杨州最担心的是妈妈。爸爸这事已经操心得她脆弱抑郁得不敢再受一点点刺激了。

　　杨州心里一团乱麻，四顾茫然，六神无主。他关了手机，一个人到小时候爸爸妈妈经常带他去郊游的野外转悠到了天黑。他害怕接到妈妈问他情况的电话，害怕接到妻子催他赶紧回去的电话，他不知道该怎么跟她们说。直至天完全黑了，他才深一脚浅一脚地慢慢往回走去。也就是这晚，白玉兰在北京打他的电话死活打不通。

　　最终，杨州还是想出了一个办法，他决定不告诉妈妈真实情况，但必须告诉她不能改变的事实，就是爸爸确实有事，出不来了。

　　家丑不可外扬，杨州懂这个道理。可里子都撕烂了，面子根本顾不上了。他联系了妈妈在农村老家的弟弟妹妹，给他们说了家里的情况，告诉了他们妈妈的身体状况。他们让杨州尽快把妈妈送回老家……

2

白玉兰从北京回来后听说了杨州爸爸的事情，知道杨州把妈妈送回老家后就直接走人了，也就大概猜出了那天联系不上杨州的原因。

在家歇了两天，白玉兰就与赵青约着见了面。赵青一看白玉兰的脸色和神情，就知道白玉兰又遇事了。

姐俩约在西凤广场见面。十月的雍市，已经非常寒凉，广场冷风飕飕，转的人并不很多。高大的灌木，不时有叶子被风吹得一片片往下飘落。那些飘在半空中，泛着黄色或红色的叶子，裹挟着寒意，忽悠悠、忽悠悠地打着旋儿，挣扎着不愿落下，似乎带着幽怨，含着不舍。

白玉兰里面穿着驼色带暗纹的长款连衣秋裙，外面套着奶白色长款风衣。她将领子高高竖起，还冷得直打寒战。赵青看白玉兰脸色苍白，身子瑟缩，干脆就将她拽到了自己家里。她偷偷给肖淑贤发了个微信，告诉她白玉兰在自己家，让老两口不要操心。

赵青家里就她一人。本来准备打官司将儿子的抚养权要过来，结果前夫死活不同意。还搬来了他的父母，让两位老人求赵青不要为这事打官司。最后，前夫当着他父母的面向赵青保证，不再无理取闹，不再阻拦她见儿子，不再阻挠她做对儿子有益的事情，赵青才放弃了打官司。赵青儿子初中学业非常紧张，假期第一天，只到赵青这里住了一晚，就回去东奔西跑忙着上这补习班、上那强化班去了。

白玉兰在赵青家里吃了午饭、晚饭，还过了夜。

白玉兰将她与向北斗的事情嘤嘤道出。最后，她郁闷不解地问赵青："姐！你说他为什么那样啊？是不是从杨州那儿听到我啥了？是不是嫌我年龄太大啦？是不是我变老变丑了？我真的都失去信心了……"白玉兰说着话，眼睛就泛红，眼泪扑簌簌地就往下掉。

赵青想了想，问："你俩联系多长时间了？"

"一个多月吧。"

"主要咋联系？"

"微信吧。到北京后也打过几次电话。"

赵青若有所思，沉吟了一会儿，又问："你们视频吗？"

白玉兰有点不好意思，但还是如实告诉了赵青："有视频过，但不多。我工作特别忙，经常要加班加点的……"

白玉兰不愿再细说，赵青也已听明白了。她给白玉兰剥了个猕猴桃，哄着她吃："来！吃个猕猴桃，维生素大王，可香甜了。"

白玉兰从茶几上拿起张湿巾，擦擦手，接过赵青给她的猕猴桃，吸溜着几口就吃完了，说："我要多吃，多补点维生素，要不真老得丑得没法看了！"自己又剥了一个，很快吸溜着吃了。

白玉兰的话逗得赵青直笑，她用牙签叉了片苹果递给白玉兰："那再吃点苹果，保准我们美女的小脸越来越漂亮！"

白玉兰吃了一口说："可真甜啊！"

"那是！咱们这里的水果的确是又多又好吃！一方水土养一方人，要不怎么会有你这么漂亮的大美女呢？"

白玉兰白了赵青一眼，说："还笑话人家呢，都成剩女了，快没人要了，还什么大美女啊？"

赵青这才云淡风轻地说："我看啊，你和那个向北斗，相互并没有太多了解。也许那两天，人家的确是有啥事，不便和你联系吧。也有可能像你说的，他是不是对你有什么误解？"

白玉兰嘟着嘴说："我哪里知道啊！那个死杨州我也没联系到。"

赵青想转换一下话题，就试探着问："那你……一直再没和黑子联系？"

白玉兰一听，脸色顿时变了，很冲地说："别再跟我提这个人！我之所以有今天，全是拜他所赐！"

赵青吓得连声道歉："对不起！对不起！"端起水杯离开了。

赵青去了厨房，她想让白玉兰一个人冷静一下。她心里清楚，无论是以前的黑子无情，还是现在的北斗失约，白玉兰也就是需要倾诉一下，把憋在心里的委屈也罢，心事也罢，通通倒出来。倒出来了，也就没事了。就像长歪了的智齿，拔掉就好了，一切终将恢复正常，生活还得继续。她还会有下一段缘分，有下一次相遇。

两人谈起了田薇薇的事情。赵青说，田薇薇在忙着准备结婚。白玉兰简直惊得眼珠子都快掉出来了。她连声问赵青："那么点时间，他们相互了解吗？各方面差距那么大，她真的就敢结婚啦？"赵青无言以对，告诉了白玉兰事情的来龙去脉。

原来，在那次雍城河污染事件现场，田薇薇与一个姓马的老板认识了。田薇薇知道马老板单身离异后，把赵青介绍给了马老板，三个人还一起吃了一顿饭。马老板已经四十有八，但长得一表人才，并不显老。人也是财大气粗，豪爽大方。刚开始断断续续与赵青有联系，时不时发个信息打个电话，但因两人实在不是一个地里的菜，聊得太过乏味无趣，很快就断了联系。结果过了一个多月，田薇薇很不好意思地对赵青说，他们要订婚了，而且第一次将她家的情况告诉了赵青。

田薇薇父母在她很小的时候就离婚了，她被判给了妈妈。后来她父母分别再婚。妈妈再婚后，经常为了钱和继父闹矛盾，为了要她的抚养费和她生父闹矛盾。还经常逼着田薇薇，去找她亲爸要钱。她亲眼看见爸爸被再婚老婆粗言秽语扯祖宗带先人地咒骂，抓头发掐胳膊地推搡。她发誓，以后要么不结婚不生孩子，要么就找个家境好有钱的把自己嫁了。马老板自然很喜欢年轻漂亮的田薇薇。他一双儿女已长大，田薇薇丁克的观念正合他意。他给田薇薇大把花钱，给田薇薇的妈妈不是买衣物就是买首饰。马老板双管齐下，很快虏获芳心，便迅速订婚，准备阳历年假期就结婚。

"未经他人苦，莫劝他人善。你这下明白田薇薇为什么蹬了范卫华了吧，也知道她为啥言语刻薄、爱攀比、爱虚荣、太物质了吧。"

白玉兰半天缓不过神来。

说到范卫华，赵青倒是赞赏有加。

她说，自从孙雄扬被调到新成立的一个模棱两可的部门担任办公室副主任后，葛台长只能仰仗范卫华干活儿了。范卫华得到重用，精神大振，领着新调来的三个新人干得热火朝天，推出了好几档新栏目。他创办的那个"小编话雍城"抖音号更是大为火爆。

说到最后，赵青神秘兮兮地说："哎！我告诉你，新调来的一个小美女，对范卫华很有意思呢！"

白玉兰很好奇："暗送秋波了？"

赵青身子往前一扑："生扑好不！"

"啊？！"白玉兰听得咋舌。

赵青说，范卫华反倒很稳，一副柳下惠坐怀不乱的样子。白玉兰很震惊，想起范卫华对自己那个愣冲劲，心里暗暗称奇。

3

白仰光从市环保局景科长那里得知了于平去世的消息。他和肖淑贤商量来商量去，还是及时告诉了白玉兰，并拜托景科长将两万元钱带给了黑子。白仰光再三叮嘱景科长，不要告诉黑子是他家给的，就说是好心同事朋友凑的礼。

白玉兰跟赵青倾诉一番，心情好不容易好转一点，可忽然听到这个消息，让她一下子重陷往事，伤心非常。于平的音容笑貌，不停在眼前晃动。于平抚摸她手的体温，似乎还留在她的手上，而人却已经不在了。

白玉兰将自己反锁在房间里，失声痛哭。白仰光、肖淑贤在房子外面急得团团转，隔着房门这个劝说、那个安慰，可白玉兰就是不开门，也不住声。她之所以这么难过，有对于平离世的悲伤，也有对自己感情不顺备受委屈煎熬的宣泄，更有对自己和黑子十几年感情终结的祭奠。

　　逝者已逝，白玉兰不想再去看望。她害怕自己控制不住情绪，伤心难过哭倒在黑子的怀里。

　　白玉兰买了很多礼品，到医院去看望黑子姥姥和黑子爸爸。已是后半晌，医院里病患不是很多。走过医院的门诊楼与住院楼连接的长廊时，白玉兰有意识地放慢了脚步，细细打量长廊顶上的枯藤。记得春夏时，长廊上方的紫藤密密麻麻悬垂着，翠绿的枝叶铺满廊顶，垂吊下来的枝蔓、紫花、绿叶，相互映衬，使这个长廊宛若幻境。人在廊下行，仿佛置身于美丽的森林公园，瞬间能将人从医院这个特定的压抑环境中抽离出来。白玉兰想起，黑子姥姥摔伤她刚往医院跑那段日子，有一次走过长廊，一阵微风吹来，她裙裾飘飘，头顶枝条轻摇，她感觉自己不是走在医院的长廊下，而是走在浪漫的婚礼花廊 T 台上。长廊并不长，可她走了好长好长时间，犹入梦境，半梦半醒。她去了黑子姥姥的病房，将这个奇妙的幻觉告诉了黑子。第二天晚上，黑子竟然带着她，让她紧紧挽着他的胳膊，慢慢地从长廊的头走到尾，再从尾走到头。来来回回，在长廊里走了半个多小时。

　　白玉兰看见有人好奇地瞅她，才发现自己竟已泪流满面。她慌忙擦干眼泪，快速从廊尾斜道向康复中心方向走去。她注意到，长廊尾部枝叶稀疏，紫色的花藤已不复存在，俨然一派深秋萧索景象。

　　走到康复中心楼梯口，白玉兰迎面碰见一个刚下楼的中年护士。护士一眼就认出了她。

　　"咦？好久没见你了，是来看老太太吗？"

　　"嗯。你好，好久不见！"

中年护士意味深长地看了白玉兰一眼，说："英子一家都在呢，刚才还来了两个大美女哦！这老太太忒招美女啊！快去吧！"

白玉兰一听，上楼梯的脚步不由得慢了下来。她知道英子就是医院住院部外科护士。一家人都在？什么意思？还有刚来俩美女，又是谁啊？白玉兰一边胡思乱想，一边往楼上走去。

白玉兰还没到病房跟前，就听见从里面传出的电视声音，便断定那个怨气深重、脾气暴戾的黑胖女人还在。她从门上的方框透明玻璃探头往里面望去，一眼就看见了病房里面的陶夭夭和艾静。白玉兰倏地将头从玻璃方格处撤了回来，迟疑了不到两秒钟，就提着东西匆匆下楼了。已经走出了楼门口，又忽然转身，快步走到护士办公室，将礼品交给了刚才碰见的那个中年护士，请她转交给黑子姥姥。

白玉兰一坐进车里，就趴在方向盘上哭了。艾静和陶夭夭在一起！看来鲁明肯定也回来了。他们凑在了一起，可谁都没有与自己联系，没有人给自己一点点信息，独独将自己排除在外！白玉兰心里有了前所未有的孤独感和被抛弃的伤感。她觉得自己不如艾静，不如陶夭夭，甚至不如黑子。黑子家里出事了，朋友们都回来了，而自己家里如果有啥事儿，谁会帮她呢？她觉得孤单得害怕，就像在茫茫大海里独坐在一叶不知前路有多远、不知彼岸在哪里的孤舟上，孤苦无依，恐慌无助，前途迷茫……

但很快，白玉兰不哭了。她第一次萌生了必须让自己尽快成长、变得强大起来的念头。她深知，父母年轻身体尚好，她可以依靠父母，但父母终归要老去。他们养育自己长大，自己必须陪伴他们变老，并要有能力照顾他们、赡养他们终老。因为，他们只有她一个孩子，她是他们唯一的依靠。白玉兰心里升腾起了对家庭从未有过的责任感、使命感。一个从未有过的想法，在她脑海中跳了出来。

白玉兰刚一离开，那个中年护士就将白玉兰送的礼品全提到了黑子姥姥病房。她知道黑子姥姥耳朵背，很大声地说："您孙子原来那个女朋友——白玉兰，来看您老啦！这些都是她给您带的礼物。她上楼看了看，就下去了，将礼物放在了我那儿，让我给您送来了！"

陶夭夭和艾静几乎异口同声问："人呢？"

"走了！"

俩人又几乎同时问："走多久了？"

"她一离开，我就给老太太送东西来了。"

陶夭夭和艾静一秒都没有迟疑，迅速出了病房。一下楼，俩人就跑了起来。她俩在医院里找来找去，都没有看见白玉兰的身影。艾静打电话，白玉兰也一直不接。俩人跑得气喘吁吁，最后看实在找不着了，就坐在医院长廊两边的椅子上歇息。

艾静说："玉兰姐可真是的，连我的电话都不接了。莫非也要把我拉黑？跟我和鲁明也要断交？"

"反正我一直莫名其妙被拉黑着。"陶夭夭说。

"直到现在还不知道为啥？"艾静好奇又好笑地问。

"可不是！"

"玉兰姐一直都是这样吗？啥事都不爱跟人说？"

"她原来不是这样的，老活泼开朗了呢！"陶夭夭祖籍东北，她有意学父母说话的语气，以强调她话语的真实性。

"唉！这到底是怎么回事呢？在北京也莫名其妙不辞而别，到现在也不知道为啥。"

"是吗？"陶夭夭感到惊奇。

艾静"嗯"了一声，欲言又止。

4

半夜了，黑子和鲁明还在有一搭没一搭地说话。坐在对面的赵年和穿着一身孝服的张玉柱，已经裹紧大衣靠着椅背睡着了。

看着张玉柱，黑子心里有说不出的滋味，没想到，国庆放假第一天，张玉柱一家人竟然提着大包小包来到了医院。张玉柱还是那副战战兢兢的模样，仿佛一不注意，黑子就会冲过去揍他一顿，他时刻提防着黑子的一举一动。

张玉柱爸妈一来，就先把带的东西一样一样往出掏，有自己家里种的苹果、蔬菜，还有自己家里用玉米磨的糁子、用麦子磨的农家面。张玉柱爸本来就弯腰驼背，一见面不停赔不是，腰身弯得更厉害，让黑子看着不忍再责怨。他不停叨咕，收秋种麦，务庄稼务苹果，忙得提起裤子寻不着腰，实在没时间来医院里照顾看望，但他们心里一直惦记着。

其实时间长了，黑子已不再指望张玉柱家了，也不是那么恨他们了。只是，听见他们说话就不耐烦。看着这一家人诚惶诚恐的样子，在张玉柱爸车轱辘话重复叨咕第二遍时，他就打发他们快点回去。让黑子没想到的是，张玉柱爸临走前，从张玉柱妈斜挎在身上的一个包里，掏出了一个塑料袋子，递到黑子手里。他说："这是今秋家里卖苹果的钱，还有玉柱外出打工攒的一点钱。凑在一起，一共是四万元。你先收着，给你爸付点医药费。"这一下子，还把黑子弄了个不知所措，心里突然又有几分感动，甚至是羞愧。

张玉柱爸妈临走时，还一定要让张玉柱留下来，说让张玉柱利用休假时间，照顾护理黑耀宗几天。黑子不让，告诉他们有人照顾。张玉柱爸把黑子拉到一边，恳求道："大侄儿！你就让玉柱照顾吧，他这是赎罪呢！你看他，都瘦成啥了……"张玉柱爸看着既心疼又难过，哽噎说："打从出了那事，玉柱说他就没睡过一个安稳觉，没睡过一个囫囵觉。一闭眼，就做噩梦……"

就这样，张玉柱留在了医院。于平去世后，张玉柱爸妈第一时间赶了来，按照农村风俗，让张玉柱把他爷去世时穿的一身孝服，从头到脚全部穿在身上，看着比黑子这个正宗孝子还正宗。这几天，别的帮忙守灵的人，都在换班轮守，只有他和黑子一直守着，而且一到晚上他就睡着了。黑子想，张玉柱也许还真的将罪已经赎了，反正他是恨不起来了。

黑子问鲁明："婚期怎么改了？"鲁明不瞒黑子，说了房子装修中间的各种麻缠事情，也说了他爸妈一心要让他在自己家新房里结婚的心结，包括自己也想搬出艾家的愿望。

鲁明也问黑子："你和玉兰之间到底咋回事？"黑子沉默了好长时间才说，他也不知道，好像什么事也没发生，但肯定是有啥事情。黑子说，白玉兰对他的态度变化得太快、太突然，也太决绝。他开始以为，白玉兰是嫌他家拖累太重，找碴跟他分手。但后来细想，好像又不是那么回事。

对黑子的这个猜测，鲁明立刻反驳，说白玉兰绝对不是那样的人，现在有医保，这些困难都是暂时的，白玉兰又不是不懂。后来，鲁明就告诉黑子，那次给他的十万元里面，其中就有白玉兰的四万元。白玉兰让一定替她保密，坚决不让告诉黑子。

鲁明刚把这话说完，放置遗体的台子那里突然"咔"地响了一声，把鲁明和黑子吓了一跳，把对面熟睡的赵年和张玉柱也给惊醒了。四人一起到台子四周察看，冰棺啥都好好的，没有不稳和不严实的地方。再转到前面来看，蜡烛燃烧着，滴下去的蜡油"吱吱"响着。看了半天，也没发现有什么异常。黑子站在灵堂正侧面，默默看着妈妈的遗像。他想起，妈妈临终前反复叮嘱他，一定不要记恨白玉兰。这时他似有所悟，轻轻走过去，给妈妈上了三炷香，跪在垫子上，烧了几张纸，磕了三个头，嘴里念叨："妈！我记着呢。我一定按您叮咛的去做，您就放心吧！"

后半夜，外面传来淅淅沥沥的雨声。黑子说："预报后半夜有雨，明天一天都是小雨。"

坐在对面的赵年瓮声瓮气地说道："现在就这天气预报还准！"黑子苦笑了一下，不再言语。

黑子想起在高中时，为了能和白玉兰继续待在一个班里，他放弃理科优势上了文科班。为了弥补文科短板，他晚上睡在被窝里，拼命死记硬背那些古诗词名篇名句。到现在，他还记得背诵的一首写听雨的宋词："少年听雨歌楼上，红烛昏罗帐。壮年听雨客舟中，江阔云低，断雁叫西风。而今听雨僧庐下，鬓已星星也。悲欢离合总无情，一任阶前，点滴到天明。"听着外面的雨声，联想到自己，黑子不由得悲从心起。他看着妈妈的遗像，看着台子上寒森森的冰棺，暗自嗟叹：听雨还有我这一出啊！听雨灵堂前，再无唤儿声……

两行清泪在黑子脸上默默流淌……

早上六点刚过，外面就传来了说话声。黑子和赵年忙走出去看，老姜和单位的领导都来了。雨下得很大，大家都打着伞，穿着厚厚的衣服。

七点以后，陆陆续续来了不少人。三三两两到灵堂吊唁后，有站在大厅的，有站在房前屋后或凉棚下的。预报的是小雨，可雨下得越来越大，人都像能拧出水似的透着寒凉悲戚。

老姜忙前忙后，有条不紊地安排赵年、郝雅娜、张玉柱等帮忙的人做各种事情。黑耀宗合唱团来的几个老头老太太，围成一堆，站在那里嘀嘀咕咕说话。

八点半殡仪馆职工上班后，音箱里就传出了哀乐声。哀乐声声，催人泪下，连空气似乎都凝滞不动了。

黑子姑姑悲伤过度，身体都直立不起来，人不搀扶，她都撑持不住。陶夭夭、艾静还有英子三人，换着搀扶着她。鲁明一直陪着黑子。黑子眼圈黑黑的，眼睛红红的，但他始终控制着自己的情绪，按照老姜的安排，向来与妈妈做最后告别送行的人们施礼答谢。

起丧了，黑子再也控制不住自己，沙哑着嗓子哭喊："妈！妈！妈！妈！"按住冰棺不让拉走。黑子姑姑哭叫了一声："嫂子啊！你让我哥和孩子可咋办啊？"一下子就瘫软下去，吓得陶夭夭、艾静和英子哭着叫喊："阿姨！阿姨！你快起来啊！"惹得送行的女人哭成一片，好多男人也偷偷抹眼泪……

　　所有的放不下，都放下了。所有的过往，都化成一缕青烟，消散了。黑子将妈妈的骨灰，用一个青花瓷瓶盛敛起来，存放在了殡仪馆。他要等爸爸好起来，等姥姥好起来，让他们亲眼看着，将妈妈葬在她自己栽种的树根下。

第三十一章

I

　　经一事明一理。鲁明、艾静和陶夭夭，本来计划忙完黑子家的事，都回家转一圈看一眼，就打道回府上班去。可亲眼看见了生死离别，他们都改变了计划，准备回家陪家人住两天再走。

　　鲁明和艾静到家时，鲁明妈已经准备好了饭菜。鲁明爸出去给他俩买家乡小吃还没回来。

　　艾静拥抱住鲁明妈妈说："阿姨！我好爱你们哦！"

　　鲁明妈也疼爱地说："我们也爱你！如果按原计划举行婚礼的话，现在都应该改口叫妈妈了！"

　　看到婆媳俩这温馨的一幕，鲁明笑着说："现在本来就已经是妈妈了啊！我们已经注册登记，是法定夫妻了，婚礼只是个仪式而已。"

　　鲁明妈拧过头，很认真地说："是啊！就是个仪式啊，要的就是这个仪式感嘛！"

　　"阿姨说得对！生活就要有仪式感！"

　　鲁明看婆媳俩一见面就亲热地形成统一战线，赶紧连连称是，表示赞同。

　　鲁明和艾静刚在客厅里坐定，鲁明爸就回来了。他两只手里提着重重的两个袋子。鲁明和艾静连忙迎出来问候，接下了东西。鲁明爸看着儿子儿媳，眼睛都笑开了花。他忙不迭地往出拿他买的东西，边拿边说："你看你妈！已经给你们准备了这么多的菜，还非得打发我去给你们买地方小吃，说你俩肯定早都馋了。瞧！擀面皮、醋粉，还有这，凉拌搅团！

那个'水围城'不好带，我只好买了凉拌的。"

艾静吸溜着口水说："哎呀！我口水都下来了！"

鲁明爸从另一个包里还往出掏："瞧！猕猴桃、红苹果、新核桃，都是今年新摘的！"

鲁明拿起一个苹果看了看，说："长得可真大！颜色也好，真漂亮！"

"味道才美呢！等吃完饭了再吃！来来来，先坐下吃饭！"鲁明妈招呼着都坐在了饭桌前。

吃饭时，鲁明不停地叮嘱爸妈，要注意保养身体，不能太累。要注意锻炼，饮食要清淡。要定期体检，哪里有啥不舒服，不要硬扛，千万不能耽搁，要及时去医院看医生……

陶夭夭电话联系上爸妈后，直接给他们叫了滴滴。

老两口当了一辈子工人，辛辛苦苦攒的一点钱，都花给了女儿。生活节俭惯了，平常根本舍不得下馆子，更很少坐出租叫滴滴。

陶夭夭逢年过节给爸妈买衣服买鞋子，他们总是阻拦，说她糟蹋钱。陶夭夭妈妈让女儿把淘汰下来的衣服鞋子全带回家，自己拣了穿。她还经常给女儿说，一起跳广场舞的姐妹们经常夸她穿着时髦，老羡慕了呢！陶夭夭听得心里五味杂陈。好在现在女人都往年轻里打扮，越老穿得越鲜艳，况且妈妈身材一直很苗条，穿了陶夭夭的衣服确实显得更年轻。

在雍市房价还低时，陶夭夭鼓动支持爸妈用住房公积金贷款买了套三居室。她爸妈逢人便夸："咱丫头在上海搞房地产呢，老有眼光了！"

陶夭夭已点好了饭菜。她点了爸爸最爱吃的红烧肉，点了妈妈最爱吃的酸菜鱼，点了五香大刀牛肉、青椒凤爪，还点了两个小菜和半斤饺子。她先让把凉菜上齐活，热菜后面招呼再上。她还专门要了一瓶上好的西凤酒。

陶夭夭爸妈见着女儿，激动得坐都不愿坐下，只想偎在女儿身边。妈妈说："你说放假不回来，我和你爸别提有多难受了！今天忽然说回来了，你爸要来见丫头，胡子都刮干净了，人一下子精神了！"

陶夭夭看见爸爸胡茬青青的，脸庞干干净净的，只是多年在重工业企业干的体力活，腰背不再像年轻时那么挺直了。

她让爸爸坐在长方桌对面，自己和妈妈挨着坐在另一边。爸爸一眼就看见了放在桌上的西凤酒，笑着说："哈哈！还有酒啊？"

妈妈白了爸爸一眼，抢白说："看把你馋的！只能喝一点！"

"妈，没事！休假呢，咱们都喝点！"

"对！都喝点！你妈也能喝点呢！"爸爸说着就要自己动手开酒。

陶夭夭忙招手叫来了餐厅服务员。服务员很利索地拆开了盒子，启开了瓶盖，把酒倒在了分酒器里，并要给每个人面前的小酒杯里倒酒。

陶夭夭拦住了，自己接过分酒器，先给爸爸酒杯里倒满，再给妈妈酒杯里倒满，最后才给自己倒上。

一家三口举起酒杯，结结实实碰在了一起。陶夭夭竟然一下子眼泪汪汪的。她动情地说："爸！妈！谢谢你们！你们辛苦了！以后一定要保重身体，照顾好自己啊！"

陶夭夭一反常态的样子，搞得她爸妈一下子紧张起来。他们联想到女儿一个人在外打拼的不易，想起几个月前发生的失联事件，疑虑重重地同时放下了酒杯。

陶夭夭看爸妈紧张的样子，含着泪花笑了："爸、妈，我没事。只是看到黑子家的事，我心里一下子特别难过，也特别害怕。女儿希望你们一定要好好的，要平平安安的。你们为女儿舍不得吃、舍不得穿，真是太辛苦了！女儿感谢你们，女儿以后一定会好好孝敬你们！"

"哦！这就好，这就好！爸妈不辛苦，爸妈很幸福！有这么漂亮懂事的女儿，爸妈再辛苦都愿意。你不知道，爸妈多为你骄傲啊！"妈妈一下子又高兴激动起来，说话时热泪盈眶。

一家三口将酒杯又结结实实地碰在了一起。陶夭夭用力过猛，将酒杯里的酒都碰溢了出来。

爸爸小酒一喝，话便多了起来："丫头啊！你妈刚才说的，都是我们一直想对你说的话。爸妈就你一个女儿，真希望你回到我们身边啊！特别是年龄越来越大，就越来越想啊！最好啊，再给我们带一个人回来，快点结婚，就住在咱们家里。我和你妈再住回单位的那套老房子里，新房子给你们住！"他呷了一口酒接着说："我和你妈啊，想趁我们还年轻、有精力，帮着你们多带带孩子……"

热菜上来了，爸妈一个劲儿埋怨陶夭夭浪费，说三个人哪吃得了这么多啊！陶夭夭让爸妈尽管吃，吃不了带回家吃。她感慨地说："经历了黑子家这事啊，我算是明白了：只要父母身体好，无病无灾就是福！这既是老人的福，也是儿女的福，更是儿女的愿望！"

听了女儿的话，爸爸手微微颤抖着给一家人都斟满了酒。

2

于平去世后，英子爸妈再次提出，将黑子姥姥和黑子爸接回家去照顾护理，黑子同意了。

英子爸妈已经把黑子当成了女婿，安置好黑子姥姥和黑子爸当天，就催黑子赶紧去上班。千叮咛万嘱咐，让黑子不要操心家里，把公家的事上心做好。这么体面的工作，可千万不要弄丢了。英子使劲劝阻爸妈："别唠叨了！黑子哥自己知道的。"说罢，英子给黑子把背包挂在肩上，拉着黑子就往门外走去。

黑子以为英子要去医院上班，结果英子说她下午休息。英子拽黑子去商场，黑子不愿意去。"你看我蓬头垢面的，逛什么商场啊？让人笑话。"英子就拽着黑子来到了一个美发厅，催着黑子修剪头发。她自己也做了个头发护理。随后，又拉着黑子到了一个洗浴中心，让黑子进去，彻底清洁，把身心好好放松一下。

约莫一个钟头，黑子洗完了。一个服务生交给他两个大袋子，说是一个叫英子的美女让给他的。黑子打开一看，里面有内裤、袜子，一身现在穿着正好的浅灰色薄款保暖内衣，一件李宁黑色半长运动上装和一条黑色运动外裤。黑子坐在那里，静静看了好半天，才一件一件打开包装，穿在了身上。换下来的脏衣服，又全装在了袋子里。

　　走到外间，在一面很大的四方穿衣镜前，黑子细细端详自己。镜子里面的小伙子，黑黑瘦瘦的，却异常清爽精神。黑子正了正身子，快步走出洗浴中心，却不见英子人影。黑子明白，英子已经住到了他的心里，像亲人一样离不开了。

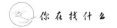
第三十二章

1

十一长假过去一周后，白玉兰就接到了兰思哲的信息。兰思哲说，因未实地对两个合作单位进行深入调研，他只能给出一个方案大纲，但对一些关键环节和企业应高度关注的问题，他给出了简明的预案建议。秦雍集团依据这个方案大纲和他给的预案建议，结合企业实际情况，再细化完善一下，就可以了。兰思哲说，因他只出了个简单大纲，也完全是他独立完成，未动用团队其他人，所以权当友情赞助，不收取任何费用。

白玉兰一下子如释重负。这一段时间以来，她还一直担心，这事最后会是个啥样子，没想到结果竟然如此简单。她真后悔自己还为这事曾经辗转反侧焦虑难眠，为自己时不时地在心里瞎琢磨乱思量而感到好笑。从这件事情上，白玉兰也算是总结出了一点点人生经验：不要为太多未来的、未知的、眼下并没有发生的事情过度烦忧，心无旁骛、专心致志做好当下的事情最重要。自此，白玉兰便把所有的闲暇都用来有计划地学习，同时雷打不动地坚持游泳健身。

项目组开了几次研讨会后，曹副总工把完善细化方案的任务继续交给了白玉兰。她做了一些调研，查阅调取了大量资料，结合项目组讨论的意见，按照兰思哲的大纲，充实细化了方案。她反复发给兰思哲帮着修改。与兰思哲聊得多了，白玉兰发现兰思哲这个人，并不像她第一次见到的那么寡淡，还是个有情趣、充满热情的人。兰思哲也不时夸赞白玉兰，认为她潜力无限，绝对是个可塑之才。还说，只要白玉兰愿意屈就他的团队，他举双手欢迎。兰思哲把白玉兰捧得高高的，让她如坠云里雾里，不知道到底是真是假，轻飘飘的。

白玉兰向艾静和鲁明专门打电话表示感谢，说了兰思哲对他们集团的无偿帮助和对她个人的帮助，夸赞兰思哲不但乐于助人，还特别幽默风趣。艾静俏皮地说："你可要小心哦，不要被披着羊皮的狼给骗了哦！"

鲁明对白玉兰和兰思哲的交往，表现出非同寻常的关心。他几次微信联系白玉兰，旁敲侧击探问她与兰思哲的情况，但又不明说，含糊其词，欲语还休，让白玉兰不明白，他到底是说兰思哲好呢还是说兰思哲不好呢？

2

秦雍集团的院企合作项目经过双方的反复商谈终于达成了一致，过两天双方就要在秦雍集团签订合作协议。这是企业的大事，电视台一直在密切跟踪关注。葛台长已经提前安排赵青从白玉兰手上要了不少资料，对项目的相关情况早都有所了解。

赵青正在改稿子。一个单位发来的稿子太差，把她改得头皮发麻。赵青边改边叹气。

田薇薇看着赵青那个作难样儿，说道："赵姐，你知道你的最大问题是啥吗？"

赵青没好气地说："秃子头上的虱子——明摆着，死心眼呗！"

"也没那么严重，可以说也是优点，但优点过了头，就成了缺点。"田薇薇一副人小鬼大的世故样。

"敲黑板，说重点！"赵青头都没抬，继续改她的稿子。

"就是太认真呗！"田薇薇撇了下嘴，挂着嘲讽的笑意。

"唉！还算没白和你老姐在一起待这几年。说得准着呢！我呀，就是太认真。"赵青笑了笑，接着说，"可就是改不了！不过，有句话咋说的？

认真的人最美丽。你说是吧？"

"姐，是死得最惨吧！"田薇薇揶揄赵青，露出一副不屑的神情。心里想，还真是死心眼！

田薇薇不再理睬赵青，埋头看婚庆公司给她的婚礼策划书。她在心里嘀咕：让你死心眼，让你死认真！也谢谢姐你高抬贵手！要不然，哪会有我田薇薇今天这美事呢？想到这里，她抬起左手，细细欣赏戴在中指上的白金钻戒，眼睛里透着得意和满足。

这时，办公桌上座机响起。赵青拿起电话接听，是葛台长叫她过去，让她顺便把范卫华喊上。

骆金枝来雍市后，范卫华不好成天整晚和他那些狐朋狗友钻在一起吃吃喝喝玩玩闹闹，但老宅在家里打游戏，也不是个事。百无聊赖，他爱上了刷抖音。

有一天，他忽然灵机一动，起了一个念头。人家那些老的小的美的丑的，都能成为网络红人大火起来，不但赚名而且听说还赚钱，咱这专业搞媒体的，何不发挥一下特长，也做个抖音主播，搞自媒体呢？有了这个想法，范卫华当即就下手，做调研、查资料。在很短的时间里就认识到，雍市作为历史名城，有着挖掘不尽的神秘资源和文化魅力。于是，他很快做了一个抖音运行方案，计划有序地、全方位地向外界推介雍市。范卫华科班出身，他给自己的定位是：要做就做专业的，要做就做有益的，绝不愧对自己这个专业媒体人的职业素养。

范卫华说干就干，随即利用节假日采风拍摄外景，拍摄风土人情和现场实况，与搜集整理成的简明文字编辑制作合成，或者自己以现场介绍的形式拍成视频，制作好后在抖音上播放。没想到这事，还真让他给做成了。最热门的那条《东湖——西湖的姊妹湖》抖音视频，关注获赞近百万，评论上万条，热度还一直在噌噌持续往上飙。据说国庆长假东湖旅游人数激增，接待旅游人数创下了历史新高。有人从他的火爆劲里还看到了商机，有蹭热度的，也有联系他带货搞销售的。不仅有家乡的特产农副产品、草编等手工产品、泥塑木版年画剪纸刺绣等工艺品，还有工业产品。抖音让范卫华火得太突然，也让他重新认识了自己的价值。他不断给自己鼓劲：加油！只要努力，没有干不成的事！

赵青和范卫华一到葛台长办公室，葛台长三言两语就把第二天的采访任务给范卫华交代清楚了，告诉他一定要先认真看一看赵青给他的资料，如果有必要的话，和白玉兰联系一下，尽可能多掌握情况，做好采访提纲，把握好采访报道视角和重点。

范卫华从一听到采访任务，心里就突突开了。他好久没见到白玉兰了，白玉兰对他的冷漠和拒绝，使他一度都快崩溃了。他说过不放弃，但在白玉兰调离后，也只有打电话发信息发微信。可无论他怎么热乎，白玉兰始终对他冷若冰霜，只是偶尔才会回他信息，最多也就是公事公办地回个话或发个平淡无奇的表情。时间长了，他也就慢慢平静下来。自以为已经放下了，可当葛台长一提起白玉兰，他浑身一下子就又紧张起来。马上要立冬了，他竟然还出了一身细汗。

"没问题，一定准备好！"范卫华满口答应，没等赵青一起出来，自己就走了。他觉得再待下去，葛台长和赵青肯定就看出了他的局促不安。

范卫华和白玉兰参与过这个项目到上海考察洽谈的现场拍摄，对一些情况基本了解。从赵青处拿了资料，他粗粗浏览了一下，就已经有了清晰的采访思路。可他好不容易有了和白玉兰接触的由头，还是借机又给白玉兰打了电话，问了一些相关的事情。白玉兰只简单讲了讲会议的主要议程。她让范卫华把需要的资料列出来，她随后将允许公开提供的内容发过去，毫不理会范卫华依然有话要说，就挂断了电话。

3

听说是去白玉兰所在的项目组采访报道，田薇薇非常积极地要求前往。

到了指定的会议室，离会议开始还有四十多分钟，田薇薇就叫范卫华一道到项目组办公室去看白玉兰。

他们去时，白玉兰正背朝办公室门站着，将摆在办公桌上的资料，一一对照清单，做最后的检查。

"嗨！"田薇薇叫喊着，忽然蹦到了白玉兰跟前，把她吓了一大跳。一看是田薇薇，白玉兰捂着胸口坐到椅子上，喘着气说："你吓死我了！"这时，范卫华才走到白玉兰面前，她又赶忙站了起来。有一段时间没见范卫华，白玉兰发现他真像变了个人似的，从发型到着装，蜕去了原来的学生气。

按理说，好久不见的老同事来了，白玉兰应该请他们坐下，给他们倒茶。但这俩人来得实在不是时候，白玉兰心里有事，一下子不知道该咋招呼，双手在小腹前不自在地轻搓。

"哎哟！这进了你的庙门了，怎么连坐都不让坐啊？"田薇薇撇着嘴说。

"马上开会了……"白玉兰硬着头皮应付。

范卫华见到穿一身职业正装，显得异常干练漂亮的白玉兰，心怦怦乱跳。听白玉兰这么说，赶忙叫田薇薇："咱们走吧！马上开会了，玉兰姐肯定还有好多事情要做。"

"不是还有半小时吗？要不是为了见玉兰姐，我才懒得跟你来呢！"田薇薇翻着白眼怼了范卫华一句，不由分说，一屁股就坐在了白玉兰对面的椅子上。她拧过脸对着白玉兰时，瞬间又换上了一副无比灿烂的表情。她神秘而兴奋地说："大美女！肯定听说了吧？我可抢在你前面了！"

白玉兰先是一愣，忽而反应过来，知道田薇薇是说自己马上要结婚的事情，忙说："恭喜你！"

"元旦一过，新年第二天，福顺酒店。一定要来哦！"

可能觉得刚才怼得范卫华有点过分，田薇薇又转过头来对范卫华说："也算提前通知你了哦。一定要参加，记得哦！"

范卫华没接田薇薇的话，而是跟白玉兰礼貌道别："玉兰姐，你赶紧忙，我先去会场了。一会儿见！"他没叫田薇薇，自顾自朝门外走去。田薇薇这才急忙站起来，追范卫华去了。

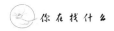
第三十三章

1

黑子终于明白，一个人最痛苦最难受的是无用。

休假期间，他负责的业务全让新调进科室的陈一凡接手了。回单位上班一周多了，陈一凡一直忙得不可开交，可他却插不上手。

他们科室的业务通常是一项任务，前期如果不参与，后期工作往往会因为不了解情况，很难参与进去。看着大家都很忙，但科长不给他安排，他便不好去问人家都在干什么，更不能自己伸手去要过来干。

黑子还发现，办公室的气氛也和以前大不一样了。赵年言语更加谨慎，有时候一天都说不了几句话。郝雅娜明显也变了，不像以前那样把景科长说的话不当回事，反倒利用送报纸、送文件的机会，经常到景科长的办公室一坐就是老半天，似乎有说不完的话。

黑子实在忍不住，就在周末约赵年一起坐了坐。赵年对他说，这个陈一凡可真不平凡，除了名牌大学硕士毕业以外，家庭背景好像也很不一般。更要命的是，人家还非常认真努力，年纪轻轻的，说话办事异常谦虚周到。赵年提醒黑子，最好把人家陈一凡这半年多提交的报告都要过来看看。说陈一凡提交的报告，有数据有图表，有文字版有PPT，使景科长几次在局里报告工作时大出风头，很受局领导赞赏。黑子听得心里一紧一紧的，危机感陡生。他明白了景科长不安排他接手原先工作的原因，心里隐隐难受。

提起郝雅娜，赵年刚开始讳莫如深，喝了点酒，才含含糊糊地给黑子透露，听人说前不久调走的那个局领导，一直与郝雅娜关系很铁。郝雅娜原来一直嫌拿死工资挣得少，有离职的想法，现在不提这茬了。赵年分析，可能与郝雅娜几次感情受挫有关。他很确定地说，目前郝雅娜应该处于空窗期。赵年意味深长地笑了半天，嘲讽道："我看郝雅娜想靠嫁人改变命运的希望很渺茫喽！你说她没钓下有矿的主儿，可不得抱紧现在的铁饭碗续命吗？她敢轻易撒手吗？"

知道了这些情况，黑子心里更加烦躁不安。古人云三十而立，自己马上三十了，既没有成家，更没有立业，还上有老人、病人需要赡养、照顾。更可悲可怕的是，原来打的一点工作基础都快废了。黑子脑子里面就像在翻江倒海，不停地在琢磨想办法。他也能理解，自己这么长时间没在岗位，一回来，好多情况不了解，不可能让他半途插入别人正在负责的工作中去。但他也清楚，自己绝不能就这样无所事事地当个闲人，变成一个无用的人。他还年轻，必须努力、必须学习、必须进步！黑子决定周一上班后主动找景科长谈谈。

心潮起伏间，黑子越发从心底里感激英子一家人对自己的帮助。如果没有他们及时伸出援手，他不知道，自己该如何支撑着度过在医院里最后那段艰难的时光？自己又哪里能安心出来工作呢？

想着想着，黑子心里又热乎起来，心劲儿也足了起来。

2

日子超出了黑子的预想，一天天在平顺地往前走着。

英子妈每天变着花样给一家老小做吃的。同样的家常便饭，她做出来就显得特别精致，异常可口入味。她把家里收拾得干干净净，尤其是黑子姥姥和黑耀宗住的房子，打扫得更是清清爽爽。她给他们每周换洗晾晒被褥床单枕巾、换洗衣服。她还特别爱养花花草草，房间的窗台上、桌子上、地上，摆放着绿油油的万年青、绿萝、兰草、常春藤，太阳从窗户照进来，叶子上都泛着亮光。

黑子姥姥的身体很快缓过来了，她已经能挂着拐，慢慢挪腾走路了。黑耀宗也有了明显好转，记忆力比刚开始恢复了许多。黑子姥姥给他唠叨说话时，他非常专注地听。从眼神里能看出来，他都听懂了。

英子爸没事就推着黑耀宗出去晒太阳，到小区公园里看人下象棋。黑耀宗看人下象棋特别入神，竟然能看出棋路对不对。刚开始，手在轮椅扶手上使劲拍，后来就急得嘴里直嘟囔："错！错！"英子爸看这能让他多说话，只要看天气好，就推着黑耀宗下楼去。去的次数多了，他的语言能力有了明显进步。

黑子第一个月给英子爸妈拿出五千元，他们坚决不要。黑子执意要给，英子爸妈才同意一月收一千元，用来买奶、买肉、买营养品，说其他吃的家里都有，根本不需要买。买药治疗的费用，由黑子自己负担。

黑子过意不去，说："叔叔阿姨，你们照顾两个行动不便的病人那么辛苦，我咋能不付辛苦费呢？"

"都是一家人了，咋还说这种见外话！"英子妈嗔怨道。

日子久了，黑子心里的负担和歉意也就慢慢放下了。他回英子家，就像原来回自己父母家一样自然了。吃饭时，一家子这个给他夹菜，那个给他夹肉。英子不时还给他买各种各样的零碎物件。凡是黑子需要的，英子都会买好悄悄装进他的包里。黑子经常把英子轻轻抱在怀里，嘴唇在她的头发里磨蹭。可黑子觉得，他和英子，怎么都找不到原来和白玉兰在一起时的那种感觉。他和英子就像兄妹，就像亲人。

这期间，黑子舅舅终于从美国回来了。他看到妈妈、姐夫住在英子家里，简直不能想象、不能理解。他很感动，但认为不是长久之计，提出要把妈妈送去养老院。结果老太太声泪俱下，骂他是个不肖子孙，是个薄情寡义之人。

老太太年龄是大了，但心里非常亮清。她对儿子说："黑子是个孝顺孩子，但世上没有养姥姥的外孙！"她要求儿子每月给黑子一笔钱，让黑子支付给英子爸妈。英子爸妈没有固定工作，照顾他们两个病人，得给人家把工钱付了。

黑子舅舅满口答应。

第三十四章

1

陶夭夭所在的售楼部里，最近新开盘的一处高端大宅卖得很火，她的销售业绩遥遥领先。陶夭夭还在暗暗使劲，想将业绩再往上提一提，力争尽快升职，提高待遇，挣更多的钱。

虽然已经过了刚开盘的火爆期，但来看房子的人依然不少。这天从早上九点多，在靠角落的那个木条隔断软包里，陶夭夭就给那位她称呼为"金姐"的五十多岁的富态女人，亲切礼貌地介绍着。她一会儿拿户型图给看着讲解，一会儿拿图表给做预算，一会儿添茶倒水，一会儿送果盘递湿巾，周到殷勤到无微不至。这个"金姐"，是陶夭夭的一个老客户介绍来的，已经来了两次了，但还是举棋不定。陶夭夭深谙不同层次购房者的心理，知道像这种能购买高端大宅的，大多不是钱的问题。她这次来看房时给陶夭夭交了底。她说，房子是她来买，但不是给自己买。到底买与不买，最后还得正主看了才能定。陶夭夭心里一阵烦闷。但多年的职业素养使然，她还和之前一样笑容满面，声音温柔，耐心细致，体贴入微。最后"金姐"给她表了态："我本人非常满意，回去后争取促成！"

陶夭夭激动地双手握住"金姐"的手，一个劲儿地表示感谢："谢谢金姐！我完全相信您的魄力和魅力！"把"金姐"恭维得舒舒服服高高兴兴地告辞。

送走"金姐"，陶夭夭要回售楼部时，老远看见一个人走了过来。这人好像在哪里见过，似曾相识。陶夭夭开动脑子飞速旋转搜索，忽然想起来，这人是她在原来那个公司售楼部工作时，一个小姐妹的大客户。他是西北的一个煤老板，姓王，具体叫什么，她还不清楚。还未等来人走近，陶夭夭就热情地迎了上去，甜甜地叫："哎哟王老板，您好啊！到我们这里看房啊？"

王老板很意外，也很惊喜，非常热情地跟陶夭夭打招呼："陶小姐，你好啊！你怎么到这里来啦？我要知道你在这里，早都来啦！"

"王老板，您现在来也不晚，好房子还有的是！我帮王老板好好选！快请进！"

陶夭夭热情地把王老板引到了大厅中间的楼盘布局及户型立体沙盘前。正当她拿出 LED 光柱指示笔要给王老板介绍时，售楼部的高晓燕急匆匆赶了过来。她大老远地就和王老板打招呼："王老板您好！您这么快就到了啊？我正准备出去接您呢！"

王老板哈哈笑着对高晓燕说："陶小姐接我了！我们是老熟人了。高小姐谢谢你！陶小姐给我介绍就好啦！"高晓燕一下子愣在了那里，笑容瞬间僵在了脸上。

陶夭夭犹豫了一下，但转瞬间，她就礼貌而妩媚地笑着对王老板说："那我就给您介绍了？"

陶夭夭从最大户型开始，将楼盘里的各种户型方方面面的情况，仔仔细细地给王老板进行了讲解。讲完后，她又热情地将王老板领到了休息洽谈处坐下，给王老板倒了茶水，端来了果盘，拿来了楼盘介绍和户型的彩页图片。不远处，高晓燕利箭一样的目光，一直狠狠地投向他们。

快十二点了，王老板告辞。他主动要了陶夭夭的电话，并加了微信好友。走时，还主动去和高晓燕告辞。高晓燕别别扭扭地送王老板出门，边走边说："王老板，我可是和您联系了好长时间的，今天约您来的也是我哦！下次来可要找我哦！"

"一样的一样的！陶小姐也是老熟人！再见！"王老板说着迈开大步走了。

回到休息间，陶夭夭准备收拾一下出去吃饭，高晓燕满脸怒气走了进来。

"陶夭夭！王老板是我的客户，我从没开盘就跟他联系着，今天也是我约他来的！你为什么抢我的客户？"

陶夭夭本来想换好衣服出去主动找高晓燕解释原委，没想到她竟然以这样的态度向她兴师问罪，反而激起了陶夭夭本来就很强的胜负欲。她骄傲地瞥了一眼高晓燕，略带嘲讽地说："是人家看见我了，主动找我来给他介绍的。刚刚王老板还主动要了我的电话，加了我的微信。客户就是上帝，人家主动找我，那我也不敢得罪不是？下次王老板再主动找我，我还得继续替你应付着了，你还不说声谢谢？"

高晓燕气得浑身颤抖，抬起手指着陶夭夭骂："你！你！好你个心机婊！你给我等着！"

陶夭夭满不在乎，柳眉一挑，笑着说："嗯，说好了，我等着！拜拜！吃饭去喽！"

2

白玉兰和兰思哲的交往，鲁明放心不下，又奈何不得。他主动跟白玉兰发信息联系，但白玉兰闪烁其词不愿多讲。鲁明隐隐觉得，白玉兰对自己比以前冷漠许多。可他又管不住自己，无法不去操心挂念。没办法，一有时间他就让艾静约请兰思哲一起吃饭喝酒，在闲谈中，从兰思哲口中了解他们的情况。

周末晚上，他们仨又坐在了一起。兰思哲看着特别疲惫，不停地打哈欠。艾静调侃他："师兄，你也老大不小了，要保重身体呢！是不是昨晚一夜没睡啊？看你这哈欠连天的！"

"唉！是睡得有点晚了。"

"忙啥呢？钱挣差不多就得了。反正你又不结婚。我儿子到时给你当干儿，你家那祖宅三合院，还有你现有的那些房产啥的留下就行了，够了，不用再辛苦了。"

坐在对面的兰思哲，拿起小吃碟里面的一颗干果，扔到了艾静身上。

鲁明笑着看他俩互掐互逗，不时插一两句话。

"我辛苦什么啊？尽唠闲嗑了。"

"和谁啊？这劲儿大的！"艾静用调笑的眼光看着兰思哲问。

"还有谁啊？不就是你给咱拉扯的那个白玉兰呗！"

"我就知道是她！"

鲁明听两人说话都阴阳怪气的不对味，就问："都聊啥了？兴致那么高？"

"天南地北，东拉西扯。前三十年过往，后三十年规划。闲扯呗！"兰思哲说得漫不经心。

"真行啊你！看来都灵魂对话啦？她没给你聊她和黑子的事情？"艾静问。

"简单说了说。小伙够倒霉的，闹心事都遇到一起了。"兰思哲貌似非常同情。

"就说这些？"艾静有点迫不及待。

"说得多了。给！我手机你拿去看。"兰思哲真把他的手机用大拇指一解锁，往艾静那边放。

"去去去！谁要看你手机啊？你说就是了。"艾静将兰思哲的手机推给他，看了一眼鲁明，接着问，"她没说为啥和黑子分手？"

兰思哲似乎很讶异，斜睨了一眼艾静，说道："男女之间，什么也不为，走着走着就散了，过着过着就分了，这不很正常嘛！"

兰思哲这话倒把艾静给说得无语了。过了一会儿，她才又问："那她没说与陶夭夭闹别扭又是为啥？"

"陶夭夭？谁啊？没提起过。"兰思哲一脸蒙，"听这名字，应该

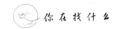

是个女的？"

"不但是个女的，还是个大美女！"艾静的俏皮劲儿又来了，"我让你看看！你是美女鉴定专家，专家说了算！"

鲁明和兰思哲以为艾静会从朋友圈翻出陶夭夭的照片，没想到她却直接拨通了与陶夭夭的微信视频。

上海一个非常高档的私人会所里，陶夭夭正与王老板一起用餐。

王老板置业买房大多是为了投资，但这次不一样，他想自己住。他去了一次售楼部就再没有去，而是约陶夭夭出来谈。陶夭夭为了留住这个土豪，自然很积极。王老板第一次约她，她大方地说，她请王老板吃饭。结果到了王老板约好的地方，陶夭夭一看就傻眼了。那地方，喝瓶差不多的红酒，她一个月底薪加提成恐怕就没了。如果喝瓶好点的酒，她可能就得掏老本了。陶夭夭人活泛，三言两语就把自己开脱了。王老板更风趣，说道："哪能让美女请客呢？夭夭小姐难道还想让我吃软饭？"把陶夭夭逗笑得花枝乱颤。

可王老板已经约见陶夭夭几次了，买房子的事却一直不定。陶夭夭也不好猛催，毕竟这是大事。再说，王老板每次请她吃饭、喝茶、喝酒、喝咖啡，都是到非常高档的地方，对她来说，也算是不错的享受。唯一遗憾的是，王老板已经五十多岁了，而且人长得又黑又胖又矮又土，和他一起吃饭，实在没有兴致。但为了业绩，还只得应付着。

陶夭夭一看是艾静的视频邀请，心想，正好炫一下，就悄悄给王老板说："闺蜜邀请视频通话，我接一下！"用手势示意王老板不要说话。

"哎！美女！干吗呢？"艾静问。

"正在吃饭。你看！"陶夭夭转着手机摄像头，绕开王老板，尽可能多地将能体现私人会所环境特色的地方照给艾静看。

艾静看了两眼，就不耐烦地说："别照那些了，镜头朝向你，有个大咖想认识你！"

"谁呀？"陶夭夭妩媚地笑着问。

"你看就是了！"艾静将镜头转向了兰思哲。

陶夭夭看见镜头里面一个清瘦男子，慵懒地坐在那里，可能看见她了，身子挺了挺，坐直了一些，笑着朝她招了招手，算是打了个招呼。她也赶忙招了下手，说了句："你好！"眨巴着大眼睛妩媚地笑，尽可能找最佳角度，把自己美丽的容颜和性感的上半身全展现在屏幕中。

兰思哲很快将艾静的手机镜头推开，不让再照自己。艾静就又将镜头朝向鲁明，鲁明笑着跟陶夭夭打了个招呼。艾静随后就将手机镜头朝向了自己，笑着说："别看我家鲁明了，小心看到眼里拔不出来！"

"那你可盯紧了，别让人给抢走了啊！"

"谁敢抢，我跟她拼了！"艾静将头骄傲地仰了仰，接着问，"要不要大咖微信？要的话我给你推送？"

"好啊！"两人说完就关了视频。

第三十五章

1

白玉兰有了新的规划，学习更加努力，工作干得也越来越顺手，越来越出色。和她一起工作的项目组领导、同事，见着白仰光，就将白玉兰夸奖一番。白仰光回到家，当即就给老婆说了。老两口很欣慰，却谈不上高兴，可以说是喜忧参半。老两口悄悄嘀咕：一个女孩子，工作干得好很重要，但也得赶紧在自己婚事上用心了。

最焦急的是肖淑贤。她发现白玉兰下班回来，除了周内一个晚上、周六白天一次定期健身外，其余时间，不是坐在电脑跟前上网课，就是坐在书桌前看书。她实在搞不明白，这孩子到底想干啥？有几次，她借着给白玉兰送水果、说事情，到白玉兰房间去，问了问唠了唠，催促白玉兰抓紧个人的事情。有一天晚上可能唠得多了，结果第二天，白玉兰招呼都不打，把东西一收拾，就又搬到她的公寓去住了。

其实，白玉兰早都想回公寓住了，只是北京出差回来，刚好放长假，她就回家了。再加上她一回那个房子，到处充斥着黑子的气息和痕迹，让她心里平静不下来，所以她才在父母家里多住了些日子。近期，她感觉自己将注意力转移后，心情好多了。再加上那个兰思哲，有时间就和她联系，既探讨工作，也闲聊乱谝，让她觉得日子好过了许多。兰思哲现在在白玉兰心里，妥妥的专家大咖。经过他的引导和开解，白玉兰心胸和眼界都开阔了许多。

至于北京那个向北斗，白玉兰回过头来看，觉得自己简直是庸人自扰。竟然为一个面都没见过一次的人，还生那么大的气，简直是愚蠢可笑至极！

白玉兰爸妈让赵青多和白玉兰联系，以掌握女儿的动向。

当从赵青口里得知白玉兰原来单位的小伙子范卫华对女儿有意思，老两口竟然喜出望外，饶有兴趣地了解范卫华的情况，认为还蛮不错。赵青大为吃惊。她这才知道白玉兰在家里爸妈给端吃端喝伺候着却不愿意住的原因了，实在是压力山大啊！

老两口从赵青处知道女儿根本就没有和杨州介绍的那个向北斗见面，生气之余又有了催促一下的想法。白仰光就让肖淑贤联系杨州妈，打听杨州的下落和联系方式。

2

当杨州听出白仰光的电话是为白玉兰的事情而来，当下拿起电话就要跟向北斗联系。正要拨打，忽然想起，当时好像是白玉兰跟别人单独在酒店里待了很长时间，向北斗还生气地质问过自己呢。他推测，很可能就是因为这事，向北斗才不再与白玉兰联系见面了。想了想，他打算先和白玉兰聊聊，问清楚当时到底是咋回事再说。

晚上，白玉兰关了电脑，听从兰思哲给她发的最后一条信息"快洗洗睡吧"，去洗漱了。白玉兰发现自己隐隐地已经有了眼袋，心里一阵伤心难过，前所未有地有了岁月催人老的无奈和恐惧。可没办法，晚上太早上床，她实在睡不着。与其躺在被窝里看手机或煎熬着数羊，还不如上网课做题。白玉兰最近给自己定了一个硬性时间表，每晚必须在十一点之前上床睡觉。

刚洗漱完，杨州的电话来了。白玉兰没有了对向北斗的恨，自然也就没有了对杨州的怨。她很平静地接起了杨州的电话。

"玉兰！不好意思啊，没打扰你休息吧？我这边是早上八点多。"杨州听白玉兰说晚上好，估计她以为自己在国内。

　　"哦，你回那边啦？"

　　"早过来了，这边事情好多。"

　　白玉兰"哦"了一声，不再说话，静等杨州下文。

　　"玉兰，有一件事情我想还是直说为好。说清楚了，也就知道咋回事了。就是……你出差在北京那几天的一个晚上，向北斗忽然很生气地给我打电话，说他一直追着你想见一面，结果看见你和一个男的进酒店……那个男的待到很晚了才走。"杨州笑了声接着说，"向北斗这个人，现在真的很稀有。他是那种很认真、很专情的人。当时，他很生气，就给我打电话了。是不是也因此，你们就没再联系见面了？"

　　白玉兰恍然大悟，说道："原来是这样啊！这人还真小心眼，还搞跟踪啊？"

　　"我估计他是想追过去堵住你，想跟你见面呢，可能就看见了。"

　　"真是的……"白玉兰没好气地嘟囔了一句。

　　"玉兰，你有权利选择和任何人交往。如果有更合适、更好的心仪对象，那太好了啊！我替你高兴。我知道了，也就不操心了。"

　　"什么啊？简直是……"白玉兰就把那天晚上及后来兰思哲给他们做院企合作方案的事情简单说了一下。

　　杨州听后，为这人世间的种种阴差阳错而大发感慨，为因此而造成人命运的千差万别而深表遗憾。他无奈地对白玉兰说："人啊，某一时刻的一念之差，就可能造就不同的命运和结局。也会因哪个点对不上或者错过了，而改写人生际遇，形成完全不一样的命运轨迹……"感叹一番后，他真诚地说："你看，你俩差点因为这误会，把多好的缘分给耽搁了啊！"他便劝白玉兰："如果向北斗跟你联系，你也要积极主动点！如今男女都一样，甚至在好多方面，女的要比男的更果敢更无畏才行！"

　　白玉兰笑着不再说话，杨州才挂断了电话。

这一夜，白玉兰被杨州这一通电话整得脑子里乱哄哄的，她翻腾来翻腾去，也不知道折腾到了什么时候才迷迷糊糊睡着。早上起来，她看到自己整个眼泡都是肿的，眼袋似乎真的有了，不由得伤感：岁月这把杀猪刀啊，你对女人可真是残忍啊！她对着镜子，细细地从头到脚又把自己审视了一番，暗想：还真不能像以前那样任性了，不降低标准，但姿态绝对得放低一点了。不然，真的要成剩女了……

3

向北斗接到杨州电话时正在吃午饭。说来也怪，当他再次听到杨州提起白玉兰时，仍然有心动的感觉。杨州嘲笑他当时太心急了，围追堵截，结果心急没吃上热豆腐，反而还让燎了个火泡。杨州的远洋电话，再一次撩动了他的心。放下电话，他当即就给白玉兰发了信息。发去了一个不好意思的表情，接着还发了一段话：对不起！我误会你了，希望你能原谅，希望我们能继续保持联系！后面跟着三个作揖拜托的表情。

白玉兰当时就看到了向北斗的信息。但此时，她真的对向北斗再也没有了以前那种愿意交流、希望见面的想法了。她不仅没有回复，还将向北斗的信息全删了。

晚上十一点多，白玉兰已经躺到了床上，又收到了向北斗的信息：我知道你工作一直很忙。我想你是不是和以前一样，这个时候才会看手机信息呢？我一直望眼欲穿地等着你的信息。下面又是那个可爱的"着急地搓手手"的表情。

看到这个表情，白玉兰的小性子不由得就上来了，想都没想，噼里啪啦就输入了一段话，发了过去：你都不愿意回我信息、接我电话，现在这样，有意思吗？

对不起！我错了！我误解你了！

向北斗用复制粘贴，一遍遍地把这句话连续不停地发，大有白玉兰不回信息他誓不罢休的气势。无奈，白玉兰就又发了一句：可真有你的！后面跟了个翻白眼的表情，向北斗方才罢手。接着，他又不断地发来红玫瑰的表情、拥抱的表情，逗白玉兰开心。直至白玉兰又发了个微笑的表情，他才停了下来，发了句：晚安！乖乖睡吧，照顾好身体！相信我们一定会见面的！

　　白玉兰什么也没发。她不想让向北斗觉得，她是那么健忘、那么容易原谅的人。这一晚，白玉兰又没有睡好。

第三十六章

I

网络时代让人与人之间的距离无限拉近，让人与人之间的各种不可能变成可能。每个人面前铺陈着一张充满爱恨情仇，或者利益勾连的繁复蛛网，大张着一个现实与虚拟层层交织的天罗地网。

兰思哲经常莫名地想笑，自己原来跟白玉兰、陶夭夭有毛关系啊？但就这么奇妙，他因艾静，艾静因鲁明，就这么天南地北地结成了一个貌似不怎么关联，但又密切联系的一张大网。兰思哲觉得，自己现在就好似这张网中间的一只长腿蜘蛛，四仰八叉伸胳膊扯腿，吐丝拉网，与她们关联在了一起。

兰思哲是研究经济的，当在网上看到有人把男女交往比作寻求合作伙伴，合伙开公司，挂牌做生意，便暗暗发笑，觉得还真有那么点意思。比如他与白玉兰，他们一直密切联系着，聊工作、聊生活、聊过去、聊现在、聊未来，啥都聊。既是朋友，又似同事，抑或是两个有"合作"前景的男女。

但实话实说，与白玉兰刚接触那会儿，他并没有与其"合作"的愿望。白玉兰身上透出来的那股子没见过世面的小地方人的劲儿，压根让他看不上。他之所以一直联系，不能否认，白玉兰的美丽漂亮，让他作为一个正常男人难以抵挡。随着交往增多，他慢慢有了"合作"的想法。他发现白玉兰各方面资质的确非常优秀，而且人还很真诚单纯，家教很好，家庭条件也不错。这就是说，如果"合作"，他不会吃亏，更不会被算计，不但没有"合作"风险，而且"合作"前景可能还会相当美妙。但让兰思哲郁闷的是，他发现白玉兰并没有要与自己"合作"的愿望。她把他当作经纪人一样的角色，跟他无话不谈，有什么难题有什么困惑，都愿意从他这里寻求答案和解决办法。而正是她这种毫不隐瞒无话不谈的透明纯粹，让兰思哲觉得"合作"无望，只觉天凉好个秋。

兰思哲作为一个经济运营高手，他深知合作的前提是包装，是突出优势缩小劣势，争取最优合作条件和最大合作利益。而白玉兰在他跟前只愿意倾诉。当兰思哲后来有意问起她与黑子的过往时，她都毫不隐瞒地告诉了他。白玉兰说，她对黑子就像死心塌地的妻子对自己的丈夫一样，全身心付出，毫不设防。但就在这时，她却浑然不觉地被绿，在闺蜜陶夭夭的手机里，看到了黑子熟睡如猪满脸火红唇印的照片。她在他跟前，完全卸下盔甲，承认自己输得很惨，输了整个青春。

兰思哲与白玉兰交流得越深，越觉得这个女孩坦诚得让人心疼，善良得让人担忧，而且一点也不矫情、娇气，努力得让人感动。对认准的事情，她会爆发出极大的热情，有着挖掘不尽的潜能。他让她帮着做了几个文案，她都做得非常出色。他给她支付了一点薪酬，竟然吊起了她的胃口，干得越来越带劲。兰思哲就直接鼓励白玉兰走出来，到北京加入他的团队中来。

应该说，兰思哲的邀请是真诚的。但是，不排除他有追求白玉兰的私心。他就是想通过扩大自己的地域优势，凸显自己的经济实力，充分展现自己的个人魅力，来吸引白玉兰与他交往。发展得好的话，不妨合伙挂牌"开公司"，持照经营"夫妻档"。

然而，白玉兰一直以来并未给兰思哲释放这样的信息。仅此一点，就让他很讶异。在北京，兰思哲从来不缺女朋友。像他这种也算比较成功的钻石王老五，在北京这个美女云集、白骨精成堆、剩女成患的地方，只要愿意，找个美女陪伴轻轻松松。可能是已经过了激情四射的年龄，这些年来，他反倒越来越没有了结婚的意愿。想到要和某一个女人厮守一辈子，他甚至觉得乏味得可怕。可现在，对白玉兰有了这个想法。他希望早晨起来，看见她白鸽一样丰润的羽毛，看见她扑闪着小鸟一样灵动的大眼睛，看见她温婉甜美真诚治愈的笑容，闻见她玉兰花一样清新纯洁的气息……

倒是陶夭夭，自从加了兰思哲的微信，经常热情主动地与他联系。她通过与艾静、鲁明聊天，通过查网络资料，很快把兰思哲了解得清清楚楚。他俩的交流，也因为陶夭夭的热情开放无禁忌，很快就聊得火花四溅。当兰思哲邀请陶夭夭有时间到北京来游玩时，她满心欢喜地答应了。

自然，兰思哲在第一时间，将从白玉兰处了解到的她与陶夭夭决裂、与黑子分手的前因后果全部告诉给了艾静和鲁明。他们都很震惊，与陶夭夭的关系迅速降温，不再愿意与她多联系。

当陶夭夭执着地反复给艾静发微信视频，接通后兴奋异常地告诉艾静，应兰思哲邀请，她将赴北京找他们玩时，艾静嘲讽道："你可真是撩汉高手啊！这么快就把兰某人给搞定啦？还真是既杀熟又杀生啊！"

陶夭夭以为艾静跟她开玩笑，得意地说道："什么杀熟杀生、唐僧沙僧的？杀了能吃就是好参！"

艾静听后，意味深长地说了句："那好吧！欢迎你，北京见！"毫不犹豫就挂断了视频聊天。

2

雍市入冬后气温一直在零度左右。房子有暖气并不冷，但出得门来，外面冷得瘆人。加之连续一个多月来没有下过一滴雨，也没有飘过一片雪，天气干冷干冷的。有风的天气，愈发难受，风吹在人身上真像针扎一样，冷得刺骨。

白玉兰着急往出走，忘了将围巾围上，恰好里面穿的羊绒衫又是低领，她从车里一出来，一下子就冷得整个人都缩了起来。她将大衣裹紧，又将大衣领子翻起来交叉竖在脖子上，可依然觉得风冷飕飕地从脖子往里面灌。她瑟缩着身子，拎着包包，急匆匆地往父母家里快步走去。

在兰思哲的蛊惑下，白玉兰动了去北京的念头，既兴奋又不安。她翻来覆去琢磨了好长时间，但至今内心仍很矛盾。毋庸置疑，兰思哲的邀约很有诱惑力。但她也发现，兰思哲偶尔说话时透露出的心思，又让她很不安。她很想去试一下，拼一下，改变一下，但又担心把事情搞复杂，最后发生变故。她内心矛盾，忐忑不安，举棋不定。白玉兰知道这是大事，必须听听父母的意见。

当然，白玉兰内心矛盾，思绪纷乱不堪，也不仅仅是因为这一件事。那个向北斗自从和她恢复联系后，似乎又重燃激情。白玉兰发现，那个向北斗还真如他自己所说，三十五六的人了，可能还真没有正儿八经谈过女朋友。白玉兰简直觉得不可思议，反复问过他："你那么多年都干啥了？"结果，向北斗说他大多时间都钻在图书馆和实验室里。空闲时间就去极地探险，或到处攀岩玩儿。玩的都是心跳，都不是女孩子爱玩的。白玉兰也试探着问他："那你应该同学很多吧？难道就没有让你暗生情愫的？"向北斗也坦言，同学里曾经有让他心动的，但等他想行动时，发现人家早都名花有主了……

向北斗很直率，说话从不绕弯子，他已经多次直白地对白玉兰说："我一定要抓住你，绝不会再错过你……如果不是在基地工作，我早都追到雍市去找你了！"

不得不说，向北斗对白玉兰是有吸引力的。他谈起他家三代航天人的奋斗史，谈起他的星空梦，谈起他的求学路，谈起他的探险旅程，让白玉兰听得心潮澎湃，肃然起敬。

向北斗说，他要带白玉兰到离天最近的地方，去数星星，去望北斗。他孩子般充满梦幻的语言，让白玉兰如临其境，浑然不觉是在听他微信语音。他说，他要带白玉兰再次到极地探险，去登高攀岩，让她体会战胜艰难险阻，成功登顶的喜悦。白玉兰秀拳紧握，充满向往……

不知不觉间，白玉兰又有了见一见向北斗的想法，她想看看这个像大男孩一样的男人，想走近这个有梦想、有激情的航天人。

当白玉兰把她想去北京找单位就业，到更广阔的天地去发展的想法给向北斗透露后，他简直欣喜若狂，居然说："我要马上告诉我爸妈！我享有在北京安置家属的特殊人才照顾政策，我让他们尽快给你在北京联系工作单位！"

白玉兰傲娇地说："谁是你家属了？谁要你安置了？"搞得向北斗丈二和尚摸不着头脑，只好蒙蒙的，自己找台阶下："那就暂时先不说，等真成家属了再说……"三十好几的人了，真的还像个孩子似的，让白玉兰哭笑不得。

白玉兰忽然回家，又没有提前打电话，给了老两口一个惊喜，也把老两口的节奏一下子给打乱了。

其实，白玉兰更乱，她是心里乱，到现在她还不知道该咋样给爸妈开口。看到爸妈满心欢喜又慌慌张张的样子，她心里越发督乱。父母年龄越来越大了，越来越需要陪伴和照顾了，自己却想离开他们，到很远的地方去。况且前途未卜，这会让他们多么难受、多么担心啊！

肖淑贤摸摸女儿的头，又摸摸女儿的手，宠溺地问："兰兰！中午想吃啥？爸妈正准备出去采购呢！你想吃啥，就去买啥！"

"妈，先别出去了，我有事要给你们说呢！"

"哦?！"白玉兰的神情，把老两口一下就给整紧张了，连忙一边坐一个，静等女儿开口。

"我要去北京工作！"

话一出口，像晴空惊雷，把老两口给震呆了。过了一会儿，老两口才同时惊问："你去北京干啥？"

"去一个经济研究运营公司工作。"

白玉兰爸妈面面相觑，又都愣住了。

白仰光一遇事，右手食指不由自主地就爱放在腿上或胳膊上轻轻弹敲。事情越急、越重要、越难缠，他弹敲得越快。他挪到女儿斜对面的沙发上坐下，左手压在跷起的右腿上，右手压在左胳膊上，食指快速地不停地在小臂上轻轻敲打。

肖淑贤起身去了卫生间，她走路的步态，似乎一下子苍老了。

白玉兰说完事情，反而一身轻松，钻进房间上网课去了。

3

白玉兰爸妈拉着买菜的购物车，没有去农贸市场，而是转到了小区跟前的那个公园里。肖淑贤眼圈红红的，说着说着，气得直哭。白仰光好言好语劝说不住，朝着肖淑贤发脾气："哭！光知道哭！哭有啥用？好好商量着看咋办呢嘛，老这样烦不烦？"

"还不是你惯的？从小到大老护着，啥都由着她的性子来！这下好了，都三十的老姑娘了，个人大事还没个影影呢，又心野地要往远处跑呀！"肖淑贤边哭边说。

"这不是在想办法呢嘛！"白仰光尽可能把口气放和缓。

老两口商量来商量去，最后给赵青打了个电话。结果，赵青说这事她还真是一点音信都不知道。劝他们不要急，她下午约白玉兰见个面，打问一下。老两口这才放下心来，拿定主意，回家不抱怨不声张，该做饭做饭，该吃饭吃饭，以静制动，以不变应万变，先稳住再说。

买好菜往回走，白仰光忽然对肖淑贤说："我倒是想起了一件事儿！"

"啥事？"

"咱们集团在北京那个销售窗口，有一个老同志快退休了。前一段时间，听销售老总说，想招聘个合适的人呢！"

"如果玉兰只是想到北京去工作，这倒不错！毕竟是咱们集团下属单位，了解情况，既稳定又放心嘛！你星期一上班，赶紧先去问问情况！"

4

赵青一眼就看到了走进茶坊的白玉兰，顿时惊叹："真漂亮！人逢喜事精神爽，看来是有好事了！"

"你都知道了？"

"知道啥？"

"还骗我！是不是我爸妈让你约我出来的？"

赵青笑了，她知道瞒不住。

俩人边喝茶边聊天。赵青单刀直入，一开始就不断劝说白玉兰要替父母想一想，也要慎重地为自己想想。这可是大事，必须稳妥。千万不能稀里糊涂，丢了现在的工作事小，吃亏上当事大。

白玉兰知道赵青会如实地向爸妈汇报情况，所以只是把与兰思哲之间的情况原原本本讲给她听。她坦言，兰思哲现在邀请她过去工作，是个难得的好机会。她很想出去闯闯，也很想换换环境。至于向北斗的事，她只字未提。

赵青认真听完后，直竖大拇指，夸白玉兰厉害，也夸兰思哲有眼光。她用手机搜出兰思哲的资料，飞快地看了一遍，又把兰思哲的照片放大了横看竖看，连声赞叹："绝对货真价实！真正的学者大咖！"

当知道兰思哲还未婚时，赵青顿时眼睛直喷火花："哇！你运气不要太好哦！这未婚的钻石王老五太稀缺了！你必须去！尽快去！"

白玉兰还要继续给她讲自己对未来的规划，赵青却一脸严肃地打断她："北京可是美女如云、白骨精遍地啊！你不赶紧抓住，分分钟就让那些圣斗士给抢走了！我这可绝对不是危言耸听。北京对着空气抓都能抓到满把剩女！我让你看我前两天看到的一个资料，有数据，有图有真相！"

白玉兰连连摇头："我是去工作，又不是去抢男人！"

赵青好像不认识她一样，盯着白玉兰打量："你还真是傻白甜啊？人家邀请你去工作这没错，但绝对有可能朝这方面发展啊！难道真的只是邀请你去工作那么简单吗？"

白玉兰不说话了，过了一会儿，才有些迟疑地说："其实，我也就是为这个犹豫呢！我担心去了，反而把事情搞复杂了！"停顿片刻，又说："兰思哲这个人吧，专业上确实厉害。不过，他不是我要找的人，所以我特别害怕他那样去想……"

赵青一脸不解："那你到底要找个什么样的呀？"

白玉兰没有开口，想了想，语气多少有些犹豫："我也说不清。"

"怎么会说不清呢？"

"就是说不清。"白玉兰苦笑着抬起头，眼神中竟有几分怅惘，"我就是想找到那种感觉。那种美好的感觉，应该是发自内心的渴望向往，也可能是埋在心底的一丝痴想……总之，我就是想结因为爱情而结的婚，它应该非常美好，非常纯粹。我想……找到它，抓牢它，不离不弃……"

赵青一声不响，直直地看着她。显然，她听懂了。

5

陶夭夭与兰思哲聊得天雷勾地火，当兰思哲问她"你爸妈是不是特有文化"时，陶夭夭又一次为爸妈竟然能给自己起这么个名字而高兴，的确是叫着好听，还有来历、有寓意。她早就问过爸妈，怎么想得起来给自己起这么个名字？爸妈说，真费老鼻子劲了。当年，早早就知道要生女孩子，名字提前起了一大堆。但已经出生了，还拿不定主意到底用哪个。一个当中学语文老师的亲戚来医院看望娘儿俩，看到陶夭夭粉嘟嘟的小脸异常漂亮，疼爱地说："小丫头可真好看！粉面桃花的，真是桃之夭夭灼灼其华啊！"陶夭夭妈妈就问什么意思，亲戚给解释了一下，她爸妈当即就把陶夭夭这个名字给定了下来。

陶夭夭告诉兰思哲，她爸妈都是企业普通职工，没什么文化，给她起这名字就是图个好听，叫着顺口。陶夭夭并没有给兰思哲讲更多故事。

其实，在她上小学的时候，有同学还给她起了个"女特务"的外号。一是陶夭夭长得漂亮，像电影里面的漂亮妖媚"女特务"；二是她的名字谐音逃之夭夭，不是坏蛋特务为啥要逃跑？小孩子总是想象力丰富，天马行空。当时，陶夭夭没少为这哭鼻子。

陶夭夭与兰思哲的交流也是天马行空。一段时间胡聊乱谝下来，热度爆表。陶夭夭觉得自己还真是沾了这个名字的光，似乎一直桃花运、好运不断。特别是近期，运气简直不要太好。除了业绩噌噌上升，其他好事也是接二连三发生。休几天假，去北京玩一玩逛一逛，也顺便去看看艾静、鲁明，真是好到不能再好。但陶夭夭心里也明白，她主要还是想去接触一下兰思哲。

那个王老板和陶夭夭接触商谈了几次之后，很快就买了房子。买了房子，还不时请她吃饭，送她礼物。他几次邀约陶夭夭出去游玩，她都没有答应。有一次，王老板说，只要陶夭夭愿意，他还想再买一套房子，让陶夭夭去住。陶夭夭笑着说："换个说法就可以。如果是给我买一套房子，让我去住，那没问题！"

王老板人精明，马上说："是给我们，给我们！"陶夭夭只大大咧咧地笑，揣着明白装糊涂，不置可否。

最让陶夭夭咋舌的是，现在这钱多的人还真多。那个"金姐"，后来带来了她所谓的"正主"，只匆匆来看了看，二话没说就定了，竟然还定了两套！陶夭夭当时激动得小心脏差点没从胸口给蹦出来。

陶夭夭觉得，不好好给自己放几天假犒赏一下都不行！陶夭夭想出去转一转，散散心，放松放松也另有原因。那个高晓燕，因为王老板的事情，跟她明里暗里过不去，行为鬼鬼祟祟，似乎在同事和客户跟前说她的坏话。陶夭夭明显感觉到，有几位同事对她已不像刚开始那么友好了，个别客户似乎也神经兮兮地不对劲。有一天，高晓燕接待的一个和王老板操着一样口音的矮胖女人，和高晓燕挤在一起嘀嘀咕咕。那个女人两次专门从陶夭夭身边走过去上卫生间，看着她的眼神莫名其妙得像匕首一样闪着寒光。陶夭夭心里清楚，自己毕竟到这个公司时间不长，再加上人长得漂亮，业绩又好，难免招人嫉恨，但也不至于人神共愤啊！也不知道是她自己多疑，还是太过敏感，有几次，她感觉好像老是有人不远不近地在她后面偷偷摸摸跟着。她真想把那个鬼影给揪出来，将自己苦练多年的瑜伽和跆拳道功夫实操一番。

陶夭夭决定去北京后，再一次联系了艾静和鲁明，知道他们近期一直在北京，就跟兰思哲一约，立马启程了。

兰思哲亲自驾车到机场接陶夭夭。他们就像多年的好友，见面就热烈拥抱，一点没有陌生的感觉。兰思哲问陶夭夭有什么计划，想吃什么，想玩什么，想到哪里去逛，陶夭夭很干脆："一切都听你的安排！"兰思哲看了她一眼，弹了个响指，说了声"OK"，直接就将陶夭夭拉到了他的住处。

过了两天，陶夭夭才与艾静和鲁明联系，说她已到北京。没一会儿，艾静就给她发了晚上聚会吃饭的地方。

陶夭夭从半下午就开始准备，直遗憾带的衣服有点少。兰思哲一直在他的大台桌跟前忙着，电脑敲得啪啪响，并没有因为陶夭夭的到来而影响他的事情。陶夭夭将带的几身衣服轮换着穿上让他欣赏，也让他帮她选择，看晚上穿哪身衣服好。兰思哲说："你随便。你穿哪身都好看！"陶夭夭最后选了一身她认为能镇住艾静的衣服。艾静喜欢穿中性风格的衣服，那她就偏偏选一套特别女性、特别能显出她妖娆性感身材的衣服。陶夭夭精心穿搭好后，在兰思哲面前转圈圈，让他看。兰思哲说："好好好！就这身。很好！"身子始终没有离开椅子，人一直在电脑跟前忙着。

晚上见面，果不其然，艾静还是一贯风格，打扮得很中性、很英气。穿一件黑色半长休闲款羊绒大衣，里面一件加绒格子衬衫，下身麻黑色牛仔裤，脚穿一双平跟短皮靴。可能刚修剪过头发，显得很短，像个假小子。

他们并没有要包间，四个人散坐在一张长方桌前。陶夭夭和兰思哲坐一边，艾静和鲁明坐一边。艾静一见面就对兰思哲说："看来你肯定已经给陶夭夭接风洗尘，极尽地主之谊了！今天我请客，你千万别跟我抢啊！"

兰思哲懒懒地说："谁要抢啦？以后这种事都是你的，我没意见！"

"想得美！咋不把你美死去呢！"虽是玩笑话，但艾静说得咬牙切齿，听着怪怪的，火药味十足。

鲁明尴尬地笑着向陶夭夭解释："他俩啥时候见面都这样，慢慢就习惯了！"

陶夭夭笑笑，并不在意。

吃饭中间，鲁明忽然心里一动，偷偷拿手机给坐在对面的兰思哲和陶夭夭照了一张照片。兰思哲正帮陶夭夭添酒，陶夭夭妖媚地笑着拿手来挡，让兰思哲少给她添点。拍好照片，鲁明犹豫了一下，发给了白玉兰。

鲁明一直不好向白玉兰明说，跟兰思哲交往要三思。刚好，发这样一张照片，让她自己看去想去。果不其然，没一会儿，白玉兰就发来了一个红脸流汗的尴尬表情，又发来了一个疑问的表情。鲁明发了一句：陶夭夭应兰思哲盛情邀约，到北京来玩了。白玉兰发了个微笑的表情，就不再言语。

喝了点酒，艾静话越来越多。她不停给陶夭夭敬酒，说要拜陶夭夭为师，让陶夭夭教她撩汉秘籍，怎么样才能做到逢汉必撩、每撩必成，说从今往后，她要把陶夭夭叫"陶老师"。陶夭夭刚好又穿得非常性感，惹得旁边人不住侧目，窃窃私语。刚开始，陶夭夭似乎还没有发现有什么不对劲，四个人吃喝说笑，好不热闹。后来，艾静越来越放肆，又问陶夭夭，怎么才能做到既杀生又杀熟，让所到之处寸草不生？陶夭夭觉得不对味了，问艾静："你在电话里就这么说，什么杀熟又杀生的？"

艾静说："杀生，就好比我们兰某人；杀熟，就好比黑子！你不都是手到擒来嘛！"

陶夭夭越发不解，柳眉紧皱："怎么还扯上黑子了？关人家黑子什么事啊？"

"怎么不关黑子的事？难道你撩汉撩得都多到记不清楚了？陶老师可真厉害！"

陶夭夭霍地站了起来，急赤白脸，大声说："你凭什么血口喷人啊？真是到你的地盘啦，你想咋说就咋说啦？你给我说清楚！"

艾静不急不躁坐在那里，慢悠悠地说："自己不承认不等于没有，是吧？看看你手机里的照片，就明白人家白玉兰为啥跟你断交了，又为啥跟黑子分手了！百密一疏哦，陶老师！"

陶夭夭愣了一下，不依不饶地问："你胡说什么？"

"你自己看去！手机就在这儿，有胆量敢让人翻出来看吗？"

陶夭夭气得一屁股坐下，拿起手机就要递给艾静。可忽然想起，手机里面有很多近期跟兰思哲聊天时照得比较暴露的照片，就没有给艾静。脑子迅速转了几圈，一下想起来，在上海和白玉兰一起吃饭时去卫生间，让白玉兰拿着她的手机选照片。白玉兰肯定看到了她一直保存在手机里面舍不得删的黑子满脸红唇印的照片。陶夭夭又羞又气，知道找出来让大家看了，就更无法解释了，只好自己窝囊认尿。但她依然嘴上不饶人，虚张声势反驳："你血口喷人！不行我们现在就打电话问黑子，我会让你明白的！"

"得了得了！你们俩这是干啥呀？为别人的事情在这儿胡扯啥呀？"兰思哲急忙劝阻。

"艾静你收敛点！少胡说八道！"鲁明训斥道。

"谁胡说八道啦？自己回去慢慢翻着手机看去！恕不奉陪！"艾静起身走了。

鲁明尴尬地说着"对不起！对不起"，拎上艾静的包包，急忙追了出去。

兰思哲摇头苦笑了下，叫来服务生结账。他哄劝陶夭夭："你看！刚才还说她请客，让别跟她抢。这一拍屁股就走人了！你就别跟她计较了，她就是个小孩，任性的小孩！"

第三十七章

陶夭夭心情糟透了，她觉得晚上赴的就是一场鸿门宴。艾静摆明了早就准备好要给她来这一手的。而且她也感觉出来了，兰思哲、鲁明早就知道了照片的事情。艾静胡闹时，他们都没有表现出意外，甚至，从一开始，压根就没有阻止她的意思，才会让她变本加厉、得寸进尺。陶夭夭知道，自己是有错，错在一时兴起照了那样的照片，还一直保存在手机里，让白玉兰偶然看见误解。但她很冤枉、很委屈，她的确什么都没有做。陶夭夭细细想了想，照片的事情肯定是白玉兰告诉艾静和鲁明的。她根本不知道白玉兰与兰思哲也有联系。

但的的确确，让陶夭夭最伤心失望的是兰思哲。晚上，兰思哲一点也没有护着她，没有替她说一句话。从兰思哲的表现和态度，陶夭夭明白了，他也就是跟她玩玩，他俩根本就不会有未来。这一场北京赴会，也就是给兰思哲解个寂寞，或者填个空缺而已。陶夭夭越想越窝囊，越想越生气，越想越难过，也越想越屈辱。她甚至猜测，艾静让兰思哲和自己视频，加微信好友，联络邀约，说不定就是专门给她挖的坑下的套。人家都把自己当成什么人了？陶夭夭想着想着，难过委屈的眼泪扑簌簌往下掉。她飞快地翻着手机相册，想把那几张害人的照片赶快翻出来删了。

陶夭夭翻了好半天，才翻了出来。她正准备删除，忽然看见，照片上黑子盖着被子，但一只脚露在外面，穿着袜子，而且露出了一点裤边。再仔细看，黑子的一个肩膀头也露着，也能看出来他穿着衣服。陶夭夭惊叫着，就要出去给兰思哲说，让他看照片。已经走到了门口，她忽然

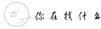

停了下来。她回来将自己的东西慢慢收拾整理好，又进到卫生间细细补了妆，才妆容娇艳、身姿袅娜、优雅娉婷地来到了客厅。

兰思哲一回来，就坐在电脑前忙碌。陶夭夭让他暂停一下工作，坐到沙发上来。她平静地说："我已经将照片发给你了，也发给了艾静和鲁明。"

"哦？"兰思哲很吃惊，看着陶夭夭不语。

"我把这个故事讲给你，你有时间了，转告他们就好。"陶夭夭笑了一下，接着说："故事有点长，你要有点耐心听哦！"

陶夭夭的异常表现，还真一下子提起了兰思哲的兴趣。他懒懒地窝在沙发里，笑着说："好！你说，我听！"

陶夭夭便从黑子如何请自己吃饭打听情况，喝闷酒至酩酊大醉，自己如何将他送回家讲起。她坦言，自己至今还喜欢黑子，如果黑子不是她闺蜜白玉兰的男朋友，她真下手了，而不只是吻了他，再恶作剧地拍了那样的照片私藏欣赏。

兰思哲正听得入迷，陶夭夭站起来，走到他跟前，带着嘲弄的神色笑了笑，说："当时白玉兰可能一看到那照片，就气昏了，压根没细看，就愤然离席走了。你仔细看看照片！"陶夭夭让兰思哲打开他俩的微信对话框，指着她发给兰思哲的照片说："你看！黑子是不是全身穿得整整齐齐的？你看肩膀头的衣服！你再看，裤袜是不是都没有脱？你再看看他的脸色，一看就知道喝醉了！"说完，她离开兰思哲两步左右，如释重负一般说："好了，我也不再给谁解释了。我把照片也已经发给了鲁明和艾静。你要愿意的话，有时间给他们转述一下。也请他们将那几张照片发给白玉兰，让她再慢慢仔细看去！呵呵……我至今都被白玉兰拉黑着，所以我没有办法发给她看！拜托哦！"

陶夭夭转身走进了房间。很快，她拉着自己的旅行箱又走了出来。她走到兰思哲身边停下来，俯身在他额头上亲了一下，说："谢谢你邀请我来！再见！"而后头也不回地走了。

2

鲁明和艾静争论了半天，到底要不要给白玉兰发照片。艾静认为，白玉兰不看清楚照片，怎么解释都没有用。两人商量来商量去，最后决定先把事情给说清楚，然后再发照片。这样，白玉兰才有可能冷静地仔细看照片。鲁明说，白玉兰现在压根不爱跟自己多说话，发微信打字太累了，让艾静跟白玉兰联系。艾静撒娇推托："白玉兰是你的同学，我老管她那闲事干吗？我已经把陶夭夭给得罪了，我都被拉黑了！你同学的事，我可再也不想管了！"

鲁明想了想，煞有介事地说："那好吧！我的同学我去管喽！"拿着手机往书房里走，边走边转过头来给艾静说："不要打扰我哦！我要和我的同学好好说说悄悄话！"

艾静叫喊："你回来！我去说我去说！"拉过鲁明，自己一个人钻进了书房。

话说白玉兰那天收到鲁明发的照片，打开一看，竟然是陶夭夭和兰思哲亲亲热热坐在一起吃饭喝酒。白玉兰简直惊呆了，她怎么也想不到，陶夭夭竟然也和兰思哲认识，还那么亲热。这到底是怎么回事？鲁明微信里说，陶夭夭应兰思哲邀约去北京游玩。关键是，他们怎么认识的啊？白玉兰猜测，是不是和自己一样，陶夭夭去北京了，艾静、鲁明和陶夭夭一起聚会，又把兰思哲介绍给陶夭夭认识了？

任白玉兰再怎么脑洞大开，她都想不到，兰思哲和陶夭夭，是通过艾静的微信视频，然后推送微信加为好友，就这么异地联系在了一起。其实，说怪也不怪。网络时代，无奇不有、无所不能，天南地北的人，都有可能联系在一起。只有你想不到，没有什么做不到。即便是不认识的人，通过搜索，通过各种社交软件，通过摇一摇，通过漂流瓶，等等，都有可能成为好友或男女朋友。甚至，你自己完全不知道，你的信息就有可能被出卖、被盗窃、被公开、被利用。只要你进入互联网，你就不是一个孤立的人，你就与这个世界产生了千丝万缕的联系。

不用说，白玉兰在看到兰思哲和陶夭夭在一起的那一瞬间，惊奇之外心里很不痛快。怎么啥地方都有她陶夭夭啊？她还真是阴魂不散啊！为什么老要跟我抢啊？但没过几分钟，她反而异常轻松起来。你抢去吧，刚好我不想要，给你！通通给你！白玉兰一直对兰思哲时不时表露出的过分亲昵暧昧很不自在，这下好了，该去工作就工作，不存在什么问题了。至于兰思哲会不会让她在他公司工作，车到山前必有路，到时候再说。白玉兰抱定了要出去闯一闯的决心，刚好爸妈没有反对，她不想自己先打退堂鼓。于是，白玉兰继续紧锣密鼓地准备着，计划过完阳历年就走，在集团的工作也算是有始有终。

接到艾静视频邀请时，白玉兰正在上网课。对艾静，她是真心喜欢的。艾静热情大方，开朗活泼，单纯率真，敢爱敢恨，白玉兰觉得她就像好多年前的自己。每次看到艾静，或者和她聊天，白玉兰就联想到了自己，就不禁伤感起来。到底是从什么时候起，我把原来的自己弄丢了，失去了无忧无虑的快乐，没有了简单率性的纯真？难道人的长大，就是越来越不是自己了吗……白玉兰甚至觉得，在艾静面前，她很自卑。她真心觉得，艾静更值得鲁明去爱，更配得上鲁明。

白玉兰看见，视频里面的艾静，正儿八经坐在大靠背椅上，后面是装满书籍的书柜。而不像平常那样，随随便便窝在沙发里，或者随意走在路上，甚至是猫在被窝里。她隐约感到，这次聊天非同寻常，便自然而然联想到了鲁明发的照片，猜测艾静是不是要给她解释。不对，应该是讲讲兰思哲和陶夭夭的事情。对此，白玉兰心里已经释然，很开心地笑着跟艾静打招呼："美女怎么今天当书虫、钻书房了？"

"这里安静，能好好跟你说话。"

"咱俩在啥地方不能好好说话？"

"玉兰姐，今天这话，你得冷静地、认真地，听我给你讲完。"

"什么事啊？这么郑重其事的。"

"说实话，之前鲁明和我，包括陶夭夭，都为你突然与黑子分手、与陶夭夭断交表示不解，更觉得可惜。当从兰思哲那里知道，是因为那几张照片的事情后，我和鲁明也很生气，觉得陶夭夭太不地道。刚好兰思哲邀请陶夭夭到北京来玩……"

"哎哎哎！不好意思，我打断一下。陶夭夭是不是也是你和鲁明给介绍认识的？"

"是，但不一样。"

"怎么个不一样法？"

艾静便将陶夭夭与兰思哲认识的经过简单给白玉兰讲了一遍，还将兰思哲邀请陶夭夭来北京游玩发生的事情全部说了。她告诉白玉兰，黑子的红唇印照片，完全就是个恶作剧。

视频里的白玉兰呆呆的。艾静大声说："照片我们都看了，正如陶夭夭说的那样。你也仔细看看，嗯？"

白玉兰毫无反应，艾静只得又大声问："听见了吗？你听见了吗？"

白玉兰这才如梦方醒。

"你错怪黑子了！也冤枉陶夭夭了！"艾静一边说，一边顺手把黑子的那几张照片给白玉兰发了过去。

白玉兰像冰雕一般，半天动也不动。她的身体麻木了，脑子麻木了，整个人都木了。过了好一会儿，她才慢慢清醒过来，翻看艾静发给她的那几张照片。眼泪，像决堤的洪水滚滚而下……

但这一切，都已经过去了，即便是误解，也都回不去了……

是的，一切都回不去了！当黑子从鲁明的电话里，也知道了事情的原委，他亦如白玉兰的感受一样，撕心裂肺地痛，痛彻心扉地悲。但一切都已经无法改变，一切都已经成了往事……

3

年底前，环保局要组织雍市大中型企业参观秦雍集团清洁生产，黑子他们科室近期将去生产现场查看验收。黑子专门找景科长，要求去秦雍集团时一定安排他也去，他想顺便去看望一下白仰光，把人家当时给他的两万元还了。景科长说："白副总当时反复叮咛不让给你说，但我后来还是给你说了。因为我觉得，虽然你们曾经有那么特殊的关系，但毕竟最后没成。咱们是管理单位的公职人员，这么大金额的人情往来，还是必须给你说清楚的！你这么做是对的！如果你暂时手头紧张，白副总若执意不让你还，那你就打个借条，先欠着，以后手头宽裕了再还也行。白副总两口子是诚心诚意的，这个你要知道！"

"景科长，我知道，所以我想去一趟，顺便还钱，也当面道谢！他们一家对我家帮助真的太大了！"

两天后，景科长带着赵年、黑子一行去了秦雍集团。姜主任和部门负责安全环保业务的人员，已经在会议室等着了。姜主任安顿好景科长三人后，马上联系白仰光，结果电话一直占线。姜主任抱歉地跟景科长说："白副总说等你们到了让我立即通知他。是这，我到白副总办公室去一下，马上就来！"

白仰光看见姜主任边敲门边走了进来，知道肯定是景科长他们到了，就很快结束了通话。

"景科长到了？"

"嗯，到了！"姜主任顿了下，接着说，"那个赵年、黑子也来了！"

"哦？黑子也来了？！"

"嗯。"

"看来上班了。也不知道他家里情况咋样了，一会儿开完会我私下问问他。"

"要不要我告诉他，让他来找您？"

"不用，我自己跟他说。"

说着话，两人就到了会议室。白仰光热情地与景科长、赵年、黑子握手。

黑子一看见白仰光，立马就站了起来。白仰光跟他握手时，他连忙问好："白副总……白叔好！"

白仰光打量了一下黑子，笑着说："好！你好！瘦了！"

黑子酸楚地笑了一下。

会议不到半小时就结束了。姜主任要带景科长他们到清洁生产车间去看现场，景科长让黑子不要去了，让他到白仰光那里去坐坐。白仰光笑着说："谢谢景科长！我还正准备完事了请黑子过来，问问他家里的情况呢！"

到了办公室，白仰光热情地招呼黑子坐在沙发上，给黑子倒了茶水，跟他一起坐在沙发上说话。

"你姥姥现在恢复得咋样？"

"已经能搀扶着下床挪步子了！"

"那你爸呢？"白仰光望着黑子，似乎还在细细打量黑子。

"我爸还坐轮椅。他就是不爱说话。"黑子表情有点难过。

"不爱说话？那就是说能说？是不爱说？"白仰光有点不解。

"好像是。医生说可能是突发事件造成了心理问题，需要疏导。"黑子尽量言简意赅地回答。

"那你上班了，他们现在都咋安排着？"

"他们都出院了……在一个叔叔阿姨家。"白仰光听后很惊讶，黑子犹豫了一下，欲言又止。

"还是好人多啊！挺好的，这样我们也就放心了！"白仰光欣慰地说道。

黑子连忙说："谢谢叔叔阿姨挂念！也谢谢玉兰，帮衬我照顾了那么长时间……"黑子忙从包里拿出了装在一个大信封里的两万元，放到了白仰光面前。

"白叔！真的非常感谢您和阿姨的关心和帮助！这钱我用了这么长时间，他们出院报销了一些，还有……"黑子停了一下，长长吸了口气，才接着说，"还有，我妈妈走后补发的工资等。我现在手头不紧张了，就还给您！真的，我非常感谢叔叔阿姨！也非常感谢玉兰！"

"你这孩子！这钱是叔叔阿姨给你的，让你给你爸治疗和处理你妈后事的，那些事都要花钱的。你拿回去！"

"不行！钱我坚决不能收。已经给我帮忙应急了，钱我必须还了！"说完，黑子就站起来要走。忽然，他又停下来问，"阿姨身体好了吗？当时都给累病了，我都没顾上去看……"黑子面露愧意。

"好了！没事！"白仰光也站了起来。

"那……玉兰呢？"黑子踌躇着问。

"玉兰也好着呢！嗯……"白仰光犹豫了一下，最后还是告诉了黑子玉兰想去北京工作的事情。玉兰要去北京工作，让他焦虑了好几天。他专门了解了集团北京工作站招聘工作人员的进展情况，据说很快就要开始了。玉兰除了家不在北京外，其他方面都没有问题，甚至还有优势。人事部门已经摸了底，集团现在还真没有在北京安家、在雍市这边工作的单身职工。所以，玉兰如果非得去北京工作，到集团这个单位去也很不错。

黑子当然不知道这些，他担心地问："去北京？那她联系下合适单位了吗？"

再在黑子跟前说玉兰的事，白仰光也觉得有点别扭，他便说："好像她自己联系了一个单位，但还不确定。还说不来。再看吧！"

黑子一听这话，马上就说："白叔，那您也替我问玉兰好！也替我谢谢她！以后我一定会找机会当面谢她的！"说完，就匆匆离开了。

　　黑子心里再一次涌起了妈妈离世时那种锥心的痛。玉兰不仅与自己分了手，还要远远地离开，到一千多公里外的北京去工作了……

第三十八章

1

陶夭夭本想到北京游玩散心，没想到高兴而去扫兴而归。她心情不好，不想去上班，刚好还有三天假，就把自己关在房子里，思前想后瞎折腾。她非常后悔，不停自责。那天晚上，为啥要心血来潮拍那样的照片？去北京游玩就去呗，为啥非得奔着别人去？自己拿着钱宽宽敞敞住宾馆，开开心心去游玩不香吗？结果艾静那个死丫头让自己那么难堪。真他妈够狠够辣够刁蛮！陶夭夭恨着艾静，但心里也自我反省，知道自己有不够检点的地方，才让艾静他们轻看自己。但陶夭夭也认为，自己并没有什么错。黑子那事明摆着，也就是个恶作剧。至于她和兰思哲，是单身男女之间的正常交往，两情相悦你情我愿，爱咋样就咋样，有你们谁指手画脚的啥？我不交往不接触，能了解清楚一个人吗？想到这里，她又觉得，还真没白去北京这一趟。要不然，还得和兰思哲那样闲扯淡到什么时候？还得白白浪费自己多少时间和精力呢？丧大叔一个！陶夭夭觉得，兰思哲连人家王老板都不如。王老板虽然是个粗人，但人家还懂得小情小调，请自己去那些很讲究的地方吃饭品茶喝酒，还给自己送一些有特色的小礼物……而兰思哲呢？陶夭夭想都不愿再想他了。

陶夭夭在房子里待得无聊，就又坐到了飘窗上。从高楼斜岔里盯着远处的车流看。她长长的头发披散下来，遮住了半边脸。她一会儿拿着手机这样拍一张，一会儿拿着手机那样拍一张。有一张逆光的照片，她满头的黑发像瀑布一样飞散下来，光线从发丝中穿透过来，有一种难以名状的美。陶夭夭修饰了一下，配了一句"等荒芜了满头的发，心中的绿洲还在吗？"发了个朋友圈。

没一会儿，王老板就打来了电话："陶小姐！你没上班啊？休假啦？"

"哦，休几天。"陶夭夭懒洋洋地回答。

"那待在家里多难受啊！多浪费宝贵时间啊！"

陶夭夭笑了笑没说话。

"陶小姐！我带你去一个好玩的地方，让你开开眼，怎么样？"

"没意思！哪里也不想去……"陶夭夭有气无力地说。

"我保证，你去了绝对不会后悔！"

"哦……"

陶夭夭正想以啥理由拒绝呢，王老板就高兴地说："陶小姐！你在家等着，我到了给你电话！拜拜！"就挂了电话。

无奈，她也不好硬杠着得罪人家。心想，反正刚好休息，闲得无聊，那就出去转转，散散心吧！

陶夭夭把自己精心"武装"起来，整整用了一个多小时。她又细细收拾随身要带的物件，洗漱用品、化妆品、换洗衣物，装了满满的一个小旅行箱。她刚准备好没多久，王老板就到了。

上了车，陶夭夭问到哪里去，王老板说："暂时保密，但保证让你满意！"

车开了好几个小时，下午五点多到了一个小码头一样的地方。已经有一艘小型游艇在那里等着接他们。

因为比较偏远，一路上，基本没见过多少车辆。在陶夭夭和王老板要登上游艇的时候，陶夭夭看见，有一辆黑色的小轿车开了过来。在离他们不远处停了下来，但并没有人从车上下来。

游艇速度很快，没几分钟，就到了一个突兀高起的大块陆地跟前。王老板看起来对这里很熟悉。他扶着陶夭夭下了游艇，轻车熟路，带着她沿着一条精心铺设的小道，走到了一个外形极其简洁，但又极富美感，外观近乎透明的建筑群跟前。

　　还未到门口，就有三个人走了出来，热情地将他们迎了进去。

　　王老板和陶夭夭被请到了一个茶室坐下喝茶，有人已经将他们的行李拿去放在了住宿的房间。

　　略事寒暄后，王老板就带陶夭夭在室内到处转。陶夭夭感觉就像进了一个小型园林，里面曲径通幽，建筑与建筑之间以长廊相连，布满了大大小小不同功能的活动场所和餐饮、住宿、休闲空间。

　　第二天，他们又到室外去转。到处绿草茵茵，树木繁盛，自然环境极其优美。走了好长好长时间，也未能走出去。说实话，陶夭夭从来没有到过这样的地方，的的确确让她开了眼。王老板告诉她，这是一处私人山庄。

　　两天时间很快过去。回去后，陶夭夭把一切的不快都抛到脑后，将自己的状态调整到最好，精神抖擞地上班了。她和以前每一个工作日一样，面带微笑，眼含秋水，美丽的身影穿梭忙碌在售楼部的各个角落……

2

　　时光飞逝，转眼就到了阳历年。田薇薇精心筹备的盛大婚礼就要举行了。

　　说起来，田薇薇这婚结得也够窝囊，啥事都是她一个人在忙活张罗。前一段时间，她竟然邀请白玉兰给她当伴娘，让范卫华给她当伴郎。白玉兰断然拒绝了，生气地在赵青跟前骂："你说她是不是脑子进水了？这不是故意欺负人呢嘛！"

　　"嘻！你就别跟她生气了！我看她是被气昏头了！人家二婚老公并不想那么张扬，可田薇薇不行啊！所以人家只出钱不管事。还有啊，她已经被那个小不了她几岁的继女，三天两头气的，在我跟前哭过好几次了！"

　　"是吗？那继子怎么样？"

"她那继子在外地上学呢，暂时还气不上。"

白玉兰本想让赵青帮她把份子带上，人就不去了。可赵青说葛台长专门叮咛要把她叫上，大家好长时间没见了，趁机聚一聚。白玉兰无奈，只好去了。

很巧，白玉兰刚把车停下，老远就看见赵青从斜岔里过来。

赵青一见白玉兰就说："人家结婚呢，你穿这黑衣服，不太好吧？你看我，为了参加这婚礼，专门去买了这件喜庆的衣服！"

白玉兰对赵青的衣品一向很欣赏，今天突然看见她穿成这样，好像不是她了似的，看着受不了。本想吐槽呢，硬忍着，没想到赵青倒先吐槽起她来了。

"这事得讲究，要趁机沾点喜气，说不定会给咱带来好运呢！"赵青接着乐呵呵地说。

白玉兰发现赵青越来越迷信，老爱讲什么命了运了的。但凡遇到想不开的事、讲不通的理，她都爱拿上天有安排、命运有定数之类的话来掩饰。白玉兰只好笑笑便作罢。一进到酒店，她就将黑色羊绒大衣敞开，露出了里面的一件中高领淡紫色的羊绒衫，让赵青看："这样不会让人看着晦气了吧？"

"美！美！美出天际了！"赵青看着娴雅美丽的白玉兰大赞。

俩人进到婚礼大厅，范卫华就边向她俩招手，边往她俩跟前小跑着过来。他领着赵青和白玉兰走到了他们电视台同事坐的那一桌。葛台长、孙雄扬，还有新来的三个年轻人都已经来了，平常和他们不在一起工作的两个管传输的师傅也来了。

葛台长招呼她俩快坐，高兴地说："太好了！难得能把人聚得这么齐全啊！"

孙雄扬平常不抽烟，今天竟然叼着烟，坐在葛台长旁边，眼神迷离，发型坚挺，看着悠然自得。赵青和白玉兰来后，他只是淡淡地笑了笑，算是打了招呼。

赵青悄悄给白玉兰说："你看，跟以前还真不一样了！"白玉兰又扫了孙雄扬一眼，没作声。

葛台长早就给她俩留好了位置，赵青挨着葛台长，白玉兰挨着赵青，孙雄扬挨着葛台长，范卫华挨着孙雄扬，其他人一圈围着刚好坐满。

新郎、新娘都已经在入场位置就位，婚礼马上就要开始，主持人已经将现场气氛烘得很嗨。忽然，豪华的婚礼大厅灯光暗淡下来，只有喜庆漂亮的T形婚礼舞台上灯光闪烁。"哗！"一束金光从上而下照射下来，将新郎、新娘罩在光柱里面，一下子吸引住了所有人的目光。田薇薇一袭白色婚纱，头戴貌似皇冠一样的发卡，发卡上镶满闪闪发光的钻石样饰品，发卡后面缝缀着轻轻飘起的白纱，将她装扮得像白雪公主一样美丽漂亮。二婚老公并不显老，气宇轩昂，红光满面。

司仪一段煽情的主持词后，庄严的婚礼进行曲响起。从舞台两侧上来了四男四女，动作夸张地拉着小提琴，现场演奏着婚礼进行曲。新郎、新娘挽着胳膊，随着音乐慢慢登上T台，深情款款地向婚礼舞台中央走去。两个一般大小的男童女童，托着婚纱，训练有素地紧紧跟在后面。参加婚礼的人，目光都紧紧追随着新郎、新娘的身影。很多人拿着手机远远拍摄，在自己的朋友圈或各种微信群中现场直播。

赵青啧啧称赞："田薇薇这婚纱是专门定制的，真漂亮！"

白玉兰笑着说："嗯，好看。专门定制的就是合身！"

白玉兰拿着手机拉近拍照。她看见坐在斜对面的范卫华并没有看舞台那里，而是盯着自己看。可能是灯光的原因，他的眼睛亮晶晶明灿灿的。白玉兰装作没看见，只顾忙活自己的。

婚礼进入最隆重庄严的时刻，由新郎、新娘互赠结婚戒指，行对拜大礼。白玉兰一会儿看着舞台拿手机拍摄，一会儿低头看自己拍的照片，还和赵青不停嘀嘀咕咕说话。正忙活着，她收到了艾静的微信："在吗？"

"在！"白玉兰紧跟着发了张婚礼现场的照片。

"唉！"后面跟着一串难过哭泣的表情。

"怎么了？"白玉兰问，并发了三个拥抱的表情，心里嘀咕：咋回事？不会和鲁明闹别扭了吧？

"玉兰！我和鲁明商量了，想来想去，必须尽快把这件事情告诉你。"刚发完这句话，艾静紧接着就发了一句，"我们已经告诉黑子了。"后面又是一串哭泣的表情。白玉兰马上感到事态严重，不由得浑身紧张起来。

她发了一句："出什么事了？"后面是三个疑问的表情。

"陶夭夭出事了！"

"她怎么了？"白玉兰浑身肌肉一下子紧缩起来，心提到了嗓子眼。

"她出车祸了！"

"啊？严重吗？"

艾静半天没有回信息，白玉兰很快连发了几个疑问的表情。

过了一会儿，艾静才发了一句："人已经没了！"后面跟着几个哭泣的表情。

白玉兰一下子吓得气都出不来，手机从手里掉到了地上，身体抖得像筛糠，半张着嘴巴发不出声，眼泪却像断线的珠子一样往下淌。

范卫华低声惊叫："玉兰姐！你怎么了？"赵青听见，赶忙拧过头看。葛台长也转过身来看，发现白玉兰不对劲，吃惊地压低声音问："怎么啦？身体不舒服吗？"赵青摸白玉兰的手，发现她手冰凉，全身颤抖，肌肉似乎痉挛了一样紧巴巴的。这时候，范卫华已经来到了白玉兰身边，紧张地和赵青嘀咕了两句，两人很快就将她架了出去。

到了大厅外面，赵青和范卫华手忙脚乱地给白玉兰拍背顺气。赵青紧张地问道："到底出啥事啦？你快都说出来、哭出来就好了！"

范卫华吓得都带了哭腔："玉兰姐！我们马上送你去医院！"白玉兰用近乎麻木的身体拉扯着赵青往出走，让带她离开酒店。出了酒店，又往她车的位置拉扯着走。

赵青从白玉兰的包里拿出了车钥匙，打开了车门，和范卫华一起将她扶进了后座。三个人都进到车里坐下，白玉兰才"哇"的一声哭了出来。

她泣不成声："陶夭夭……她死了！"

赵青和范卫华都知道白玉兰与陶夭夭的关系，他俩也瞬间愣在了那里。

赵青和范卫华直接把白玉兰送到了她爸妈家。

三天后，白玉兰才慢慢平静下来。她与艾静联系，问他们怎么会知道陶夭夭的事情。艾静告诉她，陶夭夭出事后，警方解密了现场遗留的手机。艾静为在北京对陶夭夭的无礼伤害，多次打电话与陶夭夭联系，想给她道歉，结果陶夭夭一直不理睬。警方从近期联系人中找到了艾静的电话，同样也从联系人中，找到了陶夭夭的父母。

3

因为陶夭夭的事，鲁明建了个群，把黑子、白玉兰、艾静、兰思哲都拉到了群里面。鲁明开门见山，说建这个群，就是想一起商量，看怎么能够给陶夭夭父母提供一些帮助，把陶夭夭的后事妥善处理了。

艾静不说话，发了一大堆难过哭泣的表情。艾静一直未得到陶夭夭的原谅，成了她心里过不去的坎、抹不去的痛。这几天，她成宿成宿地睡不踏实。一睡着，就梦见陶夭夭睁着那双含怨带愤的大眼睛，死死看着她，慢慢朝她走来。走到她跟前，却并不理睬她，从她身边飘然而过。她大声喊："夭夭对不起！夭夭对不起！"但陶夭夭头都不回，一下子就遁入一片黑暗之中。艾静大哭着惊醒。鲁明紧紧抱住她、安抚她、劝慰她，好不容易睡着，一会儿就又惊叫哭泣着醒过来。艾静心中痛悔不已，她的任性放肆和自以为是，让陶夭夭带着怨恨和委屈，离开了这个世界。后悔和自责，啃噬着她的心，让她内心难以安宁。她真希望，陶夭夭能够死而复生，她甘愿找上门去道歉认错，宁愿让陶夭夭痛骂自己一顿、暴打自己一顿，都比这样让自己内心受尽折磨强。

　　黑子发了几个难过的表情，不说话。

　　白玉兰发了几个哭泣的表情，也不吭声。

　　兰思哲发了几个拥抱的表情，带了一句：大家节哀！商量解决后面的事情吧！

　　黑子私信给鲁明：那个"兰心惠存"是谁啊？

　　鲁明：北京的，艾静的师兄、朋友。他和陶天天有交往。

　　黑子：知道了。

　　鲁明在群里说：陶天天父母在上海，谁有他们的联系方式？

　　都说没有。

　　兰思哲：最好能和他们联系上，就能了解到情况了。

　　黑子：那我想办法去找一下。

　　白玉兰：我以前去过她家里，但和她父母没啥联系。

　　鲁明：黑子和白玉兰能不能一起去她家一下，看看家里有没有人？或者看能不能从其他人手上要到联系方式？

　　艾静：对对对！这个办法好！

　　兰思哲：可能也只有这样了！

　　黑子和白玉兰都不吭声。过了好一会儿，黑子发了一句：好吧！我们尽量！

　　分手这么长时间，这是黑子和白玉兰分手后第一次与她联系。他发微信，发现白玉兰还是将自己拉黑着。其实，白玉兰已经将他从微信好友中彻底删除了。

　　黑子打白玉兰手机，手机通了好长时间，白玉兰才接。

　　"玉兰！你啥时候方便？你看咱啥时候去？"

　　"我这几天身体不好，请假休息了，随时有时间。"

　　"啊？你身体不好？怎么了？要紧吗？"

听到黑子知道自己身体不好，还和以前一样紧张，白玉兰心里一阵难过。她直想哭，可硬忍住了，强压住难过说："没事……就是心里难受……"

黑子知道是陶天天的事情让白玉兰受不了，体贴地说："那等你身体好一点咱们再去好吗？"

"还是尽快去吧，只要你有时间！"

"那我这就找领导请假，请好假我联系你！"

"好。"白玉兰语气淡淡的。

"那……我开车来接你？"黑子试探着问。

"不用了，我自己开车。"白玉兰语气依然非常平淡。

过了一会儿，黑子再次给白玉兰打电话，说他已请好假，这会儿就可以出发，并要求白玉兰加他为微信好友，说方便一会儿发定位。

一小时不到，黑子按照白玉兰发的定位，急匆匆赶到了陶天天家原来在企业家属区的住址。黑子看见白玉兰那一瞬，心脏一阵狂跳。白玉兰看见黑子下了车，眼泪唰的一下就流了出来。她连忙转过身去，拿出纸巾使劲擦。听见黑子走到了身边，她转过身来，低着头，语速很快地说："我很早以前来过，现在只记得大概位置，可能……得找人问问！"

这时，刚好从楼里走出来两个五十多岁的男女。男的背个大包，两只手里还都提着大包小包的东西。女的怀里抱着一个小男孩，肩膀上也背着个大包。黑子赶忙走过去问："师傅您好！请问一下，那个……知道陶天天爸妈住在哪里吗？"

两个男女吃惊地互相看了一眼。女人有点惊恐地问："你们……是她什么人？"

"我们是她同学，来看看她父母。"黑子一看可能问对人了，连忙回答。

那女人偏过头去，"呸呸呸"吐了三下，说："还真巧了，我们就住对门！可真邪门啊，出门就碰着你们！唉……"女人长叹一声，接着说："自从这对门家里出了事啊，我们这孩子啊，每天半夜三更就惊叫着哭醒了，再也哄不睡！这以前啊，可从来没有发生过这样的事儿啊！唉！没办法，你看我们，正要带这孩子回他爸妈家里住呢！"

白玉兰一看女人打开了话匣子，不知道什么时候才能止住，忙问："阿姨，那你们对门现在有人住吗？"

"有鬼住哩吧！要不然我们这孩子，咋就怪眉怪眼的，让鬼捏住了似的胡闹腾呢？"女人怨气冲天，说话声音很大。

"行了行了！快走吧！"男人制止女人，催促着要走。

"叔叔阿姨！再耽搁你们一下，请问你们有陶夭夭爸妈的手机号码吗？"黑子忙将他们拦住问。

"他们早都搬到新房子住去了！偶尔回来一下，也不一定能碰上。以前给过一个号码，从来没用过，可能都找不见了！"那男人手里提着很多东西，并不想放下东西给他们翻找电话。

倒是女人热心肠，她把孩子往白玉兰怀里一塞，说："我这儿有陶夭夭妈妈的电话，也有微信。我给你们找！"女人拿着手机边翻边说："那老来俏，原来整天打扮得像十八岁女娃似的，到处拍照拍视频晒呢！唉！你看这几天没动静了，还找不着了！"

"阿姨谢谢您！谢谢您！您别急，您找手机号码就行！"黑子边安抚，边帮着她在手机上滑动。

要到陶夭夭妈妈的电话号码后，黑子马上发到了他们的五人群里，群里立马就有了回复，黑子和白玉兰就站在原地各自拿着手机看。

鲁明说："陶夭夭爸妈此时是什么状况都很难说，最好找个合适的人来联系。"

五个人里面只有白玉兰认识陶夭夭爸妈，陶夭夭爸妈也只认识白玉兰。不用说，只能由白玉兰联系。于是，白玉兰发了句"我来吧！"就准备离开。

黑子叫住她："玉兰！找个地方一起坐坐好吗？"

"不了。"白玉兰漠然地看了一眼黑子说。

"玉兰，我想跟你说几句话。外面挺冷，不行坐我车里去说？"黑子再次挽留。

"那要说就在这里说吧！"白玉兰把羽绒服领子往紧拢了拢，将双手插进了衣服兜里。

"玉兰，我听白叔说，你要去北京？"

"嗯。"

"什么时候去？"

"本来准备过完阳历年就走。出了这事，可能要再等一段时间……"

"玉兰，你走那么远，以后可能见面的机会就更少了。我……一直想对你说：谢谢你！真的非常感谢你！感谢你那么长时间帮我照顾……他们！也感谢你，还让鲁明给了我那么多钱。以后我一定会还给你！我妈……我妈临走时还反复叮咛我，一定要好好对你，不要怨怪你……"

白玉兰早已经眼泪唰唰地往下流，她哭着说："你别说了！求求你，别说了！呜……"她哭着跑了。到了车跟前，她使劲拉开车门，发动车，飞驰而去。

黑子呆呆地站在原地，像钉住了一样，一动不动。他看着白玉兰车子消失的方向，眼里噙满泪水。他的双腿就像灌满了铅，死活抬不起来，迈不开步。他的心里，像被掏空了一样，脑子也像被挖空了一样，虚飘飘的。他觉得，自己的灵魂，已经飞离了身体，与自己的肉体完全分离了，实实在在地分离了……

4

上海一家医院的病房里，陶夭夭妈昏昏沉沉躺在病床上。挂着的液体还有多半瓶。她满面病容，憔悴不堪，看着一下子苍老了许多。陶夭夭爸腰背弯曲，木木地坐在一个方凳子上。他头发花白，眉头紧锁，神情凄楚。

陶夭夭妈电话响了。照顾她的亲戚从桌子上拿起她的电话看了看，对她说："没显示是谁的电话，接不？"陶夭夭妈轻轻摇了摇头。

"唉……"

陶夭夭妈哀叹一声，背转身去。谁的电话她都不想接。

这时电话铃声又响起。陪护的亲戚一看还是刚才的号码，猜想应该是认识的人，肯定又是问陶夭夭的事。她本来不想接，但想不接一会儿可能还会打来，干脆就拿着电话接通，走出了病房。

"阿姨，您好！我是白玉兰，夭夭的同学、闺蜜！"

"对不起！我不是她妈妈，是她亲戚。她妈妈身体不好，不能接电话！"

"哦……阿姨身体咋样了？叔叔还好吗？"

"唉！一言难尽！精神都不好！"亲戚非常难过。

白玉兰不由得眼泪就流了出来，她带着哭腔说："能想得到……"缓了一下，她尽可能清晰地说："我打电话除了问候叔叔阿姨外，就想知道夭夭到底是怎么出的事？现在处理得咋样了？我们几个同学想了解清楚情况后，看能不能给予一些帮助……"

亲戚详详细细将陶夭夭车祸，以及处理情况给白玉兰说了一遍。原来，肇事者也是外地人，开的外地车，很肥胖，据说患有多种富贵病。那天正开车时突然犯病昏厥，车子直接朝陶夭夭撞去，司机昏迷前踩了刹车，司机本人和车反倒无大碍。肇事者看起来很富有，主动承担全部责任，愿意多赔钱。责任明确后，陶夭夭尸体已经火化。但陶夭夭父母受不了打击，人都垮了。

白玉兰不知道该说什么，只能委托那个人一定要告诉陶夭夭妈妈她的姓名，并让帮着把她的电话号码保存在陶夭夭妈妈的手机里，转告陶夭夭妈妈，等身体好点了，随时给她打电话……

白玉兰实在无法平静地在群里将了解的情况用语言描述或用语音去说，伤心难过了两天后，她给艾静打了个电话说了一下。随即，她退出了这个因处理陶夭夭后事而建的五人群。那个像花一样绽放的璀璨生命，就这么猝然地离开了这个绚烂的世界，离开了纷杂的生活。她活着时，犹如她的名字一样，太过缤纷，也太多烦恼。如今她去了一个新的世界，白玉兰不想再打扰她……

5

黑子再没有和白玉兰联系。因为即使白玉兰现在愿意和他重归于好，他都没有办法再和她在一起了。他，包括他的家人，如今真的已经离不开英子一家人了。英子一家人，已经成了他及全家人的依靠。

黑子单位现在工作任务非常重，经常要加班加点，这让他觉得很充实，也很有劲头。他愿意甚至喜欢有忙不完的事情。繁忙的工作，让他感觉有奔头，也让他能忘掉一切。

英子爸妈已经跟他亮话了，说两家子人长期这样生活在一起，他和英子的事若不早早定下，别人会说闲话的。黑子想起妈妈临终前，把他和英子的手紧紧抓在一起，似乎妈妈最后的那点体温始终在手上留着。周六下午，他到英子家后，当英子妈又给他提起这事时，他毫不犹豫地说："我一切都听叔叔阿姨的！"

英子爸憨厚地笑了，英子妈疼爱地大声说："我看啊，年前选个好日子，阿姨给咱好好炒一桌，咱一起吃顿饭，就算订婚了。明年英子本命年，我们农村老家有讲究，本命年不结婚。咱干脆也就在年前选个好日子，你们先去把结婚证领了，也就算是正式结婚了。啥时候办婚礼，这都不急。"

黑子姥姥在自己房间里竟然也听到了，高兴地大声喊："好！好！赶紧结婚，我就有重孙子抱喽！"她慢慢下得床来，扶着床沿挪到黑耀宗床边，在他的腿上轻轻地边拍边说："你还不赶紧自己翻腾着起来？咱黑子娶媳妇呀！这事得咱们家主事儿呢，你老赖在床上能行吗？"

黑耀宗"哦！哦！哦！"地应声，脸上难得地露出了笑容。

黑子将爸爸扶坐在轮椅上，英子扶着姥姥，一起来到客厅。黑耀宗示意黑子坐下，他手放在轮椅扶手上，一边拍，一边断断续续地说："黑子！彩礼……得有！股票……卖了，取钱！"

黑子心里难受，但他不想违逆爸爸的意思，点头答应。

英子爸妈激动得都坐不住了，连忙走过来，站到黑耀宗的轮椅跟前。英子爸憨厚地说："黑哥！真的不用，真的不用！我们家那娘儿俩的命都是你们给的，多大的恩情啊！哪里还在意那点子彩礼啊！"

"咱不搞那套。能和你们家结亲，是我们前世修来的福分呢！高兴得很呢！"英子妈满脸是笑。

"爸！您就别操心了！我手上有钱，不用您股票里的钱。您快好好锻炼康复，股票还得您自己去操作！您不赶紧好起来，股票可就全亏光了哦！"知道爸爸还惦记着股票，黑子故意拿这话刺激他。

黑耀宗使劲点头。

第三十九章

I

白玉兰爸妈以为经过陶夭夭这事的打击，白玉兰知道孤苦伶仃漂泊在外不是那么容易的事，就不再想去北京的事了。没想到，白玉兰精神头刚刚缓过来一点，就对他们说："爸妈！我准备递交辞职报告！你们一直没有明确表态，我想来想去，还得给你们再说一声！"

白仰光就将集团北京工作站招聘工作人员的事情，详详细细给白玉兰说了一下。老两口你一言我一语，帮白玉兰分析去集团单位和北京那个经济运营公司的利弊。白玉兰很认真地听，但听到最后，还是很坚决地说："去咱集团单位是不错，但我还是想靠自己的本事闯一闯，我不想再在你们的庇护下工作、生活。"

白仰光一脸严肃道："你之所以这样想这样做，本身就是不自信的表现！集团一直实行公开招聘，集团里面人才济济，你有没有本事应聘上还不一定！人家招聘，先要笔试，然后还要面试。你有本事应聘上，在两者之间选择，我们尊重你的选择！"

白玉兰被爸爸一席话激得小脸通红，她憋了一会儿说："应聘就应聘！我还就不相信我应聘不上！"

向北斗摸准了白玉兰的作息时间，每天等她休息后就会发信息。他还特别喜欢跟白玉兰语音和视频聊天。

白玉兰告诉向北斗，自己要参加集团北京工作站的招聘，要准备很多东西，让别影响她。向北斗一听白玉兰要应聘到北京工作，心想，肯定是冲着自己来的嘛！他高兴坏了，一边给白玉兰加油打气，一边还安抚解压。他真诚地说："我尽量忍，不影响你复习！我相信你一定行！不过，应聘不上也没关系，我这边按政策也就把你安置了！"

白玉兰还是那股子傲娇劲儿，不屑地说："谁要你安置？只要你不打扰我就好！"

招聘公告很快发了出来。隔了三天，就组织了考试。考完试两天后，刚好是周末，就公示了进入面试的人员名单。前五名进入面试，白玉兰排名第三，排在她前面的是俩男的。一个已婚，比白玉兰大点。一个未婚，比白玉兰小几岁，工作满两年，刚刚符合最低工作年限要求。白玉兰对自己的考试成绩很不满意，她给自己定的目标是争一保二，很遗憾只得了个第三名。于是，她把宝全押在了面试上，只有面试非常出色，才有可能冲上去。

面试于周一上午九点开始。五个人都早早到了面试地点，三男两女，都很年轻。几个人暗暗互相观察，默默在心里权衡着、比较着。

面试按照笔试成绩排名依次进去。第一名进去时间较短，出来时面红耳赤，可能是因为紧张，大冬天的还出了满头的汗。第二名面试的那个学生模样的瘦削男孩，进去了好长时间。他出来时面带喜色，看来对自己的面试表现很满意。第一名面试完当下就走了，可第二名这个男孩并没有离开，他继续坐在那里等候。

白玉兰走进了面试的会议室。她看到坐在里面的五位面试官，有两位是集团人事部门的正副领导，一位是集团销售部门的领导，一位是集团市场部的领导，第五位她没有见过。白玉兰礼貌地微笑，按照面试要求，先进行了简单的自我介绍。后面几位面试官分别提到的问题，她都有所准备，回答得非常流畅。她从几位面试官欣赏满意的表情中，知道自己回答得很好，越来越自信，也越来越放松。然而，最后那位她没见过的面试官，问了一个问题，一下子把白玉兰给问住了。他说："我是集团北京工作站的负责人。说实话，我们最理想的是招聘一名男同志，但你的面试太出色了！我就想问一下，如果招聘你去，你将如何克服作为一名女性，在外地工作的不便，或者说劣势呢？"

白玉兰稍顿了一下，微微偏着头，微笑着说："首先谢谢您对我的肯定！不过我想问一下，作为一名女性会有什么不便呢？怎么就会处于劣势呢？"

负责人和蔼地笑着说："女性相对地要承担更多的家务，要照顾家庭、照顾孩子，长年在外地工作，难免会有很多困难、诸多不便，必然会在工作竞争中处于劣势！"

白玉兰笑笑说："那如果家就安在北京呢？是不是就不存在这样的问题了？"

"那当然！这是我们优先考虑的条件啊！你家会安在北京吗？"负责人欣喜激动地问。

"有这种可能！"白玉兰微微仰了仰头说。

主持面试的是年龄最长的人事部主任，在白仰光打听招聘工作的时候，已经了解了白玉兰的情况，记得白仰光当时说白玉兰还没对象。看来，这当爸的也没掌握女儿的动向啊！他暗暗高兴地试探着问："你……对象在北京？"

"嗯……是的！"

几位面试官满意地互相交换了一下眼神。人事部主任微笑着问其他人："谁还有问题要问？"都摇摇头，说没有了。

面试完的当天下午，人事部就公示了结果，白玉兰以最高成绩遥遥领先。她应聘成功了！

其实一面试完，人事部主任就打电话向白仰光贺喜："白副总！祝贺您啊！您女儿白玉兰顺利通过面试，应聘上了！"

"哦？是吗？你们可别照顾她，让她凭真本事去应聘！"

"没有没有！玉兰真的非常优秀，考试成绩不错，面试更是相当出色。还有啊，白副总！看来您女儿还没有告诉您啊，她对象在北京呢，她还符合优先考虑条件呢！"

"啊？她还真没给我们说，那我回家再细细问一下。如果属实，就优先考虑选聘她。如果是她为了应聘上，随便说的，那就取消她的应聘资格！"

"白副总，即便是她没有这个优先考虑条件，她也应聘上了。因为她的面试成绩太出色太优秀，总成绩排名第一，独占鳌头哦！"

白仰光马上告诉了老伴这个好消息。肖淑贤开心地说："哎哟天哪！真是太好了！我晚上给咱好好整一桌，为兰兰庆贺庆贺！也让兰兰给咱说说，这未来女婿到底是个啥情况，让咱们也高兴高兴！"

"看把你喜的！你压瓷实，还不晓得你那宝贝女儿是不是为了应聘上说虚话呢，还得弄清楚！"

2

晚上，白玉兰一进家门，看见妈妈摆满了一桌子好吃的，就知道爸妈是为自己应聘上庆贺。

吃饭前，白仰光却表情严肃地把她叫到了客厅里，让她坐在自己斜对面的沙发上。白玉兰知道，每次爸爸要跟她谈重要的事情，都会这样煞有介事。果不其然，白仰光很严肃地开腔了："玉兰！首先非常高兴，你考试面试都通过了。但有一条很重要，咱一定要对组织诚实！听说，你在面试时说你对象在北京，有可能在北京安家。这是个优先考虑条件。如果真是这样，组织优先考虑选聘你就没问题。这是好事。你能不能给爸妈也把这个事情说一说啊？"

"不说不行吗？"白玉兰很不情愿。

"不行！因为如果没有这个事情，那必须给组织说清楚，不要让组织优先考虑你！"

"有这么回事，但关键是还不确定。"白玉兰说。

"确定不确定没关系，就是不考虑这个优先条件，你也因为成绩最好被选聘了！但关键是，我们必须对组织诚实！"白仰光表情愈发严肃。

"哦……我……现在有两个人在追求我，他们都在北京。我还不知道到底会和谁正式相处，以后会和谁确定关系。"白玉兰说着话，头拧向一边，似乎有点难为情。

"太好了！快说说！快说说！"肖淑贤兴奋得两眼放光。

"一个就是我想去的那个经济运营公司的老板。爸您知道，就是他帮咱们集团出的院企合作方案。另一个，就是杨州介绍的那个博士后，搞航天的向北斗。"

"哦……"白仰光心里一阵高兴。他没想到，女儿竟然一下子有两个可选对象，条件还都很不错。但转念一想，这样在两个人之间摇摆明显不合适，得让她赶紧确定到底要和哪个相处。于是表情更加严肃地说："玉兰！这男女之间的事情，还是得认真对待。你要选择哪个就选择哪个，不能不明不白，这样不好！"

"我说还不确定，不给你们说，你们偏要让我给你们说。我实话实说了，又指责我，这样不对那样不对！那你说我到底该不该说？因为，目前就是这样啊！我给面试组也是这样说的啊！"白玉兰有点不耐烦，说话声音比刚才大了许多。

"啊？你给面试组也是这样说的？"白玉兰爸妈都有些惊讶。

"我说有可能，但还不确定！"

白玉兰爸妈这才长长舒了一口气。

"好吧！就算你没给组织说谎话，但你必须尽快确定下来！"白仰光退让了一步。

"唉！老爸！我怎么能尽快确定下来啊？我们都是电话、微信联系，我和他们都没有正式接触了解，怎么能够确定下来啊？"白玉兰看看爸爸，无奈地说。

"原来是在网恋啊！"肖淑贤冷不丁冒出来一句。

"也不是啊！那个兰思哲我是见过的，工作上一直还有合作。那个向北斗，也算是有明媒的……"白玉兰想起杨州反复在他们之间撮合，也想起向北斗那个大男孩一样的可爱可笑劲儿，忍不住笑了一下接着说，"但能不能正娶，还不一定哦！"她顿了一下，又说，"你们看！是不是算有了，但还不确定啦？"白玉兰扑闪着大眼睛，看爸爸一眼，又看妈妈一眼，神情就像个小孩子一样。

白玉兰爸妈哭笑不得。他们知道，当今，比他们女儿这种状态更可笑、更不可思议的千奇百怪的婚恋状态多了去了，什么租个对象回家过年、虚拟婚姻、闪婚、云配偶、丁克、不婚、丧偶式婚姻、丧偶式育儿、婚外情、家外有家、同性恋，等等，无奇不有。

本来是为女儿庆贺，但想到自己年纪越来越大了，女儿却要和他们分离，老两口这顿饭吃得没滋没味。他们继续好言相劝，最好不去北京，如果非得去，还是选择到集团的北京工作站。那毕竟是自己的集团单位，若不想在北京待了，还可以回来。而如果选择去兰思哲的公司工作，若不同意和人家处对象，是不是就很尴尬了？那到时候该咋办？

白玉兰想了想没有告诉爸妈：不是还有向北斗吗？向北斗还有照顾安置政策呢！

3

眼看着到年根了。年前的繁盛喧嚣，不似往年那样慢慢地酝酿发酵，也恰如这个一场雪都没有下的寒冷干燥的冬季一样，到处燥烘烘的。

鲁明过年前一周回到了雍市。爸妈整整忙碌了一个冬天，把他和艾静婚礼的所有事情都已经安排好了，他回来也并没有什么事情要做，加之没有工作上的繁杂事宜，他反而感到久违了的轻松。他想起去年回来和黑子、白玉兰一起吃饭的情景，暗暗感叹时间过得可真快，一转眼就是一年。可这一年，发生的事情却太多太多了。走的走了，分的分了，真像一场梦。

鲁明知道黑子很忙，但还是想约他一起吃个饭。电话一通黑子就问："回来了？"还和以前一样，马上就说他给鲁明接风，他预订地方，定好了给鲁明发消息。

晚上，他们在高新区一家并不很出名，但餐厅风格很别致、菜品很有特色的一家新开的餐馆见面。

鲁明提前到了。黑子带着英子到时，已经快七点了。一见面，黑子就对鲁明说："英子下班晚了一点，一直在等她。她今天有特别重要的事情，实在走不开。"

鲁明认出来了，这女孩在黑子妈妈火化那天见过。她当时一直和陶夭夭、艾静在一起。艾静回去后也给他说过，这女孩一家人在医院里照顾黑子家老人，好像是亲戚，但鲁明隐约觉得不像亲戚那样简单。

"给你介绍一下，鲁明，我的好哥们儿、同学、老铁！"黑子一坐下就先给英子介绍鲁明。

英子腼腆地笑了笑说："见过。"

"嗯，是的！见过，见过的！"鲁明也马上接上说。

然后，黑子才给鲁明介绍英子："英子，我的未婚妻。本来应该就是合法妻子了。今天是个好日子，我们定好去领证呢，结果英子她单位有紧急任务，忙了一天，给耽搁了，没领成。"说完，黑子有点不自然地笑了笑。

鲁明专门带了一瓶好酒，本想哥儿俩好好喝几盅，但黑子是开车来的，不能喝酒，所以这顿饭吃得稀松平常。整顿饭，哥儿俩絮絮叨叨扯的那些咸淡话，是放在哪里，或在谁跟前都能说的话。英子一直安静地听他俩闲聊干诳。只是在最后，鲁明提起艾静从北京传来个消息，说发生了什么疫情，提醒家里人都要特别注意，英子才接过鲁明的话，说她们医院今天一整天就像打仗一样，都快紧张死了。英子还提醒鲁明，最好多买一些能够防疫的口罩储备上。

一直到吃完饭，鲁明也没问黑子与英子之间的事情，黑子也没给鲁明说他家与英子家的渊源。其实，即便是鲁明问起，黑子也不想说，给谁他都不想说。因为他觉得，你说了又能怎么样？谁又能替代你什么？一切，只有自己默默承受。况且已经过去了，自己也挺过来了。再说，他也实在无法说清楚，一切就是那么巧，在他们家最困难的时候，竟然又神奇地遇到了英子一家人，就像冥冥之中有只无形的大手，让他们在茫茫人海中又相遇了，在时光轮回中，互相救赎、互相搀扶……

说来也巧，白玉兰、赵青、范卫华、田薇薇还有葛台长五人，与黑子、英子、鲁明是在同一个地方、同一时间吃饭，他们五人在二楼的一个小包间。他们是为白玉兰饯行，她春节后就要远赴北京工作站上班了。

葛台长非常欣赏白玉兰，酒过三巡后，他酒助诗兴，现场还为白玉兰赋了一首小诗送行。

范卫华一杯接一杯地要与白玉兰喝酒。他一声声叫着："玉兰姐！你走了，以后就见不到你了。我可咋办啊？"又露出了那个痴痴缠缠傻傻呆呆的模样。

田薇薇不时撇嘴，拿白眼仁子鄙夷地不停斜睨他。

赵青劝解道："范卫华！你是名人、网红，你要好好做你的雍市形象大使。只要有网络，你玉兰姐就能看到你，你也就能看到你玉兰姐。振作起来！"

范卫华举起杯子，踉踉跄跄走到白玉兰跟前说："玉兰姐，我们加油！"说完就把满满一杯酒灌进肚去。

五人吃完饭往出走，在一楼大厅，白玉兰一眼就瞥见了不远处的黑子、英子和鲁明。她浑身一激灵。黑子、英子、鲁明？他们三个人怎么会在一起？是不是就是和去年黑子带着自己与鲁明一起吃饭一样？她心里一阵刺痛，手微微颤抖，快速走到最前面，闪身出了餐厅。

黑子在一抬头间，也忽然看见了那个熟悉的身影。他跟鲁明和英子连招呼都来不及打，起身追了出去。可那熟悉的身影早已淹没在了光怪陆离的城市夜色中……

一稿　2020 年 12 月 9 日星期三
定稿　2023 年 5 月 12 日星期四